本书是以下项目的成果：

2020 年创新强校工程项目"广东海洋大学海上丝绸之路文化研究院平台"（230420026）

"汉语言文学"省级一流本科专业建设点（教高厅函〔2021〕7 号）、省级特色专业建设项目（粤教高函〔2020〕19 号）

"海洋文学研究书系" 编委会

主　编：孙长军

副主编：蔡　平　邓　建　叶澜涛

编　委：(按姓氏音序排列)

安华林　董国华　胡根法　林年冬

刘　刚　卢月风　鲁义善　马瑜理

汪东发　闫　勖　阎怀兰　颜云榕

海洋文学研究书系

主编 孙长军

中国现当代
海洋文学作品评析

叶澜涛　卢月风◎编著

暨南大学出版社
JINAN UNIVERSITY PRESS

中国·广州

图书在版编目（CIP）数据

中国现当代海洋文学作品评析/叶澜涛，卢月风编著．—广州：暨南大学出版社，2022.6
（海洋文学研究书系/孙长军主编）
ISBN 978－7－5668－3349－5

Ⅰ. ①中…　Ⅱ. ①叶…②卢…　Ⅲ. ①中国文学—现代文学—文学评论②中国文学—当代文学—文学评论　Ⅳ. ①I206.6

中国版本图书馆 CIP 数据核字（2021）第 278055 号

中国现当代海洋文学作品评析
ZHONGGUO XIANDANGDAI HAIYANG WENXUE ZUOPIN PINGXI
编著者：叶澜涛　卢月风

出 版 人：张晋升
策划编辑：杜小陆
责任编辑：刘宇韬
责任校对：刘舜怡
责任印制：周一丹　郑玉婷

出版发行：暨南大学出版社（511443）
电　　话：总编室（8620）37332601
　　　　　营销部（8620）37332680　37332681　37332682　37332683
传　　真：（8620）37332660（办公室）　37332684（营销部）
网　　址：http://www.jnupress.com
排　　版：广州良弓广告有限公司
印　　刷：广东信源文化科技有限公司
开　　本：787mm×960mm　1/16
印　　张：19.75
字　　数：350 千
版　　次：2022 年 6 月第 1 版
印　　次：2022 年 6 月第 1 次
定　　价：59.80 元

（暨大版图书如有印装质量问题，请与出版社总编室联系调换）

总　序

　　地球是浩瀚太空中因海洋而获称"蓝色星球"的天体，海洋与陆地的二元地表构造使其成为人类赖以繁衍生息的天赐之地。无论是作为"人的无机的身体"，抑或是"人的精神的无机界"，海洋早已成为人的生命活动、科学活动和艺术活动的一部分。借用海德格尔的话来说，海洋与陆地因为人的艺术的存在已然成为敞开的"大地"和建立的"世界"。

　　人类对海洋自然的审美观照虽然在时间维度上难以稽考，但可以确定的是，以海洋为对象的审美活动的发生标志着人类审美意识的全面觉醒，海洋文学就蕴含其中。换言之，人海关系以及伴生的海洋意识的发生发展是海洋文学产生的基本前提，人类对海洋审美观照的历史与海洋文学发展史是同一部历史。职是之故，海洋文学史"是一本打开了的关于人的本质力量的书，是感性地摆在我们面前的人的心理学"①。关注和研究海洋文学究其实不过是关注和研究人类自己，是人类的一种理性自觉。

　　在中外文学史的书写中，海洋文学是与陆地文学相对应的特殊的文学类型，海洋文学特有的美学特征和审美意蕴使海洋文学研究成为文学史研究乃至文化史研究中最动人的篇章。缺少海洋文学研究客体的文学史充其量只能算是半部文学史。进而言之，即便以人类与陆地关系为审美对象的文学作品，鉴于陆海互相依存的事实，其叙事结构中也难免隐含着海洋这一不在场的"在者"，尽管海洋可能只是为叙事的主要背景和故事的场景被间接地书写。

　　在中国海洋文化及海洋文学的认知与评判问题上，必须打破黑格尔在《历史哲学》中所炮制的"海洋没有影响中国的文化""中国没有海洋文化"②的理论魔咒，避开其所谓的东方世界中以农耕文明为主的传统民族国家对海洋缺乏热情的话语陷阱。我们再也不要拿着中国古代农耕文明"重陆轻海""重农抑商""人必与土地相附"的预置性判断去应和黑格尔《历史哲学》中漠视中国海洋文学的陈词滥调。长期以来，人们总是跨语境地拿黑格尔历史

---

①　（德）马克思著，中共中央马克思恩格斯列宁斯大林著作编译局编译：《1844 年经济学哲学手稿》，北京：人民出版社 2002 年版，第 88 页。

②　（德）黑格尔著，张作成、车仁维译：《历史哲学》，北京：北京出版社 2008 年版，第 37 页。

地理论的那套充满西方中心主义偏见的说辞来臧否中国海洋文学，在中国海洋文学的确立与评价上习惯性地拾了黑格尔的牙慧。中国海洋文学研究建构一套自己的话语体系实乃当务之急。这套话语体系应廓清如下问题：第一，在人海关系的维度上，清理人类中心主义的谬误，建立以海洋为主体的海洋生态伦理体系，修正将海洋视为"他者"的陆地思维惯性，迈向人海关系和谐共生的理论觉醒之境；第二，在中国海洋文学价值判断的维度上，清除西方中心主义的迷障，基于马克思主义文艺学的美学观点和历史观点，如其本然地评价中国海洋文学的价值与意义；第三，在海洋文学研究范式之维度上，清理审美中心主义的迷障，基于中国海洋文学的叙事语体以提炼出原创性的概念范畴，建立能够发现和阐释海洋之美的海洋文化美学体系。

西方海洋文明的起源可以追溯到大洋洲和美洲，大洋洲原始居民的海洋航行最早始于公元前5000年，出现在美索不达米亚地区，而南美洲和加勒比海的海上贸易则在公元前3000年就已经开始了。[①] 通过考古可以发现在东北亚地区，距今6500年前甚至更早的阶段，北起辽东半岛，南至广东、海南岛沿岸已经出现了频繁的海上航行活动。[②] 虽然中国对于海洋的开发和利用时间很早，但长期以来中国的海洋文化本质上难以脱离农业特征。[③] 中国古代海洋认知的巅峰之作是《海错图》，虽然在分类和描述上不够精确，却已极尽搜罗之能事。

就文学而言，中国古代海洋文学的主体是诗词赋等韵文。《列子》的出现标志着古代海洋文学的诞生。与其他题材的诗词作品一样，言志与缘情是其主要功能。与数量庞大的海洋诗歌相比，海洋小说略逊一筹。古代海洋小说始于神话，兴于博物志，盛于传奇，终于小说，其演进一波三折。从《山海经》起，古人便开始了对海洋天马行空的想象。在唐代的传奇小说《古镜记》《梁四公记》《柳毅传》，宋元时期的志怪小说《异鱼记》《梦溪笔谈》，明清时期的《西游记》《老残游记》等作品中，古人以海为背景演绎了悲喜交加的各色故事，对海洋既有好奇更有畏惧。[④]

这一点与西方海洋文学有着明显的差异，虽然作为西方海洋文学起点的

---

① （美）林肯·佩恩著，陈建军、罗燚英译：《海洋与文明》，成都：四川人民出版社2019年版，第10-27页。

② 曲金良主编，陈智勇本卷主编：《中国海洋文化史长编（先秦秦汉卷）》，青岛：中国海洋大学出版社2018年版，第19页。

③ 宋正海：《以海为田》，深圳：海天出版社2015年版，第186-189页。

④ 李松岳：《中国古代海洋小说史论稿》，北京：中国社会科学出版社2019年版。

《奥德赛》构建了完整而庞大的海洋神祇谱系，但西方的海洋文学作品早在15 世纪哥伦布发现新大陆之后就转向了现实主义风格，哥伦布的《航海日记》即为一例。18 世纪后，随着西方人借助海洋探险征服世界，西方海洋文学也步入了繁荣期，笛福的《鲁滨孙漂流记》、斯威夫特的《格列佛游记》等即为证明。① 19 世纪后，西方海洋文学中充斥着爱国者、海盗与超人，《白鲸》即为明证，这一时期的海洋文学既是海洋冒险史，也是殖民扩张史。②

中国近现代海洋文学史充满了屈辱的书写，无论是苏曼殊的《断鸿零雁记》、杨振声的《渔家》中展现的国贫家困，还是闻一多的《七子之歌》、阿英的《海国英雄》中强烈的沦丧之伤，都成为中华儿女民族记忆中抹之不去的悲痛印记。中华人民共和国成立后海境不宁，人民拿起钢枪涌向海岛戍边卫防，黎汝清的《海岛女民兵》、张永枚的《西沙之战》等小说记录下当时激烈的斗争。改革开放后，科学开发和认知海洋的号角才真正吹响。邓刚的《迷人的海》让我们重新领略到海的博大与宏阔。

21 世纪，中国迎来了海洋时代。党中央明确提出要建设海洋强国，推动构建海洋命运共同体，描绘共建"一带一路"新蓝图，切实打造一条跨越太平洋的合作之路。作为南方重要的海洋特色类高校，广东海洋大学在推动海洋基础研究包括海洋文化研究方面有着自觉的使命意识和责任担当。具体到文学与新闻传播学院，就是要讲好新时代的"海洋故事"，传播海洋文化，为新时代中国的海洋宏图呐喊助威。为了实现这一目标，学院特别成立了海上丝绸之路文化研究院，以此为平台组织我院优秀教师联合攻关，编写了大型丛书"海洋文学研究书系"。这套丛书在编写之初就定位清晰，试图遴选古今中外海洋文学代表作品，为读者描绘较为清晰的海洋文学整体面貌和发展概观。

本套丛书在编写体例上，基本结构涵盖作家简介、遴选作品、赏析评价三部分。考虑到读者阅读古代文学作品的难度，《中国古代海洋文学作品评析》特别增加了注释和选评部分。需要强调的是，在文本赏析的过程中，编者为了凸显问题导向，着意将不同时代的"海洋意识"贯穿于文学解读的过程中，即通过不同时代、不同地域、不同风格的作家的海洋文学作品窥测出人们认知海洋方式的变迁史。这一点说起来简单，但实践起来难度不小，效

---

① 刘文霞：《大海的回响：西方海洋文学研究》，北京：中国社会科学出版社 2017 年版，第 11 - 16 页。

② （英）玛格丽特·科恩著，陈橙、杨春燕、倪敏译：《小说与海洋》，上海：上海译文出版社2018 年版，第 231 页。

果是否理想，还有待各位读者的鉴定。本套丛书可视为对海洋文学通史编撰工作的一次"试水"，为后续的工作积攒史料和经验。海洋文学的研究任重道远，作为专业的研究和教学机构，广东海洋大学文学与新闻传播学院具有责无旁贷的时代使命。希望本套丛书的出版能够促进该领域研究的深入和知识的推广，若有此功效，是为慰藉。

  谨序。

孙长军

2022 年 1 月

前　言

一、作为文学概念的中国现当代海洋文学

在文学的前面冠以"海洋"，这并不新奇。作为概念的"中国现当代海洋文学"既是学术生产的一部分，也是贴合文学发展实际的。熟悉中国古代文学和外国文学的读者，在日常阅读中可以发现其中有许多关于海洋的文学书写，这些就是海洋文学。既然中国古代和外国都存在海洋文学，中国现当代也应该存在海洋文学。然而，现实是这一概念目前学界鲜有人使用。如果考察类似的概念，如"乡土文学"在现代时期的发展演化，"城市文学"在当代时期的诞生衍变，其实并不难做出类比。生产出的类似的文学概念还有一些，如社会剖析派小说、新感觉派小说、革命历史小说、朦胧诗等。现当代海洋文学属于较新的概念，指在现当代时期创作的以海洋为背景或者涉及海洋的文学书写，小说、诗歌、散文、戏剧等文体均可纳入这一范畴。

如果说从晚清到 20 世纪 90 年代前，中国的文学空间一直为乡土所垄断的话，那么在 20 世纪 90 年代之后，城市空间就逐渐代替乡土空间成为作家关注的焦点。无论是乡土还是城市，都是以陆地为重心的文学空间，但人类活动的空间远不止陆地，海洋就是另外一个重要的领域。然而，长久以来，海洋空间一直得不到充分的书写和关注，这本身就说明一定的问题。海洋没有得到充分的关注，恐怕与以下因素有关：

（1）活动人群的局限。

与乡土和城市不同，海洋空间受到了交通工具和涉海经验的拘囿，这决定了能够在这一空间活动的人群主要以海滨地区的渔民、海商、海军为主。这三类人群构成海洋空间的活动主体，这些人群的数量与农村和城市人口相比较少，这对空间表现的可能性而言，无疑是大为不利的。

（2）技术水平的限制。

中国古代社会以农耕为主，海洋生产活动也带有鲜明的农业性特征。因此，长期以来人们将海洋视为陆地生活的延伸，将海洋活动纳入以人为中心的释读范畴，缺乏对海洋气候、海洋生物、海洋运输、海洋工程等各类现象

的科学认知。这样的认知水平会形成认知惯性，将海洋局限于抒情对象和故事背景，海洋书写形成了相对稳定的范式。一旦形成相对稳定的书写范式，写作上就难以出现突破，海洋文学自然也得不到相应的关注。

（3）海洋活动的经济规模较小。

人类物质生产的三个阶段：农业时代、工业时代以及信息时代分别造就了前现代社会、现代社会以及后现代社会。在农业时代，海洋的经济活动受限于陆地的生产活动，被打上了深深的农业生产烙印。即便到了以城市为中心的工业时代和后工业时代，海洋经济活动仍然占比较小。沿海地区的相对发达并不能证明海洋自身活动的高价值，沿海的发达地区如若脱离了港口就剩下与内陆农业生产无异的渔获捕捞，而港口正是陆地经济活动的延伸。

正是人们对海洋空间认知的局限性，导致海洋人文科学特别是海洋文学研究一直发展较为缓慢，无论是表现形式还是想象方式都受到明显的限制。这种局限性主要表现在两个方面：一方面，该题材的作品数量相对较少，各种向度的书写没有得到充分的挖掘；另一方面，对此专题的研究无论是整体性的还是专题性的，都一直没有得到足够的展开，很难引起专业研究者乃至普通读者的关注。上述原因的叠加，使得现当代海洋文学成为人们理应熟悉却陌生的文学概念，这也是可以理解的事情。

二、中国现当代海洋文学的研究标准

将海洋视为独立的主体，提出重新认知海洋价值，实际上直到 21 世纪才成为可能。无论是提出重建"一带一路"还是建设海洋命运共同体，都将海洋摆在了重要的位置，这无疑是中国社会的一次巨大转型。人们缺乏对海洋文化的关注，这从文学创作中就不难看出。中国古代文学缺乏外国古代文学中谱系庞大的海洋神话世界，也没有中世纪之后层出不穷的海洋探险故事。现当代时期的海洋文学一直记载着民族的屈辱经历，也承托着国家复兴的希望。不同时期的作家要么远渡重洋探寻国家复兴之路，要么试图通过书写海洋生产来寄托人民富裕的愿望。这些活动和书写需要梳理，需要以海洋为视角重新整合和再发现。这不仅符合当下的价值需求，也是文学研究本身的需求。

以题材为视角，将部分文学作品划归为类型化文学，有一定的学术冒险性。然而，如果将概念视为"褶皱"的话，现当代海洋文学的概念生产也具有相当的合理性。真正的难度不在于使这一概念的立脚点合理化，而在于如何以文本为证言，证实这一文学题材存在的价值，这需要评价者在诸多的现当代文学作品中做披沙拣金的工作。一些文学作品一看便知属于海洋文学范畴，而有一些则需要对文本进行重新裁剪，凸显出文本的海洋书写片段。筛选和裁剪的标准应该是什么？笔者认为是"海洋意识"，即在文本选取的过程中通过海洋的视角来再造文学世界。如果用"海洋意识"作标尺，与海无关的作品自然会被排除在外。现当代海洋题材的作品并不丰富，因此，对于一些涉及海洋书写，而非全篇以海为对象的作品，必要的裁剪会让文本的海洋特色得以聚焦。进行这样的处理一方面是受限于编写的篇幅，另一方面也是为了避免在漫无边界的现当代文学世界中迷失，而将更切题的段落呈现出来。

其实，最难的部分不在于上述两种情况，而是对文本的重新阐释。与其他阶段的海洋文学一样，现当代海洋文学同样有其社会历史背景，因此许多作品以前的解读会从宏观的社会政治视角展开。要将这些作品以海洋为视角进行重新释读并能自圆其说，需要研究者从作品的字里行间挑选出不同环境下作家对海洋认知的变迁史，以"人—海"关系为核心重建现代文学体系，这并非一件轻松的工作。文学是人学，海洋文学自然也是人学。以人为中心对作品进行新的解读，需要自觉摒弃一些概念，而专注于在书写海洋的过程中人的情感变化。例如，闻一多的《七子之歌》，虽然常见的解读方式是以这七个被割据之地为例，证明国家完整和民族富强的重要性，但如果从海洋法学的角度对其进行重新解读，会发现这首诗中需要关注的还有海洋领土意识和海洋疆域观念。再如，王蒙的《海的梦》，这篇小说在以前的解读中常常被处理为表现作家创作意识流风格的作品。然而进行文本细读时可以发现，小说在心理描写的背后实际上流露出主人公对海的陌生与畏惧的情绪。以"海洋意识"为标准进行文本重读，可以发现以前被标签化的现当代文学作品中人们对于海的情绪变迁。这比简单的罗列或节选具有更加突出的研究意义。

三、中国现当代海洋文学的研究概况

既然确定了研究的标准，接下来就是确定研究的范畴。在梳理现当代海洋文学的过程中，随着阅读量的增加，很多作品陆续进入研究者的视野。从粗略统计来看，现当代时期的各种海洋文学作品约有二百余部（篇）。除了已经列举出的作品外，还有大量的作品未获评析，如徐訏的《阿拉伯海的女神》《彼岸》、废名的《海》、徐志摩的《阔的海》、闻一多的《孤雁》、巴金的

《海上日出》、茅盾的《沙滩上的脚迹》、孙静轩的《海洋抒情诗》、陆俊超的《幸福的港湾》、姜树茂的《渔港之春》、浩然的《西沙儿女》、黄春明的《看海的日子》、张承志的《海骚》、徐小斌的《海火》、黄彩虹的《海石花》、汪应果的《海殇》、吴明益的《复眼人》等。这二百余部（篇）海洋文学作品基本上代表了现当代海洋文学的面貌，能够反映出百年来人们对于海洋的认知变迁。

当然，这一列表与其他题材的文学作品相比，数量上仍然有明显差距，甚至在类别归属上可能还会有争议，这是正常的文学现象。作为处于探索期的类型文学，初露头角就想与成熟的研究对象一较高下，是不切实际的妄想。好在有这二百余部（篇）作品作支撑，也无法妄断中国现当代海洋文学是研究的伪命题。

对现当代海洋文学的讨论在 20 世纪 90 年代末已经开始，现有的研究文献大致可分为以下类别：

（1）整体性研究。

整体性研究通常就现当代时期海洋文学的某一问题作通观讨论，例如：《"海洋"的抒情与叙事：中国文学现代性的意象探讨》（陈旋波，《山东社会科学》2001 年第 5 期）、《现代文化视野中的海洋文学创作》（李松岳，《浙江海洋学院学报》2005 年第 22 卷第 3 期）、《论舟山海洋文学特色及其在我国海洋文学中的地位》（柳和勇，《浙江海洋学院学报》2006 年第 3 期）、《观念更新与海洋文学创作》（李松岳，《宁波大学学报》2009 年第 22 卷第 1 期）、《中国现代文学中的海洋意识》（彭松，《贵州社会科学》2013 年第 1 期）、《西橘本无种，逾淮别有类：台湾文学与现代性的斡旋》（廖咸浩，《文化研究》2013 年第 4 期）、《被遮蔽的中国现代海洋文学初探》（贾小瑞，《鲁东大学学报》2018 年第 5 期）、《论现代性视阈下海洋文学的书写范式嬗变》（罗伟文，《集美大学学报》2019 年第 2 期）、《台湾地区海洋文学对现代性的反思》（罗伟文，《上海文化》2020 年第 2 期）、《潮汕海洋文学初探》（郑松辉，《汕头大学学报》2012 年第 2 期）、《广西北部湾海洋性地域文化视阈下的文学书写——以当代广西北部湾沿海地区文学为例》（翁少娟，《广西社会科学》2016 年第 11 期）、《当代广西海洋文学的审美特点及其价值》（邓波，《广西社会科学》2018 年第 1 期）等。学位论文如《当代台湾自然写作初探》（孙燕华，复旦大学 2005 年博士学位论文）、《论中国现当代海洋诗中的海洋意识》（柴丽红，山东大学 2013 年硕士学位论文）、《"寻找在路上"：山东海洋文学母题研究》（吴雪凤，山东大学 2013 年硕士学位论文）、《情、知、理：现当代海洋文学抒写及其形态》（盛晴，山东大学 2017 年硕士学位论文）、《海峡两岸生态文学中的"水书写"》（梁艳，山东大学 2017 年博士学位论文）等。

（2）文体类研究。

除了整体性研究外，还有不少论文涉及对某一具体文体的讨论。例如：《论台湾当代海洋小说中知识分子的精神图景——以东年系列海洋小说为例》（席妍，《小说评论》2017 年第 2 期）、《当代诗歌中的海洋元素和海洋意识——以李少君诗歌为例》（杨碧薇，《写作》2018 年第 3 期）、《"海洋"之歌——当代诗歌中的海洋意象》（袁晓红、刘进，《西华师范大学学报》2009 年第 2 期）、《巴蜀迁台诗人与台湾地区当代海洋诗歌——以覃子豪、汪启疆为例》（陶兰、李永东，《中华文化论坛》2020 年第 1 期）、《论当代海洋诗歌中的海洋意象》（芦海英、赵晓琳，《文艺论坛》2020 年第 4 期）、《论中国当代海洋散文的发展性与特质》（刘栋，《集美大学学报》2018 年第 3 期）、《中国当代海洋散文中的海洋民俗文化》（刘栋，《辽东学院学报》2019 年第 5 期）、《论中国当代海洋散文的生态意识》（刘栋，《三峡大学学报》2020 年第 1 期）等。学位论文如《试论我国现代海洋小说的创作与局限》（张宗慧，山东大学 2010 年硕士学位论文）、《90 年代以来台湾海洋散文研究》（黄成钰，福建师范大学 2014 年硕士学位论文）等。

（3）作家作品研究。

作家作品研究以某一作家或某一作品为个案分析对象展开论述。例如：《海洋文化：徐訏研究新视角》（陈绪石，《宁波大学学报》2016 年第 1 期）、《王蒙的海洋文学创作（之一）——从水到海》（丁玉柱，《海洋世界》2013 年第 10 期）等。学位论文如《张炜创作中的海洋书写研究》（史胜英，山东师范大学 2016 年硕士学位论文）、《郑愁予新诗中的海洋书写研究》（陈燕莺，厦门大学 2017 年硕士学位论文）、《诗意与危机——夏曼·蓝波安的生态叙事与文化建构》（袁飘，福建师范大学 2019 年硕士学位论文）等。

通过上述概况介绍，可以了解到中国现当代海洋文学已经有了一定的创作基础和研究基础。需要继续推进的部分是将现有的成果系统化，建构起较为完整全面的体系，令其以整体化的面貌呈现，这正是本书编写的初衷。作为海洋高校的人文学科研究者，在传统研究对象之外开辟具有学校特色的新的研究领域，也是使命所在。"守正"不忘"创新"，唯如此才有源头活水来。

四、中国现当代海洋文学的创作特点

虽然海洋文学描写的空间领域与习见的文学空间有一定差异，但在精神向度和艺术技巧上二者仍然保持了高度的一致性。这种一致性可以从两个方面认知：

（1）与社会历史发展主潮相契合。

现当代海洋文学看似内容众多、形式多样，但在纷繁的表象下仍能感受到时代洪流的脉搏。中国现代史上几乎所有重大事件都在海洋文学中留下痕迹，虽然描写的社会群体有所不同，展现的文学空间独具特色，但反映的时代精神和价值诉求是一致的。从杨振声的《渔家》中可以看到民国初年凋敝的渔村生活，《渔家》中描写的北方渔村虽不如鲁迅笔下的浙东农村具有典型性，但还是能够帮助我们理解辛亥革命前后中国沿海底层渔民真实的生活困境和精神状态。郭沫若的《立在地球边上放号》《新阳关三叠》一扫之前海洋文学中的悲愤凄凉之气，雄健乐观的精神凸显出新文化运动的社会改造意义。诗歌中发出的呐喊之声"啊啊！好幅壮丽的北冰洋的情景哟／无限的太平洋提起他全身的力量来要把地球推倒"让人战栗，对海滨美景的描写"西北南东到处都张挂着鲜红的云旗／汪洋的海水全盘都已染红了"更是令人激动不已，这样的海是五四精神普照的海，如同迅捷的白鸥划破阴霾的夜空。闻一多的《七子之歌》将近代丢失的滨海地区比喻为"七子"，对"七子"的声声呼唤寄托了诗人对祖国重整河山、再现辉煌的愿望。在成为新感觉派主将之前，穆时英曾有过短暂的现实主义时期，其少年之作《咱们的世界》聚焦于较为偏僻的海盗题材，对底层海盗群体的关注既说明这一阶段穆时英的现实情怀，也能够解释之后他向往充满浪漫冒险的上海滩洋场生活的心理趋向。黎锦明的《银鱼曲》、巴人的《六横岛》、圣旦的《岱山的渔盐民》均创作于20世纪30年代中期，延续的依然是《渔家》中的故事主题，讲述渔民在税警、官员、渔霸侵害下的艰难生活。但这一时期渔民阶层的社会矛盾多了外来的影响因素，即日本军队的骚扰，"××鬼子不断地越界侵渔，浙东三邦——宁波、温州、台州，——的渔业，遭了绝大的威胁"（《岱山的渔盐民》）。这实际上已经预兆了日益严峻的民族矛盾对渔民生活的影响。《海国英雄》看似是一部历史剧，讲述的是郑成功拒降抗清、驱荷收台的故事，但若注意到该剧的创作时间和地点（1940年的"孤岛"上海），就不难联想到作者阿英试图通过重温历史英雄人物故事鼓舞士气，抗击日本侵略者。这是对《岱山的渔盐民》的主题顺理成章的延续。如果说《海国英雄》囿于时势，创作诉求还有些曲折晦涩的话，杨振声《荒岛上的故事》则直接展现了渔民抗击日寇的激烈斗争。岛民武诚与世世代代以捕鱼为生的渔民一样，"捕鱼—买船—发家"是如同骆驼祥子般的生活轨辙，然而残酷的战争让他不得不转换人生的路径。新渔船在战乱中被敌人征用，目睹敌人残忍的杀戮，这些都在教育武诚危机时代下独善其身是多么不切实际的幻想。小说结尾的凿船自沉既是拯救也是升华，象征性地让自然状态的渔民群体完成了向自觉状态的国民身份的转换。

　　虽然《东山岛》创作于中华人民共和国成立后，但延续的仍然是解放战争的主题。《东山岛》中对于战争场面的描写细致入微，作为军旅作家的王愿坚善于控制叙事节奏，用了大量的笔墨铺陈情节，因此最后的战争场面才显得顺理成章、扣人心弦。洪洋的《大海在歌唱》是一首叙事长诗，借助诗歌再次讲述了革命年代的英雄故事，重温峥嵘岁月的牺牲与坚守。与《东山岛》相比，黎汝清的《海岛女民兵》更能吸引读者，原因在于小说在结构上运用了通俗小说中常见的英雄传奇模式，在故事线索的铺陈与人物形象的刻画上更有层次感，因而阅读体验更加丰富。陆俊超的《惊涛骇浪万里行》的主题意义实际上大于文本意义，因为从这篇小说开始，作家关注的焦点开始从阶级矛盾和民族斗争转移到经济建设上。虽然小说仍写了外国势力的侵扰、阶级兄弟的团结等情节，但最终的落脚点是要将机器准时送往国内进行生产，促进国内的工业建设。王蒙的《海的梦》是新时期海洋小说的先声，在先锋的叙事技巧下隐藏着知识分子的精神彷徨，这是转折时期共有的精神状态。海在作品中成为时代精神的喻指，反复纠缠的自我身份在结尾处化为对海的认可，至此完成了艰难的精神重构过程。王润滋的《卖蟹》和邓刚的《迷人的海》均属于真正意义上的新时期文学，《卖蟹》中对于美和善的歌颂、丑与恶的鞭挞都带有新时期才有的朝气与活力。虽然极化的思维范式仍然主导着小说的人物设定和情节结构，但可以看出《卖蟹》已经摆脱了《海的梦》中纠缠不清的游移与彷徨。《迷人的海》无论在技法上还是在思想上均属于当代海洋文学的上乘之作。就技法而言，小说对海底景色的描绘细致生动，对心理变化的推演合乎逻辑；就思想而言，小说将海作为表现主体，开启了之后海洋生态文学的先河。20世纪90年代乃至21世纪是海洋开发的时代，各种远洋捕捞和海上科考活动都热火朝天。借助各种先进的现代捕鱼机械，渔民的活动范围大大扩展。若没有这些现代航海技术，很难猜测廖鸿基《丁挽》中的"人鱼对决"和王家斌《百年海狼》中的"沧海万世劫"最终会有怎样的结局。若非先进的现代帆船，许晨《一个男人的海洋》中郭川不知能否完成伟大的帆船环球旅行。

通过梳理百年来的海洋文学线索，不难发现除了少数抒情性作品外，现当代时期的海洋文学总能反映或折射出时代的主要事件，记录社会变迁下人的情绪感受。这种记录与感受的直接载体是向海谋生的人，间接载体则是海洋自身。

需要特别指出的是，与时代主潮相契合的写作脉络，一方面说明了作为概念的现当代海洋文学的合理性，另一方面也暴露出这一概念内在的矛盾性。如果将"文学是人学"作为逻辑起点进行论证，那么任何题材的文学书写都可以视为人的精神活动产物。然而，在文学前缀以"海洋"二字，能否简单地将人在不同时期的涉海活动或情绪变化视为海洋文学的全部内容？在以人为核心的价值引导下，海洋是否只能作为背景和客体存在？实际上，无论我们讨论哪个时期或哪个国别的海洋文学，都是在分析人在某一时空的活动状况。这种"人本位"的视角存在一定的局限性，以"人本位"为出发点，海洋就只剩下活动空间价值和抒情客体价值。因此我们可以看到，现当代时期海洋文学中大量的渔获与海战题材作品就是在这一价值逻辑推演下完成的。这并非海洋文学独有的现象，在现当代乡土文学或者城市文学中也很难看到除人之外其他活动状态的记录。我们在《怀念狼》《狼图腾》《额尔古纳河右岸》《哦，我的可可西里》等少数作品中似可寻觅到以自然为主体的哲理思考，但这样的作品毕竟太少。之所以会出现"人本位"的海洋书写价值观，除了出于文学自身的艺术属性外，还有一个可能的因素是人类对海洋的科学探索仍然不够。如果将"人本位"转换为"海本位"，或者将"海本位"作为"人本位"的必要补充，是否会为现当代海洋文学带来新的写作范式，这是非常值得探讨和思考的问题。

（2）现实主义为主，浪漫主义、现代主义为辅。

现实主义是中国现代文学主流的创作手法，这一创作手法能够成为现代文学的主流，与这一时期激烈的社会变革相关。回顾文学史不难发现，凡是国家动荡、社会冲击之时，强烈的改造社会和治理国家的愿望便会促使知识分子强烈地关注社会现实，用手中笔书写心中意；到了社会稳定、国泰民安之时，浪漫主义文学就会大行其道，21世纪各种网络奇幻、科幻等浪漫主义文学大肆流行就是例证之一。现代主义较之前两种艺术手法出现时间较晚，而且影响范畴也较小，基本上只在特定时期和特定人群中流行，通常在外来思潮冲击下部分追求艺术创新的作家会倾心于现代主义文学。就海洋文学为例，现当代时期的海洋文学具有明显的忧患意识，为实现国富民强的愿望，作家会在书写海洋的过程中流露出强烈的批判意识和斗争精神，如杨振声的《渔家》《荒岛上的故事》、朱自清的《海行杂记》、穆时英的《咱们的世界》、黎锦明的《银鱼曲》、巴人的《六横岛》、鲁彦的《听潮的故事》、圣旦的《岱山的渔盐民》、阿英的《海国英雄》、王愿坚的《东山岛》、陆俊超的《惊涛骇浪万里行》、黎汝清的《海岛女民兵》、王润滋的《卖蟹》、邓刚的《迷人的海》、张炜的《黑鲨洋》、王家斌的《百年海狼》、许晨的《一个男人的海洋》等。《渔家》《银鱼曲》《岱山的渔盐民》看似在写渔民生活，实际上是在描写国家贫弱背景下激烈的阶级冲突；《荒岛上的故事》《东山岛》《海岛》属于海战题材小说，真实记录下抗日战争、解放战争环境下渔民的战斗生活；《黑鲨洋》《迷人的海》《百年海狼》《丁挽》《一个男人的海洋》则描写渔民不惧狂风巨浪，在海洋的洗礼下浴浪而生的故事。现实主义成为最为主流的艺术创作手法，说明现代海洋题材的作家不仅具有强烈的民族国家意识和现实关怀精神，而且将这种家国情怀贯穿于情节安排和细节描写上，因此作品主题的呈现并不突兀生涩。

除了现实主义手法，浪漫主义的海洋书写也很常见。浪漫主义的海洋文学以抒情为主，同时还涂抹一些幻想色彩，如苏曼殊的《断鸿零雁记》、郭沫若的《立在地球边上放号》《新阳关三叠》、冰心的《海上》《繁星》、许地山的《海世间》、冯至的《在海水浴场》、闻一多的《七子之歌》、徐志摩的《海韵》《北戴河海滨的幻想》、朱湘的《泛海》、巴金的《海的梦》、戴望舒的《寻梦者》、茅盾的《黄昏》、卞之琳的《航海》、蹇先艾的《海滨小景》、艾青的《浪》、萧乾的《梦之谷》、徐訏的《荒谬的英法海峡》、无名氏（卜乃夫）的《海艳》、杨朔的《雪浪花》、舒婷的《致大海》、海子的《面朝大海，春暖花开》、夏曼·蓝波安的《敬畏海的神灵》、蔡其矫的《海上丝路》等。从列举的作品不难看出，诗歌、散文占据了浪漫主义海洋文学的主体。之所以如此，与诗歌、散文文体强烈的抒情性有关。郭沫若、蔡其矫的豪放，冰心、戴望舒、徐志摩的婉约，苏曼殊、冯至、无名氏的凄清，朱湘、舒婷的欢欣，闻一多的悲痛，卞之琳的徘徊，艾青的直白都借助对海的感叹流露无遗。当然，现实主义与浪漫主义并非截然对立，许多现实主义的海洋文学作品中也具有明显的浪漫主义片段，主要集中于海景描写和心理描写，如《银鱼曲》《六横岛》《听潮的故事》《惊涛骇浪万里行》《海岛女民兵》《迷人的海》《百年海狼》等。

运用现代主义手法创作的海洋文学作品虽不常见，但也并非凤毛麟角。在穆旦的《海恋》、王蒙的《海的梦》、多多的《北方的海》、韩东的《你见过大海》中均可以看到现代主义的元素。《海恋》《海的梦》《北方的海》的现代主义因素属于形式上的现代主义，《你见过大海》属于精神上的现代主义。虽然《海恋》属于抒情诗，但在形式上是现代主义的。诗节虽整饬，但不断跃动的韵脚打乱了节奏的规律，对语言结构的破坏使得语词重新整合后显得陌生。《海的梦》中大段的心理描写显然是对当时流行的意识流小说的模仿，虽不地道但不失为一种尝试。多多作为朦胧诗人实则是历史的误会。早在浪迹于白洋淀时，多多对于现代主义手法的运用较同时期的朦胧诗人就显得别具一格，《北方的海》中奇绝的意象、生涩的语言组合带来的阅读挑战是巨大的。这种生涩与北岛的激愤、舒婷的清新和顾城的稚嫩截然不同，风格独树一帜。韩东作为"第三代"代表诗人，其作品《你见过大海》中明显蕴含着对于陈见旧习的挑战态度，这种挑战通过戏谑和玩世不恭来试图完成对经典认知的解构。

从内在精神内核到外在艺术手法的分析仍然只能部分概括现当代海洋文学的总体特征。对这一研究对象的进一步认知仍应建立在研究范围的扩大和研究范式的更新上，当然前提是扎实的文本细读功底。

《中国现当代海洋文学作品评析》是"海洋文学研究书系"之一，其余两册分别为《中国古代海洋文学作品评析》《外国海洋文学作品评析》。这一系列的著作试图通过对古今中外海洋文学作品的搜集和梳理，初步建构起海洋文学的基本史料体系，为进一步的研究奠定基础。为了帮助读者把握现当代海洋文学的时间线索，编者按照作品的发表时间为序进行排列，同时在文体上尽量照顾到四大文体的平衡问题。囿于篇幅和体例，在资料齐备和评价上难以尽善。好在能人众多，若能激发进一步的讨论和研究，也不负编写初衷。该书受广东海洋大学文学与新闻传播学院、海上丝绸之路文化研究院等机构资助，特此一并致谢！

叶澜涛

2022 年 2 月 21 日

目 录
CONTENTS

现代海洋文学作品

当代海洋文学作品

现代海洋文学作品

■ 断鸿零雁记（节选）

　　苏曼殊（1884—1918 年），近代作家、诗人、翻译家、画家，祖籍香山县（今广东省珠海市沥溪村）。原名戬，字子谷，学名元瑛（亦作玄瑛），法名博经，法号曼殊，笔名印禅、苏湜，生于日本横滨。苏曼殊的生命轨迹以上海为中心，他频繁往来于日本、东南亚各地，是一个永远的行者，他拒绝停留，一生像一只断鸿零雁，漂泊流浪、四海为家。他于 1918 年病逝，年仅35 岁。苏曼殊在短暂的生命中，把佛禅、革命、情爱集于一身，自称"丈夫自有冲天气，不向他人行处行"，陈独秀认为他"是大有情人，是大无情人，有情说他也谈恋爱，无情说他当和尚"，由此可以看出其浪漫、自由不羁的个性。可以说，苏曼殊的诗篇"蹈海鲁连不帝秦，茫茫烟水着浮身"，是其生命意识的写照，他以蹈海漂泊流浪的姿态迎接未知人生。他的代表作品有《梵文典》《文学因缘》《断鸿零雁记》《天涯红泪记》等，还有画作《海上红日出》，译作《拜伦诗选》，尤在小说创作方面成就卓著，开启了"鸳鸯蝴蝶派"创作的先河，柳亚子后来将苏曼殊的作品收集整理成《曼殊全集》（共5 卷）。

第一章

　　百越有金瓯山者，滨海之南，巍然矗立。每值天朗无云，山麓葱翠间，红瓦鳞鳞，隐约可辨，盖海云古刹在焉。相传宋亡之际，陆秀夫既抱幼帝殉国崖山，有遗老遁迹于斯，祝发为僧，昼夜向天呼号，冀招大行皇帝之灵。故至今日，遥望山岭，云气葱郁；或时闻潮水悲嘶，尤使人唏嘘凭吊，不堪回首。今吾述刹中宝盖金幢，俱为古物。池流清净，松柏蔚然。住僧数十，威仪齐肃，器钵无声。岁岁经冬传戒，顾入山求戒者寥寥，以是山羊肠峻险，登之殊艰故也。

　　一日凌晨，钟声徐发，余倚刹角危楼，看天际沙鸥明灭。是时已入冬令，海风逼人于千里之外。读吾书者识之，此日为余三戒俱足之日。计余居此，忽忽三旬，今日可下山面吾师；后此扫叶焚香，送我流年，亦复何憾！如是思维，不觉堕泪，叹曰："人皆谓我无母，我岂真无母耶？否否。余自养父见背，虽茕茕一身；然常于风动树梢，零雨连绵，百静之中，隐约微闻慈母唤我之声。顾声从何来，余心且不自明，恒结轖凝想耳。"继又叹曰："吾母生我，胡弗使我一见？亦知儿身世飘零，至于斯极耶？"

此时晴波旷邈，光景奇丽。余遂披袈裟，随同戒者三十六人，双手捧香鱼贯而行。升大殿已，鹄立左右。四山长老云集。《香赞》既阕，万籁无声。少选有尊证阇梨，以悲紧之音唱曰："求戒行人，向天三拜，以报父母养育之恩。"余斯时泪如缲縻，莫能仰视；同戒者亦哽咽不能止。

既而礼毕，诸长老一一来相劝勉曰："善哉大德，慧根深厚，愿力庄严。此去谨侍亲师，异日灵山会上，拈花相笑。"

余聆其音，慈悲哀愍，遂顶礼受牒，收泪拜辞诸长老，徐徐下山。夹道枯柯，已无宿叶，悲凉境地，惟见樵夫出没，然彼焉知方外之人，亦有难言之恫？

此章为吾书发凡，均纪实也。

第二章

余既辞海云寺，即驻荒村静室，经行侍师而外，日以泪珠拭面耳。吾师视余年幼，固已怜之。顾吾师虽慈蔼，不足以杀吾悲。读者试思，余殆极人世之至戚者矣！

一日，余以师命下乡化米，量之可十余斤，负之行，思觅投宿之所，忽有强者自远而来，将余米囊夺去，余付之一叹。尔时天已薄暮，彳亍独行，至海边，已不辨道路。徘徊久之，就沙滩小憩，而骇浪遽起，四顾昏黑。余踌躇间，遥见海面火光如豆，知有渔舟经此，遂疾声呼曰："请渔翁来，余欲渡耳。"

已而火光渐大，知舟已迎面至，余心殊慰。未几，舟果傍岸，渔人询余何往。曰："余为波罗村寺僧，今失道至此，幸翁助我。"

渔人摇手曰："乌，是何言！余舟将以捕鱼易利，安能载尔贫僧？"言毕，登舟驶去。

余莫审所适，怅然涕下。忽耳畔微闻犬吠声，余念是间殆有村落，遂循草径行。渐前，有古庙，就之，中悬渔灯，余入，蜷卧石上。俄闻户外足音，余整衣起，瞥见一童子匆匆入。余曰："小子何之？"

童子手持竹笼数事示余曰："吾操业至劳，夜已深矣，吾犹匿颓垣败壁，或幽岩密菁间，类偷儿行径者，盖为此唧唧者耳，不亦大可哀耶？"

余曰："少年英俊，胡为业此屑小事？"

童子太息曰："吾家固有花圃，吾日间挑花以售富人，富人倍吝，故所入滋微，不足以养吾慈母。慈母老矣，试思吾为人子，安可勿尽心以娱其晚景？此吾所以不避艰辛，而兼业此。虽然，吾母尚不之知，否则亦必尼吾如是。吾前日见庙侧有蟋蟀跨蜈蚣者，候此已两夜，尚未得也。天乎！使此微虫早落吾手，待邻村墟期，必得善价，当为慈母市羊裘一领，使老母虽于冬深之日，犹在春温。小子之心，如是慰矣。吾岂荒伧市侩，尽日孳孳爱钱而不爱命者耶？"

余聆小子言，不禁有所感触，泣然泪下。童子相余顶，从容曰："敢问师奚为露宿于是？"

余视童貌甚庄肃，一一告以所遇。童子慨然曰："师苦矣。寒舍尚有空阃，去此不远，请从我归，否则村人固凶恣，诬师为贼，且不堪也。"

余感此童诚实，诺之，遂行。俄入村，至一宅。童子辟扉，复自阖之，导余曲折度回廊。苑内百花，暗香沁鼻。既忽微闻老人语曰："潮儿今日归何晚？"

余谛听之，奇哉，奇哉，此人声音也。乃至厅事，则赫然余乳媪在焉。

第三章

余礼乳媪既毕，悲喜交并。媪一一究吾行止，乃命余坐，谛视余面；即以手拊额，沉思久之，凄然曰："伤哉，三郎也！设吾今日犹在彼家，即尔胡至沦入空界？计吾依夫人之侧，不过三年，为时虽短，然夫人以慈爱为怀，视我良厚。一别夫人，悠悠十数载，乃至于今，吾每饭犹能不忘夫人爱顾之心。先是夫人行后，彼家人虽遇我恶薄，吾但顺受之，盖吾感夫人恩德，良不忍离三郎而去。迨尔父执去世之时，吾中心戚戚，方谓三郎孤寒无依，欲驰书白夫人，使尔东归，离彼獦獠。讵料彼妇侦知，逢其蕴怒，即以藤鞭我；斯时吾亦不欲与之言人道矣！纵情挞已，即摈我归。"

媪言至此，声泪俱下。斯时余方寸悲惨已极，顾亦不知所以慰吾乳媪，惟泪涌如泉，相对无语。余忽心念乳媪以四十许人，触此愤恸，宁人所堪？遂强颜慰之曰："媪毋伤。媪育我今已成立。此恩此德，感戴何可言宣？余虽心冷空门，今兹幸逢吾媪，借通吾骨肉消息；否即碧落黄泉，无相见之日！以此思之，不亦彼苍尚有灵耶？余在幼龄，恒知吾母尚存，第百思莫审居何许，且为谁氏。今吾媪所称'夫人'者，得非余生身阿母？奚为任我子子一身，飘摇危苦，都弗之问？媪试语我，以吾身世究如何者。"

媪既收泪，面余言曰："三郎居，吾语尔。吾为村人女，世居于斯，牧畜为业。既嫁，随吾夫子，日出而作，日入而息，其乐无极，宁识人间有是非忧患？村家夫妇，如水流年。吾三十，而吾夫子不幸短命死矣，仅遗稚子，即潮儿也。是后家计日困，平生亲友，咸视吾母子为路人。斯时吾始悟世变，怆然于中，四顾茫茫，其谁诉耶？"

"一日，拾穗村边，忽有古装夫人，珊珊来至吾前，谓曰：'子似重有忧者？'因详叩吾况。吾一一答之，遂蒙夫人怜而招我，为三郎乳媪。古装夫人者，诚三郎生母，盖夫人为日本产，衣制悉从吾国古代；此吾见夫人后，始习闻之。"

"'三郎'即夫人命尔名也。尝闻之夫人，尔呱呱坠地，无几月，即生父见背。尔生父宗郎，旧为江户名族，生平肝胆照人，为里党所推。后此夫人综览季世，渐入浇漓，思携尔托根上国；故挈尔身于父执为义子，使尔离绝岛民根性，冀尔长进为人中龙也。明知兹事有干国律，然慈母爱子之心，无所不至，乃亲自抱尔潜行来游吾国，侨居三年。"

"忽一日，夫人诏我曰：'我东归矣，尔其珍重！'复手指三郎，凄声含泪曰：'是儿生也不辰，媪其善视之，吾必不忘尔赐。'语已，手书地址付余，嘱勿遗失，故吾今尚珍藏旧箧之中。

"当是时，吾感泣不置。夫人且赐我百金，顾今日此金虽尽，而吾感激之私，无能尽也。尤忆夫人束装之先一夕，一一为贮小影于尔果罐之中，衣箧之内，冀尔稍长，不忘见阿母容仪，用意至为凄恻。谁知夫人行后，彼家人悉检毁之。嗣后，夫人尝三致书于余，并寄我以金，均由彼妇收没。又以吾详知夫人身世，且深爱三郎，怒我固作是态，以形其寡德。怨毒之因，由斯而发。甚矣哉，人与猛兽，直一线之分耳！吾既见摈之后，彼即诡言夫人已葬鱼腹，故亲友邻舍，咸目尔为无母之儿，弗之闻问。迹彼肺肝，盖防尔长大，思归依阿娘耳。嗟乎！既取人子，复暴遇之，吾百思不解彼妇前生，是何毒物？苍天苍天！吾岂怨毒他人者哉？今为是言者，所以惩悍妇耳。尔父执为人诚实，恒念尔生父于彼有恩，视尔犹如己出。谁料尔父执辞世不旋踵，而彼妇初心顿变耶？至尔无知小子，受待之苛，莫可伦比。顾尔今亭亭玉立，别来无恙；吾亦老矣，不应对尔絮絮出之，以存忠厚。虽然，今丁未造，我在在行吾忠厚，人则在在居心陷我。此理互相消长。世态如斯，可胜浩叹！"吾媪言已，垂头太息。

少须，媪尚欲有言；斯时余满胸愁绪，波谲云诡。顾既审吾生母消息，不愿多询往事，更无暇自悲身世，遂从容启媪曰："今夜深矣，媪且安寝。余行将子身以寻阿母，望吾媪千万勿过伤悲。天下事正复谁料？媪视我与潮儿，岂没世而名不称者耶？"

既而媪忽仰首，且抚余肩曰："伤哉，不图三郎羸瘠至于斯极！尔今须就寝，后此且住吾家，徐图东归，寻觅尔母。吾时时犹梦古装夫人，旁皇于东海之滨，盼三郎归也。三郎，尔尚有阿姊义妹，娇随娘侧，尔亦将闻阿娘唤尔之声。老身已矣，行将就木，弗克再会夫人，但愿苍苍者，必有以加庇夫人耳。"

翌晨，阳光灿烂，余思往事，历历犹在心头。读者试思，余昨宵乌能成寐？斯时郁伊无极，即起披衣出庐四瞩，柳瘦于骨，山容萧然矣。继今以后，余居乳媪家，日与潮儿弄艇投竿于荒江烟雨之中，或骑牛村外；幽恨万千，不自知其消散于晚风长笛间也。

1912 年

作品评析

《断鸿零雁记》最初于 1912 年 5 月至 8 月发表在《太平洋报》上，属于自传体小说，也是苏曼殊的第一篇小说，具有强烈的现代性特征，标志着中国小说叙事模式从讲故事到表现个人内心世界的转变，同时小说中多处出现的海景描写也是作者追求自由、浪漫人生的隐喻。《断鸿零雁记》以第一人称讲述"余"（三郎）的身世遭际与爱情悲剧，三郎出生不久被生母带到中国，母亲走后，三郎受尽磨难，乳母被逐，周围人视其为孤儿，百般习难欺凌。得知身世后，三郎东渡日本寻母，后又复归中国，到杭州灵隐寺操行法事。至未婚妻雪梅故里，为其惨死而悲痛不已，脱身空门，了结余生。小说第一章被作者称为"吾书发凡，均纪实也"，讲述"余"在滨海之南的百越金瓯山海云寺"顶礼受牒"的经历。开篇便呈现秀美旖旎的景致，"山麓葱翠间，红瓦鳞鳞，隐约可辨，盖海云古刹在焉""余倚刹角危楼，看天际沙鸥明灭""海风逼人于千里之外"，葱翠的山麓、红瓦、沙鸥、大海构筑起令人神往的诗画场景。其中"海云古刹"坐落于广东省广州市番禺区陈边村，始建于南汉，由海商捐建，见证了广州海上丝绸之路的历史。文中有追忆南宋名臣"陆秀夫既抱幼帝殉国崖山"的事迹，崖山在今广东省新会市，这里曾发生过宋元崖山海战，以南宋全军覆灭而告终，陆秀夫背负幼帝投海自尽，之后无数宋朝军民也纷纷投海殉国。据《宋史》记载，当时海上浮尸将近 10 万具，这个与海相关的历史故事使"余"抚古思今，感喟万千，"时闻潮水悲嘶"，由历史想到自己凄惨的命运，字里行间弥漫着哀婉悱恻的感情基调。

第二章写了"余"辞别海云寺，"驻荒村静室"，奉师命下乡化米的经历。"余"先是遭遇强者抢劫，"至海边，已不辨道路。徘徊久之，就沙滩小憩，而骇浪遽起，四顾皆黑。"余"踌躇间，遥见海面火光如豆，知有渔舟经此"，本想寻求帮助，结果渔人摇手称自己的舟主要"以捕鱼易利"，并登舟驶去，后"余"遇一童子，随至其家借宿，未曾料到童子之母竟是"余"乳母，海上被渔人所拒的经历反而给"余"带来了惊喜。

第三章讲了"余礼乳媪既毕，悲喜交并"，从乳母口中得知自己的身世，生父为江户名族，生母希望自己的孩子能够"长进为人中龙"，而携"余"回到中国，投奔生父旧友，并认做义父；三年后，生母回日本，义父亡故。乳母告诉"余"应徐图东归寻生母，因其"时时犹梦古装夫人，旁皇于东海之滨，盼三郎归"，源于此，"余"决定离土东渡寻母。小说中三郎的生平无形中镌刻着苏曼殊的影子，永远"在路上"，拒绝停留，一生飘零，"大海"是旅途中所见之景，也是精神慰藉，展示了追求生命自由、与命运抗争的海洋性人格。

▌渔　家

杨振声（1890—1956年），字今甫、金甫，号歆甫，笔名希声，山东省蓬莱市水城村人，现代著名作家、教育家。新文化运动爆发后，杨振声受《新青年》影响，滋生出"叛逆的种子"，在北京大学读书期间与傅斯年、罗家伦等人筹办"新潮社"，并担任《新潮》杂志编辑部书记，《贞女》《一个兵的家》《磨面的老王》等小说都在《新潮》上发表，以写实的笔触揭示社会问题，彰显着知识分子的责任担当意识。杨振声少年时代在海边生活，曾目睹渔民的生存苦难，他们长期在大海的惊涛骇浪中、在统治者的残酷剥削下求生存。这成为杨振声以后小说创作的素材，他留下了《渔家》《荒岛上的故事》等经典作品。可以说，杨振声一生的文学创作无不贯穿着五四启蒙精神，是一个具有独特艺术风格的现实主义作家，他的作品涉及反帝反封建、工农生活疾苦、乡间民俗、女性解放等主题。

一个春天的下午，雨声滴沥滴沥的打窗外的树。那雨已经是下了好几天了，连那屋子里面的地，都水汪汪的要津上水来。这一间草盖的房子，在一颗老槐树的旁边；房子上面的草，已是很薄的了；还有几处露出土来；在一个屋角的上面，盖的一块破席子。那屋子里面的墙，被雨水润透，一块一块的往下落泥。那窗上的纸经雨一洗被风都吹破。上面塞的一些破衣裳。所以那屋子里面十分惨淡黑暗的了。

屋子的墙角，放着一铺破床，床上坐的一个女人，有三十多岁，正修补一架打鱼的破网。旁边坐着一个八九岁的女孩子，给她理线，床头上还躺的一个小孩子，不过有一岁的光景，仰着黄黄的脸儿睡觉。那女人织了一回网，用手支着腮儿出一回神。回身取一件破袄，给那睡觉的小孩子盖好，又皱着眉儿出神。

那女孩子抬头望见他母亲的样子，便说道："妈妈！爸爸出去借米，怎么还不回来？我的肚子饿……痛……哎哟！"说着便用手去捧肚子。

那女人接着说道："好孩子！你别着急，你爸爸快回来了。"

那女孩子又接着问道："爸爸是上张家去借米的吗？"

那女人道："是的，上次借了他家的米，尚未还他，这次还不知道他借……"

那女孩子道："那一天我到张家去玩，她家的蓉姐姐拿馍馍喂狗，我从她要一块吃，她倒不给我。"

她母亲道："罢呀！人家有钱！命好！"

那女孩子道："咱们因为甚么没有钱？怎么就命不好？"正说着，一阵雨水从那屋顶上淋了下来，打了那女孩子一身，那女孩子不觉的打了个寒噤，说道："不好了！屋子上面的席教风吹掀了。快把床挪一挪罢。"说完，便同他母亲来拉床。正忙着，一个三十多岁的男人，打着一把破伞，通身的衣裳都湿了，走了进来。那女孩子叫道："爸爸来了！你借了米回来了么？"那男人夹着肩膊，颤声说道："没……没……"

那女人急道："我们两天没有动火了，又没处再去借米，这不得等着饿……"这句话倒说的那女孩子想起饿来了，哭道："爸爸，饿……饿死……我了！"

那男人拭眼说道："你乖，别哭，等到好了天，我打鱼卖了钱，就有的吃了，不挨饿了！"说着，只听哇的一声，床上睡觉的小孩子也醒了，那女人忙的抱了起来，给他奶子吃。但是那小孩子衔着奶子在口里，只是不住的哭。那女人拿下奶子看了一看，道："哎哟！这奶子是没得汤了！怪不得他哭呢，这怎么……"说着，便用袖子去拭眼。那女孩子看见她母亲哭了，越发哭个不住。那男子包着眼泪，转了脸往上望那房子上面的窟洞。

那时已是黄昏了，雨渐渐的住了，但是还没开晴。忽听门外叫道："王茂，你的渔旗子税还不快纳么？"说着，一声门响，进来了个穿蓝军衣的人，手里拉着一根马棒，嘴里吸着纸烟，挺着胸腹，甩着个大辫子，一摇一摆的走进来。王茂见是一位水上警察，就带了几分怕，忙陪笑道："老爷！我这里连饭都没得吃，那里有钱上税。再等几天我给你送去罢。"那警察从鼻子里出来两道烟，慢慢的说道："你有没有的吃我不管，这渔旗子税总是要纳的，难道你说没有饭吃，就不纳税了么？没有饭吃的人多着呢，那一个敢不纳税来。快点！我若回去禀了老爷，办你个抗税的罪，你就担不了兜着走！快点罢！"

王茂道："我前些日子预备了两块大洋，这几天没的吃，还没敢动用。等着再借三块，一遭儿给你送去。不是……你先拿这两块去。"

那警察道："不成，得一块儿交齐。"

王茂道："老爷！我今年时气不好，上一次下了网，又教旁人把鱼偷了去，连网都割去了，所以我……"

那警察不等他说完，便接口道："胡说，有我们水上警察，那一个还敢偷鱼。难道我们偷了你的鱼不成！你分明抗税，不要胡说，非要带你见我们老爷去不成。——快走   不成。"说着，拉了他就要走。

那女孩子原是哭着的，后来看见那警察来了，她便吓的跑到她母亲的背后，一声也不敢哭了。今见那警察要带她父亲，她怕的又哭起来了。那女人也急了，把小孩子放在床上，跑来求那警察道："老爷饶了他罢！你若把他带……我们一家……都要饿……死了！"那警察仰了脸，只作不理，说道："走！走！别费话啦。"说着，拉了王茂就走。吓的那女人孩子一齐哭起来。那时雨又下大了，澎湃之声与哭声相和。

忽听哗喇的一声，接着那小孩子哭了一声，就无动静了。那女孩子哭叫道："后墙教雨冲倒了，弟弟……"

王茂听了，哀告那警察道："你放了手！我看看我的孩子再走！"那警察那里听他，拉着就走了。那女孩子还在后面哭着叫："爸爸……爸爸……妈妈晕过去了……哎呀！"

那时天已昏黑，王茂走的远了；犹听得他的女孩子叫哭之声，被风送到他的耳朵里，时断时续的。

1919 年

作品评析

《渔家》最早发表于1919年3月1日的《新潮》（第1卷第3号）。古典诗词中的渔家生活常常被想象成一种闲适恬淡、悠闲自得的精神乌托邦，但杨振声的《渔家》中看不到传统文学中"渔家乐"的画面，而是道出了沿海渔民生活的艰难。同时《渔家》在一定程度上也超越了当时文坛对个性独立解放、婚姻自由等社会问题的关注，把目光投向社会底层民众的生存不幸，以此暴露社会矛盾与症结，意义深远。小说讲述了一个春天的下午，正是风雨交加之时，沿海渔民凄惨的生活场景，体现了作者关注社会现实、积极探索人生、体恤民间疾苦的创作倾向。《渔家》详写了海边老槐树旁渔民家的陈设：一间草房子，房屋上面铺着很薄的草与快被风吹掀的破席，以及屋角的破床、几乎被雨水浸透的墙面、被风吹破的窗纸等。就是这样破败不堪、在风雨中摇摆的茅屋里，生活着一户在生死线上挣扎的渔民。作品以哀景衬哀情，女人正修补一架打鱼的破网，八九岁的女孩在帮忙，床头还躺着一个一岁光景的小男孩，他们焦急地等待着外出借粮的男主人归来，等来的却是男主人王茂空空如也的双手，小孩子难以忍受饥饿的折磨而哭泣不止，当一家人正在为生计发愁的时候，一位水上警察"手里拉着一根马棒，嘴里吸着纸烟，挺着胸腹，甩着个大辫子，一摇一摆的走进来"。这一地方官吏飞扬跋扈的架势预示着王茂一家将要面临的灾难。最后因逼迫交纳渔旗子税，提前预备的两块大洋不够，男主人被拉走，背后是倒塌的房屋与被压在下面的孩子、哭晕过去的女人……作者以沉郁的笔调，通过恶劣的自然环境与种类繁多的苛捐杂税呈现渔民凄惨的生活，控诉社会罪恶。鲁迅称当时发表在《新潮》上的作品："过于巧合，在一刹时中，在一个人上，会聚集了一切难堪的不幸。"[①] 这一评价是客观的，指明了小说在艺术技巧方面的幼稚，《渔家》同样存有这样的缺憾，但作者关怀底层民众生存处境的人道主义精神正是对五四文学主题的回应，代表着新文学初期的成就，也使我们看到了沿海地区渔民生存的艰辛。

---

① 赵家璧主编，鲁迅选编：《中国新文学大系（小说二集）》，上海：上海文艺出版社1935年版，第2页。

立在地球边上放号

　　郭沫若（1892—1978 年），原名郭开贞，笔名郭鼎堂、麦克昂等，四川乐山人，诗人、剧作家、学者、古文字学家、社会活动家、革命家。1914 年抵达日本，开启了九年的留学生涯。1918 年升入日本九州帝国大学医学部，同年开始新诗创作，1921 年与成仿吾、郁达夫等人成立创造社，创办《创造季刊》。1928—1937 年再度赴日，1937 年归国后一直在文化界担任领导职务。著作有诗集《女神》《星空》《瓶》《前茅》《新华颂》《百花齐放》，历史剧《屈原》等，此外，他还著有一些学术著作、翻译作品，均收入《郭沫若全集》。他的思想经历了从泛神论到无神论，从唯心主义到唯物主义，从人性论到阶级论，从个体解放到社会解放的转变，折射出 20 世纪中国知识分子的心路历程。

　　无数的白云正在空中怒涌，
　　啊啊！好幅壮丽的北冰洋的情景哟！
　　无限的太平洋提起他全身的力量来要把地球推倒。
　　啊啊！我眼前来了的滚滚的洪涛哟！
　　啊啊！不断的毁坏，不断的创造，不断的努力哟！
　　啊啊！力哟！力哟！
　　力的绘画，力的舞蹈，力的音乐，力的诗歌，力的律吕哟！

1920 年

新阳关三叠①

一

我独自一人，坐在这海岸边的石梁上，
我要欢送那将要西渡的初夏的太阳。
汪洋的海水在我脚下舞蹈，
高伸出无数的臂腕待把太阳拥抱。
他，太阳，披着件金光灿烂的云衣，
要去拜访那西方的同胞兄弟。
他眼光耿耿，不转睛地，紧觑着我。
你要叫我跟你同路去吗？太阳哟！

二

我独自一人，坐在这海岸边的石梁上，
我在欢送那正要西渡的初夏的太阳。
远远的海天之交涌起蔷薇花色的紫霞，
中有黑雾如烟，仿佛是战争的图画。
太阳哟！你便是颗热烈的榴弹哟！
我要看你"自我"的爆裂，开出血红的花朵。
你眼光耿耿，不转睛地，紧觑着我，
我也想跟你同路去哟！太阳哟！

---

① 阳关：古地名，在今天甘肃省敦煌市内，汉唐时期这里是从中原到西域各地的主要通道。"阳关三叠"是古代的乐曲名，唐代王维的《送元二使安西》中有"劝君更尽一杯酒，西出阳关无故人"的诗句，表达朋友间依依惜别的深情厚谊，带着感伤的基调，后来谱入乐府为送别曲。

三

我独自一人，坐在这海岸边的石梁上，
我已欢送那已经西渡的初夏的太阳。
我回过头来，四下地观望天宇，
西北南东到处都张挂着鲜红的云旗。
汪洋的海水全盘都已染红了！
Bacchus① 之群在我面前舞蹈！
你眼光耿耿，可还不转睛地紧觑着我？
我恨不能跟你同路去哟！太阳哟！

1920 年

作品评析

《立在地球边上放号》最初发表于 1920 年 1 月 5 日的上海《时事新报·学灯》，后收入诗集《女神》。创作背景是 1919 年 9—10 月，郭沫若深受五四运动与俄国十月革命的影响，决定从日本渡海回国，当轮船行驶至日本横滨时，面对波涛汹涌的海浪，他联想到时代洪流，胸中的激情喷薄欲出，写下了这首《立在地球边上放号》。以"火山爆发式"的语言，形成热烈昂扬的审美风格，据诗人回忆，留日期间他认为"惠特曼那种把一切的旧套摆脱干净了的诗风和五四时代的狂飙突进精神十分合拍"（《我的作诗的经过》），并彻底地为惠特曼雄浑豪放的调子所折服。

《立在地球边上放号》以海洋的滚滚洪涛构建起气魄宏大的画面，蕴藏着无限的力量，诗人把自己想象成横跨两大洋的巨人，站在"地球边上放号"，以响亮的号角欢呼"壮丽的北冰洋"，欢呼可以推倒地球的"太平洋"，欢呼具有无限破坏性与创造性的"滚滚的洪涛"。仿佛"力的绘画与舞蹈"是洪涛的形态，"力的音乐与诗歌"是洪涛的声音，而"力的律吕"是洪涛的节奏，在这里，海的力量充溢着崇高美，体现了大自然的雄伟壮阔之美。这是一首振奋人心的力的颂歌，"海洋"是主导的象征意象，其中"滚滚的洪涛"

---

① Bacchus：巴克科斯，罗马神名，即古希腊神话中的狄俄倪索斯（Dionysus），是酒神与欢乐之神。

体现了五四时代冲决一切封建腐朽思想的巨大破坏力，形容历史前进的不可阻挡之势，更是被唤醒的知识青年猛烈冲击旧文化与旧传统的反抗精神的体现。形式上，全诗共七行，句式自由，有强烈的节奏感，排比句式与叠词的反复运用无形中增强了诗歌的艺术感染力。如"不断的毁坏""不断的创造"反映了人民以极大的热情推翻旧世界、创建新世界的强烈愿望，而"啊啊""哟"等感叹词的叠加，烘托出超乎寻常的意境，引起读者的惊叹，而自然的意象与自由奔放的节奏融为一体，彰显着一种乐观进取的精神旨向。

《新阳关三叠》最早发表于 1920 年 7 月 11 日的上海《时事新报·学灯》，副标题为"宗白华兄砚右"，因 1919 年 8 月宗白华担任上海《时事新报》文艺版《学灯》的主编，偶然从一摞摞稿件中发现了留日青年郭沫若的诗稿，非常欣赏其诗篇中那大胆、奔放的激情，之后他们不断有书信往来，后来郭沫若从日本寄来的诗作没有不被刊登的，因此《学灯》也成为他发表诗歌的主要阵地。1921 年该诗被收入《女神》初版时删去小序，副标题改为"此诗呈宗白华兄"。

《新阳关三叠》被郭沫若赋予了新的内涵，从创作时间上看，诗人还在日本九州帝国大学医学部学习，一天他独坐在博多湾海岸边的石梁上，目睹海边日落的景象，百感交集，虽身处异国，但心系故土，对祖国的思念之情难以排解，尤其想看看经过狂飙突进的五四运动后，焕然一新的祖国与新生的骨肉同胞。正是这种深情，使诗篇氤氲着浪漫主义气息，作者以生动的笔触描绘出抒情主人公"我"坐在海岸边的石梁上观看太阳西渡的景观，虽是"送别"却没有"泪沾襟"的感伤，虽是黄昏时逐渐下沉的"太阳"，却看不到"夕阳无限好，只是近黄昏"的惋惜，而彰显着昂扬热烈的悲壮之美。

从结构上看，《新阳关三叠》共三节，形式自由奔放、错落有致，通过"要欢送""在欢送""已欢送"等词语呈现"太阳"一点点西沉的过程，体现出"动"的精神与力量，赋予自然物象以鲜活的生命感。而海也在变化，从"汪洋的海水在我脚下舞蹈"到"远远的海天之交涌起蔷薇花色的紫霞"，再到"汪洋的海水全盘都已染红了"，这些画面有着不断跳跃的动态美，象征作者浪漫飞扬的情感。诗篇通过意象"太阳""大海"表达诗人向往自然、崇拜光明、憧憬未来的心绪，每节的最后一句"你要叫我跟你同路去吗""我也想跟你同路去哟""我恨不能跟你同路去哟"，抒情主人公愈加激动的情绪与变动的自然物象相融合；尤其是"要""想""恨"几个动词体现了作者试图打破封建思想藩篱，创立新文化、新道德的激情，当然也有期盼早日回到祖国怀抱，目睹其新生的迫切心情。整体上看，《新阳关三叠》描述了"我"在海边"送别太阳"的画面，而一个"新"字预示着作者试图以新的姿态超越传统，表达历史转型期张扬个性，讴歌生命与光明的时代精神。

海 上

冰心（1900—1999 年），原名谢婉莹，福建长乐人，中国现代诗人、散文家、儿童文学家，笔名冰心取自"一片冰心在玉壶"。1919 年在《晨报》上发表小说《两个家庭》等作品，迎合了当时"问题小说"的创作模式；1923 年出版诗集《繁星》《春水》，开启了小诗的先河，在诗坛影响巨大。因为生活环境的靠海与诗篇中的海洋元素，冰心有"海化的诗人"之称。后来以《寄小读者》为代表的通信散文陆续发表，成为中国儿童文学的奠基之作，改革开放的新时期，冰心迎来了创作的第二次高潮，著有《空巢》《三寄小读者》等。她的一生可谓开创了一个个文学创作的新境界。

谁曾在阴沉微雨的早晨，独自飘浮在岩石卜面的一个小船上的，就要感出宇宙的静默凄黯的美。

岩石和海，都被阴雾笼盖得白蒙蒙的，海浪仍旧缓进缓退的，洗那岩石。这小船儿好似海鸥一般，随着拍浮。这浓雾的海上，充满了沉郁，无聊，——全世界也似乎和它都没有干涉，只有我管领了这静默凄黯的美。

两只桨平放在船舷上，一条铁索将这小船系在岩边，我一个人坐在上面，倒也丝毫没有惧怕，——纵然随水漂了去，父亲还会将我找回来。

微尘般的雾点，不时的随着微风扑到身上来，润湿得很。我从船的这边，扶着又走到那边，瞭望着，父亲一定要来找我的，我们就要划到海上去。

沙上一阵脚步响，一个渔夫，老得很，左手提着筐子，右手拄着竿子，走着便近了。

雨也不怕，雾也不怕，随水漂了去也不怕。我只怕这老渔夫，他是会诳哄小孩子，去卖了买酒喝的。——下去罢，他正坐在海边上；不去罢，他要是捉住我呢；我怕极了，只坚坐在船头上，用目光逼住他。

他渐渐抬起头来了，他看见我了，他走过来了；我忽然站起来，扶着船舷，要往岸上跳。

"姑娘呵！不要怕我，不要跳，——海水是会淹死人的。"

我止住了，只见那晶莹的眼泪，落在他枯皱的脸上；我又坐下，两手握紧了看着他。

"我有一个女儿——淹死在海里了，我一看见小孩子在船上玩，我心就要……"

我只看着他，——他用袖子擦了擦眼泪，却又不言语。

深黑的军服，袖子上几圈的金线，呀！父亲来了，这里除了他没有别人袖子上的金线还比他多的，——果然是父亲来了。

"你这孩子，阴天还出来做什么！海面上不是玩的去处！"我仍旧笑着跳着，攀着父亲的手。他斥责中含有慈爱的言词，也和母亲催眠的歌，一样的温煦。

"爹爹，上来，坐稳了罢，那老头儿的女儿是掉在海里淹死了的。"父亲一面上了船，一面望了望那老头儿。

父亲说："老头儿，这海边是没有大鱼的，你何不……"

他从沉思里，回过头来，看见父亲，连忙站起来，一面说："先生，我知道的，我不愿意再到海面上去了。"

父亲说："也是，你太老了，海面上不稳当。"

他说："不是不稳当，——我的女儿死在海里了，我不忍再到她死的地方。"

我倚在父亲身畔，我想："假如我掉在海里死了，我父亲也要抛弃了他的职务，永远不到海面上来么？"

渔人又说："这个小姑娘，是先生的……"父亲笑说："是的，是我的女儿。"

渔人嗫嚅着说："究竟小孩子不要在海面上玩，有时会有危险的。"

我说："你刚才不是说你的女儿……"父亲立刻止住我，然而渔人已经听见了。

他微微地叹了一声："是呵！我的女儿死了三十年了，我只恨我当初为何带她到海上来。——她死的时候刚八岁，已经是十分的美丽聪明了，我们村里的人都夸我有福气，说龙女降生在我们家里了；我们自己却疑惑着；果然她只送给我们些眼泪，不是福气，真不是福气呵！"

父亲和我都静默着，望着他。

"她只爱海，整天里坐在家门口看海，不时地求我带她到海上来，她说海是她的家，果然海是她永久的家。——三十年前的一日，她母亲回娘家去，夜晚的时候，我要去打鱼了，她不肯一个人在家里，一定要跟我去。我说海上不是玩的去处，她只笑着，缠磨着我，我拗她不过，只得依了她，她在海面上乐极了"。

他停了一会儿——雾点渐渐的大了，海面上越发的阴沉起来。

"船旁点着一盏灯,她白衣如雪,攀着帆索,站在船头,凝望着,不时的回头看着我,现出喜乐的微笑。——我刚一转身,灯影里一声水响,她……她滑下去了。可怜呵!我至终没有找回她来。她是龙女,她回到她的家里去了。"

父亲面色沉寂着,嘱咐我说:"坐着不要动。孩子!他刚才所说的,你听见了没有?"一面自己下了船,走向那在岩石后面呜咽的渔人。浓雾里,她的父亲,和我的父亲都看不分明。

要是他忘不下他的女儿,海边和海面却差不了多远呵!怎么海边就可以来,海面上就不可以去呢?

要是他忘得下他的女儿,怎么三十年前的事,提起来还伤心呢?

人要是回到永久的家里去的时候,父亲就不能找他回来么?

我不明白,我至终不明白。——雾点渐渐的大了,海面上越发的阴沉起来。

谁曾在阴沉微雨的早晨,独自飘浮在小船上面?——这浓雾的海上,充满了沉郁无聊,全世界也似乎和它都没有干涉,只有我管领了这静默黯凄的美。

1921 年

作品评析

《海上》发表于 1921 年 6 月的《燕京大学季刊》(第 2 卷第 1、2 期)。冰心生命历程中多次与大海相遇,也可以说海洋见证了她的成长,大海融进了她的生命,"每次拿起笔来,头一件事忆起的就是海"(《往事(一)之十四》),她成为现代文学史上"海化"的作家,在她的作品中总能找到海的影子。她以海寄托对自然和谐之美的热爱,形成独特的文学风格。

《海上》的故事情节简单,但意蕴深刻、真挚感人,其中父爱、大海、童心构成了小说主旨。主要讲述"我"陪同父亲一起到海上捕鱼,碰到了一个年迈的渔夫,从谈话中得知他因女儿被海水淹死,几十年来不忍到女儿去世的海面,而只在海边打鱼为生,这一举动寄托着老父亲对女儿的思念,隐含其常年饱受丧女之痛的苦楚。此外,全文以儿童的叙事视角表达了作者内心深处的人道主义情怀,以及对生命的珍视,对自然之美的向往,如"海面上不是玩的去处""究竟小孩子不要在海面上玩"等话语无不折射出幼童的天真贪玩以及长辈对晚辈无微不至的疼爱。"只有我管领了这静默凄黯的美",表达了"我"想占有大海的迫切心情,而那个声称海是她的家、八岁时不幸丧命永远成为"海的女儿"的女孩，致使文末"浓雾的海上"弥漫的不只是沉郁的无聊，还有朦胧的感伤。

繁星（节选）

二 八

故乡的海波呵！
你那飞溅的浪花，
从前怎样一滴一滴的敲我的盘石，
现在也怎样一滴一滴的敲我的心弦。

一三一

大海呵！
那一颗星没有光？
那一朵花没有香？
那一次我的思潮里
没有你波涛的清响？

1922 年

作品评析

《繁星》原载于 1922 年 1 月 1 日至 26 日《晨报副镌》。冰心的思想从小就受到海洋生活环境的熏陶，海的阔大与浩瀚早已融入血液，成为她生命的一部分。三岁时，冰心随父母迁居烟台，在这里与大海相依为伴度过了难忘的童年时光。正如她在《我的童年》中所说："当我忧从中来，无可告语的时候，我一想到大海，我的心胸就开阔了起来，宁静了下去。"① 可以说，蔚蓝

---

① 陈恕编：《文学精读：冰心》，杭州：浙江人民出版社 2018 年版，第 127 页。

的大海开阔了冰心的胸怀与奇妙的想象力，其精神世界也随之达到了新的境界。文学创作伊始，海洋成为萦绕冰心心间的意象，她以海抒发自己丰富的情感。《繁星》中的这两首小诗同样承载着冰心对海的一往情深，《繁星·二八》中"故乡的海波"是故乡的象征，浪花一滴一滴敲击的不是盘石，而是作者的心弦，是她对故乡的无限思恋，用海浪的击打声传递游子眷恋故乡的深情。《繁星·一三一》同样表达了思乡主题，作者由海想到星光与花香，而"那一颗星没有光/那一朵花没有香"与"那一次我的思潮里/没有你波涛的清响"形成鲜明对照，其中"你波涛的清响"暗指故乡，象征着诗人远离家乡后心中浓浓的乡愁，犹如无光的星、无香的花、无灵魂的思想。这短小精悍、清新隽永的文字背后隐匿着冰心对大海的热爱，而字里行间又笼罩着低沉的气氛，一定程度上与五四时期感伤忧郁的时代情绪相呼应。

▊ 海世间

　　许地山（1893—1941年），名赞堃，笔名落花生，祖籍广东揭阳，后来跟随家人落籍福建龙溪。少年时期饱尝颠沛流离之苦，成年后在漳州与缅甸仰光谋生。他毕业于燕京大学文学院和神学院，后留学英美学习宗教史，这使其作品中总弥漫着宗教色彩，著述涉及佛教、道教、基督教等，但真正影响许地山人生观形成的是佛学思想。此外，受中国沿海（闽、台、粤）、东南亚、印度等海洋环境的叙事背景影响，其作品除浪漫的基调之外，还富有异域情调，充满着光怪陆离的神秘感。他的主要代表作有小说集《缀网劳蛛》《商人妇》《春桃》，散文集《空山灵雨》《无法投递之邮件》等。

　　我们的人间只有在想象或淡梦中能够实现罢了。一离了人造的海上社会，心里便想到此后我们要脱离等等社会律的桎梏，来享受那乐行忧违的潜龙生活。谁知道一上船，那人造人间所存的受、想、行、识，都跟着我们入了这自然的海洋！这些东西，比我们的行李还多，把这一万二千吨的小船压得两边摇荡。同行的人也知道船载得过重，要想一个好方法，教它的负担减轻一点，但谁能有出众的慧思呢？想来想去，只有吐些出来，此外更无何等妙计。

　　这方法虽是很平常，然而船却轻省得多了。这船原是要到新世界去的哟，可是新世界未必就是自然的人间。在水程中，虽然把衣服脱掉了，跳入海里去学大鱼的游泳，也未必是自然。要是闭眼闷坐着，还可以有一点勉强的自在。

船离陆地远了，一切远山疏树尽化行云。割不断的轻烟，缕缕丝丝从烟筒里舒放出来，慢慢地往后延展。故国里，想是有人把这烟揪住罢。不然就是我们之中有些人的离情凝结了，乘着轻烟家去。

呀！他的魂也随着轻烟飞去了！轻烟载不起他，把他摔下来。堕落的人连浪花也要欺负他，将那如弹的水珠一颗颗射在他身上。他几度随着波涛浮沉，气力有点不足，眼看要沉没了，幸而得文鳐的哀怜，展开了帆鳍搭救他。

文鳐说："你这人太笨了，热火燃尽的冷灰，岂能载得你这焰红的情怀？我知道你们船中定有许多多情的人儿，动了乡思。我们一队队跟船走，又飞又泳，指望能为你们服劳，不料你们反拍着掌笑我们，驱逐我们。"

他说："你的话我们怎能懂得呢？人造的人间的人，只能懂得人造的语言罢了。"

文鳐摇着他口边那两根短须，装作很老成的样子，说："是谁给你分别的，什么叫人造人间，什么叫自然人间？只有你心里妄生差别便了。我们只有海世间和陆世间的分别，陆世间想你是经历惯的；至于海世间，你只能从想象中理会一点。你们想海里也有女神，五官六感都和你们一样。戴的什么珊瑚、珠贝，披的什么鲛纱、昆布。其实这些东西，在我们这里并非希奇难得的宝贝。而且一说人的形态便不是神了。我们没有什么神，只有这蔚蓝的盐水是我们生命的根源。可是我们生命所从出的水，于你们反有害处。海水能夺去你们的生命。若说海里有神，你应当崇拜水，毋需再造其他的偶像。"

他听得呆了，双手扶着文鳐的帆鳍，请求他领他到海世间去。文鳐笑了，说："我明说水中你是生活不得的。你不怕丢了你的生命么？"

他说："下去一分时间，想是无妨的。我常想着海神的清洁、温柔、娴雅等等美德；又想着海底的花园有许多我不曾见过的生物和景色，恨不得有人领我下去一游。"

文鳐说："没有什么，没有什么，不过是咸而冷的水罢了，海的美丽就是这么简单——冷而咸。你一眼就可以望见了。何必我领你呢？凡美丽的事物，都是这么简单的。你要求它多么繁复、热烈，那就不对了。海世间的生活，你是受不惯的，不如送你回船上去罢。"

那鱼一振鳍，早离了波臬，飞到舷边。他还舍不得回到这真是人造的陆世界来，眼巴巴只怅望着天涯，不信海就是方才所听情况。从他想象里，试要构造些海底世界的光景。他的海中景物真个实现在他梦想中了。

1923 年

作品评析

《海世间》是一篇短小精悍而又富有哲理意味的海洋题材小说，作者以嘲弄的笔调营造出一个充满奇幻色彩的世界，叙述旅人乘船到海世间找寻生命的自由境界，但脑子里太多不切实际的想象导致其难以抵达这一理想彼岸。

小说开头讲到一群人坐着一艘承重有一万二千吨的小船欣赏着自然的海洋，想象着摆脱人类社会的束缚，可以尽情享受快乐的潜龙生活，但小船载得动的是那些看得见的重量，而每个人的"受、想、行、识"这些无形的负担却使小船来回摇晃不定。为了船的安全，大家想到的是吐出心中的"受、想、行、识"。这一构思具有荒诞性，也是作者的揶揄。行程中作者试图提醒那些怀抱着在海上找寻新世界与自然人间之境的梦想的人们，"虽然把衣服脱掉了，跳入海里去学大鱼的游泳，也未必是自然"，片刻的"闭眼闷坐"得到的是"一点勉强的自在"，或许只有心与思想自由驰骋才算实现真正的自由。船离陆地越来越远，激起了旅人浓烈的离情，旅人随轻烟飞去，轻烟载不动而在海上摇摇晃晃，快要沉入海底的时候被海里一种会飞的鱼——文鳐所救，之后展开了文鳐与被救者的对话。实际上，文鳐正是作者的化身，他想借此告诉对海存有种种梦幻的人类，海里本没有"戴的什么珊瑚、珠贝，披的什么鲛纱、昆布"的女神，只有象征生命根源的蔚蓝盐水，水大概可以被视为海里的神，这一对话打消了被救者继续看看海底花园里生物与景色的念想，不由分说地被送回船上。这个海上找寻理想居所的故事意在告诫人们，对海世间的满心期待只是心中的幻影而已，行船最终也根本无法到达理想的新世界，提醒众人只有心自由了，你的世界才会真正地自由，其与现实居所无关。

"海的美丽就是这么简单——冷而咸。……凡美丽的事物，都是这么简单的。你要求它多么繁复、热烈，那就不对了。"作者借文鳐之口把熟悉的哲理表达得生动形象，引人思考何种境界才是真正自由、和谐的新世界，一定程度上也体现了五四时期追求个性解放、生命自由的时代精神。

在海水浴场（组诗）

冯至（1905—1993年），河北省涿县（今涿州市）人，原名冯承植，字君培，现代著名诗人、翻译家、德国文学研究者，毕业于北京大学德文系。1921—1927年在北京大学读书，其间成为浅草社、沉钟社的主要成员；1930

年留学德国。他著有诗集《昨日之歌》《十四行集》《北游及其他》，因浪漫主义的创作风格被鲁迅称为"中国最杰出的抒情诗人"，其诗风对九叶诗派有深远影响。

浪来了

浪来了，你跳入海中，
浪平了，又从海中跳起，
跳在平板的船儿上，
唱着你故乡的歌曲。

浴衣衬着你的肌肤，
金发披在你的双肩，
岩石为着你含了愁容，
潮水为着你充满疯癫。

我可是在什么地方
好像是见过你的情郎？
他夜间在阴森的林里
望着树疏处的星星叹息！

沙　中

在这松散的沙中，
却于一团温馨凝聚；
唇儿吻在沙里边，
深吻着脂汗的香气。

我的双臂懒懒地
向暖暖的空中前伸，
依然触着了（那昨天的）
柔腻的玉体横陈——

怎能从这海浪里，
涌出来魔术的少女，——
倩她攫去了我的灵魂，
只剩下唇在沙中狂吻！

海　滨

风吹着发，又长了一分，
苦闷也增了一寸；
雄浑无边的大海。
它怎管人的困顿！

那边是悲切的军笳，
树林里蝉声像火焰；
波浪把一座太阳
闪化作星光万点。

远远的归帆
告我新闻一件：
"有只船儿葬在海心，
在一个凄清的夜半！"

1924 年

作品评析

　　《浪来了》原题为《海滨》，载于 1924 年 7 月 29 日《文艺周刊》（第 44 期），后改题为《浪来了》，收录于诗集《昨日之歌》，为组诗《在海水浴场》的第一首，并增加后二节内容。编入《冯至诗选》时组诗取消，《浪来了》直接改用原组诗的总题《在海水浴场》，曾编入《冯至选集》，列于《冯至全集》第一卷。

　　冯至是受到五四精神熏陶的一位少年诗人，早期的诗歌多创作于五四落潮期，当感伤、苦闷成为一种普遍的情绪充盈在青年知识分子中间时，孤独感应是一种典型的时代特征。冯至的作品同样难以摆脱时代氛围，但他又懂得感情节制，诗歌中没有郭沫若那种一览无余的澎湃激情，也没有冰心小诗体的短小唯美，更没有徐志摩的意境悠远，却以曲折幽婉的情感表达、冷峻的哲思取胜。《在海水浴场》以"海水浴场"为背景，通过"浪来了""沙中""海滨"等场景，抒写青年男子对爱情笃定追求而不得的悲剧命运，饱含生活的质感。诗人擅长选择具体的日常生活场景，寄托特殊的生存感受与生命体验，同时又有感情的节制，如丁香花前《春的歌》、郊原游荡《在效原》等，赋予寻常事物以新奇之感，体现了冯至诗歌创作的独特性。

《在海水浴场》的每首诗篇表面上独立成章，但又有内在关联，是作者哀愁与彷徨的感情记录。《浪来了》塑造了一个站在平板的船上唱歌的女郎形象，"浴衣衬着的肌肤""披在双肩的金发"是她的形态，那富有魅力的肉体使"岩石含了愁容""潮水充满疯癫"，具体可感的生命个体散发着力量之美，而情郎"夜间在阴森的林里/望着树疏处的星星叹息"则弥漫着阴森、神秘、凄凉的氛围，且富有暗示性。可以说，诗篇上下两节以"你"—"我"对话的形式传递作者对一种相互呼应的爱情的期待，而抒情主人公思慕爱恋的女郎难以寻觅，那苦闷孤寂的爱令他只能望着夜晚的星星叹息。

《沙中》中的"我"在松散的沙中"深吻着脂汗的香气"，向空中前伸的双臂虽依然可以接触到"柔腻的玉体横陈"，但那已"攫去了我的灵魂"的"魔术的少女"不会从海浪里涌出，"只剩下唇在沙中狂吻"，一个执着追求理想爱情的多情男子形象跃然纸上，在感性冲动中有真挚情感的流露。《海滨》中抒情主人公内心的忧郁已达到极点，在海风的吹拂下仿佛头发又"长了一分"，"苦闷也增了一寸"，连"雄浑无边的大海"都难以冲刷"人的困顿"，只好想象火焰一样的蝉声与太阳般的波浪"闪化作星光万点"来慰藉孤寂的心灵。但"远远的归帆"还是带来了"有只船儿葬在海心"的消息，仿佛是"眼前闪烁着天国的晴朗，心理蕴积着地狱的阴森"（《湖滨》），使诗歌笼罩着低沉的气氛，表达了一种无以言表的悲凉情绪。

整体上，《在海水浴场》结构完整、音节自然、感情含蓄。组诗主要讲述海边船上唱歌的妙龄女郎被默默爱慕她的男子推崇，男子最后等来的却是船儿葬于海心的噩耗，隐晦地书写着生命深处的欲望，而这一欲望正是抒情主人公追求理想爱情的写照。用"她"漠然的态度，与心上人距离的遥远衬托男子在无望中仍能执着坚守的信念，但"困顿""悲切""凄清"等词语又给组诗打上了凄婉伤感的气息，这是作者当时心灵迷茫与失落的写照，与五四运动落潮期知识分子苦闷彷徨的精神状态相吻合。

北戴河海滨的幻想

徐志摩（1897—1931 年），原名章垿，浙江海宁人，现代新月派著名诗人、散文家。多年的留学生活使徐志摩认识到资本主义经济的种种弊端与罪恶，后来他的思想观念受到欧美浪漫主义文学思潮、唯美派诗人的影响，决定"弃商从文"，从此世间少了一位政治家或金融家，而多了一位有才情的诗人，他短暂的一生像一首浪漫的诗。1922 年徐志摩归国后发表了大量诗文，其中爱情诗占据较大比重，它们记录着他坎坷曲折的爱情经历，留下了无数动人心弦的情境。著有《志摩的诗》《猛虎集》《云游》《翡冷翠的一夜》等诗集。

他们都到海边去了。我为左眼发炎不曾去。我独坐在前廊，偎坐在一张安适的大椅内，袒着胸怀，赤着脚，一头的散发，不时有风来撩拂。清晨的晴爽，不曾消醒我初起时睡态；但梦思却半被晓风吹断。我阖紧眼帘内视，只见一斑斑消残的颜色，一似晚霞的余赭，留恋地胶附在天边。廊前的马樱，紫荆，藤萝，青翠的叶与鲜红的花，都将他们的妙影映印在水汀上，幻出幽媚的情态无数；我的臂上与胸前，亦满缀了绿荫的斜纹。从树荫的间隙平望，正见海湾：海波亦似被晨曦唤醒，黄蓝相间的波光，在欣然的舞蹈。滩边不时见白涛涌起，迸射着雪样的水花。浴线内点点的小舟与浴客，水禽似的浮着；幼童的欢叫，与水波拍岸声，与潜涛呜咽声，相间的起伏，竞报一滩的生趣与乐意。但我独坐的廊前，却只是静静的，静静的无甚声响。妩媚的马樱，只是幽幽的微颭着，蝇虫也敛翅不飞。只有远近树里的秋蝉，在纺纱似的垂引他们不尽的长吟。

在这不尽的长吟中，我独坐在冥想。难得是寂寞的环境，难得是静定的意境；寂寞中有不可言传的和谐，静默中有无限的创造。我的心灵，比如海滨，生平初度的怒潮，已经渐次的消翳，只剩有疏松的海砂中偶尔的回响，更有残缺的贝壳，反映星月的辉芒。此时摸索潮余的斑痕，追想当时汹涌的情景，是梦或是真，再亦不须辨问，只此眉梢的轻皱，唇边的微哂，已足解释无穷奥绪，深深的蕴伏在灵魂的微纤之中。

青年永远趋向反叛，爱好冒险；永远如初度航海者，幻想黄金机缘于浩渺的烟波之外：想割断系岸的缆绳，扯起风帆，欣欣的投入无垠的怀抱。他厌恶的是平安，自喜的是放纵与豪迈。无颜色的生涯，是他目中的荆棘；绝海与巉，是他爱取自由的途径。他爱折玫瑰；为她的色香，亦为她冷酷的刺毒。他爱搏狂澜：为他的庄严与伟大，亦为他吞噬一切的天才，最是激发他探险与好奇的动机。他崇拜冲动：不可测，不可节，不可预逆，起，动，消歇皆在无形中，狂飙似的倏忽与猛烈与神秘。他崇拜斗争：从斗争中求剧烈的生命之意义，从斗争中求绝对的实在，在血染的战阵中，呼叫胜利之狂欢或歌败丧的哀曲。

幻象消灭是人生里命定的悲剧；青年的幻灭，更是悲剧中的悲剧，夜一般的沉黑，死一般的凶恶。纯粹的，猖狂的热情之火，不同阿拉丁的神灯，只能放射一时的异彩，不能永久的朗照；转瞬间，或许，便已敛熄了最后的焰舌，只留存有限的余烬与残灰，在未灭的余温里自伤与自慰。

流水之光，星之光，露珠之光，电之光，在青年的妙目中闪耀，我们不能不惊讶造化者艺术之神奇；然可怖的黑影，倦与衰与饱餍的黑影，同时亦紧紧的跟着时日进行，仿佛是烦恼，痛苦，失败，或庸俗的尾曳，亦在转瞬间，彗星似的扫灭了我们最自傲的神辉——流水涸，明星没，露珠散灭，电闪不再！

在这艳丽的日辉中，只见愉悦与欢舞与生趣，希望，闪烁的希望，在荡漾，在无穷的碧空中，在绿叶的光泽里，在虫鸟的歌吟中，在青草的摇曳中——夏之荣华，春之成功。春光与希望，是长驻的；自然与人生，是调谐的。

在远处有福的山谷内，莲馨花在坡前微笑，稚羊在乱石间跳跃，牧童们，有的吹着芦笛，有的平卧在草地上，仰看变幻的浮游的白云，放射下的青影在初黄的稻田中缥缈地移过。在远处安乐的村中，有妙龄的村姑，在流涧边照映她自制的春裙；口衔烟斗的农夫三四，在预度秋收的丰盈，老妇人们坐在家门外阳光中取暖，她们的周围有不少的儿童，手擎着黄白的钱花在环舞与欢呼。

在远——远处的人间，有无限的平安与快乐，无限的春光……

在此暂时可以忘却无数的落蕊与残红；亦可以忘却花荫中掉下的枯叶，私语地预告三秋的情意；亦可以忘却苦恼的僵瘿的人间，阳光与雨露的殷勤，不能再恢复他们腮颊上生命的微笑，亦可以忘却纷争的互杀的人间，阳光与雨露的仁慈，不能感化他们凶恶的兽性；亦可以忘却庸俗的卑琐的人间，行云与朝露的丰姿，不能引逗他们刹那间的凝视；亦可以忘却自觉的失望的人间，绚烂的春时与媚草，只能反激他们悲伤的意绪。

我亦可以暂时忘却我自身的种种；忘却我童年期清风白水似的天真；忘却我少年期种种虚荣的希翼；忘却我渐次的生命的觉悟；忘却我热烈的理想的寻求；忘却我心灵中乐观与悲观的斗争；忘却我攀登文艺高峰的艰辛；忘却刹那的启示与彻悟之神奇；忘却我生命潮流之骤转；忘却我陷落在危险的旋涡中之幸与不幸；忘却我追忆不完全的梦境；忘却我大海底里埋首的秘密；忘却曾经刿割我灵魂的利刃，炮烙我灵魂的烈焰，摧毁我灵魂的狂飙与暴雨；忘却我的深刻的怨与艾；忘却我的冀与愿；忘却我的恩泽与惠感；忘却我的过去与现在……

过去的实在，渐渐的膨胀，渐渐的模糊，渐渐的不可辨认；现在的实在，渐渐的收缩，逼成了意识的一线，细极狭极的一线，又裂成了无数不相联续的黑点……黑点亦渐次的隐翳？幻术似的灭了，灭了，一个可怕的黑暗的空虚……

1923 年

作品评析

《北戴河海滨的幻想》于 1923 年 8 月完成于北戴河，发表于《晨报》，收入徐志摩 1928 年 1 月出版的《自剖文集》。该文是一篇记游散文佳作，讲述了"我"由于眼睛发炎，没去海边，而独坐前廊冥想，当"我阖紧眼帘内视"时，远处有"晚霞的余赭"，近处有"廊前的马樱，紫荆，藤萝，青翠的叶与鲜红的花"以及"臂上与胸前，亦满缀了绿荫的斜纹"。随着"我"的思绪跳动，眼前呈现唯美的海湾景致，"被晨曦唤醒的在欣然舞蹈的海波""白涛涌起的滩边，迸射着雪样的水花""浴线内点点的小舟与浴客"等。从文中不难发现，"我"在这样一个安静的环境，试图通过与眼前大海的悄悄交流来缓解内心的寂寞，"心灵，比如海滨，生平初度的怒潮，已经渐次的消翳，只剩有疏松的海砂中偶尔的回响，更有残缺的贝壳，反映星月的辉芒"，心思仿佛也随着起伏的潮水不停涌动。用已经消失的"生平初度怒潮"来凭吊曾经的美好年华，尤其文中的"放纵""豪迈""初渡的航海者""爱搏狂澜""崇拜冲动""崇拜""斗争"等话语，简直是在谱写一曲青春之歌。但如波涛般的思绪很快从顶峰转入低谷，因为这些理想只能是现实中的幻象，"青年的幻灭"最终也不过"只留存有限的余烬与残灰，在未灭的余温里自伤与自慰"。接着，作者又通过"吹芦笛的牧童""自制春裙的妙龄村姑""口衔烟斗的农夫"等画面，营造出一个虚幻的远村桃源世界，试图超越现实的黑暗与痛苦。最后以大量的排比，23 个忘却，让"我"的心潮再次掀起波澜，仿佛一朵朵绚烂的浪花，但终究与海水融为一体，了无踪影，以此暗示"我"对理想，对炽热青春的眷恋之情。

　　从《北戴河海滨的幻想》的创作背景来看，当时中国社会正处于军阀混战的黑暗时期，知识分子虽陷入苦闷与彷徨中，但仍在积极思考国家未来的出路。对于徐志摩来说，由于长期受到欧美思想文化的熏陶，他一直期望中国可以不通过暴力革命，最终实现资产阶级民主政治，这显然有悖于历史现实，也注定这一理想的局限性。作者通过对幻象情境的描摹暗示浪潮般矛盾的心理活动，不满黑暗的社会现实，却又找不到出路，只能从乌托邦式想象中虚构出和谐与安乐的世界来消解现实苦痛。

海　韵

一

"女郎，单身的女郎，
你为什么留恋
这黄昏的海边？ ——
女郎，回家吧，女郎！"
"啊不；回家我不回，
我爱这晚风吹。" ——
在沙滩上，在暮霭里，
有一个散发的女郎——
徘徊，徘徊。

二

"女郎，散发的女郎，
你为什么彷徨
在这冷清的海上？

女郎，回家吧，女郎！"
"啊不；你听我唱歌，
大海，我唱，你来和。"——
在星光下，在凉风里，
轻荡着少女的清音——
高吟，低哦。

三

"女郎，胆大的女郎！
那天边扯起了黑幕，
这顷刻间有恶风波，——
女郎，回家吧，女郎！"
"啊不；你看我凌空舞，
学一个海鸥没海波。"——
在夜色里，在沙滩上，
急旋着一个苗条的身影，——
婆娑，婆娑。

四

"听呀，那大海的震怒，
女郎回家吧，女郎！
看呀，那猛兽似的海波，
女郎，回家吧，女郎！"
"啊不；海波他不来吞我，
我爱这大海的颠簸！"——
在潮声里，在波光里，
啊，一个慌张的少女在海沫里，
蹉跎，蹉跎。

五

　　"女郎，在哪里，女郎？
　　在哪里，你嘹亮的歌声？
　　在哪里，你窈窕的身影？
　　在哪里，啊，勇敢的女郎？"
　　黑夜吞没了星辉①，
　　这海边再没有光芒；
　　海潮吞没了沙滩，
　　沙滩上再不见女郎，——
　　再不见女郎！

1925 年

作品评析

　　《海韵》发表于 1925 年 8 月 17 日《晨报·文学旬刊》。纵观徐志摩一生的诗歌创作，云、风、雪花等意象经常出现，而大海意象也会以多样的姿态传递诗人对生活的感悟。《海韵》是中国新诗中较有代表性的叙述型抒情海洋诗，曾被称为中国的"布尔乔亚浪漫曲"，诗篇主要通过海边女郎的经历表达诗人不懈追求自由的思想。从《海韵》的创作时间看，当时徐志摩正陷入与陆小曼的不伦之恋，一时间，来自家庭与社会舆论的指责与唾弃之声不绝于耳，诗歌中自然会流露着一层感伤、忧郁的色彩，映射出诗人郁闷与痛苦的精神世界。

　　从诗篇的艺术技巧来看，《海韵》一共五节，每节之间在变化中不失和谐，富有节奏感，融建筑美、音乐美、绘画美于一体，后由著名音乐家赵元任谱成大型合唱曲。诗歌语言口语化，情节单纯，意象生动感人，以抒情的笔调讲述一个热爱自由的女郎的海边遭遇，她拒绝回家过平庸的生活，在海边徘徊、歌唱、凌空而舞，又因始终"爱这大海的颠簸"，尤其留恋黄昏的海边，最终被淹入海沫，沙滩上再不见她的踪影。实际上，诗中那个在海边翩翩起舞，毫不畏惧猛兽似的海波等毁灭性力量来袭的女郎正是徐志摩的化身，

---

　　①　发表时"星辉"改为"光辉"。

"学一个海鸥没海波"象征女郎对理想的勇敢追求,而海鸥是大海里的精灵,似乎也暗示诗人在爱情遇挫时也应该有一种永恒不变的信仰与意志,但诗人又不免陷入焦灼的精神状态。如诗篇中两种不同的声音,即"女郎,回家吧,女郎"与"阿不;回家我不回",直至"女郎,在哪里,女郎""沙滩上再不见女郎"等,形成双声复调的叙事效果,也是作者在理想与现实矛盾冲突时复杂心理活动的写照。

学者蓝棣之认为《海韵》的主题是"优雅的恫吓"①,对那些尚无足够力量又想成为时代弄潮儿的理想主义者发出警告。如果从积极方面看,《海韵》以海边女郎的悲剧为契机,提醒人们不要一味地追求生活中那些不切实际的浪漫情调,而忽视了潜在的危险。事实上,诗篇中那个向往海韵而忘记大海危险的女郎正寄托着一种理想浪漫的生活模式,即使她最后为了自由被海浪吞噬,在诗人眼中仍值得歌颂与肯定,而不是惋惜,因为徐志摩的一生也像是一只用生命祭奠理想的"荆棘鸟"。

▌七子之歌

闻一多(1899—1946 年),原名闻家骅,号一多,湖北浠水人,著名学者,新月派代表诗人,曾提出"音乐美、绘画美、建筑美"的新格律诗主张。闻一多于 1912 年考入清华大学留美预备学校;1922 年 7 月赴美留学;1923 年出版第一部诗集《红烛》,奠定了他在新诗史上的地位;1925 年 5 月回国到高校任教,尽管后来以大学教育与学术研究为主要方向,但其诗歌方面的成就仍不能忽视,同年 7 月发表爱国诗篇《七子之歌》,成为传世经典;1928 年第二部诗集《死水》的出版标志着他在新诗方面的成就。著有《闻一多全集》(共 12 卷)。

邶②有七子之母不安其室。七子自怨自艾,冀以回其母心。诗人作《凯

---

① 杨占升等编:《中国现代文学专题选讲》,北京:中央广播电视大学出版社 1983 年版,第 56 页。
② 邶(bèi):周灭商后分封的小国,在今河南省汤阴县。邶国民歌称"邶风",属于《诗经》十五国风之一。

风》以愍之①。吾国自《尼布楚条约》迄旅大之租让，先后丧失之土地，失养于祖国，受虐于异类，臆其悲哀之情，盖有甚于《凯风》之七子，因择其中与中华关系最亲切者七地，为作歌各一章，以抒其孤苦亡告，眷怀祖国之哀忱，亦以励国人之奋兴云尔。国疆崩丧，积日既久，国人视之漠然。不见夫法兰西之 Alsace‐Lorraine② 耶？"精诚所至，金石能开。"诚如斯，中华"七子"之归来其在旦夕乎！

澳　门

你可知"妈港"③ 不是我的真名姓？……
我离开你的襁褓太久了，母亲！
但是他们掳去的是我的肉体，
你依然保管着我内心的灵魂。
三百年来梦寐不忘的生母啊！
请叫儿的乳名，叫我一声"澳门"！
母亲！我要回来，母亲！

香　港

我好比凤阙阶前守夜的黄豹，
母亲呀，我身份虽微，地位险要。
如今狞恶的海狮扑在我身上，
啖着我的骨肉，咽着我的脂膏；
母亲呀，我哭泣号啕，呼你不应。
母亲呀，快让我躲入你的怀抱！
母亲！我要回来，母亲！

---

① 《凯风》：为《邶风》第七篇，选其首句"凯风自南"的前两个字为篇名，主要写了一个母亲欲弃七个孩子离家，七子悔恨自己的错误，向母自责哀告，以求母亲回家。闻一多有感于此，想到受异族压迫失于祖国的同胞，于是用拟人手法写了先后被割让的澳门、香港、台湾、威海卫、广州湾、九龙、旅顺及大连七地，各为一章，组成了《七子之歌》。愍（mǐn）：同"悯"，忧愁。

② Alsace‐Lorraine：阿尔—萨斯洛林，位于法国东北部，1871 年普法战争中法国战败，此地被割让给德国，直到 1918 年"一战"后才收回。

③ 妈港：明成化年间（1465—1487），闽粤两地人民即在澳门修建有妈祖神庙，初来的葡人即以"妈港（Macau）"称之。

台　湾

我们是东海捧出的珍珠一串，
琉球是我的群弟，我就是台湾。
我胸中还氤氲着郑氏的英魂，
精忠的赤血点染了我的家传。
母亲，酷炎的夏日要晒死我了；
赐我个号令，我还能背城一战。
母亲！我要回来，母亲！

威海卫

再让我看守着中华最古的海，
这边岸上原有圣人的丘陵在。
母亲，莫忘了我是防海的健将，
我有一座刘公岛作我的盾牌。
快救我回来呀，时期已经到了。
我背后葬的尽是圣人的遗骸！
母亲！我要回来，母亲！

广州湾①

东海和硇州②是我的一双管钥，
我是神州后门上的一把铁锁。
你为什么把我借给一个盗贼？
母亲呀，你千万不该抛弃了我！
母亲，让我快回到你的膝前来，
我要紧紧地拥抱着你的脚踝。

---

① 广州湾：湛江港旧称，清光绪二十五年（1899）中法签订《广州湾租界条约》，为法国侵占；1943年被日占领；1945年中法签订《交收广州湾租借地专约》，归还中国。现为湛江市。
② 硇（náo）州：岛名，在广东省湛江市附近海中。

母亲！我要回来，母亲！

九　龙

我的胞兄香港在诉他的苦痛，
母亲呀，可记得你的幼女九龙？
自从我下嫁给那镇海的魔王，
我何曾有一天不在泪涛汹涌！
母亲，我天天数着归宁的吉日，
我只怕希望要变作一场空梦。
母亲！我要回来，母亲！

旅顺，大连

我们是旅顺，大连，孪生的兄弟。
我们的命运应该如何的比拟？——
两个强邻将我们来回的蹂躏，
我们是暴徒脚下的两团烂泥。
母亲，归期到了，快领我们回来。
你不知道儿们如何的想念你！
母亲！我们要回来，母亲！

1925 年

作品评析

《七子之歌》创作于 1925 年 3 月，1925 年 7 月 4 日载于《现代评论》（第 2 卷第 30 期）。闻一多在美国留学期间，切身体会到了弱国子民在西方国家所受的欺凌，是强烈的民族自尊心与爱国情怀激发了他的创作灵感，使他写下了《七子之歌》。

从艺术手法上看，《七子之歌》巧妙地运用了拟人的修辞，把当时沦为西方殖民地的澳门、香港、台湾、威海卫、广州湾、九龙等七个靠海的港口城市比作远离母亲的孩子，诉说他们受尽欺凌的命运，期盼他们早日回到母亲怀抱。全诗以第一人称独白的形式，增强读者的亲切感，以此表达离土之子对母亲的深切眷恋。每一章虽篇幅短小，但催人泪下，感人肺腑。《澳门》中称"'妈港'不是我的真名姓"，是因当时葡萄牙人在澳门半岛南端的妈阁庙前上岸，将澳门称为"妈港"；最后那句"请叫儿的乳名，叫我一声'澳门'"，表达强烈的赤子情怀。《香港》中的"如今狞恶的海狮扑在我身上"，是以海狮的狞恶比喻英国对香港的殖民统治。《台湾》中的"我们是东海捧出的珍珠一串，琉球是我的群弟"指出了台湾的位置，台湾虽灿若明珠，但长期遭受岛上横行的日本侵略者踩躏。《威海卫》中"中华最古的海"点明威海卫是历史上第一座海滨古城，有不夜城之称，就是这片承载着中华民族传统文化精神的海域于1898年被英国强行租占。《广州湾》中，广州湾以"东海和硇州"为"管钥"，由多个南部港湾与海岛聚集而成，曾是"神州后门上的一把铁锁"，历史上先后被法国与日本侵占。《九龙》中的"幼女九龙"下嫁给"镇海的魔王"，指的是九龙尖沙咀于1860年被英国占领，当时祖国弱小，而魔王强大，致使九龙地区长期陷入水深火热，每天在"泪涛汹涌"中煎熬，期盼着"归宁的吉日"。《旅顺，大连》中描述了被称为"渤海咽喉"的旅顺和大连先被沙俄租借，又在日俄战争中被日本占领，"暴徒脚下的两团烂泥"形容侵略者的残酷。诗歌每一章的结尾都发出"母亲！我要回来，母亲"这样的呼喊，感人肺腑，启迪人们的爱国意识，表达着游子对祖国领土完整的渴望。

从形式上看，《七子之歌》共由七节构成，每节七句，前六句是整齐的长句，最后以铿锵有力的短句收尾，彰显着闻一多所主张的诗歌"建筑美"的特征；叠韵的运用使诗歌充满节奏感，具有复沓的"音乐美"；每一节都以海为背景，呈现出诗的"绘画美"。

▌海行杂记

朱自清（1898—1948年），原名自华，号秋实，字佩弦。原籍浙江绍兴，出生于江苏东海，后定居扬州。中国现代散文家、诗人、学者、民主战士，文学研究会主要成员。代表作有抒情长诗《毁灭》、散文集《背影》等，其中《桨声灯影里的秦淮河》被誉为"白话美文的模范"，他还著有用印象的笔法创作的两部游记《欧游杂记》《伦敦杂记》。

这回从北京南归，在天津搭了通州轮船，便是去年曾被盗劫的。盗劫的事，似乎已很渺茫；所怕者船上的肮脏，实在令人不堪耳。这是英国公司的船；这样的肮脏似乎尽够玷污了英国国旗的颜色。但英国人说：这有什么呢？船原是给中国人乘的，肮脏是中国人的自由，英国人管得着！英国人要乘船，会去坐在大菜间里，那边看看是什么样子？那边，官舱以下的中国客人是不许上去的，所以就好了。是的，这不怪同船的几个朋友要骂这只船是"帝国主义"的船了。"帝国主义的船"！我们到底受了些什么"压迫"呢？有的，有的！

我现在且说茶房吧。

我若有常常恨着的人，那一定是宁波的茶房了。他们的地盘，一是轮船，二是旅馆。他们的团结，是宗法社会而兼梁山泊式的；所以未可轻侮，正和别的"宁波帮"一样。他们的职务本是照料旅客；但事实正好相反，旅客从他们得着的只是侮辱，恫吓，与欺骗罢了。中国原有"行路难"之叹，那是因交通不便的缘故；但在现在便利的交通之下，即老于行旅的人，也还时时发出这种叹声，这又为什么呢？茶房与码头工人之艰于应付，我想比仅仅的交通不便，有时更显其"难"吧！所以从前的"行路难"是唯物的；现在的却是唯心的。这固然与社会的一般秩序及道德观念有多少关系，不能全由当事人负责任；但当事人的"性格恶"实也占着一个重要的地位的。

我是乘船既多，受侮不少，所以姑说轮船里的茶房。你去定舱位的时候，若遇着乘客不多，茶房也许会冷脸相迎；若乘客拥挤，你可就倒霉了。他们或者别转脸，不来理你；或者用一两句比刀子还尖的话，打发你走路——譬如说："等下趟吧。"他说得如此轻松，凭你急死了也不管。大约行旅的人总有些异常，脸上总有一副着急的神气。他们是以逸待劳的，乐得和你开开玩笑，所以一切反应总是懒懒的，冷冷的；你愈急，他们便愈乐了。他们于你也并无仇恨，只想玩弄玩弄，寻寻开心罢了，正和太太们玩弄叭儿狗一样。所以你记着：上船定舱位的时候，千万别先高声呼唤茶房。你不是急于要找他们说话么？但是他们先得训你一顿，虽然只是低低的自言自语："啥事体啦？哇啦哇啦的！"接着才响声说，"噢，来哉，啥事体啦？"你还得记着：你的话说得愈慢愈好，愈低愈好；不要太客气，也不要太不客气。这样你便是门槛里的人，便是内行；他们固然不见得欢迎你，但也不会玩弄你了。——只冷脸和你简单说话；要知道这已算承蒙青眼，应该受宠若惊的了。

定好了舱位，你下船是愈迟愈好；自然，不能过了开船的时候。最好开船前两小时或一小时到船上，那便显得你是一个有"涵养工夫"的，非急莘莘的"阿木林"可比了。而且茶房也得上岸去办他自己的事，去早了倒绊住了他；他虽然可托同伴代为招呼，但总之麻烦了。为了客人而麻烦，在他们是不值得，在客人是不必要；所以客人便只好受"阿木林"的待遇了。有时船于明早十时开行，你今晚十点上去，以为晚上总该合式了；但也不然。晚上他们要打牌，你去了足以扰乱他们的清兴；他们必也恨恨不平的。这其间有一种"分"，一种默喻的"规矩"，有一种"门槛经"，你得先做若干次"阿木林"，才能应付得"恰到好处"呢。

开船以后，你以为茶房闲了，不妨多呼唤几回。你若真这样做时，又该受教训了。茶房日里要谈天，料理私货；晚上要抽大烟，打牌，那有闲工夫来伺候你！他们早上给你舀一盆脸水，日里给你开饭，饭后给你拧手巾；还有上船时给你摊开铺盖，下船时给你打起铺盖；好了，这已经多了，这已经够了。此外若有特别的事要他们做时，那只算是额外效劳。你得自己走出舱门，慢慢地叫着茶房，慢慢地和他说，他也会照你所说的做，而不加损害于你。最好是预先打听了两个茶房的名字，到这时候悠然叫着，那是更其有效的。但要叫得大方，仿佛很熟悉的样子，不可有一点讷讷。叫名字所以更其有效者，被叫者觉得你有意和他亲近（结果酒资不会少给），而别的茶房或竟以为你与这被叫者本是熟悉的，因而有了相当的敬意；所以你第二次第三次叫时，别人往往会帮着你叫的。但你也只能偶尔叫他们；若常常麻烦，他们将发见，你到底是"阿木林"而冒充内行，他们将立刻改变对你的态度了。至于有些人睡在铺上高声朗诵的叫着"茶房"的，那确似乎搭足了架子；在茶房眼中，其为"阿"字号无疑了。他们于是忿然的答应："啥事体啦？哇啦啦！"但走来倒也会走来的。你若再多叫两声，他们又会说："啥事体啦？茶房当山歌唱！"除非你真麻木，或真生了气，你大概总不愿再叫他们了吧。

"子入太庙，每事问"，至今传为美谈。但你入轮船，最好每事不必问。茶房之怕麻烦，之懒惰，是他们的特征；你问他们，他们或说不晓得，或故意和你开开玩笑，好在他们对客人们，除行李外，一切是不负责任的。大概客人们最普遍的问题，"明天可以到吧？""下午可以到吧？"一类。他们或随便答复，或说，"慢慢来好啰，总会到的。"或简单的说，"早呢！"总是不得要领的居多。他们的话常常变化，使你不能确信；不确信自然不问了。他们所要的正是耳根清净呀。

茶房在轮船里，总是盘踞在所谓"大菜间"的吃饭间里。他们常常围着桌子闲谈，客人也可插进一两个去。但客人若是坐满了，使他们无处可坐，他们便恨恨了；若在晚上，他们老实不客气将电灯灭了，让你们暗中摸索去吧。所以这吃饭间里的桌子竟像他们专利的。当他们围桌而坐，有几个固然有话可谈；有几个却连话也没有，只默默坐着，或者在打牌。我似乎为他们觉着无聊，但他们也就这样过去了。他们的脸上充满了倦怠，嘲讽，麻木的气分，仿佛下工夫练就了似的。最可怕的就是这满脸：所谓"施施然拒人于千里之外"者，便是这种脸了。晚上映着电灯光，多少遮过了那灰滞的颜色；他们也开始有了些生气。他们搭了铺抽大烟，或者拖开桌子打牌。他们抽了大烟，渐有笑语；他们打牌，往往通宵达旦——牌声，争论声充满那小小的"大菜间"里。客人们，尤其是抱了病，可睡不着了；但于他们有甚么相干呢？活该你们洗耳恭听呀！他们也有不抽大烟，不打牌的，便搬出香烟画片来一张张细细赏玩：这却是"雅人深致"了。

我说过茶房的团结是宗法社会而兼梁山泊式的，但他们中间仍不免时有战氛。浓郁的战氛在船里是见不着的；船里所见，只是轻微淡远的罢了。"唯口出好兴戎"，茶房的口，似乎很值得注意。他们的口，一例是练得极其尖刻的；一面自然也是地方性使然。他们大约是"宁可输在腿上，不肯输在嘴上"。所以即使是同伴之间，往往因为一句有意的或无意的，不相干的话，动了真气，抢眉竖目的恨恨半天而不已。这时脸上全失了平时冷静的颜色，而换上热烈的狰狞了。但也终于只是口头"恨恨"而已，真个拔拳来打，举脚来踢的，倒也似乎没有。语云，"君子动口，小人动手"；茶房们虽有所争斗，殆仍不失为君子之道也。有人说，"这正是南方人之所以为南方人"，我想，这话也有理。茶房之于客人，虽也"不肯输在嘴上"，但全是玩弄的态度，动真气的似乎很少；而且你愈动真气，他倒愈可以玩弄你。这大约因为对于客人，是以他们的团体为靠山的；客人总是孤单的多，他们"倚众欺"起来，不怕你不就范的：所以用不着动真气。而且万一吃了客人的亏，那也必是许多同伴陪着他同吃的，不是一个人失了面子：又何必动真气呢？克实说来，客人要他们动真气，还不够资格哪！至于他们同伴间的争执，那才是切身的利害，而且单枪匹马做去，毫无可恃的现成的力量；所以便是小题，也不得不大做了。

茶房若有向客人微笑的时候，那必是收酒资的几分钟了。酒资的数目照理虽无一定，但却有不成文的谱。你按着谱斟酌给与，虽也不能得着一声"谢谢"，但言语的压迫是不会来的了。你若给得太少，离谱太远，他们会始而嘲你，继而骂你，你还得加钱给他们；其实既受了骂，大可以不加的了，但事实上大多数受骂的客人，慑于他们的威势，总是加给他们的。加了以后，还得听许多唠叨才罢。有一回，和我同船的一个学生，本该给一元钱的酒资的，他只给了小洋四角。茶房狠狠力争，终不得要领，于是说："你好带回去做车钱吧！"将钱向铺上一摔，忿然而去。那学生后来终于添了一些钱重交给他；他这才默然拿走，面孔仍是板板的，若有所不屑然。——付了酒资，便该打铺盖了；这时仍是要慢慢来的，一急还是要受教训，虽然你已给过酒资了。铺盖打好以后，茶房的压迫才算是完了，你再预备受码头工人和旅馆茶房的压迫吧。

我原是声明了叙述通州轮船中事的，但却做了一首"诅茶房文"；在这里，我似乎有些自己矛盾。不，"天下老鸦一般黑"，我们若很谨慎的将这句话只用在各轮船里的宁波茶房身上，我想是不会悖谬的。所以我虽就一般立说，通州轮船的茶房却已包括在内；特别指明与否，是无关重要的。

1926 年

作品评析

《海行杂记》于 1926 年 7 月创作于白马湖，是一篇记事为主的旅行散文。当时朱自清从北京南归，在天津搭乘英国公司的通州轮船，在船上受尽了同胞茶房的窝囊气，怀着恼怒的心情写下了这篇散文，可说是一首"诅茶房文"，显示出朱自清独特的审美旨趣。

朱自清是现代文学史上的散文大家，借景抒情、指摘时弊、抒写人伦之爱是其散文的主要类型。《海行杂记》显然属于抨击社会现实的书写范畴，难见《荷塘月色》的秀美，也没有《背影》的沉重，而以"我"在轮船上的见闻为契机，以宁波茶房"压迫"同胞为主线揭露国民思想的劣根性。作品中的轮船是现代化的象征，茶房的贪婪与自私似乎暗示了民众精神的落后性，这显然与快速发展的物质文明脱节。

文中写了"我"不忍直视轮船肮脏的环境，而工作人员却认为船是给中国人坐的，肮脏也是中国人的自由，因言语中明显的歧视而被旅客骂为"帝国主义"的船。作品又通过"定舱位""开船后""轮船里"等场景把船上宁波茶房阿谀奉承的丑恶嘴脸刻画得惟妙惟肖，嘲讽他们带着"宗法社会而兼梁山泊式的"团结，侮辱、恫吓、欺骗同胞旅客，例如向客人微笑的时候必是收酒资的几分钟、给的钱少了便以言语压迫等卑劣行径。这次海行见闻不禁使"我"感慨从前的"行路难"是唯物的，现在却是唯心的，折射现代社会人心的冷漠与不公。

泛 海

　　朱湘（1904—1933 年），字子沅，生于湖南沅陵，原籍安徽太湖。朱湘父母早逝，他 1919 年考取清华大学，因过人的艺术天分，被称为"清华四子"之一；1927 年赴美留学；1929 年提前回国，被推荐到安徽大学担任英文系主任，因不满校方把英文文学系改为英文学系而愤然离去，开始了为谋职业到处奔走的生活；1933 年自杀身亡。他的生命虽然短暂，但在诗歌创作与研究方面的成就成为永恒。

　　朱湘是早期新月派的代表诗人，积极探索新格律诗，追求诗歌的形式美，被称为"为艺术而不惜忘记时代与社会"的文坛奇人，鲁迅称其为"中国济慈"。他的主要作品有诗集《夏天》《草莽》《石门》《永言集》等，这些作品是诗人不同时期的心路历程与情感变化的生动写照。

我要乘船舶高航

在这汪洋——

看浪花丛簇

似白鸥升没。

看波澜似龙脊低昂；

还有鲸雏

戏洪涛跳掷癫狂。

我要操一叶扁舟

海底穷搜——

水黄如金屋。

就中藏宝物；

水蔚蓝蕴碧玉青璆；

沫溅珍珠；

耀珊瑚日落西流。

我要拿大海为家——

月放灯花；
碧落为营幕。
流苏缀星宿；
绡帐前龙女拨琵琶；
酾酒高呼。
任天风播人无涯！

1927 年

作品评析

　　1927 年，朱湘于赴美留学的邮轮上创作了《泛海》，"乘船舶高航""看浪花丛簇""看波澜低昂""看鲸雏戏洪涛"等表达了作者面对雄浑大海时的兴奋之情，对将要开启的新生活充满期待，同时那些唯美的自然景致也赋予了他浪漫的情怀。诗人幻想着"操一叶扁舟"到"海底穷搜"，蔚蓝的海水像碧玉，像珍珠一样晶莹剔透的浪花"耀珊瑚日落西流"，一幅令人向往的傍晚时分海景图映入眼帘。同时"拿大海为家""任天风播人无涯"等意境体现出作者对自由的追求，而"碧落""星宿""龙女"等意象又增添了文本的梦幻色彩。正如法国哲学家雅克·马利坦对诗人自然审美洞察力的肯定，《泛海》中的自然美也是主要抒情元素，是诗人情感的外化，既有悠扬悦耳的涓涓细流，又有情感奔涌而至的滚滚洪滔。实际上抒情诗可以说是诗人情绪的直写，如《泛海》中每节第一句的"我要……"、"酾酒高呼"表达了诗人直面大海时喷薄欲出的感情，无不流露出作者强烈的自我意识，他在无垠的大海中找到了灵魂的慰藉，以客观物象反映内心世界，实现了心与物的融合。

　　作为早期新月派的代表诗人，朱湘在新诗形式美方面的探索值得肯定，他常常说："技术之于诗，就好像沐浴之于美人，雕琢之于璞玉。"[1] 就《泛海》而言，朱湘对格律诗的技术实践同样不容忽视，该诗共三节，每节都有押韵，富有音乐的节奏美；每节七行，且每行字数不同，参差错落，体现了诗的形体美。同时大海是诗人创作的灵感之源，《泛海》以海浪、海底宝藏、海上月光等构成一幅幅唯美的画面，延续了中国诗画相通的审美传统，达到王维所谓"诗中有画，画中有诗"的艺术境界。

---

　　[1] 朱湘著，方铭主编：《朱湘全集（诗歌卷）》，合肥：安徽文艺出版社 2017 年版，第 170 页。

咱们的世界

　　穆时英（1912—1940 年），笔名伐扬、匿名子等，浙江慈溪人，中国现代小说家、新感觉派主要代表作家。他幼年随父亲来到上海，在上海读完中学后，进入光华大学西洋文学系。他因擅长用感觉主义、印象主义的方法，在快节奏中表现现代都市的声、色、光、影，呈现都市人生的孤独、寂寞、失落等复杂情感，而被称为"中国新感觉派圣手"，亦是中国现代"都市文学"的先驱者。穆时英 1929 年开始文学创作，次年发表第一篇小说《咱们的世界》；1933 年前后有《南北极》《公墓》《白金的女体塑像》《圣处女的感情》四部小说集出版。其中《南北极》所收入的小说多以流浪汉为主人公，表现闯荡江湖的底层人民的生活，揭示贫富对立的社会矛盾，有一定的普罗①气味，但又避免了当时文坛公式化、概念化的弊端，引起左翼作家重视。钱杏邨（阿英）认为穆时英的作品"一贯地反映了非常浓重的流氓无产阶级的意识"，艺术表现手法悖反高雅的都市文学，其一度被誉为"普罗文学之白眉"。抗日战争爆发后，他曾任香港《星岛日报》编辑；1939 年回上海，担任汪精卫政府主持的《国民新闻》杂志社社长；1940 年被暗杀，年仅 28 岁。

　　先生，既然你这么关心咱们穷人，我就跟你说开了吧。咱们的事你不用管，咱们自己能管，咱们自有咱们自家儿的世界。

　　不说别的就拿我来讲吧。哈哈，先生，咱们谈了半天，你还没知道我的姓名呢！打开鼻子说亮话，不瞒你，我坐不改名行不隐姓，就是有名的海盗李二爷。自幼儿我也念过几年书，在学校里拿稳的头三名，谁不说我有出息，是个好孩子。可是念书只有富人才念得起，木匠的儿子只合做木匠——先生，你知道，穷人一辈子是穷人，怎么也不能多钱的，钱都给富人拿去啦！我的祖父是打铁度日的，父亲是木匠，传到我，也只是个穷人。念书也要钱，你功课好吗，学校里可管不了你这许多，没钱就不能让你白念。那年我拿不出钱，就叫学校给撵出来啦。祸不单行，老天就爱折磨咱们穷人：就是那年，我还只十三岁，我的爸和妈全害急病死啦。啊！死得真冤枉！没钱，请不起

---

　　① 普罗："普罗列塔利亚"（proletariat，无产阶段）的简称。

医生，只得睁着眼瞧他老人家躺在床上，肚子痛的只打滚。不上两天，我的妈死了，我的爸也活不成了。他跟我说，好孩子，别哭；男儿汉不能哭的。我以后就从没哭过，从没要别人可怜过——可怜，我那样的男儿汉能要别人可怜吗？他又叫我记着，我们一家都是害在钱的手里的，我大了得替他老人家报仇。他话还没完，人可不中用啦。喔，先生，你瞧，我的妈和爸就是这么死的！医生就替有钱人看病，喝，咱们没钱的是牛马，死了不算一回事，多死一个也好少点儿麻烦！先生，我从那时起就恨极了钱，恨极了有钱人。

以后我就跟着舅父卖报过活。每天早上跟着他在街上一劲儿嚷："申报，新闻报，民国日报，时事新报，晶报，金刚钻报……"一边喊一边偷闲瞧画报里的美人儿；有人来跟我买报，我一手递报给他，心里边儿就骂他。下午就在街上溜圈儿，舅父也不管我。啊，那时我可真爱街上铺子里摆着的糖呀，小手枪呀，小汽车呀，蛋糕呀，可是，想买，没钱，想偷，又怕那高个儿的大巡捕；没法儿，只得在外边站着瞧。看人家穿得花蝴蝶似的跑来，大把儿的抓来吃，大把儿的拿出钱来买，可真气不过。我就和别的穷孩子们合群打伙的跟他寻错缝子，故意过去拦住他，不让走，趁势儿顺手牵羊抓摸点儿东西吃。直等他拦不住受冤屈，真的急了，撒了酥儿啦，才放他走——啊，真快意哪！有时咱们躲在胡同里边儿拿石子扔汽车。咱们恨极了汽车！妈的，好好儿的在街上走，汽车就猛狐丁的赶来也不问你来不来得及让，反正撞死了穷孩子，就算辗死条狗！就是让得快，也得挨一声，"狗入的没娘崽！"

我就这么这儿跑到那儿，那儿跑到这儿，野马似的逛到了二十岁，结识了老蒋，就是他带我去跑海走黑道儿的。他是我们的"二当家"——你不明白了哇，"二当家"就是二头领；你猜你怎么认识他的？嘻，真够乐的！那天我在那儿等电车，有一位拉车的拉着空车跑过，见我在站着等，就对我说："朋友，坐我的车哇，我不要你给钱。"

"怎么可以白坐你的车？"

"空车不能穿南京路；要绕远道儿走，准赶不上交班，咱们都是穷人，彼此沾点儿光，你帮我交班，我帮你回去，不好吗？"

"成！"我就坐了上去。

他把我拉了一程，就放下来。我跳下来刚想拔步走，他却扯住我要钱。他妈的，讹老李的钱，那小子可真活得不耐烦哩！我刚想打他，老蒋来了，他劝住了我们，给了那小子几个钱，说："都是自家兄弟，有话好说，别伤了情面，叫有钱的笑话。"

我看这小子慷慨，就跟他谈开了，越谈越投机，就此做了好朋友。那时，我已长成这么条好汉啦。两条铁也似的胳膊，一身好骨架！认识我的谁不夸一声："好家伙，成的。"可是，不知怎么的，像我那么的顶天立地男儿汉也会爱起女人来啦，见了女人就像蚊子见了血似的。我不十分爱像我们那么穷的女人，妈的，一双手又粗又大，一张大嘴，两条粗眉，一对鲇鱼脚，走起道儿来一撇一撇的，再搭着生得干巴巴的，丑巴怪似的——我真不明白她们会不是男人假装的！我顶爱那种穿着小高跟儿皮鞋的；铄亮的丝袜子，怪合适的旗袍，那么红润的嘴，那么蓬松的发，嫩脸蛋子像挤得出水来似的，是那种娘儿。那才是女人哇！我老跟在她们后边走，尽跟着，瞧着她们的背影——啊，我真想咬她们一口呢！可是，那种娘儿就爱穿西装的小子。他妈的，老是两口儿在一起！我真想捏死他呢！他不过多几个钱，有什么强似我的？

有一天我跟老蒋在先施公司门口溜跶，我一不留神，踩在一个小子脚上。我一眼瞧见他穿了西装就不高兴，再搭着还有个小狐媚子站在他身旁，臂儿挽着臂儿的，我就存心跟他闹一下，冲着他一瞪眼。妈的，那小子也冲着我一瞪眼，开口就没好话："走路生不生眼儿吗？"他要客气点儿，说一声对不起，我倒也罢了，谁知他还那么说。

"你这小兔崽子，大爷生不生眼没你的事！"

妈的，他身旁那个小娼妇真气人！她妈的！你知道她怎么样？她从眼犄角儿上溜了我一下，跟那小子说："理他呢，那种不讲理的粗人！"那小子从鼻孔里笑一下，提起腿，在皮鞋上拿手帕那么拍这么拍的拍了半天，才站直了，走了。我正没好气，他还对那个小狐媚子说："那种人牛似的，没钱还那么凶横！有了钱不知要怎么个样儿哩……"妈的，透着你有钱！可神气不到老子身上！有钱又怎么啦？我火冒三丈跳上去想给他这么一拳，碰巧他一脚跨上汽车，飞似的走了。喝，他乘着汽车走了！妈的那汽车！总有这么一天，老子不打完了你的？我捏着拳头，瞪着眼怔在那儿，气极了，就想杀几个人。恰巧有一个商人模样的凸着大肚皮过来，啊，那脖梗儿上的肥肉！我真想咬一块下来呢！要不是老蒋把我拉走了，真的，我什么也干出来啦。

"老蒋，你瞧，咱们穷人简直的不是人！有钱的住洋房，坐汽车，吃大餐，穿西装，咱们要想分口饭吃也不能！洋房，汽车，大餐，西装，哪一样不是咱们的手造的、做的？他妈的，咱们的血汗却白让他们享受！还瞧不起咱们！咱们就不是人？老天他妈的真偏心！"我那时真气，一气儿说了这许多。

"走哇。这儿不是说话的地方儿。"他拉着我转弯抹角的到了一家小茶馆才猛狐丁的站住，进去坐下了，跟跑堂儿的要壶淡的，就拿烟来抽，一边跟我说道："兄弟，你还没明白事儿哩！这世界吗，本是没理儿的，有钱才能活，可是有力气的也能活——他们有钱，咱们凭这一身儿铜皮铁骨就不能抢他们的吗？你没钱还想做好百姓可没你活的！他们凭财神，咱们凭本领，还不成吗？有住的大家住，有吃的大家吃，有穿的大家穿，有玩的大家玩，谁是长三只眼，两张嘴的——都是一样的，谁也不能叫谁垫端窝儿。"

"对啦！"老蒋的话真中听。都是一样的，谁又强似谁，有钱的要活，咱们没钱的也要活。先生，你说这话可对？那天我跟他直谈到上灯才散。回来一想，他这话越想越不错。卖报的一辈子没出息。做好百姓就不能活——妈的，做强盗去！人家抢咱们的，咱们也抢人家的！难道我就这么一辈子听人家宰割不成。可是这么空口说白话的，还不是白饶吗？第二天我就到老蒋那儿去，跟他商量还上青龙山去，还是到太湖去。他听了我的话，想了一回道："得，你入了咱们这一伙吧。"

"什么？你们这一伙？你几时说过你是做强盗的来着？"我真猜不到他是走黑道儿的，还是那有名的黑太爷。当下他跟我说明了他就是黑太爷，我还是半信半疑的，恰巧那时有个人来找他，见我在那儿，就问："'二当家'，他可是'行家'？"他说："不相干，你'卖个明的'吧。"他才说："我探听得后天那条'进阎罗口'的'大元宝船儿'有徐委员的夫人在内，咱们可以发一笔大财，乐这么一二个月啦。"

"那么，你快去通知'小兄弟们'，叫明儿来领'伙计'。咱们后天准'起盘儿'；给'大当家'透个消息，叫他在'死人洋'接'财神'。"

他说完，那人立刻就走。我瞧老蒋两条眉好浓，黑脸袋上全不见一点肉，下巴颊儿上满生着挺硬的小胡髭儿，是有点儿英雄气概，越看越信他是黑太爷了。我正愣磕磕地在端详他，他蓦地一把抓住我，说道："你愿不愿意加入咱们这一伙？"我说："自然哇！"他浓眉一挺，两只眼儿钉住我的脸道："既然你愿意加入咱们这一伙，有句话你得记着。咱们跑海走黑道儿的，有福同享，有祸同当；靠的是义气，凭的是良心，你现在闯了进来，以后就不能飞出去。你要违犯一点儿的话，就得值价点儿，自己往肚子上撅几个窟窿再来相见！还有，咱们跑海走黑道儿的平时都是兄弟，有事时，我就是'二当家'，你就是'小兄弟'，我要你怎么你就得怎么。这几条你能依不能依？"

我一劲儿地说能。

"大丈夫话只一句，以后不准反悔。"（你瞧，咱们的法律多严，可是多公平！）"后天有条船出口去，到那天你一早就来，现在走吧，我还要干正经的。"

那天回去，我可真乐的百吗儿似的啦。舅父问我有什么乐的，我瞒了个风雨不透，一点儿也不让他知道；我存心扔下他，反正他老人家自己能过活，用不到我养老。啊，第二天下午，老李可威风哪！腆着胸脯儿，挺着脖梗儿，凸着肚皮儿，怒眉横目的在街上直愣愣地东撞西撞。见了穿西装的小子就瞪他一眼。妈的，回头叫他认识姓李的！听见汽车的喇叭在后边儿一劲儿地催，就故意不让。妈的，神气什么的，你？道儿是大家的，大家能走，干吗要让你？有本领的来碰倒老李！见了小狐媚子就故意挤她一下。哼，你敢出大气儿冲撞咱，回头不捣穿了你的也不算好汉！见了洋房就想烧，见了巡捕就想打，见了鬼子就想宰！可是，这一下午也够我受的。那太阳像故意跟我别扭似的，要它早点下去，它偏不下去。好容易耐到第三天，一清早，舅父他老人家还睡得挺有味儿的；我铺盖卷儿什么的一样也不带，光身走我的。到了老蒋那儿，他才起身。我坐下了，等他洗完了脸。他吩咐我说："初上船的时候，只装作谁也不认识谁，留神点儿，别露盘儿哪。"我满口答应。他又从铺盖卷儿里拿出两张船票来，招呼我走了。到街上山东馆子里吃了几个饽饽，就坐小汽船到了大船上。好大的船哇！就像大洋房似的，小山似的站在水上。那么多的窗，像蜜蜂窝儿似的挤着，也不知怎么股劲儿会没挤在一块儿。和我们同船来的都往大船上舱里跑，我也想跟着跑，老蒋却把我扯走了，往下面走，到了四等舱里。妈的，原来船上也是这的，有钱的才能住好地方儿！

到了舱里，老蒋只装作没认识我。我只能独自个儿东张西望。晌午时，我听得外边一阵大铁链响，没多久，船就动啦。哈，走了，到咱们的世界去了！我心里边儿那小鹿儿尽欢蹦乱跳，想和老蒋讲，回头一想，我没认识他，知道他是生张熟李，只得故意过去问他借个火，就尊姓大名的谈开了。我才知道这船上有五十多个"行家"：头等舱十五个；二等舱十六个；五个是管机器的；三等舱有十三个；四等舱八个。嘻，我乐开啦。

在四等舱里的全是没钱的，像货似的堆在一起，也没窗，只两个圆洞，晚上就七横八竖的躺在地上，往左挪挪手，说不定会给人家个嘴巴，往右搬搬腿，说不定就会端在人家肚皮上。外面那波浪好凶，轰！轰的把身子一回儿给抬起来，一会儿又掉下去。妈的，我怎么也睡不着。喝，咱们没钱的到处受冤屈，船上也是这的！难道我们不是人吗？我真不信。在船上住了没多久，那气人的事儿越来越多啦。二等舱咱们不准去。咱们上甲板在溜跶时，随他们高兴可以拿咱们打哈哈。据说他们吃的是大餐，另外有吃饭的地方儿；睡的是钢丝床，两个人住一间房。你看，多舒服！和咱们一比，真差得远哪。

有一天，我正靠着船栏，在甲板上看海水。先生，那海水真够玩儿哇！那么大的波浪一劲儿的往船上撞，哗喇哗喇的再往后涌，那浪尖儿上就开上数不清的珠花儿。那远处就像小金蛇似的，一条条在那儿打游飞。可是，妈的，这世界真是专靠气力的。你瞧，那大浪花欺小浪花不中用，就一劲儿赶着它，往它身上压。那太阳还站在上面笑！我想找件东西扔那大浪花，一回身却见一对男女正向我走来，也是中国人。那个男的是高挑身儿的，也穿着西装，瞧着就不对眼。那个女的只穿着这么薄的一件衣服，下面只这么长，刚压住磕膝盖儿，那双小高跟鞋儿在地上这么一跺一跺的，身子这么一扭一扭地走来。我也不想扔那大浪花儿了，只冲着她愣磕磕地尽瞧。那个男的见了我，上下打量了一回儿，跟那个女的说了一阵，就走到我的身边来啦。那个女的好像不愿意似的，从眼睛角儿上溜了我一下，就小眼皮儿一搭拉，小嘴儿一撇，那小脸儿绷的就比贴紧了的笛膜儿还紧，仰着头儿往旁边看。我想她到我跟前来干什么，喝，来露露她的高贵！妈的，不要脸的，小娼妇！到老子跟前来摆你的臭架子？多咱老子叫你跪在跟前喊爹！你那么的小娼妇子，只要有钱，要多少就多少，要怎样的就怎样的。高贵什么的！我才想走开，那个男的却上来跟我说话了。他问我叫什么。我瞧这小子倒透着有点儿怪，就回他我叫李二。

"李二！"他也学一声，拿出烟来也不请我抽，自己含了一枝，瞧他多大爷气！像问口供似的先抽了一口，问道："朋友，你是做工的吧？"

"不做工！"我也不给他好嘴脸瞧。

"那么，朋友，你是干什么的？"

"不干什么！"我看着他那样儿更没好气。

"朋友，那么你靠什么过活？"

"不靠天地，不靠爹娘，就靠自家儿这一身铜皮铁骨！"

他瞧了我一眼，又说："朋友，既然你生得一身铜皮铁骨，干吗不做工呢？"咱们牛马似的做，给你们享现成的，是吗？"不用你管！"我瞪他一眼。

"朋友！"那小子真不知趣，他妈的冬瓜茄子，陈谷子烂芝麻的闹了这一咕噜串儿，还不够，还朋友朋友的累赘。有钱的压根儿就没一个够朋友的，我还不明白你？我就拦住他的话，大气儿地道："滚你妈的，老子没空儿跟你打哈哈解闷儿。朋友朋友的，谁又跟你讲交情！"他给我喝得怔在那边儿。妈的，女人就没一个好的，尖酸刻毒，比有钱的男人更坏上百倍。那个小娼妇含着半截笑劲儿道："好哇，才拿起大蒲扇来，就轮圆里碰了个大钉子！你爱和那种粗人讲话，现在可得了报应哩，嘻！"

"走吧，算我倒霉。那种人真是又可怜又可惜，不识好歹的，我满怀好心变恶意。"

妈的，还不是那一套？又可怜又可惜！那份好意我可不敢领！我希罕你的慈悲？笑话！我看着他们两口咯噔咯噔的走去，心里边儿像热油在飞溅，那股子火简直要冒穿脑盖，要不怕坏了大事，我早就抓住他，提到栏外去扔那大浪花儿了。喝，有我的，到了"死人洋"总有我的！那天晚上，我想到了"死人洋"怎么摆布那小子，可是，不知怎么的，想着想着竟想到那小娟妇啦。瞧人家全躺得挺酣的，就是我老睁着眼。那小狐媚子尽在眼前缠，怎么也扔不开。嗳，幸亏这四等舱里没女人，要不然，我什么也干得出来啦。胡乱睡了一回，蓦地醒来，见那边圆筒里有点白光透进来了，就一翻身跳起来，跑到甲板上去，太阳才露了半个脸袋呢。没一个人，只几个水手在那儿，还有"无常"——你不明白了哇！我跟你"卖个明的"吧，"无常"就是护船的洋兵。我也不明白怎么的，独自个儿在甲板上溜跶着，望着那楼梯，像在等着什么似的。直等了好久，才见三等舱有人出来散步。我正在不耐烦，那楼梯上来了小高跟鞋儿的声儿，我赶忙一回头——妈的，你猜是谁？是个又干又皱的小老婆儿！我一气就往舱里奔，老蒋刚起来。他问我怎么了，我全说给他听。"别忙，"他就说，"到了'死人洋'有你乐的。"我问，还有多久，再要十天八天，我可等不住啦。他说，后天这早晚就到。我可又高兴起来啦，跳起来就往外跑，到了船头那儿，那小狐媚子和那高挑身儿的小子正在那儿指着海水说笑。啊，古话说："英雄爱美人，美人爱英雄！"这句话不知是谁瞎编的！压根儿就没那么回事。我老李这么条英雄好汉就没人爱！小狐媚子就爱小白脸儿，爱大洋钱儿，就不爱我这么的男儿汉！喝，到了"死人洋"可不由你不爱我哩。当下，我心里说："走，过了明儿可有你乐的！"可是一瞧见她的胖小腿儿，可生了根哩，怎么也走不开。我瞧着，瞧着，不知怎么股劲儿竟想冲上去跟她妈的小狐媚子要个嘴儿哩。我正在发疯似的恶向胆边生，一听见后边那枪托在大皮鞋跟儿上碰。知道是"无常"来啦，只得把心头火按下去。那"无常"还狠狠地钉了我几眼，嘴里咕囔着，我也不懂他讲的什么。妈的，那"无常"！就替有钱人做看门狗！到了后天不先宰了你的。我心里老想过了明儿就是后天啦，后天可老不来。好容易挨到了！我一早起就到外边去看"死人洋"是怎么个样儿的——"耳闻不如目见"，这话真不错。我起初以为"死人洋"不知是怎么的凶险，那浪花儿起码一涌三丈高，谁知道也不过是那么一眼望去，望不到边的大海洋。可是，管他呢，反正今天有我乐的。"无常"老钉着我看，我就瞪他一眼，嘴唇儿一撇。认识老子吗？看什么的？看清楚了今天要送你回老家去的就是老子！我可真高兴。老赶着老蒋问："可以'放盘儿'了吗？"他总说："留神点儿，别'露了盘儿'哪！到时候我自会通知你，你别忙。"没法儿！等！左等右等，越等越没动静了。吃了晚饭，老蒋索性睡了；看看别的"行家"，早在那儿打呼噜哩，嘻，那可把老李闹得攒了迷儿啦！睡！老李不是不会睡！老李睡起来能睡这么一两天！天塌下来也不与我相干！我一纳头闷闷地躺下，不一回儿就睡熟了。我正睡得够味儿，有人把我这么一推。我连忙醒过来，先坐起来，再睁眼一瞧，正是老蒋，"行家"也全起来啦。我一怔，老蒋却拉着我悄悄地说：

"老李，今儿是你'开山'的日子，咱们跑海走黑道儿的规矩，要入伙先得杀一个有钱的贵人，这把'伙计'你拿去，到头等舱去找一个'肥羊'宰了就成。"他说着给了我一把勃郎林。啊，那时我真乐得一跳三丈高啦！老蒋当先，咱们合伙儿的到了外面，留个人守在门口！老蒋跑到船头上打了个嘁哨，只听得上面也是这么个嘁哨。接着碰的一声枪响，喔，楼梯上一个"无常"倒栽了下来。舱那边有大皮鞋的声音来了！啊，我的眼睁得大多，发儿也竖了起来啦！老蒋猫儿似的偷偷地过去躲在一旁。一个"无常"从那边来了，还不知道出了什么岔子。老蒋只一声喝："去你的！"就一个箭步穿过去，给他这么一拳，正打在下巴颏儿上，他退，退，尽退，退到船栏那儿。老蒋赶上去就是一下，碰，他跌下水去啦。咱们在底下的就一哄闯进三等舱里，老蒋喝一声走，就往楼梯那儿跑，我也跟了上去，不知怎么抹个弯，就到了机器房门口。那机器轰雷似的响，守门的"无常"还在那儿一劲儿的点头，直到下巴颏儿碰着胸脯儿才抬了起来睁一睁眼——原来在瞌睡呢。我把手里的"伙计"一扔，虎的扑上去，滚在地下，鼻根上就一拳。那时，二等舱里抢出来几个"行家"，跟老蒋只说得一声："得手了。"就一起冲进机器房去了。我扑在那"无常"身上，往他胁上尽打，打了半天，一眼瞧见身旁放着把长枪，一把抢过来，在腰上只这么一下全刺了进去，——啊，先生，杀人真有点儿可怜，可是杀那种人真痛快。他拼命地喊了一声，托地跳起二尺高，又跌下去，刺刀锋从肚皮那儿倒撅了出来，淌了一地的血，眼见得不活了。我给他这掀，跌得多远。我听得舱里娘儿们拼命地喊，还有兄弟们的笑声，吆喝声，就想起那小狐媚子啦。我跳起来就往舱里跑。"今儿可是咱们的世界啦！"我乐极了，只会直着嗓子这么喊。先生，我活了二十年，天天受有钱的欺压，今天可是咱报仇的日子哩！我找遍了二等舱，总不见那小狐媚子。弟兄们都在乐他的。喔，先生，你没瞧见哩。咱们都像疯了似的，把那桌子什么的都推翻了，见了西装就拿来放在地上当毡子践，那些有钱的拉出来在走廊里当靶子打，你也来个嘴巴，我也来一腿——真痛快！我见一个打一个，从那边打到这边，打完了才两步并一步的到了头等舱里。弟兄们正拉着那洋鬼子船长在地上拖，还有三个人坐在他的大肚皮儿上。我找到了小狐媚子住的那间房，那个高挑身儿的小子正在跟她说："别忙，有我在这儿。"妈的有你在这儿！我跳了进去，把门碰上了。那小狐媚子见了我直哆嗦，连忙把那披在身上的绸大衫儿扯紧了；那小子他妈的还充好汉。我一把扯住他，拉过来。他就是一拳，我一把捉住了，他再不能动弹。

"哼，你也敢来动老子一根毫毛！"我把他平提起来，往地上只一扔，他来了个嘴碰地，躺着干哼唧！我回头一看，那狐媚子躲在壁角那儿。哈哈！我一脚踹翻了桌子，过去一把扯开了她的绸衫儿。她只穿了件兜儿似的东西，肩呀，腿呀全露在外边儿——啊，好白的皮肉！我真不知道人肉有那么白的。先生，没钱的女人真可怜呢，皮肉给太阳晒得紫不溜儿的。哪来这么白！我疯了似的，抱住那小娼妇子往床上只一倒……底下可不用说啦，反正你肚里明白。哈，现在可是咱们的世界啦！女人，咱们也能看啦！头等舱，咱们也能来啦！从前人家欺咱们，今儿咱们可也能欺人家啦！啊，哈哈！第二天老蒋撞了进来说："老李，你倒自在！'肥羊'走了呢。"他一眼瞥见了那小狐媚子，就乐的跳起来，道："远在天边，近在眼前，原来在这儿！"嘻，原来她就是委员夫人。咱们就把她关起来。那个小子就是和她一块儿走的什么秘书长。老蒋把他拖到甲板上，叫我把他一拳打下海去，算是行个"进山门"。我却不这么着。我把他捉起来，瞄准了一个大浪花，碰的一声扔下去，正扔在那大浪花儿上。我可笑开啦！

那天我整天的在船上乱冲乱撞，爱怎么干就怎么干。到处都是咱们的人，到处都是咱们的世界。白兰地什么的洋酒只当茶喝。那些鬼子啦，穿西装的啦，我高兴就给他几个锅贴。船上六个"无常"打死了一半。那船长的大肚皮可行运啦：谁都爱光顾他给他几拳！哈，真受不了！平日他那大肚皮儿多神气，不见人先见它，这当儿可够它受用哩！抄总儿说句话，那才是做人呢！我活了二十年，直到今儿才算是做人。晌午时，咱们接"财神"的船来了，是帆船。弟兄们都乘着划子来搬东西，把那小狐媚子，她妈的委员夫人也搬过去了，咱们才一块儿也过去了，嗯喇喇一声，那帆扯上了半空，咱们的船就忽悠忽悠地走哩！我见过了"大当家"，见过了众兄弟们，就也算是个"行家"了。我以后就这么的东流西荡的在海面上过了五年，也得了点小名儿。这回有点儿小勾当，又到这儿来啦。舅父已经死了，世界可越来越没理儿了，却巧碰见你，瞧你怪可怜的，才跟你讲这番话。先生，我告诉你这世界是没理数儿的：有钱的是人，没钱的是牛马！可是咱们可也不能听人家欺，不是你死就是我活。咱们不靠天地，不靠爹娘，也不要人家说可怜——那还不是猫哭耗子假慈悲吗？先生，说老实话，咱们穷人不是可怜的，有钱的，也不是可怜的，只有像你先生那么没多少钱又没有多少力气的才真可怜呢！顺着杆儿往那边儿爬怕得罪了这边儿，往这边儿爬又怕得罪了那边儿！我劝你，先生，这世界多早晚总是咱们穷人的。我可没粗功夫再谈哩。等我干完了正经的再来带你往咱们的世界去。得！我走啦！回头见！

1930 年

作品评析

《咱们的世界》发表于 1930 年 2 月 15 日《新文艺》（第 1 卷第 6 号）。在现代文学史上，穆时英的小说呈现出两种迥然有别的风格，除去对都市光怪陆离生活的描写之外，还有对社会底层人民的关注。《咱们的世界》是穆时英的第一篇小说，受到施蛰存的大力推荐，因为书写以海盗为业、闯荡江湖的无产者的人生，引起当时主张大众化写作的左翼作家重视，有早期普罗文学的气息。穆时英之后沿着这条路径又陆续写了《手指》《南北极》《生活在海上的人们》等，收录于小说集《南北极》。

《咱们的世界》属于海盗题材小说，虽没有西方同类题材的惊心动魄，但也使我们感受到动荡不安的社会现实，从中领略到不一样的人生。小说以老蒋、李二爷等跑海走黑道的海盗群体为表现对象，以在海面上东流西荡生活了五年之久、有点小名儿的李二爷向"先生"讲述自己的人生经历展开叙事。李二爷出身贫寒，幼时因交不起学费被撵出学校，尽管成绩优异也无济于事，黑暗的现实使李二爷意识到"穷人一辈子是穷人，怎么也不能多钱的，钱都给富人拿去啦"；后来他跟随舅父靠卖报为生，但一直不满现状，觉得卖报不会有出息，做好百姓同样不能过活。

李二爷偶然结识了海盗头领"二当家"老蒋，并意识到"凭这一身儿铜皮铁骨"般的气力可以去抢有钱人的财富过活，于是走上了打家劫舍的海盗之路。他们把载有徐委员夫人的"那条'进阎罗口'的'大元宝船儿'"作为抢劫目标，船上大概有五十多个"行家"买了船票，通过李二爷的所见给读者展示出船舱中鲜明的等级划分，比如生活在四等舱的人们不能去三等或二等舱，还有他们之间悬殊的活动空间与饮食起居条件，以船上世界映射现实社会贫与富的两级对立，四等舱的乘客与那些挣扎在社会底层的民众有着相似的命运。李二爷在甲板上看海水，不禁感叹道："那么大的波浪一劲儿的往船上撞，哗喇哗喇的再往后涌，那浪尖儿上就开上数不清的珠花儿……那大浪花欺小浪花不中用，就一劲儿赶着它，往它身上压。"这里海面上大浪花追赶小浪花的自然现象暗含着阶级分化严重的社会矛盾。小说高潮部分是船只到了"咱们的世界"时，以老蒋为中心的海盗们以残酷的手段对船上富人的大开杀戒，对委员夫人的暴行。当李二爷捉到徐委员的秘书长时，他"瞧准了一个大浪花，碰的一声扔下去，正扔在那大浪花儿上"。这一生动形象的动作描写表现出底层民众性格被长期压抑扭曲后兽性的暴发，强烈的报复心理背后是让人战栗的邪恶念头。他们以非正当手段获得了"坐头等舱""喝洋酒"等曾经上流社会的特权，一定程度上是传统文学"官逼民反"主题的延伸，这群身上沾染着流氓无产者气息的海盗的反抗情绪中虽有朴实的正义，但也有缺乏理智的意气用事，可以想象这一群体将来拥有了财富，很可能会是下一个"徐委员"。因此，《咱们的世界》虽然"穿了普罗文学的外衣"，但与当时的革命文学的精髓仍有差距，以李二爷为主的海盗对阶级压迫的反抗方式明显具有阿 Q 式的"贫民革命"印迹。正如司马长风所说："不过'普罗文学'和'大众文学'全不是穆时英的真志趣，他所倾慕的是烂熟的都市文明。"[①] 但抛开主题，小说中那原始粗犷的大众口语也契合了海盗的身份，增强了文本的真实性，"起盘儿""死人洋""接财神""开山"等行话的运用更是充满生活气息，不由得激起人们的新奇感。

▌海的梦（节选）

巴金（1904—2005 年），本名李尧棠，字芾甘，笔名王文慧、欧阳镜蓉、黄树辉、余一等，四川成都人，现代著名作家、翻译家等。他的作品始终灌注着五四运动中个性解放、自由、平等、博爱的精神，被称为 20 世纪"中国文学的良心"。1927 年开始文学创作，著有长篇小说"激流三部曲"、"爱情三部曲"、《寒夜》等，作品中饱蕴炽热的激情与向往自由的理想，鞭挞腐朽、黑暗的旧制度与传统观念，反对一切形式的强权压迫，期盼社会新生，捍卫个性自由，对当时走向革命道路的青年有较大影响力。

序

我爱海。我也爱梦。

几年前我在地中海上看见了风暴，看见了打在甲板上的浪花，看见了海的怒吼，晚上我做了一个梦。

星一般发光的头发，海一般深沉的眼睛，铃子一般清脆的声音。

青的天，蓝的海，图画似的岛屿，图画似的帆船。

我见着了那个想在海岛上建立"自由国家"的女郎了。

在海上人们常常做着奇异的梦。但这梦又屡屡被陆地上的残酷的现实摧

---

① 司马长风：《中国新文学史（中卷）》，台北：传记文学出版社 1991 年版，第 86 页。

毁了。

今年我以另一种心情在陆地上重温着海的梦，开始写了这个中篇小说的第一节。我带了它去南京，为的是想在火车上重温"海的梦"。

然而上海的炮声响了。我赶回到上海只来得及看见北面天空的火光，于是又继续了一个月痛苦的、隔岸观火的生活。后来在三月二日的夜晚，我知道我的住所和全部书籍到了日本侵略者的手中，看见大半个天空的火光，听见几个中年人的彷徨的、绝望的呼吁（"我们应该怎样做？"）以后，一个人走在冷清清的马路上，到朋友家里去睡觉。我在路上一面思索，一面诅咒，这时候我又睁起眼睛做了一个梦。

陆地上的梦和海上的梦融合在一起了。旧的梦和新的梦融合在一起了。

于是又开始了我的忙碌而痛苦的生活。这其间我曾几次怀着屈辱的、悲哀的、愤怒的心情去看我那个在侵略者占领下的故居，去搬运我那些劫余的书籍。这不是一件容易的事，有一次只要我捏紧拳头就会送掉我的性命，但这一切我终于忍受下去了。

每天傍晚我带着疲倦的身子回到朋友的家，在平静的空气中我坐下来拿起笔继续我的"海的梦"。但这不再是从前的梦，这梦里已经渗进了不少陆地上的血和泪了。

于是在平静的空气中，我搁了笔。我隐约地听见海的怒吼，我仿佛又进到海的梦中。但这不是梦，这海也不是梦里的海。这是血的海，泪的海。血是中国人民的血，泪是中国人民的泪。我把我自己的血泪也滴在这海里了。

血泪的海是不会平静的罢。那么这海的怒吼也是不会停止的。将来有一天它会怒吼得那么厉害，甚至会把那些侵略者和剥削者的欢笑淹没，如那个女性所希望的。

写完了这小说，我的梦醒了。

星一般发光的头发，海一般深沉的眼睛，铃子一般清脆的声音。

这不能够是梦。这样的一个女性是一定存在的。我要去找她，找她回来在陆地上建立她的"自由国家"。

前 篇

一 一妇人

我又在甲板上遇见她了，立在船边，身子靠着铁栏杆，望着那海。

　　我们已经有三天不曾看见陆地了。在我们的周围只有蓝色的水，无边无际的，甚至在天边也不曾露出一点儿山影来。陆地上的一切对于我已经成了过去的梦痕。蓝色的海水在我的眼前展开。海水一天变换一次颜色，从明亮的蓝色变到深黑色，这告诉我们：夜来了。

　　对于在海上的我们，夜和日是没有多大分别的，除了海和天改变颜色外。在夜里，空气虽然比较凉爽，但是躲在舱里依旧很热。而且我的心里燃烧着一种渴望，所以我不能够早睡。她似乎也是这样。我已经这样地遇见过她三次了。

　　这一晚比前两次更迟。水手们也已经睡了。除了船摇动、风吹桅杆的响声，再没有别的声音。不，不能说没有别的声音，因为海水还在船底下私语，偶尔还有脚步声轻轻地从舱里送出来。

　　她不说话，我也不说话。她靠着栏杆看海，我站在甲板上望星星，不仅望星星，还看她，看她的头发。

　　海漆黑得吓人，漆黑得连白沫也被它淹没了。我从天空把眼睛移下来的时候，我只看见一片黑色。她的衣服和海水是同样的颜色。只有在头上闪耀着金黄色头发，使我记起了星光。我又抬起头去望星星。

　　天空是深蓝色，上面布满了星星的网。这网紧紧地盖下来，盖在我们的头上。星星在网眼上摇动，好象就要落下来一般。我曾几次想伸手去摘下几颗星星，因为它们离我太近了。看着星光我又想起她的头发，我便埋下眼睛去看她的头发。

　　她依旧不说话，甚至不曾动一动身子。她只顾望着海。我不知道海里有什么秘密，值得她这样久看。

　　于是我也走到船边。我慢慢地走着。我留意着她的举动。我想她听见我的脚步声也许会掉过头来看我。那时候我就会看见她的脸和她的眼睛了。我想看她的脸和眼睛，不仅因为我想在那里看见星光，我还想从那里知道海的秘密和她的秘密。

　　在这样的黑夜，一个穿着与海同样颜色的衣服的女人，头也不掉地望着海。这决不是一件寻常的事。

　　我走到了船边，我也靠栏杆站着，离她不近，但也不远。我留意她的举动，可是这并没有什么用处，因为她依旧站在那里动也不动一下。

　　好沉静的女人！看她这个样子，好象世界上就只有她一个人，还有海，此外的一切都不存在。

　　我失望了，我知道我再没有别的办法探到她的秘密了。但是我还不能不偷眼望她。我咳嗽，想引起她的注意。然而这也没有用。她好象已经死了，或者成了化石了。

　　我又把身子向她那边移动了几步。她依旧不动，而我却没有勇气再移近些。

　　我突然感觉到一股冷气，好象她的身子被冷气笼罩着，或者冷气就是从她的身上发出来的。我不觉惊疑起来：她究竟是不是一个人？在一个短时间内我甚至以为她是一个海妖，虽然我以前并没有见过海妖。但是过后我又觉得自己想错了，因为白天我曾在饭堂里见过她，固然我不曾看清楚她的面貌和眼睛，但身材、背影和衣服我却记得清楚。一定是她，她也许是一个寡妇，所以会有这种奇怪的举动。我知道年轻的寡妇常常有奇怪的举动。

　　她这样地看海，这却是一件不寻常的事。我是一个老于航海的人，可是我却从来没看见过一个女人如此地爱海。是的，一个年轻女人能够默默地对着海过了这么长久的时间，我简直想象不到。但有一件事却是十分确定的：她和海之间一定有过什么关系，她的秘密和海的秘密是连在一起的。

　　我从她的身上无论如何探不到她的秘密了。我便埋下头去看海，我想我或者可以探出海的秘密来，而她的秘密又是和海的秘密有关联的。

　　我埋下头，眼前的景象马上改变了。海，我素来熟识的海这时候却变得陌生了。我只看见一片深黑色，但这不过是表面的颜色，渐渐地颜色变得很复杂了。好象在黑色下面隐藏着各种东西，各种活动的东西。深黑色的表面在动，它似乎有一种力量使得我的头也跟着它动了。我要定睛看着一处，但是我的眼光一落在深黑色的表面上，就滑着滚起来了。复杂的颜色不住地在我的眼前晃动，但它们永远突不破深黑色的表面，所以也永远不能够被我的眼光捉住。

　　我的眼光继续在这表面上滚着，我仿佛听见了它的声音。于是这表面突然跳起来，张开口就把我的眼光吞下去了，然后吐出一些白沫来。我略略吃惊，随后又投下新的眼光去。

　　海不再象先前那样地私语了。它现在咆哮起来。它的内部似乎起了骚动，它的全个表面都在颠簸了。不知道从什么时候起我的眼光便不能够在那上面滚动了。海面到处张着口，眼光一落下去就被它吞食了，从没有一次能够回来告诉我海的秘密。

　　海在咆哮了。它不能忍耐地等候着它的俘虏。我的眼光自然不能够满足它的欲望。它是那样地激动，那样地饥饿。它好象在表示它已经好久没有找到牺牲品了。它跳动，它的口里喷出白沫。它似乎不能够再安静地忍耐下去了。

　　我突然感觉到一种恐怖。我看见它的口愈来愈张大，而载着我们的这只船却愈来愈变小了。事实上这是可能的：我们的船会随时被它吞下去。我的心厉害地跳动着。似乎有人突然间倾了一盆冷水在我的头上，我开始战抖起来，我甚至紧紧握着栏杆，害怕我的身子会被海先吞下去。

我畏怯地抬起眼睛去看她。她依旧不动。她没有做出一点害怕的样子。她和海好象彼此很了解。冷静的她和深沉的海一定是好朋友。然而奇怪的是海已经由私语变到咆哮了，而她还依旧保持着她的沉静。如果我说海的秘密是在找牺牲品，难道她的秘密也是这个吗？她也是在等候她的俘虏吗？

我这样问自己，我却不能够给一个决定的回答。我有时甚至害怕起来，我怕她也怀着象海那样的心思。但随后我又想一个女人居然如此镇静，如此大胆，那么做男人的我岂不感到羞愧吗？这样一想我就勉强使自己的心平静下来了。

我们依旧立在那里，都不说一句话。她完全不动，我却有时掉头去看她，或者看头上的星星。

星星渐渐地隐去了，这时候天和海成了一样的颜色，天在我的头上显得很高了。船在颠簸的海上不住地向两边摇动，海开始跳荡起来，向四处喷射浪花。

"还是回舱里去睡觉罢，今晚上一定有大风浪，"我这样自语着，我又掉头去看她。

她的身子似乎动了动，但是她并没有掉过脸来看我。

我的好奇心鼓舞着我，我渐渐地胆大起来。我又自语道：

"恐怕是个俄国女人罢，西欧的女人没有象这样沉静的。"

自然，这话是说给她听的，我一面说，就把身子向着她那边移得更近一点。

她并不理我。我失望了。我便把头埋下去看海，心里在盘算用什么办法打破她的沉默。

"喂！先生，请问你老是跟在我的身边，是什么意思？"一个女性的声音在我的耳边响起来。这一着我倒料不到。我惊讶地掉过头去看。

这一次我看见她的整个面貌了。我的眼睛和她的眼睛对望着。甲板上的暗淡的电灯光从侧面射过来，正射在她的脸上，照亮了她的大半边脸。是美丽的面貌，眼睛似乎比海还深沉，额上几条皱纹使面容显得更庄严。此外再没有什么特点了。论年纪不过三十光景。

"我想知道海的秘密，我是在看海，"我低声答道，我好象在对自己说话。

"海的秘密？你想知道海的秘密？"她惊讶地问。她的眼睛突然发了光，显然地有什么东西在心里鼓舞着她，使她的眼睛会有这样迅速的变化。但这是什么东西，我却不能够知道。她把脸又一次掉过去望海，然后又回头对我说："这世间居然还有人想知道海的秘密！我问你，你为什么想知道海的秘密？而且关于它你已经知道了些什么？"她急切地等候着我的回答。

我自问：应该怎样回答她呢？关于海的秘密我一点也不知道，而且我想知道海的秘密，也无非为了想知道她的秘密。这是可以直说出来的吗？

我正为这件事踌躇着。她又开口了："唉，你原来和别的男人一样。你们男人都是一样的平凡的、顺从的奴隶，都是不配知道海的秘密的！"她的脸色又变了，显然她对我失望了，失望却引起了她的愤怒。她好象在责备我："从你们男人中间找不出一个伟大的人，只除了我的杨和那个孩子以及别的几个朋友。然而他们已经死了。"

她的严厉的面容和声音本来是我所不能忍受的，但是她的全身好象具有一种力量，很快地就把我征服了。这究竟是什么缘故。我也不知道。我只是惶惑地向她辩解我并不是顺从的奴隶。

"是啊，你们男人都是奴隶！不错，也许有一个时候不是的，然而等到别人拿机关枪和大炮来对付你们，你们就都跪下去了。"她说着，眼里射出火，两颊变得绯红，就在暗淡的电灯光下也可以看出来。我不知道她为什么要对我这样生气，我以前并不认识她。但这时候我已经猜到一点了：在她的心里一定有着一种可以撕裂人心的仇恨的记忆。我完全忘记了她的话里所含有的轻蔑，我只想知道她的秘密。

"我已经看见过不少的男人，"她继续说，"我希望在你们男人中间还可以寻出象我的杨、我的孩子那样的人，然而结果我只找到一些奴隶，一个比一个卑劣，都只知道为自己谋利益。为了这个利益他们甚至可以出卖自己的信仰和父母。我把我的故事、杨的故事、那个孩子的故事告诉他们，只博得他们的哂笑。是的，我每次见到一个男人，我就要把这个故事告诉他，可是我从来没有得到回应。我常常问自己：难道所有的男人都死光了吗？难道这个世界上就没有一点希望了吗？"她说着把一只手紧紧握着栏杆，用力摇撼。但是铁栏杆一点也不动。她更是愤激了，这时候她显出来她并不是一个冷静的女人。她竟然是这么热烈！

我的感情也突然变了。我很想找话安慰她，也许我还想做点事情来表示我并不是一个顺从的奴隶。可是我究竟做什么事呢？

"在这个世界上我找不到一个勇敢的人，勇敢的人都死光了！"她愤激地说下去，并不等我分辩。"我努力过多少次，我又失望过多少次。每一次努力的结果只带来更大的悲哀，贡献更大的牺牲。在埋葬了我的杨以后，我又断送了那个孩子的生命。还有许多的同情者至今憔悴在监牢里。是的，我还活着，我活在漂泊里；同样那些屠杀者，占据者，剥削者也还活在欢乐里！奴隶们也还活在痛苦里。而我们的事业却愈来愈没有希望了。从前杨死在我怀里的时候，我曾经对他宣誓要继续实现他的未竟的志愿。那个孩子死在我怀里的时候，我也宣誓要完成他的未完的工作。我找不到那个孩子的尸体。然而海却是杨的最后安息地。我的誓言也是对着海发的。海便是见证。可是从那时候起我又和它见过几次面。它永远这样对我咆哮，而我依旧这样孤零零地到处漂泊。我永远这样白费我的精力。"她说到这里就长叹一声，声音里充满了悲愤。她又把眼睛掉过去望海，对着海说："海呀！你是见证。请你替我去告诉杨：我还活着，我还没有忘掉他，我还要不顾一切，努力实践我的誓言，一直到死！"她就不再把头掉过来了。

1932 年

作品评析

巴金在中国现代文学史上以创作反封建的家族小说著称，并有意营造出一个充满激情的青春世界。《海的梦》是他于 20 世纪 30 年代发表的中篇小说，在表达民族救亡时代主题时对海洋叙事空间的选择可谓别出心裁，而扉页上那句"给一个女孩的童话"，表明是以童话、梦境的形式书写追求自由、抵御侵略的理想，在国难当头、民族危亡的背景下确实具有鼓舞人心的力量。小说叙述了海岛奴隶奋力抵抗外来强权压迫，建立自由国家的壮举，塑造了杨、"那个孩子"、里娜等有着坚定信仰的革命战士形象。作品以里娜的追忆展开叙事，"我"从中得知杨已壮烈牺牲，但里娜始终未曾忘记他临终前的嘱托："把我的尸首拿去喂海！我的憎恨是不会消灭的……我自己也会借着海的力量把这奴隶区域全部淹没。"之后里娜更加坚定了"赶走屠杀者，建立自由国家，实现新宗教"的信仰，甚至在父亲的哀求下也不愿出卖自己、放弃信仰，这种痛恨残忍的统治者，同情被奴役的奴隶，追求正义的精神总能打动人心。此外，小说中萦绕的海洋气息也增添了文本的审美氛围，海成为一种力量的象征，作者以大海的咆哮象征岛国民众反抗奴役的怒吼。

《海的梦》创作于九一八事变后的 1932 年，日军不断加快侵华步伐，抵抗民族侵略、争取民族独立与自由已成为时代最强音，这就不难理解巴金构建童话般奇异故事的现实意义，对应了序中那句"陆地上的梦和海上的梦融合在一起了。旧的梦和新的梦融合在一起了"。

本书节选《海的梦》第一章《一妇人》，开篇的海景令人陶醉，"海水一天变换一次颜色，从明亮的蓝色变到深黑色"，以迷人的海景推动情节发展，为拥有坚定信仰的革命者里娜形象的出现做了铺垫。"我"在甲板上几次偶遇同一个妇人——里娜，她总是穿着与晚上漆黑的海一样颜色的衣服，专注于看海，好像身上笼罩着冷气，这种超乎寻常的沉静使"我"这个老于航海的人震惊不已，在之后两人的交谈中，"我"得知海里藏着妇人的秘密。随着海面由私语到咆哮的变化，她的情绪也从原来的冷静变得热烈，以至于最后的爆发，对"我"发出这样的呼喊——除了杨和那个孩子以及别的几个朋友，"你们男人都是一样的平凡的、顺从的奴隶，都是不配知道海的秘密的"，暗示着里娜对现实的失望与愤怒，还有隐藏在心里的那种"撕裂人心的仇恨的记忆"。原来杨与"那个孩子"都是妇人所深爱的人，他们在反抗剥削的行动中不幸牺牲，而海也是杨的安息之地，她每天晚上在甲板上看海是为了缓解对爱人的思念，也是为了时刻提醒自己不能忘记那"未竟的志愿"，铭记诺言。但里娜又苦于现实中一直找不到像爱人杨那样勇敢的英雄，最后她面对大海发出宣言："海呀！你是见证。请你替我去告诉杨：我还活着，我还没有忘掉他……"这既是对海的呼喊，也是对屠杀者的愤慨，对爱人之间约定的坚守，永不放弃建立一个没有剥削与压迫的自由国家的信念。

有人说《海的梦》是巴金前期无政府主义思想的折射，因此胡风认为这部小说"是人道主义、安那其主义的观点观念的发挥"，并对其"没有从现实生活出发，把梦境当作真实"[①] 的艺术构思提出批判。巴金的反驳是：左翼批评家总是"先拿出一个政治纲领的模子，然后把一切被批评的作品拿来试放在这模子里面，看是否相合。全合的自然就是全好，合一部分或不合的就该遭他们摈弃，对于构成一个作品的艺术上的诸条件，他们是一点也不会领会到的。"[②] 实际上，巴金以海的意象来构筑梦境世界，明显是以迂回的方式表达着当时的革命文学主题，通过里娜、杨、"那个孩子"在海岛反抗奴役的故事激发现实中民众反抗侵略的勇气，期望早日取得抗日战争的胜利，实现民族独立，文中的海洋元素增加了文本的抒情与浪漫色彩。

---

① 胡风：《胡风全集》，武汉：湖北人民出版社 1999 年版，第 138–139 页。
② 巴金：《巴金全集（第 12 卷）》，北京：人民文学出版社 1989 年版，第 258–261 页。

寻梦者

　　戴望舒（1905—1950 年），名承，字朝安，浙江杭州人，著名诗人、翻译家，因独特的诗风被称为现代诗派的"诗坛领袖"，无论是在诗歌理论还是创作实践方面，都推动了中国新诗的发展与流变。他最初的诗歌创作受到新月派格律诗的影响，后来又从法国象征主义诗人的作品中汲取营养，逐渐摆脱诗歌声画技巧的束缚，倾心于自由、朴素、隐晦的情感表达，追求中西诗歌艺术的融合，推动了新诗民族性建构。著有诗篇《雨巷》《我的记忆》《寻梦者》《望舒草》等。

梦会开出花来的，
梦会开出娇妍的花来的：
去求无价的珍宝吧。

在青色的大海里，
在青色的大海的底里，
深藏着金色的贝一枚。

你去攀九年的冰山吧，
你去航九年的旱海吧，
然后你逢到那金色的贝。

它有天上的云雨声，
它有海上的风涛声，
它会使你的心沉醉。

把它在海水里养九年，
把它在天水里养九年，
然后，它在一个暗夜里开绽了。

当你鬓发斑斑了的时候，

当你眼睛朦胧了的时候，

金色的贝吐出桃色的珠。

把桃色的珠放在你怀里，

把桃色的珠放在你枕边，

于是一个梦静静地升上来了。

你的梦开出花来了，

你的梦开出娇妍的花来了，

在你已衰老了的时候。

1932 年

作品评析

《寻梦者》载于 1932 年 11 月《现代》（第 2 卷第 1 号）。《寻梦者》是一首抒写梦想的诗歌，诗人以"寻梦者"自喻，把虚幻的梦境写到了极致，整首诗篇用二百余字生动形象地叙述了寻梦的过程。从创作时间上看，这正是作者赴法留学前夕，留学是为了满足苦苦追求的恋人施绛年提出的取得大学文凭等订婚条件。临行前，诗人写下了这首意蕴深厚的诗篇。《寻梦者》通过大海、珠贝等唯美的意象，传递出诗人对美好爱情矢志不渝的追求，因而诗篇中的梦应是美好爱情的象征，但又超越爱情，富有极强的哲理思辨性，可以是对任何理想的追求。诗人以此告诫世人，想要梦想成真必须付出艰苦的努力。

《寻梦者》开篇指出"梦会开出娇妍的花"，让人充满无限向往，接着用"无价的珍宝"形容梦的可贵，因此值得用心去找寻。戴望舒在诗中构设出几个逐梦的不同阶段，体现逐梦的艰辛：首先要在"青色的大海的底里""攀九年的冰山""航九年的旱海"找到"金色的贝"；然后把它放在"海水里养九年"，再在"天水里养九年"，以寻找"桃的珠"，当然这里的"九"是虚指，形容时间之长，暗示着永恒，即需要历经艰难的跋涉，才能看到"梦开出花"的模样，呼应句首，形成循环往复的结构，表达对绚丽多彩之梦的期待。诗中的海洋意象不禁使人想到梦的斑斓与神秘，尤其"青色的大海"里涌现出"金色的贝"的意境极具童话色彩，读来仿佛眼前涌现出波浪翻滚的海面。诗句还把梦与大海、珠贝相联系，使原本无形抽象的梦境有了现实的物质依托，显现出寻梦过程的漫长。

从形式上看，《寻梦者》摆脱了新格律诗的束缚，以追梦为线索，通过大海、珠贝等具体可感的物象折射出抒情主人公情感的流动，借鉴吸收了法国象征主义重视人物内心情绪表达的艺术手法，并继承了中国古典诗词借象造境的传统，增加了诗篇的朦胧美。

▋ 银鱼曲

黎锦明（1905—1999 年），湖南湘潭人，"黎氏八骏"中排行老六，现代著名作家、文学批评家。20 世纪 30 年代在上海生活期间加入中国左翼作家联盟，其作品多描写社会底层民众的生活与精神苦闷的知识分子。《尘影》是中国现代文学史上第一部以大革命时期农民武装斗争为背景的小说，得到鲁迅的肯定；且鲁迅为其作序，称其作品"蓬勃着楚人的敏感和热情""有强烈的反封建意识"。他的代表作有小说集《烈火》《破垒集》《大街的角落》，文论集《新文艺批评谈话》《文艺批评概说》等。

没有风，和水门汀的地面一样平净，闪着赭黄色的海面上，渔帆一队队的朝向着碧落的相接处。鸥鸟们和云混成一片了，无声的，没有旋律的动着。

沙岸上的歌声，喧喊，竹喇叭的悲曲——沉静而嚣动，显出秋的荒凉，生命的走向归宿。

"放线哪，放线哪。"

沿码头的船栈上，童子们叫喊。

有些渔户们，在汐的起始前，把投网的阵线布置好了，等待着银鱼们的来到。这是一种庞大的鱼族，每年有四五天的游巡，而且深深的侵入这海港。当鲨鱼们在港面闹着惨案的时候，它们全来了，观赞喜事的人们似的，在水上喋喋。巧妙的，螺旋似的波线到处起着，迎着黯淡的阳光线。

银鱼们是易于上网的，因为数目的多；它们贪食，好胜，渔户们将甘蔗渣滓和由稻田捉来的蝗虫尸体倾满到海面，它们有时离开了鲨鱼的锋阵，来满足食欲。渔户们的网大，细密，这诱惑有了成效，前后密合，千万的数目都成为俘虏了。

"沙满！走向前面去。"

"什么事？网银鱼的网没有啊——"

"你向丁凡家去租一幅，沙满，秋节到了。"

"丁凡家是势利户，他借一幅黄鱼的网给你，还要讨三两银子！"

"你说我们借银鱼的网；有的是银子！"

沙满离了船坞，沿了巷线，低着那柔怯的眼，向街衢走去。

他的伯父——沙龙——踞在船头，遥望着鱼群的出没处，瞪着，搓着手，用那不自已的闲暇的神情，喝着，频频的倒着放在脚旁的茶水。船是乌黑而旧式，布帆都补缀了，好像老了的隐士似的，在坞旁年久的停滞着。沙龙半老了，和船一样的显得完全老了；他向海的空阔处赞慕着，贪婪的幻想着他的大量的获取。……他没有勇气将渔艇浮到汪洋中去，当他想到他的父，他的弟弟及一个年老的伙伴，在半生来被出人料想的暴风雨卷去的时候。

沙龙的女人是病了，萎黄的，极可怜的病了；而且要不断的尽夜的呻吟，向他旁卧的丈夫报复她积年来所受的苦痛，没有安宁。孩子，因为不是亲出，常例的失着眠，白天总是萎顿着。沙龙晚年的和善，已不能救济他盛年所招来的一切报复了！他的豪迈，强悍，曾经获了渔户们的畏惮，获到了小棠的心，然而……

"阿伯，丁凡家不答应！"

"你怎么说？"

"我说阿伯销了七批鱼仔，收到很多银子！他不信。"

"你求求他。"

"他叫我走，赶我走！我就回来了。"

沙满回到舵尾，在他所常蹲伏的船板上蹲了，那里放着一个旧竹筐，麻布掩盖着，里面是他三天的粮食。螺肉，蕃薯，此外，剩下的一堆鱼骨。早晨，他守着这筐，晚上，回到他的卧处，听着病的船主妇的呼叹。他整夜失眠着，白天打盹。

一点微风，拂在微波上。太阳强烈的震着。海湾里的渔船已动作了，连续的，群鹚似的，离开那归息处。

银鱼整亿兆数的在海面上游荡——船经过石硖，出了海湾线；沙龙的装扮和早年一样的昂藏，迎着风向，垂着网——矗立在船头上。风摇着他那陈旧的衫，那披垂的帆，朝着汪洋的心核。

"嗬，好大一群——好大一群啊——银色的鱼啊！"

沙满在舵后嚷着。

银鱼是不远不近的在船旁巡绕。它们好像在水中看到人的影，能测到网的伸展度；它们在船的腰腹边际上下出入着，像带着生命的梭一样。

"真的，这么大的一群银鱼啊！"

病的船主妇，头伸出篷的窗口来，放出那疲惫带着矫健的呼声嚷着。

网下去了，着力的，圆满的扔放下去了。沙龙的两眼发亮，青筋在颊上突露。他镇住了风的撼力，稳定着站势，徐徐的，一引一带的，将网向上牵拉。他的手没有动状，只是沉重，和平常一样。

沙满在舵后伸长他的颈。他看见沾着在网眼上的水的闪烁，叫着，赞羡着。……老渔户散开他的网……他将一只发亮的，巨形的物件捡起来，往海里掷了！

"银鱼啊！"孩子喊着。

"银鱼？"沙龙怒呼道，"水母。"

网是再次，三次的投进波里去了。波浪徐徐耸动，船在上面曲线的，弛缓的进行。孩子顺着鱼群的聚处，将舵压着。鱼群聚拢了，在起网处螺旋状的浮动，起伏。

"银鱼啊，好多的银鱼啊！"孩子是赞羡，希望。

他看见伯父翻动着网，和先前一样，将一样杂乱的海植物和水藻，枯枝掷回到海里。一只小小的鲇，被扔进舱来了，在板上跃动，给这空虚里留下一点生命。

同一样的下午，船经过这路线，浮在东林线的花岗石壁旁动荡。

银鱼啊，银鱼啊，孩子不这样叫了。

风是和顺，有力的将帆送到鱼群的中央。石壁四面绕着；被网的俘虏，银色的，闪亮的，一双，一什的被扔进舱了。鱼群失去升沉，骤动的能力了，在浅浅的水波和岩壁下。

沙满瞪着眼，稳稳的把着舵。他欣喜，欢快的谈着，忘记了他那肮脏的食物。

船主人胜利的拉着网。一次，二次，银色的动物一件件来到舱里，在船板上跃动，唼喋着那贪婪的柔媚的嘴。它们成为俘虏了，成为这老年人的享用品了，交易品了！

将这湾里的鱼群满载归去，是骄傲，是幸福——沙满这样想。

风愈和顺了，成了一种节奏。

沙龙留着汗，叫道：

"阿满！阿满！"

海面上"嗬，嗬"的响。浪头朝着船的起落点——

"阿满！放开舵！"

船主人呼着。他紧把着网绳，身体向前倾伏。网是被搅动了，船身随着它的动转，在水面摇晃。

"阿满!"

阿满叫道："鲨，鲨!"

那满身汗湿的老渔人在狂喊一声后倏的失去了，和网一并被搅进波里了①，倏然的，不曾留下一点影。

"伯，龙伯!"

阿满站在船尾，嘶喊着。

网露出一线，随着突进的鲨，转出石壁，驰向海的心核，隐在一片沉静里。

"伯啊，龙伯啊!"

银鱼上市了，一筐，一撮的交易了。

它是鲜明，细腻，在富人的筵席上伸长那皎洁的躯体，张着那柔媚的，在水面喋喋的吻。

1933 年

作品评析

《银鱼曲》发表于1933年7月1日《现代》（第3卷第3期）。小说以沿海地区的渔民生活为背景，描写他们在海上捕鱼的艰辛，以及人在自然面前的无力与脆弱。小说讲述了捕银鱼的季节，赭黄色的海面上一队队渔帆进发，沙满与伯父沙龙也在捕鱼的行列，不幸的是沙龙被悄悄进入渔网的鲨吞噬了。实际上，沙龙有硬汉的一面，年轻时他的豪迈、强悍，曾使渔户们畏惮，当盛年不再，身体显得与船一样苍老的时候，他没有勇气再将渔船浮到汪洋中去，尤其是想到父亲、弟弟、一个年老的伙伴被暴风雨卷走的情景时。但转眼看到病床上呻吟的妻子，现实生存处境的窘迫与倔强的性格促使沙龙在没有借到银鱼网的情况下依然坚持出海，他的装扮跟年轻时一样昂藏，迎着风向，垂着网，矗立在船头。最初，他感受到了胜利地拉网，银色动物一条条被俘虏的骄傲与幸福，可好景不长，鲨鱼的悄悄闯入打破了平静的海面，这个性格刚烈的老渔夫来不及躲闪即丧生鱼腹，船上回荡着沙满嘶喊龙伯的声

---

① 渔户的网绳一端，多半系于腕上，网若被鲨所带走，人便一同入海了。——作者原注。

音，不禁使人心痛。

《银鱼曲》以简洁生动的语言叙述关于渔民捕鱼遇难的故事，小说主人公沙龙的悲剧命运正是千千万万沿海居民生活的真实写照，他们每一次出海都是收获与危险并存，碰上好运气可以满载而归，如果遭遇恶劣天气或大海中凶猛生物的突袭，生命随时面临危险。文本最后写到银鱼上市，一筐一撮地交易，出现在富人的筵席上，而渔民在海上辛苦劳作却少有享用自己劳动成果的机会，通过这种鲜明的对比揭示当时阶级对立、两极分化的社会现实，升华了小说的主题。

▌六横岛（节选）

巴人（1901—1972 年），原名王任叔，浙江奉化人。1922 年开始文学创作，文学研究会成员，曾担任《四明日报》编辑，主编副刊《文学》，1929 年参加中国左翼作家联盟，中华人民共和国成立后是首任中国驻印度尼西亚大使，"文革"中被迫害而死，享年 71 岁。巴人一生著有短篇小说集《监狱》《破屋》《乡长先生》等，中篇小说《一个东家的故事》《冲突》等，长篇小说《死线上》《某夫人》《女工秋菊》等，主要分为乡土与自传体类型，形成了写实与抒情两种风格。因文学创作时一直没有离开家乡，巴人能够近距离感受乡土现实，揭示故乡民众的不幸与苦难，而社会矛盾是导致农民生活悲剧的主要原因。

上 篇

一

一九三〇年的正月，海上的风带着初春的暖热，不断地向六横岛猛烈地吹来。

六横岛像一只牛角，狭长地躺卧在这绿色的大海里。

绿的海，不时地汹涌着，像一只饥饿的巨狮，高声地吼叫着，舞着银白色的巨爪，终年猛扑着六横岛堤岸。

海风作了信号，"呼——啦！呼——啦！"吹过了岛的角角落落，然后沿岛的堤岸的不远处就有千万只白色的水柱子卷上半空，猛地扑向海面，万马奔腾似的泻走了一阵，突然又各各竖立起来，溅出一大白色的水花，又扑向海面，扑向岛的四周。——这绿色的海的巨狮，就以这样的勇猛与英伟的姿势扑食着八横岛。

然而，六横岛屹然不动。它以四周潜藏的礁石作为护围，排除海的侵袭。它终年忧郁地沉默着。

"去呀！大家到东岳宫去！"

终于这忧郁地沉默着的六横岛也开始呼号了。几百年来，它负着灰色的运命，以鱼盐之乡闻名于这古老的中国的土地，人们以汗与血的劳力滋养它，但人们又以欺骗与机巧吮吸它，而它却无所得亦无所失，死沉沉地存在下来，一切都认为合理，它也从不曾开过口——然而，今天终于呼号了。

"谁都得去，谁不去就是猪生狗养的！"

这愤怒的声者压过海的呼啸，如同一面反叛的旗帜，高扬在浩渺的太空！

高身材的大麻子徐阿法，非常显著地突出在巨大的人的潮头，兴匆匆气昂昂地向前奔去。有时脱离了这人的潮，仿佛一个黑浪头，泼出到十丈之外；有时又没入这人的潮，连接起来，但依然突立在人的潮的上面。这样，这人的潮就突然黑压压地缩紧，突然密绵绵地拉长，哄动着，汹涌着。

矮脚虎王老大押队似的跳蹦在后面，拔着短腿子，喘着气，以二步换取别人的一步，努力不使自己掉队；却还"快呀！快呀！"催促着。

人的潮向东岳宫奔去。昏昏地簇拥着，谁也不明这奔去的目的，但谁都像被一种大力所吸引，不由自主地不停步地向前奔去！

锣声已经敲过了上中下三庄，空中传响着洪亮的响声，像大海从天空倒泻头上。

"谁不去，谁便是猪生狗养的！"徐阿法吼着，旋转着大麻脸向四面盼顾着。

泥沙混着石子的路，不平地展在两排矮屋的中间。这些屋子为避免海风的掀翻，全都矮矮的，仅止"一人一撩"的高。人的潮流就更显得像决堤似的在狂奔。

忽然严肃与沉默又支配了全条大路——连锣声也像给海风带走了。

一个梦，一块巨大岩石似的压在人潮之上。

"去呵！到东岳宫去！"大弄狭巷也奔出了一支黑的人潮，汇合到这大的人潮之中，并带来了喊声。

洪亮的锣声又响了——海水又倒翻在头上，空中。人们突然醒了过来，领解了这锣声的意义！

海之神在号召！人的灵魂在号召！为着活下去，要争生活的路！

人的黑潮拉长了。后浪扑过了前浪，前浪挤没到后浪。相互地争奔着，挤挨着。徐阿法，王老大终于没入在洪流里。

在老远的后头，飞速地奔来个瘦长的影子，像一片干黄的落叶，追着人的脚跟塌地飞着。那是我们的塾师杨星园。

东岳宫坐落在六横岛的中庄。

屋上的龙骨剥落殆尽了。灰色的屋瓦，一块块长着绿苔，仿佛在点缀它那衰老的容颜。但它比这全岛的屋子都高大，背负着海与山，面临着村庄。它抗拒着海风的侵袭，卫护着这全岛的居民。

全岛的居民，将自己的运命都交它管理。它的每一块土砖，每一棱瓦脊，每一条柱子与雕梁，都包涵着全岛的居民的辛酸与眼泪，悲痛与血汗的悠长历史。

然而它也镇压着这黑油油的岛土的应有的咆哮。

这岛土有八十里长，三十里阔；有一万四千余家渔民佃户，蠢动着四万余的饥饿的男女老小。他们全就从着这东岳宫赋予他们的运命活下去。但它待他们也不算薄，三万多亩的黄肥田，六万多亩的干地和盐地，还有一个广大无边的海。

岛民们就在生下他们的土地上营他们的活。他们逃不了自然的支配，但他们还和自然搏斗。田地坐落在中庄。中庄的人就下田，犁地，插秧，种植番薯和杂粮。上庄面临着海。海在笑，带着诱惑的声音，像个淫荡的妇人。上庄的人也就下海去了，去和狮的海搏斗。下庄是个景致优美的庄园，这里住着些高贵的绅士，光亮的脸子，发着光亮的笑，日子幽闲地向他们面前飘过。

田全是黄土，地则是岩石风化了的沙碛。沿海底外围，是高高低低的山，是坡面耸起的海滩——那海滩，也有垦作盐田的。岛民们在这上面立下了他们的生计——晒起盐来。

盐田大都没有自然的分界，但人们却用一座座的土墩，分划自己领辖的土地。潮水按着潮信，每天在一定时间从苍茫的远天滚卷来。没有阻挡，它们也不发怒吼。它们是播扬衣被一般地滚卷着来。但又不愿一下子衣被了全个盐田。它们荡漾着，荡漾着，涨上一尺了，退下了半尺；再涨上一尺，再退下……终于直涨到那靠里建筑着的星罗棋布的土墩的脚下。

潮退了，这土田就如黑油油的一片胶。人们放下脚，生怕给陷没了，但它偏承住了压力，不起一些裂缝，只在胶面上印下脚底的美丽的花纹。人们于是用铲子，把它划成了一块块，铲起这泥土的胶面，搬到那仰盂形的土墩上去。土墩中间铺着卤水的竹帘，空着底，通着条管子，接在墩外的巨缸上。人们在土墩的仰盂上不断地冲着水，水透过胶土，带着盐质流向缸里去了。缸里的青黑色水一点点涨满起来了。于是人们翘望着太阳上升。

是一天的好太阳。人们搬出了四长方的木构的框子，陈列在海滩上，又挑着缸里的水，向框上倒成薄薄的一片，然后用耙子不断地耙着。青色的水渐在太阳光下变白了，绽出一粒粒的盐花，寄托着人们一颗颗的希望，人们全都快乐了。于是收过晒盐具，又把墩上的泥土一担担地挑向海滩去，匀匀地给铺成一地，候潮水的再涨……

盐民们于是这样地活下来了。

也有兼下田地的。然而这海岛年年飘着季节雨。它开始总是叫乌云来报信。夏秋之间，海发着火热的喘息，金色的太阳，要把海水烤干似的晒着，郁暑火铁似的静定在空间动也不动，人们如同落在油锅里给炸出油来。汗涂亮着发黑的身体……这么着，乌云渐渐积储在天空了，山一般，岩一般的，也还是动也不动的。于是在海角揭起了飓风，带来了季节雨，不断地飘射着，不断地吹卷，卷去了黄土地带的黄稻，卷翻了砂碛地带的番藤。劳动的报酬，是自然严厉的责罚。幸而收拾了一些，准备挨度过冬天。但冷厉的海风，挟着浪，挟着雪花，来访问一家家的破小屋。破小屋有时给卷翻屋顶，人，牲口也有给卷到不知哪里去的。人们的脸，于是更枯黄了。他们从风沙中长大，他们也将在风沙中老了，死了！

只有春天是舒适的日子。一年的希望开始了。

海的巨狮，这勇于搏斗的海的巨狮，展开了绿的胸怀，做起春的梦来。

春之梦是甜蜜的，大地回复了生气。干了的黄土渐渐地潮润，发出腐烂的然而是清香的气息。于是人们额手相庆："是春耕的时候了，咱们该收拾起犁耙来！"

春之梦是甜蜜的，而海洋的秋之梦却更甜蜜。海里时时有"香客"们成群结队地在出没着。有时把整个的海映成一片金黄，有时又把海搅成一团墨黑。有时还听到像和尚们诵经时的声音，——从海底发出。人们于是欣喜地相告："鱼汛到了——咱们该得下海去了！"

这不同于下田，渔民们不是轻易下得海的。他们要修理元宝船，要修理破网，挂帆出去后，十天百天也不由你计算，他们又需要储粮。下庄的绅士们开着渔行，他们于是一家家向渔行奔去。

"老板，借一笔本钱！"

"行！"

账房先生照例捧着水烟袋，笑逐颜开地出来。

"要多少?"

"三百元。"或者说"五百元。"

"利子呢?"

"那用说……"

"那么对本对利。"

还债，就是把打来的鱼作抵押。

"粮食总也得买咱们的。"账房先生还加着说，"自然不能照市价算，去年加五成，今年减一成，就加四成吧。"

渔民们没本钱向米行买米，加四成也还值得——济了急。寅年吃卯年粮，生活反正是这样挨下去的。死后的债，自然还有儿子承顶。

于是挂着帆，出海了。

出海的第一件事是祭神。他们把大猪头上祭在东岳大帝面前，自然跪在木垫上，磕下头去，默祷着，净着心，也净着嘴，要一天相互不骂出淫秽的不吉利的字眼。收过祭，他们和家人先来一顿醉饱。

海确是一只不能驯服的巨狮，它不时地翻滚。元宝船出了海，就像个彩球，让这巨狮玩弄着。人就没法把定舵。

突然，轰隆隆一声，海浪巨山一般地壁立起来，把这元宝船举到半天高，但接着又忽然滑下去，堕在巨浪的崖壁里，只让那帆和樯露出个尖顶在海浪上，人全沉入在海底了。再等后来浪把船抬出时，人已如水妖似的，湿淋的衣服，湿淋的发，蒸发着咸腥气。

但海也有平静时，太阳照上了全身，全身给晒干了。衣服干缩拢来，一身的盐花。皮肤上全部干炙得辣辣的，像要焦酥了。人们就用酒当作水棉袄，从里热出来，抵挡这海水的侵袭。

日子是这样地挨过去了，出了海总得跟海搏斗，不搏斗是不行的，生活也就熟习起来。烧饭的时候，摆不定锅子，就把锅子的两耳，用绳结在船舷上，火在锅下窜，锅却在火上荡——随着船的荡。饭也给烧成了。人们就替换着吃饭，但海水却无情地泼上碗头来，人们又吞着咸水饭。

网是总得下的，船也不能掉回头——逼着他们的，现在已不是为的希望，而是渔行老板们的脸子。这脸子，也就变成渔民们终年照临的"太阳"!

元宝船一天一天驶向大海，却并不是都有收获的。

每当空船而归，他们就拖过一条板凳，坐下，跨着脚，硬着嘴说："今年，这一趟，运气不好。但还要碰下一趟运气啦!"

他们不失望!

然而老婆们却失望了——不但失望丈夫的运气，还失望那丈夫的身体。浸着水，喝着风，吞着浪打过的盐水饭，身体竟那么地不硬朗了。

于是不免有怨言。

徐阿法便不耐听这种怨言。最初是跟老婆闹．"我捣你娘的，连你也要欺侮我了！"

老婆不作声。他又把骂题转过去：

"老子死里逃生，也够苦了。一年能有几网鱼？渔行老板那儿借了三分利的本，吃十五元一担的米——真是岂有此理！借本尽管借本，为什么还要限定吃你们米？真是猪生狗养的，一来回，还能捞到几个钱……"

20 世纪 30 年代初

作品评析

　　《六横岛》写于20 世纪30 年代初期，发表版本据作者手稿改订，曾刊载于《小说界》1984 年第 3 期。《六横岛》以现实主义手法再现了生活之真，是一篇较有代表性的海洋小说。《六横岛》讲述浙江舟山群岛上的一个小岛——六横，这里虽风景如画，但岛民却长期忍受着统治阶级各种名目的税收压迫，忍无可忍的岛民开始武力反抗强权，平静的六横岛呐喊起来，但因为缺乏组织而被镇压，吴县长带领兵舰包围了整个小岛，王阿狗、史绍全等参与暴动的积极分子被无辜枪决，揭示出混乱社会之下民众求生的艰难。从内容上看，《六横岛》与巴人的《乡长先生》《疲惫者》《回家》等乡土小说属于同一系列，都以关注社会底层弱势群体生存现状为主题，不同的是《六横岛》把笔触从以土为生的农民转向以海为生的渔盐民，并注意到沿海地区底层民众的革命斗争，丰富了左翼文学的面貌。

　　上篇第一章介绍了六横岛迷人的海洋风光与岛民的生活习俗，具有独特的海洋性地域文化特征。夏秋时节，海水快要被金色的太阳烤干，海上的人们像"落在油锅里给炸出油来"，有时海角的飓风会带来充沛的季节雨；冬天凛冽的海风挟着浪与雪花而来，房屋的顶部被卷翻；万物复苏的春天，大海展开绿的胸怀，做起春之梦——这是海岛的四季，读来可以感受到大自然的神奇魅力。还有多种修辞手法的运用增强了作品的艺术魅力，如这个以渔盐为生的六横岛被喻为"狭长地躺卧在这绿色的大海里"的牛角，汹涌的海"像一只饥饿的巨狮""不能驯服的巨狮"，以"勇猛与英伟的姿势扑食着六横岛"，暗示现实中统治者如巨狮般欺压岛民，屹然不动的六横岛"以四周潜藏的礁石作为护围，排除海的侵袭"，这又何尝不是岛上居民顽强生命力的象征？岛上洪亮的锣声与倒翻的海水融为一体，如"海之神在号召"，召唤穷苦的人们努力活下去，争生活的路。坐落在六横岛中庄的东岳宫以"三万多亩的黄肥田，六万多亩的干地和盐地，还有一个广大无边的海"等丰厚的资源给予岛上"一万四千余家渔民佃户"活下去的希望。此外，面海的上庄多以捕鱼为生，到了鱼汛期，渔民挂帆出海之前，要修理元宝船与破网，还要到下庄绅士们的渔行借本钱储粮，他们在海上要不断与海搏斗，"浸着水，喝着风，吞着浪打过的盐水饭"，收获的几网鱼还要遭受渔行老板的剥削，还"三分利的本"，买"十五元一担的米"等。如果渔民是死里逃生地活着，那么盐民的生活同样不好过，他们把海滩垦作盐田，退潮后在黑油油的胶面上制盐、晒盐，又把泥土挑向海滩均匀铺开等候涨潮。文中这一部分除了对海景与岛民生活的描写之外，对沿海地区民俗的呈现也弥漫着海的气息，如渔民下海之前隆重的祭神活动，把"大猪头上祭在东岳大帝面前"，他们虔诚地跪在木垫上默祷；渔民"用酒当作水棉袄，从里热出来，抵挡这海水的侵袭"等。整体上，壮美的海景烘托着小说的气氛，渔民习俗的呈现加深了读者对沿海居民日常生活的了解，而与之相关的岛民生存境况折射出当时阶级矛盾异常激烈的社会现实。

听潮的故事

王鲁彦（1901—1944年），原名王衡，笔名鲁彦，浙江镇海人。20世纪20年代"乡土小说流派"的主要作家，"左翼"成立后又积极实践其"为人生而艺术"的文学主张，作品多取材于其故乡浙东村镇的风土人情。其创作风格以现实主义为主，关注社会底层民众的生存，留下了短篇小说集《柚子》《黄金》等；20世纪30年代著有长篇小说《野火》《河边》《童年的悲哀》等；还有一些脍炙人口的经典散文，如《听潮的故事》《我们的太平洋》等。

一年夏天，趁着刚离开厌烦的军队的职务，我和妻坐着海轮，到了一个有名的岛上。

这里是佛国，全岛周围三十里中，除了七八家店铺以外，全是寺院。为了要完全隔绝红尘的凡缘，几千个出了俗的和尚绝对地拒绝了出家的尼姑在这里修道，连开店铺的人也被禁止了带女眷在这里居住。荤菜是不准上岸的，开店的人也受这拘束。

只有香客是例外，可以带着女眷，办了荤菜上这佛国。岛上没有旅店，每一个寺院都特设了许多房子给香客住宿，而且准许男女香客同住在一间房子里。厨房虽然是单煮素菜的，但香客可以自备一只锅子，在那里烧肉吃，这样的香客多半是去观光游览的，不是真正烧香念佛的香客。

我们就属于这一类。

这时佛国的香会正在最热闹的时期里，四方善男信女都跨山过海集中在这里。寺院里一天到晚做着佛事，满岛上来去进香领牒的男女恰似热锅上的蚂蚁，把清净的佛国变成了热闹的都市。

我们游览完了寺刹和名胜，觉得海的神秘和伟大不是在短促的时间里领略得尽，便决计在这岛上多住一些时候，待香客们散尽再离开。几天后，我们选了一个幽静的寺院，搬了过去。

它就在海边，有三间住客的房子，一个凉台还突出在海上，当时这三间房子里正住着香客，当家的答应过几天待他们走了就给我们一间房子，我们便暂在靠海湾的一间楼房住下了。

楼房的地位已经相当的好，从狭小的窗洞里可以望见落日和海湾尽头的一角。每次潮来的时候，听见海水冲击岩石的声音，看见空中细雨似的，朝雾似的，暮烟似的飞沫的升落。有时它带着腥气，带着咸味，一直冲进了我们的小窗，粘在我们的身上，润湿着房中的一切。

像是因为寺院的地点偏僻了一点的缘故，到这里来的香客比较少了许多，佛事也只三五天一次，住宿在寺院里的香客只有十几个人。这冷静正合我们的意，而他们的来到，却仿佛因为减少了寺院里的一分冷静，受了当家的欢迎。待遇显得特别周到：早上晚上和下午三时，都有一些不同的点心端了出来，饭菜也很鲜美，进出的时候，大小和尚全对我们打招呼，有时当家的还特地跑了来闲谈。

这一切都使我们高兴，妻简直起了在那里住上几个月的念头了。

"要是搬到了突出在海上的房子里，海就完全属于我们的了！"妻渴望地说。

过了几天，那边走了一部分香客，空了一间房子出来，我们果然搬过去了。

这里是新式的平屋，但因为突出在海上，它像是楼房。房间宽而且深，中间一个厅。住在厅的那边的房里的是一对年青的夫妻，才从上海的一个学校里毕业出来，目的想在这里一面游玩，一面读书，度过暑假。

"现在这海——这海完全是我们的了！"当天晚上，我们靠着凉台的栏杆，赏玩海景的时候，妻又高兴地叫着说。

大海上一片静寂。在我们的脚下，波浪轻轻地吻着岩石，睡眠了似的。在平静的深暗的海面上，月光辟了一条狭而且长的明亮的路，闪闪地颤动着，银鳞一般。远处灯塔上的红光镶在黑暗的空间，像是一个宝玉。它和那海面银光在我们面前揭开了海的神秘——那不是狂暴的不测的可怕的神秘，那是幽静的和平的愉悦的神秘。我们的脚下仿佛轻松起来，平静地，宽怀地，带着欣幸与希望，走上了那银光的道路，朝着宝玉般的红光走了去。

"岂止成佛呵！"妻低声地说着，偏过脸来偎着我的脸。她心中的喜悦正和我的一样。

海在我们脚下沉吟着，诗人一般。那声音像是朦胧的月光和玫瑰花间的晨雾那样的温柔，像是情人的蜜语那样的甜美。低低地，轻轻地，像微风拂过琴弦，像落花飘到水上。

海睡熟了。

大小的岛屿拥抱着，偎依着，也静静地朦胧地入了睡乡。

星星在头上也眨着疲倦的眼，也将睡了。

许久许久，我们也像入了睡似的，停止了一切的思念和情绪。

不晓得过了多少时候，远处一个寺院里的钟声突然惊醒了海的沉睡。它现在激起了海水的兴奋，渐渐向我们脚下的岩石推了过来，发出哺哺的声音，仿佛谁在海里吐着气。海面的银光跟着翻动起来，银龙似的。接着我们脚下的岩石里就像铃子，铙钹，钟鼓在响着，愈响愈大了。

没有风。海自己醒了，动着。它转侧着，打着呵欠，伸着腰和脚，抹着眼睛。因为岛屿挡住了它的转动，它在用脚踢着，用手拍着，用牙咬着。它一刻比一刻兴奋，一刻比一刻用力。岩石渐渐起了战栗，发出抵抗的叫声，打碎了海的鳞片。

海受了创伤，愤怒了。

它叫吼着，猛烈地往岸边袭击了过来，冲进了岩石的每一个罅隙里，扰乱岩石的后方，接着又来了正面的攻击，刺打着岩石的壁垒。

声音越来越大了。战鼓声，金锣声，枪炮声，呐喊声，叫号声，哭泣声，马蹄声，车轮声，飞机的机翼声，火车的汽笛声，都掺杂在一起，千军万马混战了起来。

银光消失了。海水疯狂地汹涌着，吞没了远近的岛屿。它从我们的脚下浮了起来，雷似的怒吼着，一阵阵地将满带着血腥的浪花泼溅在我们的身上。

"可怕的海！"妻战栗地叫着说，"这里会塌哩！"

"哪里的话！"

"至少这声音是可怕得够了！"

"伟大的声音！海的美就在这里了！"我说。

"你看那红光！"妻指着远处越发明亮的灯塔上的红灯说，"它镶在黑暗的空间，像是血！可怕的血！"

"倘若是血，就愈显得海的伟大哩！"

妻不复做声了，她像感觉到我的话的残忍似的，静默而又恐怖地走进了房里。

现在她开始起了回家的念头。她不再说那海是我们的的话了，每次潮来的时候，她便忧郁地坐在房里，把窗子也关了起来。

"向来是这样的，你看！"退潮的时候，我指着海边对她说，"一来一去，是故事！来的时候凶猛，去的时候多么平静呵！一样的美！"

然而她不承认我的话。她总觉得那是使她恐惧，使她厌憎的。倘使我的感觉和她的一样，她愿意立刻就离开这里。但为了我，她愿意再留半个月。我喜欢海，尤其是潮来的时候。因此即使是和妻一道关在房子里，从闭着的窗户里听着外面模糊的潮音，也觉得很满意，再留半个月，尽够欣幸了。

一天，两天，我珍视的日子，已经过去了四天。我们的寺院里忽然来了两个肥胖的外国人，随带着一个中国茶房，几件行李，那是和尚们从轮船码头上接来的。当家的陪他们到我们的屋子里看了一遍，合了他们的意以后，忽然对我们对面住着的年青夫妻提出了迁让的要求。

"一样给你们钱，为什么要我们让给外国人？"他们拒绝了。

随后这要求轮到了我们，也得到了同样的回答。

当家的去后，别的和尚又来了，他们明白地说明了外国人可以多出一点钱的原因，要求我们四个人同住在一间房子里，让一间房子出来给外国人。他们甚至已经把行李搬到我们的厅里来了。

"什么话！"年青的学生发怒了，"外国人出多少钱，我们也出多少钱就是！我们都有女眷，怎么可以同住在一间房子里！"

他们受不了这侮辱，开始骂了起来，终于立刻卷起行李，走了。妻也生了气，提议一道走。但我觉得这是常情，劝她忍受一下。

"只有十天了。管他这些！谁晓得什么时候还能再来听这潮音呵！"

妻的气愤虽然给我劝住了，但因她的感觉的太灵敏，却愈加不快活起来。她远远地看见了路上的香客，就以为是到这个寺院来住的，怀疑着我们将得到第二次的被驱逐。她觉察出当家的已几天没有来和我们打招呼，大小和尚看见我们的时候脸上没有笑容，菜蔬也坏了，甚至生了虫的。

"早些走吧！"妻时常催促我。

"只有八天了。"我说。

"不能留了！"过了一天，妻又催了。

"只有七天了。"

"只有六天，五天半了。"我又回答着妻的催促。

"等到将来我们有了钱，自己在海边造起房子来，尽你享受的，那时海就完全是你的了！"

"好了，好了，只有四天半了哩！以后不再到海边听潮也行。海是不能属于一个人的。造了房子，说不定还要做和尚的。"

然而妻终于不能忍耐了。这天晚上，当家忽然跑来和我们打招呼，脸上没有一点笑容。

"香期快完了，大轮船不转这里，菜蔬会成问题哩！……"

我们看见他给外国人吃的菜比我们好而且多到几倍。他说这话，明明是一种逐客的借口，甚至是一种恫吓。

"我们就要走了！你不用说谎！"

"哪里，哪里！"他狡猾地微笑一下，走了。

"都是你糊涂！潮呀，海呀，听过一次，看过一次，就够了，偏要留着不肯走！明天再不走，还要等到人家把我们的行李摔出去吗？我刚才已经看见他们又接了两个香客来了！"妻喃喃地埋怨着。

"好，好，明天就走吧，也享受得够快乐了！"

"受了人家的侮辱，还说快乐！"

"那是常情，"我说，"到处都一样的。"

"我可受不了！"

"明天一上轮船，这些事情就成为故事了。二十四，二十三，二十二，二十一……十八，不是只有十八个钟头了吗？"我笑着说。

然而这时间也确实有点难以度过。第二天早晨，正当我们取了钱，预备去付账，声明下午要走的时候，我们的厅堂里忽然又搬进行李来了，正放在我们这一边。那正是昨天才来的香客。

妻气得失了色，说不出话来，只是瞪着眼睛望着我。不用说，当家的立刻又要来到，第一次的故事又要重演一次了。

"给这故事变一个喜剧让妻消一点闷吧！"我这样想着，从箱子里取出了军队里的制服，穿在身上，把那方绫的符号和银质的徽章特别露挂在外面，往厅里走了去。

当家的正从外面走了起来，看见我的奇异的形状，突然站住了。

他非常惊愕地注视着我，皱一皱眉头，又立刻现出了一个不自然的笑容。

"鲁……" 他不晓得应该怎样称呼我了，机械地合了掌，"老爷，你好！"

"有什么事吗，当家的？" 我瞪着眼望他。

"没有什么——特来请个安。唔！这是谁的行李？" 他转过头去，问跟在后背的小和尚。

"这就是李先生的。"

"哼——阿弥陀佛！你们这些人真不中用！怎么拿到这里来了！我不是说过，安置在西楼上的吗？"

"师父不是说……"

"阿弥陀佛！快些拿去！快些拿去！——这样不中用！"

我看见了他对小和尚睒着眼睛。

"到我房子里坐坐吧，当家的，我正想去找你呢！"

"是，是，" 他睁着疑惑的眼光注意着我的脸色。"请不要生气，吵闹了你，这完全是他们弄错了。咳！真不中用！请老爷多多原谅。" 他又对站在我后背发笑的妻合着掌说："请太太多多原谅！"

"哪里，哪里！" 我微笑地回答着。

我待他跟进了房里，从衣袋里摸出几张钞票，放在他面前说：

"我们今天要走了，当家的，这一点点香钱，请收了吧。"

他惊愕地站着，又机械地合了掌，似乎还怀疑着我发了气。

"原谅，老爷！我们太怠慢了！天气热得很，还请住过夏再走！钱是决不敢领的！"

为要使他安静，我反复地说明了要走的原因，是军队里的假期已满，而且还有别的重要的公事。钱呢，是给他买香烛的，必须给我们收下。他安了心，恭敬地合着掌走了，不肯拿钱。我叫茶房送去了两次，他又亲自送了回来。最后我自己送了去，说了许多话，他才收下了。

他办了一桌酒席，给我们送行，又送了一些佛国的特产和蔬菜。

"这一个玩笑开得太凶了！和尚也可怜哩！" 现在妻的气愤不但完全消失，反而觉得不忍了。

"这只是平常的故事，一来一去，完全和潮一样的！" 我说，"无爱无憎，才能见到真正的美，所以释迦成了佛呢！"

"无论你怎样玄之又玄，总之这海，这潮，这佛国，使我厌憎！" 妻临行前喃喃地不快活地说。

她没有注意到当家的站在门口，还在大声地说着，要我们明年再来。

1934 年

作品评析

《听潮的故事》发表于 1934 年 9 月 1 日《中学生》（第 47 号），后收入《驴子和骡子》。关于《听潮的故事》，需要从其创作背景谈起，当时王鲁彦在南京国民政府国际宣传科搞世界语翻译，因向世界如实报道了济南惨案而激怒了国民党政府，被撤职。先是失业、后来教书，并开始文学创作。同一年王鲁彦与夫人到浙江普陀山度假，妻子回忆说："鲁彦是位现实主义作家，他正是带着由于时势变化而产生的不同寻常的心情来到四面环海的普陀山的。作家面对澎湃的海潮，耳为所感，心为所动，海潮与心潮并起，这或许就叫情景交融吧。当时，我与鲁彦生活在一起，对他的起伏的新潮，我是感受到的。"[1] 正是"海潮与心潮并起"使得作品真挚感人，把心潮、大海与人生感慨融为一体，汹涌的海潮直涉不平的内心，用大海隐喻人生。实际上，王鲁彦的散文与他的小说一样，没有矫揉造作的情节，而是直抒胸臆，显得质朴而真切。

《听潮的故事》属于游记散文，开篇直叙"我和妻坐着海轮"到海岛佛国度假游览，接着讲述岛上寺院的清规戒律，举办香会时的盛况，再到"我"对潮起潮落的海景流连忘返的情景。尤其是晚上"我"与妻靠着凉台栏杆赏玩海景的那部分，像连缀在文中的散文诗，以夫妻对话的形式衬托海潮雄伟的气势，用拟人的修辞生动地描摹海的不同形态："海在我们脚下沉吟着，诗人一般"；"大海上一片静寂。在我们的脚下，波浪轻轻地吻着岩石，睡眠了似的"；当寺院钟声惊醒了海的沉睡，激起海水兴奋时，海受了创伤似的疯狂地汹涌着愤怒"……作者以娓娓道来、绘声绘色的笔触描摹出"海睡图""海醒图""海怒图"等画面时，变化多端的海面仿佛跳动着不同的音符，时而奔腾跳跃，时而柔情脉脉，美不胜收。甚至当远处灯塔上的红灯照映海面时，虽像血一样，却"愈显得海的伟大"，体现了大海的壮丽与力量。"一来一去，是故事！来的时候凶猛，去的时候多么平静呵！一样的美！"以海水的涨落抒发感慨，隐喻现实人生，正如王鲁彦说过的"爱大海，人生就像大海"。实际上，这一部分声情并茂的海景描写，似乎缓解了"我"厌烦的情绪，宣泄了内心的郁结与不平。

最后，"我"享受大海美景的心情被岛上突然到来的外国人扰乱，寺庙当家和尚为了得到更多的钱，刻意逼"我"换房间，以满足洋人需求，而当"我"故意穿起"军队制服"时，和尚立刻变得奉迎起来，改变了先前的态

---

[1] 赵保纬主编：《初中语文解析（二年级）》，北京：科学技术文献出版社 1989 年版，第 307 页。

度。这时海潮的美与人心的卑劣形成对比，从侧面折射出国民党统治时期民众恃强凌弱、惧怕权威的奴性心理。

黄 昏

茅盾（1896—1981年），原名沈德鸿，字雁冰，浙江桐乡人，中国现代著名作家、文学评论家、社会活动家，从小接受新式教育，后考入北京大学预科，是新文化运动的先驱者，中国革命文艺的奠基人。"行文每不忘社会""史与诗的结合"是茅盾的创作宗旨，代表作有小说"农村三部曲"、《子夜》、《林家铺子》等，文学评论《夜读偶记》，还有一些色彩浓郁的抒情散文，以新颖的审美意象表达丰富的社会内涵与人生感悟，如《白杨礼赞》《黄昏》等。

海是深绿色的，说不上光滑；排了队的小浪开正步走，数不清有多少，喊着口令"一，二————一"似的，朝喇叭口的海塘来了。挤到沙滩边，啵澌！——队伍解散，喷着愤怒的白沫。然而后一排又赶着扑上来了。

三只五只的白鸥轻轻地掠过，翅膀扑着波浪—— 一点一点躁怒起来的波浪。

风在掌号。冲锋号！小波浪跳跃着，每一个都像个大眼睛，闪射着金光。满海全是金眼睛，全在跳跃。海塘下空隆空隆地腾起了喊杀。

而这些海的跳跃着的金眼睛重重叠叠一排接一排，一排怒似一排，一排比一排浓溢着血色的赤，连到天边，成为绀金色的一抹。这上头，半轮火红的夕阳！

半边天烧红了，重甸甸地压在夕阳的光头上。

愤怒地挣扎的夕阳似乎在说：

——哦，哦！我已经尽了今天的历史的使命，我已经走完了今天的路程了！现在，现在，是我的休息时间到了，是我的死期到了！哦，哦！却也是我的新生期快开始了！明天，从海的那一头，我将威武地升起来，给你们光明，给你们温暖，给你们快乐！

呼——呼——

风带着永远不会死的太阳的宣言到全世界。高的喜马拉雅山的最高峰，汪洋的太平洋，阴郁的古老的小村落，银的白光冻凝了的都市——一切，一切，夕阳都喷上了一口血焰！

两点三点白鸥划破了渐变为赭色的天空。

风带着夕阳的宣言走了。

像忽然熔化了似的；海的无数跳跃的金眼睛摊平为暗绿的大面孔。

远处有悲壮的箫声。

夜的黑幕沉重地将落未落。

不知到什么地方去过一次的风，忽然又回来了。

这回是打着鼓似的：勃仑仑，勃仑仑！不，不单是风，有雷！风挟着雷声！

海又在动荡，波浪跳起来，轰！轰！

在夜的海上，大风雨来了！

1934 年

作品评析

《黄昏》最初发表于 1934 年 11 月 20 日《太白》（第 1 卷第 5 期），署名刑天。1930 年茅盾离开日本回国，看到的是动荡不安的社会现实，触景生情，写下了一系列抒情散文，《黄昏》就是其中的代表作。作品以黄昏时的"大海""夕阳""风雨""雷电"等自然意象为中心，预示着祖国正处于黎明前的黑暗，对祖国的新生充满信心。其实，古往今来，文人墨客抒写黄昏的诗词不在少数，如"那堪疏雨滴黄昏""黄昏人去锁空廊""琵琶抱恨立黄昏"等，但总是萦绕着哀伤、低沉的气氛，茅盾却另辟蹊径，以大海为背景，用变幻的海浪烘托黄昏之景，赋予其崇高、雄健的力量之美。

《黄昏》中出现了"排了队的小浪开正步走""喷着愤怒的白沫"等意象，海的自然运动被拟人化呈现，显得生动、传神，那跳跃的波浪在"火红的夕阳"照耀下像"闪射着金光"的"金眼睛"，之后又重叠成绀金色的晚霞，海与天交相辉映，营造出绚丽、壮观的海上落日图。作者通篇没有使用"黄昏"的字眼，但黄昏之态却被刻画得鲜明、逼真。黄昏下的夕阳不只是"今天的历史的使命"的完成，"明天，从海的那一头"，它将威武升起，带给人们光明与温暖，不再颓废、消沉，而是象征着朝气、自信、活力，寄寓的是激昂、前进的理想，以新颖的意境描摹海上黄昏景象。

这篇散文区区六百多字，语言凝练，但思想深邃，海边的夕阳被注入了希望以及蓬勃向前的战斗精神，"海又在动荡，波浪跳起来，轰！轰！在夜的海上，大风雨来了"暗示即将到来的"革命风暴"。《黄昏》的文学价值除了作者不落俗套的状物，还有其背后深远的现实意义，因此这里的海不只是简单的自然景观，而具有丰富的象征性，同茅盾的《冬天》《白杨礼赞》一样，描写日常生活中的风景，传递丰富的思想内容。

▌航　海

卞之琳（1910—2000 年），生于江苏海门，现当代著名诗人，文学评论家、翻译家。1933 年毕业于北京大学英文系，读书期间师从徐志摩，前期诗歌创作受新月派影响，但很快转向现代派诗风，醉心于法国象征派，并从古典诗词中汲取营养，形成独特的风格，是 20 世纪 30 年代现代派诗歌的重要代表人物。卞之琳在诗歌创作中注重追求诗歌形式与内容的变化、创新，从诗歌技术上来说，他称得上中国新诗百年来的第一人。其著有诗集《三秋草》《鱼目集》《数行集》《慰劳信集》《十年诗草》等，《断章》《航海》都是其中的不朽之作。此外，卞之琳的诗歌创作与理论研究较为成功地实践了西方多元的现代诗歌形式，对中国象征主义、现代主义诗歌的发展有开拓意义。

轮船向东方直航了一夜，
大摇大摆的拖着一条尾巴，
骄傲的请旅客对一对表——
"时间落后了，差一刻。"
说话的茶房大约是好胜的，
他也许还记得童心的失望——
从前院到后院和月亮赛跑。
这时候睡眼朦胧的多思者
想起在家乡认一夜的长度
于窗槛上一段蜗牛的银迹——
"可是这一夜却有二百里？"

1935 年

作品评析

卞之琳的诗歌明显受到西方"戏剧性处境",中国传统"意境",以及艾略特"思想知觉化"与"非个人化"倾向的影响,他的创作实践标志着中国新诗从"主情"到"主智"的转变。《航海》与卞之琳的其他诗歌一样,都充满着哲理意味,暗示事物之间的相对性。诗人以航海中可能遇到的情景为背景,展开对时间的思考。"向东方直航了一夜"的轮船"大摇大摆的拖着一条尾巴",预示着船只之大,航行速度之快,空间跨越之广阔,依着常识判断,轮船每向东穿越十五个经度就是一个时区,时间就要比先前早一个小时,茶房知道这些时间差,就骄傲地让旅客对表调整时间,原本枯燥的地理知识经过诗人之手变得生动有趣。诗人继续想象茶房年幼时曾"从前院跑到后院和月亮赛跑",留下了"童心的失望",现在当茶房向船上的旅客宣布"时间落后了,差一刻"时,他终于满足了大约"好胜"的心,事实果真如此吗?实际上,茶房不同情景下的心理状态与言语恰好传递了事物的动与静,即万物之间具有相对性的道理。接下来船上"睡眼朦胧的多思者"想到在家乡时,通过"窗槛上一段蜗牛的银迹"辨认"一夜的长度",这也是传统的时间测量方式,像是乡土社会民众通过猫的瞳孔大小的变化来判断时间一样。

最后,作者笔锋一转,不禁感叹道"可是这一夜却有二百海里",同样的一夜,海船的二百海里肯定是爬行的蜗牛不能相比的。基于此,有学者认为:"《航海》表现出一种相对主义的观念:即时空的相对性,同时也可以看出航海所代表的现代时间与乡土时间的对比。"① 的确,"乡土"代表着传统,坚守的是"生于斯死于斯""日出而作日落而息"的较为稳定的生命状态,而"航海"预示着空间的延展,是高速运动的象征,因而代表着现代的观念,与"多思者"记忆中蜗牛的爬行形成鲜明对照。其实,在记忆时间与自然时间的相对性之外,还有不同生活形态的差异,无论是"多思者"还是茶房,他们在航行的船上感受到的都应该是一种较为现代的生活,同"记忆中的家乡"与"童心未泯时期和月亮赛跑"的经历都有差异。《航海》的文学史意义就在于作者能够把意味深长的哲理融入日常生活场景,推动了现代哲理诗的发展,航海的叙事背景也增添了文本内容的现代性。

---

① 魏家文编:《中国现当代文学名著导读》,贵阳:贵州大学出版社 2008 年版,第 250 页。

岱山的渔盐民

圣旦，原名刘仲庵，生卒年月不详，江苏常州人。著有历史小说集《发掘》等和理论著作《诗学发凡》，在历史与古典文学方面有深厚的造诣。据《鲁迅日记》，1935 年 1 月圣旦曾托杨霁云赠送《发掘》一册给鲁迅，不难发现当时鲁迅对他的创作的影响，柳亚子对这部小说集持肯定态度，曹聚仁认为这是一部优秀的历史小说集。令人惋惜的是，圣旦在《发掘》出版第二年后不幸病逝。在短暂的生命中，他不仅留下了经典的历史小说，报告文学同样影响深远，如《岱山的渔盐民》可谓推动了中国现代报告文学走向成熟，为这一文体增添了震撼人心的真实感。

一

假如你站在甲板上远远地望过去，就可以看到许多岛屿浮现在波涛澎湃的海洋中。天上要是多云的话，那末，这"星罗棋布"似的小岛，便仿佛披上了薄薄的轻纱，跟着云的变幻，一忽儿隐没，一忽儿出现，你准要惊奇地失声叫道："多么有趣啊！"

岱山，就是许多海岛中的一岛，周围全是水，顽强地矗立着，好像从海里面伸出来的一个拳头。它的位置，在定海县舟山本岛之北，和衢山隔海对岸。

然而，你可不要藐视这仅有三千余万公尺面积的小岛，它是浙江省渔业的唯一根据地，同时，也是年产食盐六十万担的制造场。它，负荷着十四五万渔盐民生活的重任，从有历史以来，便一直尽着这种最大的义务。

全岛划分三大镇：——高亭，东沙角，石桥。共有住户一万一千六百二十户，人口四万九千八百四十九人；其中，盐民占二千户，约二万余人。

渔民是过着流动生活的，并且全是宁波人；每年渔汛时节——五、六、七、八四个月，便连檐而来，配购一汛之间应需的渔盐。这时，在海边停泊的渔船，当有二三千艘；船艄接着船头，船头接着船艄，在挤轧着，碰撞着，静寂的岱山，便哄闹起来，人数至少要增加到一倍以上。

岱山给予渔盐民的赏赐这样的多，依你的理想推测，他们的生活一定是很富裕了，因为岱山有的是鱼和盐；而这种利益，却是"取之不尽"的。但你在周围不满百里的全山巡礼过后，就会使你马上失望的。尤其是最近几年，早前"黄金遍地"的"天堂乐国"，现在已经变成"人间地狱"了！原因是：××鬼子不断地越界侵渔，浙东三邦——宁波、温州、台州，——的渔业，遭了绝大的威胁，资为养命之源的盐鱼市场，一天天的衰落下去。而且，盐税突然增加了，以前花四块钱领"引"① 一道，可以配购渔盐十八千斤，现在只准买一千三百多斤，计算起来，税额就增加了六倍。这样，鱼的成本既然增高，怎样能够和××鬼子竞争呢？同时因为农村破产的结果，食户的购买力一年不如一年，生产过剩，市价当然跌而再跌。你想，在这种状况之下，渔民还有生路吗？

盐民呢？嘿，那就更苦了，简直苦得要命，全场二万多盐民，"官板"② 数只有二十五万块，平均每户不到十五块；每块"官板"，晒盐二百五十斤，那末，总产额不满四千斤，以岱山场价每担一元计算，每户平均只有四十元一年的收益，怎样能支持一家几口的生活？而且又要经过盐官，盐警，盐商等等的重重剥削，还不是死路一条？所以你只要留心看一看他们住的破屋，穿的烂衣，以及吃的番薯和稀粥，你就会不禁怜悯地说一声："悲惨呀！真是悲惨呀！"

二

打鱼的时节开始了，宁波帮的渔船，一齐总动员，在大戢山洋面出动了。

在饥饿线上挣扎着的全岱盐民，也一致和太阳拼命；海水，在高热度的热气中蒸发着，喷出腥湿的浊氛。但他们不害怕头上燃烧似的阳光，也不害怕脚下沸滚般的热水，男的，女的，老的，少的，在继续不断地工作着。

可是正常渔盐民为生存而奋斗的时候，意外的不幸消息，终证实了。

"圈地啦！"

你到处可以听见这样像惊奇又像悲哀的声音，于是每个盐民黑而且瘦的脸孔上，都显出极度恐慌的神情，眉头成天儿打了结，好像是已经判决死刑还没有执行的囚犯似的。

---

① "引"是领盐的凭证，由运使发给的，每"引"限制买盐一次，过期作废。——原作者注。

② 岱盐是板晒的，所用的木板，必须经官厅烙印，叫作"官板"，不烙印的，就是"私板"；如果盐民藏用"私板"，也要治罪的。——原作者注。

"阿昌哥，柴①结煞？"

"是呀，呒来田，叫阿拉柴制盐？"

"听说丈量过后，就要洒灰线呐，阿昌哥！"

"田价呢，有嘞呒末？"

"吓，睬你老白眼！"

"顺兴哥，阿拉去问问乡长看，到底柴弄弄？"

晚上，二十亩呑的盐民们，经过了这样一次的谈话，决定去找乡长了，结果，乡长说衙门里没有通知，圈地多少，和给价不给价，他一概不知道。过了几天，圈地果实行了；丈量，打桩，立标，洒灰线，进行得非常迅速。坨②基勘定了，又测路线，盐场公署的工作，几乎比渔盐民还紧张。于是整个的岱山便有些动摇起来；那盐田被圈的盐民，都停止了晒盐，大汗淋漓地奔到西，又奔到东，四处恳求着。

在七月初，圈田的问题还没有解决，接着，食盐归堆和渔盐变色的命令又发布了；办法是这样的：盐民每天晒成的食盐，必须送到指定的地方堆存，并且限定在午后四点钟以前统统送齐，家中颗粒不准存放，不然，就依"私盐治罪法"科罪。至于渔民领"引"配盐，应该"遵照"新定"引额"——一千三百斤请领，而盐中必须掺拌红土；如果违背，便将盐斤完全充公。

"真是要阿拉格命！"

各镇，各乡，各村，全震动了，岱山像要陆沉的样子。

八号那天，当地盐民和外来渔民在资福寺开会，参加的人数在二千以上，他们的决议是：

"向秤放局税警局请愿，停止没收民田，取消盐斤归堆，渔盐变色。"

次日，渔民越来越多，除了奉化帮，台州帮也来了；这两帮是以红蓝旗分别的，奉化是红旗帮，台州为蓝旗帮，人数大约有一千多人，都马上加入他们的斗争阵线；并且议决封板罢晒，拒绝领"引"，形势是越发严重了，但秩序却非常安静的。

三

"揍死他！——"

这是惨剧开幕的前奏。盐民王宝仁被吊在税警队的空屋子里，皮鞭像闪

---

① "柴"为宁波方言，即"怎么"之意。——原作者注。

② "坨"是堆盐的栈房，名为"盐坨"。——原作者注。

电般在他的背皮上活跃，起先是白痕，俄而变红，俄而迸出血来；一刹时，他的全部背皮，就画出五颜六色的花纹来。

一顿揍打，王宝仁从鬼门关上还过魂来，脸色白而泛青，蜷伏在角落头，哼着。白布短衫裤上，印透了鲜红的血迹。

"你说，谁主使的？——说，说呀！"税警队长咆哮着。

没有回答。

"说出来，饶赦你的狗命！"

"阿拉自主使自！"王宝仁说，声音颤而带锐。"打死阿拉吧，横竖活着也要饿死格！"惨然下泪了，胸部抽搐着。

"哼！"税警队长鼻子管里响了这一声，带着胜利的微笑跑开去。"放他出去！"离开空屋子的时候，他发了这个赦免令。

这是火山爆烈的前夜，——七月十二日。

十三日的午后两点多钟，渔盐民的临时集合处突然被武装税警和××局警察包围了，长枪，盒子炮，大刀，在阳光中闪耀看。队长×××手里捏着"九响头"，站在最前线指挥着。

"××！"队长下令了。

大队人马便挺着长枪向渔盐民冲上去。真是"马到成功"，渔盐民的队伍溃散了，落在最后的一个盐民被税警俘获了。这当儿，渔盐民便从新集合，用反攻的姿势向税警队包围，希望夺回他们的同伴；龙岩泥场一带，喊声震动了天地。

"退下去！——不听吗？——"税警队的弟兄们有点惊慌了。

"还我们的伙伴来！——"渔盐民鼓噪着。

于是，税警××了。

三千多渔盐民一齐拼命地拥上去："好，打死我们吧！——"狂吼着。

嘶嘶嘶嘶——

××像雨点般的从空气中穿过去，一个盐民倒下了，接着，又是一个，——渔盐民愤极了，死命地抵抗着。同时，分成几队，一队直取小岭墩的队部，一队进攻高昌墩税警总局；××横飞，喊声震天。直到晚上九点钟光景，渔盐民他们又去××秤放局，并且把火油木柴从窗门里扔进去。局中的税警和盐警，一面用机关枪××，一方突围逃走，渔盐民被打死了三十多人，鲜血汇成了小河。

秤放局终于起火了，火光照耀着全山，职员杨上栋、钱振尧和任士中三人，马上死于乱棍之下。

"不要放走了缪光！"

渔盐民到处搜索着。

"喂，前面格烂大块头就是缪光，喜那匹生！抓牢其！——"

现在，四五千艘渔船，去得无影无踪了，剩下的是巡舰和潮浪搏击的声音；二万多盐民呢？少壮的统统逃光了。

岱山，果真死了吗？

1936 年

作品评析

《岱山的渔盐民》1936 年 8 月 24 日创作于宁波旅次，原载于 1936 年 9 月 25 日《光明》（第 1 卷第 8 期）。《岱山的渔盐民》的发表标志着中国现代报告文学创作的成熟，并开始形成新的文体特征与批判标准。该文的创作背景是 1936 年岱山渔盐民的一次革命暴动，记录了岱山一带渔盐民的生活习俗与生存现状。岱山位于浙江省定海县（今定海区）舟山岛之北，是诸多海岛之一，承担着十四五万渔盐民生活的重任，也是浙江省发展渔业的唯一根据地。作品第一章营造出一幅唯美自由、怡然自得的生活画面，鱼汛时节人们配购渔盐，海边常常停泊着上千艘渔船，这种场景使静寂的岱山变得热闹起来，再现了沿海地区独特的风俗民情，与下文悲惨的生存现实形成强烈对立，以此揭露日本侵略者的罪恶，讴歌渔盐民民族意识觉醒后的反抗精神。从地理位置来看，岱山附近有渔盐资源，给周边的民众带来丰富的渔获，使他们过上富裕的生活，但日本鬼子的越界侵渔，威胁到浙东三地的渔盐市场，盐税的提升更是增加了养鱼成本；随着农村破产，人们的购买力也在下降，生产过剩、市价大跌等不可抗拒的因素，使渔民看不到未来的出路。盐民的生活也很凄惨，每户平均一年只有四十元收益，还要遭受盐官、盐警、盐商的层层盘剥，难以维持一家人的生计。

七月，又到打鱼时节，一艘艘渔船重现海面，在饥饿线上挣扎的岱山盐民不怕头顶灼热的太阳，也不怕脚下沸滚般的热水。但官府硬性圈地的信息不胫而走，扼杀了渔盐民为生存奋斗的热情，到处是"像惊奇又像悲哀的声音"，脸上"极度恐慌的神情"，"打了结"的眉头，这一系列生动形象的描写足以看出民众听到一些不幸消息后，精神世界的紧张与不安。没过几天，圈地实行后，政府又发布食盐归堆和渔盐变色的命令，彻底激怒了渔盐民，他们从不同地方聚拢而来，与官府展开斗争，暴动中渔盐民把火油木柴扔进秤放局，几个万恶不赦的职员死于乱棍之下，但无辜的民众也有三十多人中枪而死，二万多少壮的盐民乘船逃生，海面上只剩下"巡舰和潮浪搏击的声音"。作品最后那句"岱山，果真死了吗"更是发人深思。

作者从新闻、纪实的视角生动地展现了20世纪30年代东南沿海地区渔盐民在内忧外患局势下艰难的生存处境，保存了真实的历史。从叙事角度来看，如果茅盾、叶紫等社会剖析派作家的乡土书写主要着眼于依靠土地为生的农民在资本主义经济倾销与地主阶级剥削下生死挣扎，那么圣旦的《岱山的渔盐民》则以简洁生动的语言真实地记录了"以海为田"的渔盐民在日本鬼子越界侵渔、税警、盐官等多重力量敲诈勒索下，生存环境由世外桃源般的生活到人间地狱的转变。同时也使我们看到代表中国文化"小传统"的东南沿海地区民众的生活习俗与境遇，体现了"以'以海为田'的农业性为主，以'以海为商'的商业性为副的东方式海洋文化"[1] 特征。

青岛海景

蹇先艾（1906—1994年），贵州遵义人，现代文学史上著名的短篇小说家、散文家、诗人。20世纪20年代"乡土小说流派"的代表作家，其作品中始终萦绕着割不断的"贵州情结"，以最深的感情书写着这片贫瘠而又充满苦难的土地，以及土地上人们的生死挣扎，建构起独特的艺术世界。纵观其半个多世纪的创作，虽以小说著称，但散文方面取得的成就也不可低估，尤其是游记散文，感情真挚，朴实自然，如《济南的一夜》《大明湖上》《海滨小景》等，以简练的文字勾勒出旅途中的所见所闻、所思所想，亲切而有韵味。其代表作有小说集《朝雾》《一位英雄》《乡间的悲剧》，散文集《新芽集》《苗岭集》等。

我爱山，我也爱海；我爱山的崇高，雄浑，威严，我也爱海的宽容，伟大，汪洋。如果拿这两种东西来象征人格的话，我也就最崇拜这两种人格。我是在山国里生长大的人，我们的庭园便包围在纠纷的群山之中，我曾经有一个很长的时期，朝朝暮暮晤对着山上的城墙，荒坟，古庙，茅屋，圮塔与

---

① 郁龙余：《中国文化中的海洋意识——兼评〈东方蓝色文化〉》，见广东炎黄文化研究会编：《岭峤春秋——海洋文化论集》，广州：广东人民出版社1997年版，第363页。

松林。我还穿着线耳草鞋，走过蜿蜒龙蟠的九溪十八涧和峦荒的山路。我个人对于山的知识比对于海的知识多得多。海，我却很少有机会去接触，或者去细细地领略。说句真话，有时候我更偏爱我们的祖国的黄河和扬子江；那两条水的天险，波涛，泥沙，与呜咽，能够给我们以更深的刺戟，引起我们对于国家的命运的兴叹。我们目前需要的是生命的呼号，巨浪掀起，挣扎，搏斗，像我们那古老的江河一样。不过，海，在宁静的时候，我们也同样需要它的宽大，海涵，来培养或扩充我们的人格。我觉得我们在国难严重的时期，应当学咆哮的江河；在太平时代，才应当学浩淼的海水。

一九三六年夏天，我在青岛住了一个星期。青岛的市政，柏油的马路，巍峨的建筑，蓊郁的树木，自然值得称赞；但是我并不怎样地注意，我每天的生活总是到海边去散步，拾蚌壳，或者默坐，遥对着海景。海风拂拂地吹到我的脸上，虽然带着一点腥气与咸味；然而阻止不了我对于海的倾慕，对于海的陶醉。

我刚到青岛的那天，便在给一个朋友的信中写道：

"……黄昏时候，火车渐渐地走得缓慢起来，浩瀚的大海便展开在我们的眼前了。参差不齐的帆樯严密地排在海边。太阳不见了，天上灰絮似的云影移动着。天连水，水连天。云翳在辽阔的天空中幻变成各式各样的形体：有的像飞禽，有的像走兽，有的像层叠的山峰……"这是青岛海景第一次给我的印象。

次日早晨，空气异常潮湿，在细雨蒙蒙的飘飞中，我一个人便跑到海滨去散步。一出门，走不上几步，我的眼镜便被雨打湿了，简直辨不出路径来。终于走到海滨公园，我坐在一张褐色的石桌前，面对着大海。桌下便是一带嶙峋的岩石，有几个日本女孩在那里寻找海蟹与海螺，跣着脚跑来跑去，好像在平地上走路的样子。海上的左岸的轮廓，比较分明，迤逦着房舍的行列，红顶黄墙堆积在绿树丛中，由海边蔓延到高坡上去。山峦起伏在灰色雾縠里面，景象极其迷蒙。对面是一片镶嵌着绿林的小岛，左边海水茫茫，望不到涯涘。有两三点帆影在海上起伏；远的模糊，近影清晰。海水的呼啸，像深山里一万个瀑布声。海面有一碧万顷的波澜在摇动。靠岸是一簇一簇的白沫似的巨浪，变化迅速，不可捉摸。有时像充满了愤怒，哗哗地抨击着海岸；有时一小股一小股地跳上岩石来，又跳回去，比小孩子还活泼。我沉醉了，我的长年郁闷着的心胸，得到了暂时的舒解。到了午饭的时候，我还是依恋着不肯回到旅舍去。

作品评析

《青岛海景》属于"鲁游随笔"之五，是一篇以写景为主的游记散文。蹇先艾作为贵州籍作家，长期生活在内陆，难掩对神秘大海的向往与沉醉。整篇散文以"我"在青岛的游览经历为背景，通过海与山、与江河的对比凸显海宽容、伟大、汪洋的特征，也代表着一种独特的人格。"我"贪恋海的浩淼，喜欢到海边散步，尽管带着腥咸的海风吹拂脸颊，依然无法阻挡"我"对海的倾慕与陶醉。海边的石桌，桌下的岩石，时而愤怒、时而比小孩子还活泼的白沫似的巨浪，跣着脚寻找海螺的日本女孩，远处迤逦着房舍的海岸，起伏的山峦，镶嵌着绿林的小岛，海上的帆影……这是夏季的青岛，早晨天空飘着细雨时迷蒙的海景令人心旷神怡，使"我"常年郁闷着的心胸有了暂时舒缓。呼啸的海水、一碧万顷的波澜、白沫似的巨浪……这样的景致辽远而浩阔，使人陷入对生命、自然、宇宙等抽象概念的深思，激发起其丰富的想象力。

▌浪

艾青（1910—1996年），原名蒋正涵，号海澄，生于浙江金华，现当代文学家、诗人、画家，七月诗派主要代表诗人。1934年第一次以笔名发表长诗《大堰河——我的保姆》，1935年出版第一本诗集《大堰河》。抗战时期其诗歌创作达到高峰，陆续出版《北方》《向太阳》《旷野》《火把》等诗集。1948年又发表《在浪尖上》《光的赞歌》等经典诗篇。1949年以前的诗风以深沉、奔放为主，鞭挞黑暗的旧社会，讴歌光明的未来；中华人民共和国成立后，其创作主要歌颂人民，礼赞新生活，思考人生。艾青诗歌贯穿始终的美学主张是"朴素、单纯、集中、明快"。代表作有《艾青选集》，论文集《诗论》《论诗》《新诗论》等。

> 你也爱那白浪么——
> 它会啃啮岩石
> 更会残忍地折断船橹
> 撕碎布帆

没有一刻静止
它自满地谈述着
从古以来的
航行者的悲惨的故事

或许是无理性的
但它是美丽的

而我却爱那白浪
——当它的泡沫溅到我的身上时
我曾起了被爱者的感激

1937 年

作品评析

　　《浪》创作于 1937 年 5 月 2 日上海吴淞炮台，选自诗集《我爱这土地》。在艾青的诗歌中，海洋题材占有一定篇幅，诗人以海的波澜壮阔、神奇浪漫、变幻莫测表达人生感悟，阐释社会哲理，寄托丰富的情感。《浪》是艾青前期激越、奔放诗风的体现，诗篇以海上冲击岩石的白浪为中心意象，赞美力量，抒发民族豪情。诗人站在吴淞炮台，凝望着翻滚向前的浪潮陷入深思，由此想到了社会人生与国家民族。诗中"啮啮岩石""残忍地折断船橹""撕碎布帆"是白浪巨大破坏力的体现，并酿成了自古以来无数"航行者的悲惨的故事"，而诗人的着眼点是这种力量"或许是无理性的/但它是美丽的"，体现了一种勇敢迎接风浪的自信、积极、乐观的生活态度。联系现实中抗战的历史语境，不难理解艾青的良苦用心，他以海浪所蕴藏的力量呼吁民众反抗侵略的民族激情，这也是七月诗派主观战斗精神的具象化。

　　整体上看，《浪》的语言简洁，结构完整，"你也爱那白浪么"与"而我却爱那白浪"相呼应，表达诗人对浪花的喜爱之情。尤其当浪的"泡沫溅到我的身上时/我曾起了被爱者的感激"，暗含"我"与"浪"的关系，泡沫溅到身上可以理解为"浪"对"我"的爱抚，使"我"心中不免涌起被爱的暖流，使白浪啮啮岩石的力量之美与抚慰心灵的温柔之美相交融，深化作者对海的特殊情感。

梦之谷（节选）

萧乾（1910—1999 年），原名萧秉乾、萧炳乾，蒙古族，北京人，中国现代作家、记者、翻译家。1935 年于燕京大学新闻系毕业后，萧乾开启了报人生涯，先后在天津、上海、香港三地的《大公报》主编《文艺》副刊。1939 年萧乾前往英国，在剑桥大学攻读硕士学位。1943 年成为《大公报》驻外记者。其新闻特写作品有《人生采访》《鲁西流民图》等，译文著作有《尤利西斯》《莎士比亚戏剧故事集》等。萧乾在文学创作方面同样表现出不凡的才华，作为"京派"重要作家，他擅长在自然与童心中寻找美，叙事基调以描景抒情为主，语言具有鲜明个性，文字幽丽清逸，整个风格忧郁而清新。萧乾的小说多带有自传性色彩，是对童年经历的折射，如《梦之谷》《篱下集》等。

一　一个沉默的旅伴

那一年，一个微雨凄迷的清晨，我随了一个好心肠的人，象一匹爬行于骆驼脊背上的蚂蚁，为一只轮船载到这个辽远的"海角"来了。

船进港后，沉痛地长啸一声，那象是替我的过去发出一个爽快的叹息。伏在船栏上，我呼吸到清新的"海味"了，有点腥，有点咸，也有点沁凉得使我愉快。我看见海边成帮的渔船，桅杆尖头迎风高高挑起一面面小红旗。也看见两岸那片朦胧的陆地，绿的树丛背后是灰色的屋脊，依稀象是还有生物在蠕动着。

我倚着舷梯，惆怅地望着眼前的一切：左岸看来象是市区，有水塔、栉比的小楼和喧哗的市声；对海是参差盘曲的山峦，山脚下仿佛有一些洋房。登时，我幻想自己是来到了一座山青水秀的世外桃源，又记起这里是革命发源地的广东，想来不会有穿黑衣的侦缉队，不会有开黑名单的党部。总之，我幻想自己是来到了另一种人间。于是，我渴望着早些上岸了。

"渊，到了吗？"我仰起头来问身边的旅伴——那个好心肠人。兴奋使我多嘴多舌了，明明看到眼前的一片，却还去麻烦他来肯定这确凿的事实。

"哼——"

多么冷淡的回答呵！一路，在他脸上我寻不到喜悦。如今，大船航到了他家门口，可他那两道浓重的眉毛蹙得更紧了。南方初冬的凉风吹着我们。个子魁梧的他，这时迎风呆立着，向着远山发愣，脸容有似古代塑像那般庄严肃穆。

我缩回头去，咬住嘴唇，深深地后悔起适才过分的兴奋。我回想起在上海候船时他的焦躁，我想起由古城上车的前夜，他那么大一个人，竟用厚被把自己包起。我坐在床沿上，守着桌上那份恶作剧的电报。我没敢打开，却兀自莫明其妙地听着他抽噎。直到黄昏，他睁大红肿的眼睛问我："同他们拼你还不是时候。我带你走干不干？"他说我投错了胎，不该生在穷人家。贫非罪，然而既贫了就得受罪。他劝我想法混到南洋，那里有许多人发财。有了钱，你再看看世界对你是什么颜色。我茫然地点了一下头，几天后，我便由海棠叶的尾端漂到这梢部了。

"对你，这趟路，也许预示着光明的将来；对我，却多半是过去了！"

他把脸深深地埋在大氅领里，这样吞吞吐吐地喁嚅着。我没有听懂，但由他那痴呆的眼神，我已领会一股沉重的感觉。我明白对一个心情沮丧的人，再没有比另一个人的愉快兴奋更残酷的了。

船贴近码头了，我们为许多衣服上缝了字号的旅馆招徕人包围起来。他们个个都叽哩咕噜说着我全然不懂的语言，并且各自用极热烈的声调，指点着举在手里的那张印了旅馆图案的彩色广告，直到朋友不加选择地接过其中的一张，其余的伙计才失望地闭上了嘴，掉身奔向别的旅客去了。

随了那个穿着黑坎肩的汉子，我们沿着一道木桥，走上码头。我几乎是踮着脚尖轻轻地踏上这块"新大陆"——我生命里的新大陆呵！轻得象是试探着握一个陌生人的手。这就是那个辽远的地方了吗？我几乎不相信！然而我嗅到了"街香"里再也没有习见的食品如栗子白菽。我抖抖身上的蓝大褂，拙笨得和这海港的风光多么不相称呵！更给我以身在热带感觉的是棉袄穿不住了。

下了码头，那个穿黑坎肩的向远处打了一个呼哨，一部敞篷马车就冲开人群，赶到我们面前了。御者恭谨地开开车门，对朋友叽哩咕噜说了一"串"话，招呼我们上去后，就关上车门，掉转马头，朝市里奔去了。

马车是沿着海滨前进。金属的马蹄嘚嘚地踩在湿漉漉的石子路上，有节奏地发出清脆又稍带些忧郁的响声，细碎的雨点也不时溅在我的脸上。海滨这时正挤着许多赤着脚板张着油纸伞的人，黑的伞晃动如浮萍，浮萍下面是一片生命的喧哗：尖锐的争吵和敲打驴皮小鼓般的木屐声。我兴奋得恨不伸出胳膊向他们嚷：喂，热带的同类，一个由沙漠来的人到了！

然而记起身边那个沉默的旅伴，我尽全力捺住那想扬起的眉毛，咧开的嘴角，喜悦如一群热毛毛虫在我身上爬动。我却只屏了呼吸，耐心地坐在车里，任海滨那片生命的喧哗拨动我的心弦。

侧过脸去，我望到弥漫在海上那片残余的晨雾了，朦胧的灰色里，隔海还隐隐露出一带黑乌乌的山影。抬头，比阴翳的天空更闷人的，是那个高高坐在我前面的御者。他那腰身挺得直直的，披着一件棕毛蓑衣。面对他那背影，我有些战栗了，它引起我近于神话的联想。

鞭梢一抽，马车拐进一条很窄而且迂回的巷子里去了。随后走进一条横街。马蹄渐渐缓慢下来，在一座小楼前面，它戛然停住了。

我们下了马车，走进了那家奉贤旅社。

多么窄的楼梯呵，而且潮阴阴的真是怕人。我紧紧抓住沿墙那粗竹筒做的扶手，小心翼翼地踩着脚下的梯阶。

进了房，点完行李，朋友连把脸都顾不得擦，说了句："我的家还在乡下，我去打个长途电话就来。"就仓促地走出去了。我追到门口，只听见他沿着窄小阴暗的楼梯，噔噔噔踏着沉重的步子走下去了。直到脚步声消失后我才回房，寂寞便如一个妖魔钻进了我的心。

坐在那铺了红毡子的床沿上，面对着窗外一片阴天，我开始感到怅惘了。我的头忽然眩晕起来。更糟的，那个被我咒诅过的"家乡"，这时却以一片高厚黑黑的古城角楼的魅影在我的记忆中出现了。忘记了那三双掐我弱小脖颈的大手，忘记了开除的通知和跟踪而至的黑名单的威胁，我的心为一腔酸酸的乡思糊住了，眼角还淌下一滩热泪。我轻捆着自己的额。"真地就想了家吗?"不，不，我只是有一颗没着落的心，我走进了一个太陌生的世界。

忽然，门呀地开了，踱进的是我那位沉默的旅伴。这时他可不再沉默了。他用双手捧着脸，随着呜呜的哽咽，大颗大颗的泪珠刷刷地顺着他指节缝坠下。

他一头倒在那块红毡上，我的手摸着的已是一条颤抖着的身子了。

没出息呵，本来是想慰抚他的，或者至少问问他到底遭遇了什么，我却倚着他硕大的身躯，用思乡的眼泪沾湿了他的衣裳。

也许是因为在船上太贪看海了吧，我哭着哭着，竟睡熟了。记不清曾梦了些什么，醒来却发现自己盖着一床有些鸦片气味的水绿色绸被。

朋友象一个多愁的慈母，这时正坐在床头守着我。

我忘记了身子是躺在地球那一角，我只看到窗外的天色已经昏暗下来。雨过天晴，太阳却已经落了山。

朋友拉着我的手，抽噎着说："我也是没有妈的孩子了!"

二五 幸福的糖衣

要放春假了。七天里头，山谷里听不到铃声，课室里也没有了点名声。这份轻松，趁着慵懒的春天，便已经是无上快乐了；更何况楼梯角上还有用粉绿纸张写的去揭阳，去潮安旅行的招贴呢？然而，想想看，把这七天游荡完了，回到笼来不久，考课表便又贴在墙上，贴在每个学生紧蹙着的眉峰上了。师生阵线拉开，大考这个戏剧时辰即将到来。双方眼看就要斗法，就要火拼：一边的矛专朝冷门攻，一边的盾只是死板的记忆。

对于我，一个握了矛的，春假不仅意味着分数战场的将临，而且还有离别，也是一道不好过的关呵。

多少天来，在刘校董那只大手之外，我们心里又出现了一只较小、较无形，然而同样使我们苦恼的手：离别。我们开始清醒地认识到，梦毕竟是梦，少一个铜板也买不到船票的。一道北上只不过是坐在月光下说说而已，对于分手，我们又各怀着无限的担虑。

"如果你丢了我，我就象你滚的大石头那样，滚到海里去。"她指了山脚，半认真地吓唬着我。

"你要丢我呢？"我皱了眉头反问她。我看见了一汪眼泪，可又不淌下来，只把那对秀丽眼睛罩得晶晶发亮。

"同命的人，谁也不丢谁吧。"她抓紧了我的手，向我怀里扎来。

那以后，我们发誓相互不许再这么提了。我们心照不宣，各自都隐隐感到一只大手的威胁。然而预支悲哀是傻事。我们试着乐观地盘算以后的事：我能考上个学校，并且找到一个职业，完成大学教育。那时，她也早从师范毕了业，我们就双双远走南洋。

潮安的旅行她原是极力怂恿我去的。她一个劲儿地劝我（她时常在我面前充"大人"），说是既然从辽远的北国来到这里，过不多久就要走了，岭东这个西湖八景不可错过。

然而一个贪玩的人能贪到这样无心肝吗？韩退之也不过是一个勇于卫道的文人，我不想去拜他的祠堂。许多学生回来向我夸说府城御赐的石牌坊怎样多，韩江的水多么清澈见底；然而七天来，我却徜徉于自己用梦砌起的那个窄小而又辽阔的世界里，舐着了幸福的糖衣——但是从那以后，甜蜜的感觉便成为我记忆中的遗迹了。

春假以前，山谷住满着学生时，就象是一个蛤蟆窝，喧哗而且不息地蹦来蹦去。学生去旅行了，山也如一座抽去了柴的釜灶，山石还那么苍褐，树还是那么绿，什么都依旧，单只缺了一点生命的"闹意"。

对于一个没有梦的人，这幅凄凉景象必是难以忍受的；然而在我们，那却是无比的方便。

在舐着糖衣的日子里，我不知道什么是"春困"。总是天还没有亮（有时照亮的是月色），我便醒了。而且一醒，我便得爬起来。洗漱完毕，便朝那杏黄色的楼房奔去。"嘘——呼"的口哨很微弱，然而却有把握唤出一个等待我的人。

于是，我们挽了臂，徜徉在铺满树荫冷清清树荫的山道上了。海滨这时正有人在水松丛里摸索着蛤蜊，岸上还晒着一片苎麻。当我们走到墓园朝东那面朝东的山坡上时，太阳却抢先升起了，海上射出万顷眩目的光彩。

就这样，我们开始了七天中的一天。

我们隐身在那株苦奈树下，她靠了我，我又靠了树干地那么半躺着，诵着 Omar Khayyam[①] 和 Shelley[②] 的诗，也诵着本卷了边的《苏辛词》。直象那些都是专为我们而写成的。如果有人把我们当时那姿势神情塑了下来，提个"懒"字，我管保谁也不至于摇头；然而懒的不是我们，是整个的宇宙呵！

云彩好动吗？只要俯首看看海上那一块的黑影，懒得直象是凝固在上面一般。水面虽有一圈圈推展开去的纹波，波而推展本身便是一种被动的慵懒。听，稻田上那嘎悠悠的水车声，沉痛的牛鸣，都象是对工作抗议，埋怨着哪。

我们并肩坐在那里，念一会诗，就指天发一阵誓，说一阵年青人的傻话，并用一柄小刀把傻话镌在苦奈树干上。偶尔还情不自禁，还得用四片嘴唇凑成一件傻事。"呵，我活得醉了——"这样，一直醉到太阳西沉，满天烧起红红的火焰。

这时，如果有月色，我们也许还在梦之谷里流连，也许雇一只小舢板。

"克底告呀？"船家问。

我茫然不知所答。盈转了转眼珠，敷衍地告诉他：

"去那条军舰。"

船家脸上似乎不大相信。我们去军舰作什么。

其实，我们只是要紧紧地挤在那仅容两人的座垫上，任海上的晚风在我们耳边，身边呼啸着。她倚在我怀里，我们又双双卧在大地的怀里了，飘荡着，飘荡着——船穿过苍茫的海面，就贴近了军舰。

---

① Omar Khayyam：莪默·伽亚漠，波斯诗人，代表作《鲁拜集》。

② Shelley：雪莱，英国诗人，代表作《解放了的普罗米修斯》。

是一条很庞大的家伙呢，灰色的舰身已为黄昏浸成黑黑的了，这时，船尾正吹着一只号角，调子很纤缓，很冗长，有点象进击着舰底的波浪，一起一伏的。

我无意地数着那灰色蠢物究竟生了多少只髑髅眼睛，她数着桅樯上容易和星星混在一起的灯。

忽然，甲板上有人用古怪的言语吆呼我们了，似还对我们摆着"速去"的手。

向舰尾一看，一面红日旗帜正在晚风里飘扬着。那些髑髅眼睛是睁向我们的呵！

然而为了使"糖衣"无缝，我什么也不曾说。

幸福有时是制造出的，也有时是掩盖成的；像所有恋爱着的男女，我们是只能睁开一只眼睛，而且是昂了头向天空看呵。

把她送进芭蕉园去，我一个人又吹着凯旋的呼哨回去了。

1937 年

作品评析

《梦之谷》首次出版于 1937 年 7 月，属于自传体长篇小说，采取第一人称"我"倒叙的视角追忆昔日情感踪影，带有梦幻般的凄楚与忧郁，使叙事带有感伤的基调。这是用诗与散文的笔法写成的小说，不以情节取胜，而着重于诗情画意。小说内容基本上以萧乾的个人经历为依据，是他初次尝试记录感情生活。《梦之谷》写了北方知识青年若萍遭政治迫害来到岭东，在汕头某中学担任国文教师，后来与受尽后母折磨的盈姑娘相恋，他们在海岛幽谷度过了一段美好时光，由于以"党部"为靠山的地方绅士刘校董倚仗财势表面上资助盈姑娘上学，实际上却心怀不轨，想要霸占孤女，最终酿成主人公的爱情悲剧，以此揭露旧社会的腐败和罪恶及对人性的摧残。萧乾也说过："《梦之谷》写的是一场失败了的初恋。……但在这部长篇小说里，我并不仅仅为一场被摧残了的恋情唱挽歌，我是想控诉在那个社会里，穷人连恋爱的权利也没有……"[①] 此外，小说中多次出现对广东潮汕沿海地区的风景描写，充满浓厚的感情色彩，达到了以情感人的叙事效果。

本书选取第一章《一个沉默的旅伴》与第二五章《幸福的糖衣》分析其

① 萧乾：《梦之谷》，广州：花城出版社 1981 年版，第 15 页。

中海洋书写的思想内涵。第一章讲了"我"因遭遇政治迫害被学校开除，还上了市"党部"的黑名单，在一位广东籍回乡探亲的同学的劝说下，决定离开北平，同他一起前往汕头。当轮船到达这个辽远的"海角"时，"我"呼吸着清新的"海味"，看着海边成都的渔船，难掩心中的喜悦。船贴近码头时，"我"首先感到厚重拙笨的衣服与海港风光不相称，乘坐马车沿海滨前进时，"我"看到的"海滨这时正挤着许多赤着脚板张着油纸伞的人""弥漫在海上那片残余的晨雾""隔海隐现的山影"等内容都显出广东沿海的地域风貌特征。"我"踏上这块"新大陆"被海滨生命的喧哗拨动着心弦，但又受到乡思的"蛊惑"，不禁落泪，也因为"在船上太贪看海"，哭着哭着熟睡了，生动地描摹出漂泊在南方的北方人的心境。为下文"我"开启新生活，谋到海滨附近一家中学国文教师的职务，以及与盈的相识相恋做了铺垫。

第二五章同样留有萧乾自己青年时期人生经历的痕迹，即漂泊汕头并经历难忘的初恋。该章写了"我"与盈之间真挚的爱情，放春假之际，在海岛幽谷中度过了一段甜蜜的时光，他们纯洁的恋爱在海景的装点下显得更加浪漫美好。早晨的海滨"正有人在水松丛里摸索着蛤蜊，岸上还晒着一片苎麻"，太阳升起后的"海上射出万顷眩目的光彩"，俯首观看云彩在海上映出的黑影、水面上的纹波，附近"稻田上那嘎悠悠的水车声""沉痛的牛鸣"等景象，既有南国唯美的海上风光，又有充满活力的生活气息。"任海上的晚风在我们耳边，身边呼啸着。她倚在我怀里，我们又双双卧在大地的怀里"等话语营造出如烟如梦的意境，使爱情的美与社会的丑形成鲜明对比。"我们"在海上飘荡，不知不觉贴近了庞大的军舰，灰色的舰身被黄昏染黑，仿佛生出了无数髑髅眼睛，舰尾响起的号角像是"逆击着舰底的波浪"，甲板上传来了吆呼我们的古怪语言，"那些髑髅眼睛是睁向我们的"，何尝不是象征了现实中黑恶势力对盈的摆布，这注定了他们的爱情终将以悲剧收场，"舐着糖衣"的日子必将是生命中的昙花一现。留下青年男女美好回忆的海岛幽谷正有"梦之谷"的寓意，这里已不是纯粹的自然景致，而升华为象征物，他们只有在"梦之谷"才能暂时忘记"谷"外黑暗的现实，忘却刘校董的威胁。小说透过生活侧面反映时代本质，而美好爱情中蕴藏着的让人深思的人生哲理，也是作者一生追求真善美的体现，使作品散发着持久的生命力。

海国英雄（节选）

　　阿英（1900—1977年），原名钱德富，又名钱杏邨，安徽芜湖人。1926年参加中国共产党，1927年从芜湖逃亡到武汉，之后抵达上海从事革命文艺活动，1928年与蒋光慈等人组织"太阳社"，编辑《太阳月刊》《海风周报》等。抗日战争期间，阿英在上海从事救亡文艺活动，与于伶等人成立"上海剧艺社"，并担任《救亡日报》编委，《文献》杂志主编。1941年阿英到苏北新四军根据地，积极参与宣传与统战工作。阿英在现代文学史上拥有战士、学者、作家、评论家、剧作家等多重身份，一生著述丰富，涉及文学、文艺理论、电影文学史、美术史、弹词等方面，他还十分重视曲艺资料的搜集与整理工作。抗日战争时期阿英开始创作话剧，迫于当时上海"孤岛"的特殊环境，作品多取材于历史或神话传说，以此表达"民族救亡"的时代诉求，其中"三大南明史剧"（《碧血花》《海国英雄》《杨娥传》）确立了他在话剧创作中的历史地位，当时在上海引起强烈反响。

第四幕

　　时间：永历十六年（一六六二）四月。
　　地点：台湾鲲身城内延平郡王府
　　人物：郑成功
　　　　　郑经
　　　　　郑瑜
　　　　　马信
　　　　　沈光文
　　　　　马金子
　　　　　沧儿
　　　　　家人
　　　　　使女
　　布景：鲲身城内郡王府楼上凉台。后临广场，场尽处为大海。成功常在此处歇息，遥观来舶，远瞻中原。楼高，海面风帆不可见，仅时有沙鸥飞掠而过。凉台，临海一面为石栏，右一排长窗，有开有闭，为楼上出入口。右有石级，约四五级，没入台内，外来客自此上场。台上设胡床，为成功坐处。外石凳三四。凭栏处，有高几一，燃香烟，缭绕直上，可见此时为风平浪静时刻。其旁有小琴台。上置七弦琴，约当晌午已过时分。

幕启时，远远有管乐声，声清丽。一使女在燃香烟，郑瑜斜坐胡床，微笑。使女走了过来。

使女：（带笑地）小姐，你今天怎么这样高兴？

郑瑜：（微笑地）你觉着我今天是高兴吗？

使女：（带笑地）怎么不是呢？奴婢从在南京跟小姐回来以后，三年了，还没有看见过呢！

郑瑜：（微笑地）啊！（起立）春花，你知道今天是什么日子吗？

使女：奴婢不知道。

郑瑜：今天是我们天地会成立的日子，再待一会儿，这个会就要成立了！

使女：（不解地）天地会？

郑瑜：是的，"天"就是天上的"天"，"地"就是地下的"地"，"天地会"就是天地间，也就是说，天下有正气的人，都来聚在一起，大家共同打鞑子的一个会！

使女：（还是莫名其妙地）小姐，今天天下的人，都到我们台湾这儿来开会吗？

郑瑜：（笑）你真傻，天下的人，怎么能都到我们台湾这儿来呢？

使女：那么怎样呢？

郑瑜：我们这儿只是一个总会，将来每个地方，都有一个分会。分会又归我们总会管，这样，天下想复兴明室的人，不就是都在一起了吗？

使女：懂得了。小姐，今天就为着这件事高兴吗？

郑瑜：对了，春花，难道你听到这样的事，就不高兴吗？

使女：不，小姐，我也高兴呢！

〔郑成功很烦躁地自内上场。〕

郑瑜：（赶上去）父亲！（礼）

使女：（跑过去）奴婢替王爷请安！（下）

成功：瑜儿，你的母亲呢？

郑瑜：母亲在替将士们做战袍，还在督率婢女们制甲胄，她说，父亲也许很快的就要北伐呢！（看他的脸色）啊，父亲，你今天有什么事不高兴吗？

成功：刚才和鞑子的来使，又麻烦了半天！

郑瑜：他们又来向父亲招抚？

成功：是的，还有你祖父从宁古塔交把他们带来的一封信。但是我怎么能够呢？我不能为着自己的父亲，就对不起先祖列宗，对不起天下的老百姓！而且，我要是肯投降的话，也不会等到今天，前几个月，他们逼着你的庶祖母和叔父，从辽远的北方来到厦门，当面哭着求我，甚至跪了下来……可是，我不能够，我不能够！

郑瑜：父亲！你的心放安静一点吧！父亲为着天下，为着千秋万世的苦心，就是祖父他们不能原谅，我想郑家的子孙，明室的百姓，是没有一个不能了解的！宁违父志，不肯负国，树身穷岛，喋血海疆，以一隅而系天下望。父亲的拳拳故国之思，是海内外人士所共鉴的！只要有朝一日，我们能恢复故土，使中原重见汉旌旗——！

成功：（心绪凌乱，听不下去）烦得很！烦得很！（突停步）啊，瑜儿，我的心，现在真是太烦乱了！你——，把我最近作的那一首哀歌，再弹一遍给我听听吧！

郑瑜：是那一首怀念祖父、祖母的吗？

成功：（点头）就是那一首。

〔郑瑜过去调弦，成功走到胡床上坐下，苦闷万状。使女送一盘水果上，放在成功面前，复下。郑瑜开始唱歌。〕

郑瑜：（边弹琴边唱）——

噫嘻，我所爱之祖国兮，
夕阳犹是兮江山已非！
噫嘻，我所爱之生父兮，
燕山之东兮燕山之西兮，
胡笳呜呜胡不归！
噫嘻，我所爱之慈母兮，
泉州城上兮鸟南飞，
泉州城下兮麋鹿追随！
儿身不死兮儿心不违！
儿身不死兮儿心不违！

〔歌声凄惨。成功聆闻，先走动，后渐至俯首，泪眼盈盈，待郑瑜歌至末句，竟至哭不成声。郑瑜惊异慰问。〕

郑瑜：（至胡床前）父亲！

成功：（不语）……

郑瑜：（走过来）父亲，你的心怎么变得这样痛苦？

成功：（转身）瑜儿，父亲的心如此，你到现在才知道吗？

郑瑜：（凄哀地）孩儿一向只知道父亲是一位英雄，是一代人杰，从来没有知道父亲的心里还蕴蓄着如此的痛苦！

成功：正因为如此，我的心就更觉得痛苦了！孩子，难道你也不想想吗？就是英雄，就是人杰吧！然而总还是人呀！人有人的感情，人有人的忧思，我能从什么地方快活起呢？国是差不多亡了，家是破了，父亲在这一生，恐怕很少有重见之望！母亲更是不幸得很，竟被糟踏而死！为着巩固复仇的基础，我不能不忍心的杀死你的叔父郑联，赶掉你的叔父郑彩。你的庶母，和三个弟弟，在北伐渡海的时候，又遭覆舟而死！我的命运的受遇竟是这样！孩子，有了这么多的痛苦，你叫我怎么能不伤心呢？我就是英雄人杰，又怎么能不痛苦呢？

郑瑜：（哀伤地）父亲，孩儿明白了！孩儿现在格外明白，父亲怎么有这样不屈不挠的对抗鞑子的毅力了！不过父亲，父亲的大任还没有达到，父亲的志愿还须要时日完成，忧能伤神，父亲还应该保重才好！（奔进地）父亲要是再痛苦的话，孩儿们的罪孽，真是百世莫赎了！

成功：孩子，你不必难受，在这样的时候，人的痛苦，总是免不了的！我尤其感到伤心的，是前年的北伐，由于一时骄傲轻敌，竟至遭受那样大的失败！功败垂成，损兵折将，我的罪，那才真是百世莫赎呢！

郑瑜：父亲，这些过往的事，已经是过往了，孩儿以为也不必再谈了！人有千虑，必有一失，复仇的机会是会再有的！父亲何必惓惓呢？而且前次的北伐，父亲虽说失败，当我们驾风帆，统戈舡，乘潮而上；破瓜州，通采石，谒孝陵，传檄吴楚，天下震动。事虽不成，但影响却并不在小。天赐忠贞，只要父亲能善为保重，孩儿以为这愿望，还是容易完成的！（跪）孩儿愿以百身，赎取父亲的忧虑！（伏到他的膝盖上哭）

成功：（扶她起来）瑜儿，你不必这样。你要知道，这不过是父亲心里生活的一面，今天在偶然的机会里露了出来。实际上，我和平常是没有两样的，我既不会灰心，也不会失望，只有愈感到痛苦，愈自知激励，愈外的想复仇。我的痛苦愈深，我的心也愈热，我的复仇的念头也就愈坚！（激昂）为父的所以拿下台湾，就是要建立一个永久的，颠扑不破的，恢复明室的基础！不然，我竟可以放弃厦门一带，何必要派你的哥哥郑经带着大兵在那里镇守呢？

郑瑜：父亲这样，真是太苦心了！（欢喜）父亲，我忘记问你一件事了，哥哥今天也从厦门回来吗？

成功：他是一定要回来的，你有什么事吗？

郑瑜：没有什么事，只是好久没有见到哥哥了，非常惦记着他。母亲也很想念着他呢！

成功：（也转高兴）你们看见他，我想一定有些奇怪！

郑瑜：那为什么呢？

成功：（半开玩笑地）我不说，等他回来，你就知道了。

〔家人上，向成功。〕

家人：王爷！郧阳那边，派来一位女将前来求见！

成功：（想）女将？是谁？

家人：她说她叫马金子，有紧急的事要会王爷！

成功：（奇怪）马金子？（看郑瑜）这个名字好象很熟！

郑瑜：（想起，笑）对了！她好象是葛嫩娘的部下。

成功：（向家人）请她上来！

家人：是！（下）

〔父女地位转动一下，马金子被引上台。金子看见成功，纳头便拜。〕

金子：（叩头）马金子拜见王爷！

成功：请起。

金子：（起立）……

家人：（指郑瑜）这是我们的小姐！

金子：（纳头便拜）啊，小姐，马金子有礼了。

郑瑜：（扶她）不必客气！

金子：（起立）……

郑瑜：（指石凳）请坐吧！

金子：（谦虚地）谢坐！

成功：是今天刚到吗？

金子：是的。郧阳那边听到王爷成立天地会，大家高兴得很，特地叫我马金子前来参加。还有那边许多事情，也望得到王爷的帮助！

成功：那是应该的，只要我郑成功的力量够得上。

金子：（从身边取出一信）这是大家要我带来的信！（递信）

成功：（看信）啊，你原来是在葛嫩娘那边。

金子：（奇怪）怎么？王爷，难道李十娘和余大爷来台湾的时候，没有告诉过你，说那边有一个马金子吗？

成功：（觉得好笑）没有，不过你的大名倒常听到。

金子：（得意）他妈的，那好极了！（顿）王爷！余大爷他们还在这儿吗？

郑瑜：他们不服这边的水土，早就回去了。

成功：听说你很会打仗！

金子：仗倒不大会打，不过我不怕死，敢杀鞑子，只要我活一天，我总要揍他妈的几个！我在郧阳那边，他们常说我很象王爷呢！

成功：（微笑）噢——！

金子：（继续）他们说，王爷最值得佩服的地方，是一路打下去，皇上死了，打！老子娘被捉被杀了，还是打！打了胜仗，不忘记打！打了败仗，还是往下打！总要把他妈的鞑子打出去完事！

成功：太承大家夸奖了！

金子：我马金子也是这样，天不怕，地不怕，活不怕，死更不怕，怕的是不能很快的把鞑子赶出去！

〔大家都忍不住的笑起来。〕

郑瑜：（微笑地）郧阳那边的鞑子究竟怎样？

金子：人数是不少，可是他妈的，一点用处也没有。

成功：你这话是什么意思？

金子：金子的意思，是说他们打仗，一点也不够劲儿，怕老子们怕得要死！比如说，有一回，鞑子在河边扎了营，晚上起了风，河水把岸旁边打得很响很响。他妈的鞑子，却以为咱们的兵来了，立刻乱窜乱逃！给当地的老百姓们笑死了！他妈的！

郑瑜：你沿路来，觉得各地的情形怎样？

金子：都很好，没有一个地方没有我们的队伍，没有一个地方，老百姓们不是恨鞑子恨得死！他们常常偷偷地把鞑子揍掉！啊！（向成功）王爷！我真该死！我还有很要紧的事忘记告诉你呢！

郑瑜：是什么事？

金子：就是金子一路来，只要是经过的地方，没有一个地方的老百姓不念着王爷！说明朝的复兴，只有靠王爷一个人。他们希望王爷能很快的再北伐。他们不但天天念着王爷，还有很多的人家，每天都暗暗地烧香，祷告苍天，望天老爷保佑王爷身体健康！

成功：（感动）大家这样，真叫我太惭愧了！

金子：各地的义军，也都是如此！每一天，没有一个不问：延平郡王什么时候再打出来啊？延平郡王什么时候才能到我们这个地方来呢？他妈的，他们连做梦，也都是延平郡王，延平郡王的！

郑瑜：父亲，这也可以见得，我们台湾，父亲以一人之身，如何的系天下之望了！

金子：我也遇到过很多的孩子们！他妈的，人是小小的，心却是大大的！说起话来，老是什么郑成功，郑成功的，他们都把自己比作郑成功，了不起！他们听到我马金子到台湾来，也居然要跟着来呢！

郑瑜：父亲，你能想得到，天下是如此的归心吗？大家既这样的渴望于父亲，父亲，你应该高兴一点，你应该更快活一点，你要格外的保重身体才好！

成功：（感慨地）我郑成功真是罪孽深重！

〔家人上来，向成功。〕

家人：王爷！沧儿从北方来了！

成功：（大惊）沧儿从北方来了？

家人：是的。

成功：快领他进来！

家人：是——！（下）

成功：瑜儿，我想你母亲一定很想见见金子，你可以领她进去。

郑瑜：是，父亲！

金子：（向成功）王爷，夫人也知道我马金子吗？

成功：我想是一定知道的！

金子：（得意地）他妈的，那太好了！

〔金子跟郑瑜下。〕

成功：（自语）真是一个豪爽的女人，太纯朴了！

〔沧儿被门子引了进来。他穿着灰色长衫，已经有了胡子，年纪在四十外了，他满面愁苦地进来。〕

沧儿：（礼）沧儿替王爷请安！

〔郑瑜在这时又走了进来，回归成功身边。〕

成功：沧儿，你在北方侍候老太爷，怎么跑回来了？

沧儿：（哭起来）……

成功：（不安地起立）老太爷他们的身体都很好吗？

沧儿：（大哭）……

成功：（离去）你怎么老是哭，（勉自镇定）有话说呀？

沧儿：（颤声）平国公已经……（又哭了起来）

成功：平国公已经怎样了？

沧儿：（惨痛地）已经不在了——！（哭）

〔成功突然失常态，郑瑜哭了起来。〕

成功：（木然无力）是病死的吗？

沧儿：（凄哀，缓慢）不是，是在宁古塔被害的！

成功：（艰苦的转过身去）……

沧儿：所有郑家在北方的老老小小，一共十一口，也全都被害了！

〔郑瑜亦大哭。〕

成功：（失常地自语，带哭声）我是早知道有今天了！

沧儿：沧儿本想死在那里，以报王恩。可是又怕王爷不知道，特地赶了回来。（奔进地）王爷，老太爷一家死得实在太惨了，你要替他们报仇才好！

〔成功咬紧牙关点了点头。〕

成功：（变态，不信似的）沧儿，我是在做梦吗？

沧儿：王爷没有做梦，平国公一家，真的被害了！

成功：（痛苦地）啊——！（哭了出来）

沧儿：（反而安慰地）王爷！你不要太难受了。

郑瑜：（拭泪）父亲，你节哀一点吧！

沧儿：（哭声地）你是小姐吗？

郑瑜：（忍不住哭，点头）……

沧儿：（看成功还在哭）小姐，我们把王爷扶进去歇一会儿吧，这儿恐怕太凉了！

〔郑瑜和沧儿扶成功下，这时远远有马蹄声一阵，夹着马铃声。成功停住，听。〕

成功：瑜儿，你去看看是谁来了？

郑瑜：（点头）……

〔郑瑜和沧儿扶成功进，郑瑜再出。跑到栏边探视，郑经从外上场。〕

郑瑜：啊，原来是哥哥回来了。

郑经：（回礼）瑜妹，你好？

郑瑜：（带打量地笑）我们很久不见了。

郑经：（发现她在打量）一年多了，你也长大了呢！

郑瑜：（半调侃地）哥哥却出落得更英俊了！

郑经：（看她，反调侃）我看你也不象打两个辫髻的时候呢！（走过去）
〔两人坐下来，侍女上，送茶。〕

郑经：父亲在家吗？

侍女：（插上）大少爷，奴婢就去禀。（下）

郑瑜：（忽然想起）啊，哥哥，我们家里遇到一件不幸的事，你知道吗？

郑经：（有点奇怪）什么事，我没有知道。

郑瑜：（凄然地）祖父已经被害了！

郑经：（惊起）被害了！

郑瑜：是的！父亲正在为着这件事伤心呢！

郑经：（感叹地）一失足成千古恨！祖父当初，也真是太不慎重了！瑜妹！母亲近来还很好吗？

郑瑜：她每天帮着父亲问政，又要替将士们制甲胄棉衣，过于劳顿，身体已大不如从前了！

郑经：父亲上次到厦门来的时候，我也觉着有些难受，我看他，也不象过去那样的康健了！三十八岁的人，连头发都有些白了！

郑瑜：父亲当然更疲劳。差不多二十年了，为着国事，奔走勤劳，是没有一天安逸的！几乎是整天整夜，一颗心总是焦虑着，而家庭里面，又是多故，叔父们能帮的很少。再加军务方面，又遇到许多艰苦困难。你叫他怎么能够不老呢？

郑经：父亲虽然有一点衰老，我却觉得他的一颗心，并没有衰，他还是百折而不废的向前做！妹妹，我总觉得我们姊妹们都已经大了，不应该让父亲还是那样辛苦，我们应该多分他一点忧，也可以说是多增加他一点力量！

郑瑜：哥哥的话是对的。我们在岛上的人，也都是这样想。母亲、姨母们，固然每天都在做着事，就是弟妹们，也都随时在设法叫父亲欢喜。哥哥把厦门一带料理得那么好，父亲是格外高兴呢！

郑经：这倒不是为兄的力量，大部还是依赖诸将的同心协力，使鞑子们始终没有法子进攻。

郑瑜：啊，哥哥，父亲来了！

〔成功出来，沧儿随后。〕

成功：（停住，有忧容）经儿！

沧儿：（向成功）这是小少爷吗？

成功：（点头）……

沧儿：（高兴得老泪纵横，走过去上下打量）啊，小少爷！（把他上下打量）你还认识我吗？

郑经：（有点窘）不大认识了。

沧儿：我是沧儿，沧儿！

郑经：（想起）啊，沧儿！

沧儿：（欢喜的向成功）王爷，真没有想到，长得这么大了，多威武，多好看。小少爷你记得吗？在安平的时候，你拿着一把小剑，还要把我沧儿杀死呢。啊，多威武，多好看！

郑经：（窘）是刚从北方来吧？

沧儿：是的，沧儿正是从北方来。

〔成功当郑经说话时，已踱至胡床坐下。〕

成功：经儿，这几天厦门情势怎样了？

郑经：孩儿据探报，鞑子现在正从事调动车旅，预备再度袭击。孩儿已经严密戒备，不致有变，愿父王放心。其次鞑子提督李率泰，他有一封信写给孩儿，劝孩儿投降——！

郑瑜：（奇怪）劝哥哥投降？

郑经：（向瑜）是的。（向成功）孩儿当即绝断的复了他说："夷齐千古义高，田横守义不屈，我郑经世受国恩，恭承父训，决不做这样无耻的事！"（低）此外，还有一件事，孩儿深恐有伤父心，不敢禀报！

成功：你说好了！

郑经：（奔进地）在孩儿临渡海来的时候，接到一通密报，说我郑家的祖坟，已经是被鞑子掘掉了！生者有怨，死者何仇？孩儿真不知他们是什么心肝？

成功：（恨极，切齿）好残忍！（大声）好残忍！

郑经：父亲，你不要过于伤心了！连先帝们的陵寝，都不能保，何况我们一家？

成功：经儿，我不会伤心，我在想的，是另外一件事。经儿，你知道我们郑家的祖坟，是被靼子发掘了，你也知道，你们的祖父，已被鞑子杀害了吗？

郑瑜：孩儿已经告诉哥哥了。

成功：从你祖父起，我们郑家留在北方的，一共十一口，全都被鞑子杀害了！（起立）你们不要忘记这永久的仇恨！

郑瑜：孩儿等不敢忘！

郑经：孩儿等不敢忘！

沧儿：不但小少爷们不敢忘，就是我沧儿也不敢忘！十几年来，伤心惨目的事，看见的实在太多了！

成功：经儿，你的话是很对的，"守义不屈"，我们每一个人，都应该守义！不过，我们现在应该做的，是不止于"守义"，我们还要"战取"，还要"进攻"！还要群策群力地来恢复我们大明的江山！

郑经：孩儿受教了！

成功：瑜儿！

郑瑜：（走近一步）父亲！

成功：瑜儿，我刚才的话，不仅仅为你哥哥说的，也是为着你。你虽是个女孩，但我深信，你是和你哥哥一样，对于复兴明室的愿望，也会是永久不渝的！

郑瑜：这一点，孩儿是不止一次的听到父亲的教诲了！

成功：经儿，你也走过来——！

郑经：（走近）父亲！

成功：你们听着，我今天要告诉你们几件事。要复兴明室，第一，你们必须有忍受一切苦难，百折不磨的精神。并且一定要有耐心，然后这个愿望，才能完成！

郑经：孩儿们深信应该如此！

郑瑜：（同时）孩儿们深信应该如此！

成功：第二，孩子们，我们的内部，必须一致，不能分歧！一定要大家戮力同心，共同努力，才能有望！

郑经：孩儿已不止一次，把父亲这个教诲，告诉诸将了！

成功：那就好极了！可是这还不够，更须要在个人方面，加以警惕。就是不要骄矜，不要刚愎，骄矜是最足以致败的！瑜儿——！

郑瑜：父亲！孩儿虽是生在仕宦人家，却长在患难之中，饱经艰难。孩儿一定能恪守父训，克始厥终，愿父亲放心！

郑经：从今天起，就是天地会成立的日子起，孩儿也一定更加奋勉，以期不负父亲的期望！孩儿一定追随于父亲之后，直待中兴国家大任的完成！

〔外面一阵噪叫，是群众的欢呼声。就在这时，马信领着沈光文上场。金子自右入场。〕

光文：（走向成功面前）老臣沈光文参见王爷！

成功：老先生不必客气了！

马信：老先生今天来，是代表台湾父老，参加天地会成立的！

成功：那好极了！

光文：此外，还有两件事，一是大家要我代为向王爷致敬，恭祝王爷福体安康，功垂宇宙！（一揖）

成功：不敢当得很！

光文：其次，就是海内外人士，渴望王爷再度北伐，如大旱之望云霓。大家深望王爷及早誓师，安定中原，拯民水火，以成千秋万世不朽盛业！

〔外面一阵群众的欢呼吼声。〕

光文：他们现在是全都来了，在外面渴待着王爷的佳音！

成功：关于北伐的事，我郑成功没有一天不在准备。只要天地会成立，各地义师集合一致，我想是很快的就能做到的。

金子：（插上）王爷！各地义军百姓早就在等着王爷的招致了。只要王爷出兵，他们立刻就会前来。我马金子愿向王爷请命，愿前往各地，号召义旅，响应大军！

郑瑜：孩儿亦愿随金子前往！

郑经：孩儿也愿率领大队，担任前驱！（拔剑）不杀胡虏誓不还！

马信：末将自当追随！

成功：好，大家既都这样，我们从今天起，就格外加紧准备北伐！今天天地会成立的日子，我们大家同心协力，用最大的力量，更努力的来恢复我们汉族的河山！

〔外面又是一阵更大的欢呼，狂吼，炮一响。〕

成功：现在我们开会吧！

〔大家向石栏走，炮声再响，旗缓缓地上升，至炮声三响，旗没入云中，又是一阵狂吼。成功兀然而立，将手扬将出去，军歌声四起。〕

万众一心兮泰山可撼，
惟忠与义兮气冲斗牛！
主将亲我兮胜如父母，

干犯军法兮身不自由！
号令明兮赏罚信，
赴水火兮敢迟留？
上报国家兮下救黔首，
杀尽胡虏兮觅个封侯！

〔台上人，除成功外，全部和唱着。天幕上红光愈益显明。在歌声中幕缓缓下落。〕

1940 年

作品评析

　　《海国英雄》1940 年写于沦陷后的"孤岛"上海，1941 年 2 月由上海国民书店初版。《海国英雄》（又名《郑成功》）被称为"传记剧"，为现代四幕话剧，被列入"新艺戏剧丛书"，属于"南明史剧"第二种。该剧于 1940 年 9 月 27 日在上海的新艺剧社首演，导演吴永刚。作品主要写了明末隆武至永历年间，民族英雄郑成功与降清的父亲决裂，毅然坚持抗清复明的英勇事迹，讴歌了他身上坚韧的战斗精神、不屈不挠的刚强意志和崇高的民族气节，在抗日战争的时代背景下具有强烈的现实意义。该剧共由四幕构成，抗争主题几乎贯穿始终，第一幕是宫廷内的斗争，第二幕是家庭内部意见的分歧与斗争，第三幕是郑成功率师北伐直逼金陵，第四幕是郑成功的内心斗争与坚定信念。在阿英的剧作中，《海国英雄》的写作可谓历时最久，所经过的艰苦也最多，主要围绕郑成功在延平前线战斗、与父决裂、攻打南京、兵败出海、退居台湾等情节展开，塑造了一个为公忘私，为国忘家，一心想要恢复故土的爱国英雄形象。

　　本书节选了第四幕，是因剧中营造了强烈的海洋意象空间。故事发生地点是台湾鲲身城内延平郡王府，据悉鲲身城坐落在今天台湾省台南市的西南方，原处海中，后来港湾被填淤成平地，这里的岛屿与现在台南市西郊的陆地相连。布景中"场尽处为大海""楼高，海面风帆不可见，仅时有沙鸥飞掠而过""凉台，临海一面为石栏"等内容体现了郑成功居所的海洋性环境。第四幕主要讲述郑成功内心的情感波动与斗争意识，坚定不移的英雄主义气概与有血有肉的人性融为一体。他回想起众多亲人不幸的下场，又得知父亲郑芝龙在北方惨遭杀害的噩耗，悲痛欲绝，痛哭流涕，从厦门渡海而来的儿子郑经告诉他郑家祖坟被鞑子掘掉之事，使他恨极、切齿地发出"好残忍"的呼声。在这里我们看到了郑成功也是一个人，也有着平常人的情感，女儿郑瑜安慰郑成功"前次的北伐，父亲虽说失败，当我们驾风帆，统戈舡，乘潮而上……事虽不成，但影响却并不在小"，当时"海战"的激烈程度昭然若揭。郑成功没有被暂时的失败击垮，而是化悲痛为力量，成立"天地会"聚集义军，忍受一切苦难，以百折不挠的气势重整旗鼓，继续北伐对抗鞑子，复兴明室。第四幕最后的军歌更是豪气冲天，让郑成功率领军队海上作战的壮举浮现在人们眼前，以此激起沦陷区人民对民族独立与社会解放的迫切心情。剧本中郑成功的形象将历史与现实战斗精神关联起来，在进步文艺界引起强烈反响，可谓是顺应时代而生，作品"借古喻今"，以隐晦的笔法表达抗战时期民众抵御外敌入侵的反抗意识，在历史真实中挖掘艺术真实，使历史精神与现代意识相融合。

荒谬的英法海峡（节选）

徐訏（1908—1980 年），原名徐传琮，浙江慈溪人，中国现代著名作家，有"文坛鬼才"之称。徐訏毕业于北京大学哲学系，后来留学法国，获文学博士学位。1937 年因《鬼恋》一举成名，1943 年，他的《风萧萧》曾轰动一时，当年被出版界誉为"徐訏年"。他一生著有中长、短篇小说多达 50 余部，还有诗词、散文、剧本、文学评论等。同时，浙东海洋性地域文化的熏陶与西方留学经历等因素的影响使徐訏作品中的海洋书写成为可能，如《荒谬的英法海峡》《潮来的时候》《彼岸》等作品近几年备受关注，其中的海洋叙事空间营造无疑增强了文本的抒情性，现实主义与现代主义技巧的运用彰显着故事情节的曲折与传奇性，影响深远。

五

…………

这时候我们已经到了郊外，其实郊外等于是公园，我没有发生什么兴趣，这因为是我在培因斯身上发生太大的兴趣的缘故。她面部的表情与身体的姿态在家里看起来如蚕一般憩静，在外面看起来如龙一般的生活；在工作时看起来是一个严肃的轻快的骆驼，在郊游时看起来会像池水里漂摇的游鱼。于是我静默了，默默地在她的身边呼吸崇高的空气，体验那宇宙的奇妙。

前面是一座山，她说：

"我们在这里下来，翻过这山就是海了。"

这山并不高，虽然有人工的路，但是有的地方也不好走，我想扶扶她，但是她似乎并不需要。我因为穿着皮鞋，有些地方滑，很不舒服，她穿的是橡皮底鞋，所以比我要敏捷。

山上都是葡萄，她说：

"这里种的都是葡萄，是用以制酒来供给这里的人民的。你看，那面就是酿酒厂。"

"那些工厂可以参观吗？什么时候你陪我去看看。"

"可以可以，就是明天下去好了。"

我们到山顶上，已经看见前面的海。

"你看，那海。"她很兴奋地说，似乎她对于海有特别的感情似的。

"海，你一定很爱海。"

"是的，但是近年来我觉得海是象征寂寞的。"

"这怎么讲？"

"因为近年来，我常常爱一个人到海边来，你看那面的白石。我爱一个人坐在白石上，晒着太阳，听那海潮的声音，拾一点贝壳，或者拿一块石子抛在海里，看它自然地淹没，有时候我躺在海边，望那天上的云，幻想那海尽头的世界——这些世界我三岁以前都到过的，可是现在连一点印象都没有了，一个记忆不清的往事，永远是灵魂深处的欲望。"

"那么你当它是梦，是一个永不会再来的梦好了。"

"但是，可惜这居然不是梦。"

"下山自然比上山容易，我们很快就到了山脚，也就是海滨了。天上有零乱的云彩，太阳发着黄色，天空里飞翔着海鸟，海上点点的金波，翻成一条灿烂的大道，我们就在零乱的石块上踏进海去，拣一个比较高耸的石上坐下。我本来预备坐在她的对面一块较不平的石块的，但是她叫我坐在她的旁边。

"我说海是象征寂寞的，你信不信？"她静默了几分钟又说了。

"景物终是死的，看人的心境产生出不同的情调。海可以看成伟大，看成庄严，看成力量，自然也可以看成寂寞。"

"也许是的，我越是一个人到海边来，越不想同别人到海边来。Ethel Walker 有一幅题为'十月初'（Early October）的海景图，我非常喜欢。你看见过吗？"

"也许看见过，但是我想不起来，如果是你喜欢，我希望买一张影印的画幅……"

"我有，我有一张挂在房内。"

"我想你一定有，因为是你喜欢的，但是既然你喜欢的，我也应当有一张带在我身旁。"

"我虽然爱海，可是海的印象总像沉重的铅块似的压在我的心头，这画给我的印象也是一样。在海的旁边，暂时我舒展出胸中的重压，但是他的印象又加重了我心头的负担。"

"这使我奇怪得不相信了。"

"我自己也不相信。"

"可以原谅我问你的年龄吗？"

"这难道与年龄也有关系吗？我今年十九岁。"

我沉思了一会，她也静默着望着天涯，海潮打着石头"空，空"作响。我自然流露出一个重复的问句：

"你是不是在恋念海外的世界？"

"我恋念的。但我不相信是为这个原因。"

"你为什么要肯定海外有世界？"

"这三岁以前都去过。"

"那么你已经去过，还要怎么样呢？"

"可是我没有印象，一点印象都没有了。"

"那么算它没有就是，或者照我刚才所说，算它都是梦境。"

"这都不可能，这里的海岛，你看，他们飞得多么自由，哪里都可以去，但是我永远在这里，这个小小的世界。我像被放逐在岛上的拿破仑。"

"不对，不对，这个比喻可不对。"我笑了。

"实在很像，假如拿破仑早先没有在世界上称雄过，他不会在小岛上不能安居。假如我像许多这里的别人一样，不知道还有别的世界，我也一定不会想去游历，自然我还因为有海盗的血液。"

"但是，我是到过许多别的世界的。实在告诉你，所有别的世界都是醴醐的，你不知那面多么不自由，多么不平等，穷人们每天皱着眉，阔人们卑鄙地享乐；杀人，放火，宣传，造谣，毁谤，咒骂，毒刑，惨死……没有自由，没有爱，人与人都是仇人……"

"但是你为什么要回到故乡去？"

"这因为我是那面生长的。"

"所以一定有一种特别滋味，值得你这样留恋。"

"但是假如说世界上最值得我留恋的，是今天这一刹那，在温和的天气中，天象征着和平，海象征着博爱，云象征着诗，太阳象征着热情，你象征着真美善，假如日子是永远可以这样过，我愿意老死在这里，我没有到别的世界去的念头。"

"这是笑诘，或者说你故意安慰我。你假如真的愿意永远在这里做个公民，我是欢迎的，你可以在这里做工，读书，每星期日我们在这里可以过这样的生活。"

"真的吗？"我不禁跳了起来，"好，我决定在你的身边做个公民。"但是我忽然感到非凡的渺茫，这海的辽阔与海鸟迟缓的飞翔影响我，使我起了这个渺茫的心境，我说：

"这是笑话，是幻想，天下没有这样美满的事。"

"怎么？"她说了又笑起来，"是不？你的故乡一定有更值得你怀念的生活。"

"不，"我说，"每星期日同你在这里难道是可能的吗？"

"怎么不？"

"假如你嫁人了。"

"为什么我要嫁人？"

"你们这世界有不结婚的女子？"

"中国有，难道这里不可以有？过去没有，难道我不可以是？"

"中国也没有。"

"但是你知道这里有个中国的姑娘是不预备嫁人的。"

"中国的姑娘？"

"是的，就是我同你说过的中国人。"

"是姑娘？"

"是的，她不预备嫁人。"

"这是不可能的。"

"但是我一定可能，每星期同你在这里走，在那面海滨骑马，在那面的乡间骑自行车，岂不是好？为什么要嫁人？"

"这是不可能的，至少在我，必须要结婚，自然不想现在，但是将来终不免有这样一日。"

"所以我说你是不会永久爱这样的生活的。"

"但是……"

"所以你还是留恋着海尽头的世界。"

"假如说，培因斯，世界要是像现在一样，天底下只有我们两个人，难道我们永不结婚了吗?"

"那一定,因为你也不会想结婚了。"

"我不懂。"

"怎么不懂?"

"我一万个不懂。"

她奇怪地笑了,说:

"你又是装傻。"

我沉默了,把头低下来,微微地叹一口气。天是空旷的,海是浩渺的,海鸟是飞得迟蠢的,白云走得非常缓懒,海潮的声音过分的懈怠。她也静坐着,无邪的眼睛望着天涯,这时候她的一身白色的衣服使我惊异了,风把它飘得如一块云,金黄的头发如太阳的光芒,射在我的耳颊。我自己感到卑鄙与渺小,假如她一个人坐在这里,这世界该美多少?现在我这样一个人在她旁边,怀着奇怪的不洁的想头,玷污了这奇美的世界。

"你在这里等我,可以让我一个人到那边跑几步吗?"

"怎么?"

"我想换一个方向看看这海与云彩。"

"那么我们一同去。"

"不,你坐着,我去了就来。"我站起来,跨过这些水围着的石块。大概跑了十丈左右,我远望着海天中她的后影,我如在教堂里望着壁画中云端里的圣母,我没有一丝不洁的念头,我俯下头,我愿跪在大自然面前忏悔刚才那烟火气的俗念。"结婚,生孩子,老去……"平庸,腐旧,多么平庸的思想,腐旧的情感,贯穿着生物的历史传统,召我去模仿。

带着这份圣洁的念头,我回去,我觉得天清朗,海博大,海鸟与白云都非常悠闲,海潮的声音象征着洁净与自在,跨国那些水围着的石块,她回过头来,遥指那面的海滩。

"我们到那面去散散步吧。"

"好。"我说完了伸手拉她站起。为我心里的晴朗,这个举动因而也非常自然,这是我后来才想到的。

我们在海滩上散步,大概是一刻钟以后,我们在海滩上坐下来。她告诉我一个奇怪的故事,她说:

"从前有一只渔船被海里很大的大鱼吞下去,大人们都落海了,独独有一个四岁的男孩还睡在船里。他到了鱼腹里,不久醒了。叫妈妈不来,叫爸爸不应,啼哭了半天,最后他自己起来。一个人摸到船沿上,看看外面已经不是海,他就一直摸出去,他摸到另外一只船上,他就跳进去,原来那只船是三天以前被大鱼吞进去的，他在那里面碰到一个四岁的女孩，一个人流着泪在吃东西。

"他进去使她吃了一惊，但立刻非常欢喜。

"'那么这到底是什么地方呢？'男孩子问了。

"'你还不知道吗？是大鱼的肚子里。'

"'怎么？'男孩子惊奇了。

"'你怎么会不知道，许多时候以前，大鱼来了，我父亲射了一箭，以为它受伤而换个方向游去了。但是它反而撞过来，我倒在舱内，父亲母亲还有哥哥大概都落海了。我那时大概有点吓昏，醒来知道一定是在鱼腹里了，你看不是阴沉沉的。'

"'啊，我一定是睡着的时候被吞进来的，那么我的父母他们一定也落海了。'

"男孩子说完了哭起来。但是哭有什么用呢？最后还是揩干眼泪，同那女孩子一同生活，他们起初吃船舱里剩下的饭羹干粮，后来也勉强拢起火来，烧那船舱存着的粮食，粮食吃完了就吃大鱼吞进来的东西。

"他们起初还想法子出来，但是摸摸摸不出去，稍微出去一点被水冲回来。于是只得在里面祈祷他们父母还活着，或者是别人知道他们在哪里会来救他们，再后来他们失望了，只希望这大鱼被别人捉去——最好自然是他们父母——剖开肚子的时候他们可以获救。最后他们完全绝望了！"

她忽然歇了一会，望望我的眼睛。

"怎么不说了？"

"我以为你在想别的，怎么一点不响？"她说。

"这故事太好了，我已经陶醉在你的故事里。你快说下去。"

她用手帕轻轻按按嘴唇，又说：

"最后他们完全绝望了，可是日子一多他们也习惯起来，他们一直活下去，两个人都长大了，有时候也试着想出来，但是终是不可能。一直到廿年以后，这条鱼忽被我祖父捉住了。

"你祖父？"我惊奇了，不觉打断了她可爱的叙述。

"是的，我祖父，因为那故事是我祖母讲给我父亲听，我母亲传给我们的。"

"那么后来怎么样呢？"

"我祖父捉了那条鱼，剖开肚子，发现两个人，知道他们是廿年前被鱼吞下去的。

"这两个人不是兄妹，也不是夫妇，是一个世界里的两个朋友。他们许多话，我祖父他们都听不懂，找别人来听也都不懂，我们世界里的话他们起初也不懂，后来慢慢懂了。他们俩什么都不会，我祖父慢慢地教他们，就在船上做一点零碎的事情。

"起初救出来的时候，他们自然非常快乐，很感谢我的祖父，但是后来因为他们的习惯不同。他们俩一步不能分离，他们又怕见别人，这在船上自然办不到。

"这男女两个人都长得很美，自然有别个男女要对他们调情，尤其是那女的，船里就有人要向她求爱，但是她一点也不理人，我祖父看情形不好，以后怕多是非，叫他们结婚，他们也不赞成。日子一天一天下去，他们实在不习惯这世界，时常想念当初鱼腹里的日子，但是这日子是不能恢复的。所以他们终是忧忧郁郁，最后，据说在一个秋夜的月圆时节，双双跳海死了。"她说完了望着我的眼睛，一种奇美的无邪的目光使我眩晕了。我低下头来，闭闭眼，我说：

"完了吗？"

"完了。"

"啊！这故事是一首诗，实在太好了，我想你祖母一定是个了不得的人，你真是了不得的诗人。"

"我？"

"是的，因为你说得太动人了。"

"啊！这算什么，这是这岛上人人会讲的故事，文学家们早已经把它写成童话，写成诗，写成诗剧。"

"不过结局太凄凉了。"

"你不喜欢这结局？"

"这是再完美不过的结局，一个有十全悲剧美的结局。"

这时太阳已经下来了，天际一片红，红下面是橙是黄是绿是青是蓝是紫，一层一层一直到海里又反映出一层一层的紫蓝青绿黄橙红，最后拥着一个深红的太阳。

"时候不早了，我想回去吧！"我说。

"你愿意离开这样美丽的太阳与天空吗？"

"我怎么会愿意，但是你家里要不放心。"

"怎么会不放心？饭菜很简单，我母亲会替我预备的。"

我沉默了。她也默默的，将背靠在我的臂上。我们看太阳一点一点地下去，慢慢快浸到海水中了，两个太阳相碰了，太阳以上半个天从红色淡到深黄，慢慢淡下去，一直淡到青色，与另外半个天球衔接，这时天际没有一瓣云，除了海潮洁净的声外，没有一点别的声音。忽然有微风吹来，她打了一个寒噤。

"怎么你冷了?" 我打破这宇宙的安详。

"不要紧。"

我于是脱卜找自己的上衣，披在她的身上。

"那么你自己呢?"

"我不冷。"

太阳慢慢地沉下去了，颜色也淡了起来。大半个，半个，小半个……于是只剩了一条细狭的娥眉。天边是一条浅黄一条浅蓝的圆弧。

"假如这时候来了一条大鱼，将我们俩吞下去，我们怎么办呢?"

"那么我们将在鱼腹里创造一个世界，这是再美没有了。"

"再美没有了!" 我低微地吟喟着。

太阳已经没有了，西方的天际是一片发亮的淡青。但是东方已经变成深蓝，有四分上弦月抓破了这天空，接着两两三三的星花都开出来了，有些风，我身上也感到三分寒意。

"可以回去了。" 我想她家里一定会关念的。

"怎么? 你胆小了?"

"不，我怕你会冷，而且你家里一定在等你了。"

"……" 她没有说什么，扶着我的臂站起来。

风有点猛，海潮声也大了起来，黝黑的海尽处，更显得神秘。

"啊! 有点冷，你一定冷了。" 她要还我衣服。

"不，不，我很好。我们跑快一点，一会儿就热了。"

我把衣服穿在她身上，叫她裹紧了。我们拉看手很快地跑到山脚，山道上的路灯已经亮了，我们就紧步地爬上山来。

海天都已经漆黑，星月发出奇异的光亮，在山顶上，我回望着海说: "这时候我们有点像亚当与夏娃了。"

她也凝视着黝黑的海尽处，天际忽然闪出电光。

"伟大的自然。" 她低微地自语着，手拉着我手，接着大家沉默了，两个一尘不染的胸怀，融化在大自然的里面。

我不知道是隔了多少时候下来的。骑车到家，她家里的人真是久等了。

1941 年

作品评析

　　《荒谬的英法海峡》是一部充满奇幻、浪漫、抒情的异域乌托邦题材小说，爱情与思乡等内容串联起整个故事，而随处可见的海景描写是故事发生的场域，又是一种自由、包容、开放精神的象征。关于文学作品中的海洋书写，学者王青曾指出："内陆地区或毫无航海经验的人们对海外世界的认识，通常出自于浪漫的想象，而真正具有航海经验的人们，其亲身经历往往充满了危险、艰辛与苦难。"① 显然，《荒谬的英法海峡》描述的是两种不同生命体验的结合，同时也带有《西游记》等具有历险、奇遇特征的古代海洋小说痕迹。具体来讲，作品以英法海峡航船上中国留学生徐先生的梦境奇遇为契机，并以梦的形式构建起一个想象的海上"乌托邦"。徐先生被海盗劫持到桃源般的海外孤岛，这里没有阶级分化与尔虞我诈的斗争，人们享受着自由、平等的氛围，快乐地生活着。后来徐先生与海盗首领史密斯的妹妹培因斯恋爱，但由于现实羁绊，最终培因斯选择了彭点，徐先生选择了鲁茜斯，看似荒诞离奇的爱情故事背后是作者对"乌托邦"的想象与向往，富有一定的哲思性，"那需要用心灵用潜意识去体会去参悟的诸种不可言传的审美感知，那需要用哲学用宗教等文化品格去审视的理性思辨，都是中国新文学史上其他浪漫主义作家没能表现出来的"②。

　　本书主要节选《荒谬的英法海峡》第五章中徐先生在海岛与培因斯相识后的第一次郊游经历，培因斯对海有着特殊的情感，也可以说海洋在他们的爱情发展中起着至关重要的作用。路途中培因斯看到大海后难掩兴奋之情，在她眼中"海是象征寂寞的"，"因为近年来，我常常爱一个人到海边来，你看那面的白石。我爱一个人坐在白石上，晒着太阳，听那海潮的声音，拾一点贝壳，或者拿一块石子抛在海里，看它自然地淹没，有时候我躺在海边，望那天上的云，幻想那海尽头的世界"……通过他们的对话可知培因斯三岁以前曾去过外面的不少地方，而现在正处于青春期的培因斯再次激起走出"乌托邦"的幻想，"坐在白石上看海"成了她排遣心中孤独的良药，她还把一幅《十月初》的海景图挂在房间以慰藉心灵，但她的精神世界又时常处于矛盾状态，"爱海，可是海的印象总像沉重的铅块似的压在我的心头"，海可以暂时减轻她胸中的重压，但仿佛又在加重她心头的负担。

　　在徐先生的追问下，培因斯承认了恋念海外世界的情愫，她羡慕空中自

---

① 王青：《海洋文化影响下的中国神话与小说》，北京：昆仑出版社 2011 年版，第 256 页。
② 赵凌河：《中国现代"洋味"的浪漫主义——论徐訏的小说》，《呼兰师专学报》1999 年第 3 期，第 48 页。

由飞翔的海鸟，而自己的生活永远局限在这小小的空间，"像被放逐在岛上的拿破仑"，也可能是幼年时看过外边的世界，加上身上流着"海盗的血液"，这些都在潜意识地固化着她出去游历的愿望。在学者陈绪石看来，这也是作者对其建构的"乌托邦"的质疑。而来自外边世界的徐先生认为那里布满了龌龊与邪恶，并发出这样的感慨："假如说世界上最值得我留恋的，是今天这一刹那……海象征着博爱……你象征着真美善……我愿意老死在这里，我没有到别的世界去的念头。"可以看出他们经过敞开心扉的交谈后，徐先生早已被眼前的美景与纯真善良的培因斯所折服，在"浩渺的海，飞得迟蠢的海鸟，走得缓懒的白云，声音过分懈怠的海潮"等关系的映衬下，海天之间的培因斯犹如"教堂壁画中云端里的圣母"，但徐先生很快就意识到这份感情不是"结婚，生孩子，老去……"不是这种带着烟火气的俗念，而应该是圣洁与自在的生活状态。

事实上，文中培因斯在海滩上讲的那个奇怪的故事也有一定指涉意义，四岁的男女儿童不幸被大鱼吞入腹中，二十年后大鱼被捉，两人由此获救，这本来是他们所希望的结果，但终究因不习惯现实世界，念念不忘在鱼腹中的日子而一起跳海身亡。岛民都会讲述这个动人而又凄凉的故事，字里行间何尝不是暗示岛民如果离开这个伊甸园，他们也可能会遭遇灾难，因此培因斯的理想更大程度上是一个遥不可及的幻境，"鱼腹"好像是超越时空的自由之境，呼应了文中这样的对话——"假如这时候来了一条大鱼，将我们俩吞下去"，"那么我们将在鱼腹里创造一个世界，这是再美没有了"。最后，徐先生望着漆黑的海天，说出"这时候我们有点像亚当与夏娃"的肺腑之言，他们"一尘不染的胸怀，融化在大自然里"更是象征着超越世俗的洁净爱情。

荒岛上的故事

杨振声（1890—1956年），字今甫，号歙甫，笔名希声，山东省蓬莱市水城村人，现代著名作家、教育家。新文化运动爆发后，杨振声受《新青年》影响，滋生出"叛逆的种子"，在北大读书期间与傅斯年、罗家伦等人筹办"新潮社"，并担任《新潮》杂志编辑部书记，《贞女》《一个兵的家》《磨面的老王》等小说都在《新潮》上发表，以写实的笔触揭示社会问题，彰显着知识分子的责任担当意识。杨振声少年时代在海边生活，曾目睹渔民的生存苦难，他们长期在大海的惊涛骇浪中、在统治者的残酷剥削下求生存。这成为杨振声以后小说创作的素材，他留下了《渔家》《荒岛上的故事》等经典作品。可以说，杨振声一生的文学创作无不贯穿着五四启蒙精神，是一个具有独特艺术风格的现实主义作家，他的作品涉及反帝反封建、工农生活疾苦、乡间民俗、女性解放等主题。

小时候在海岸上拾贝壳，入水捉飞蟹，在岩石下摸鱼捞虾；倦了便坐在一带沙城子安放着古老的铁炮上，向着那绵延数百里的岛屿作梦，幻想一些仙女或英雄的故事。在夕阳压山的时候，古红的晚霞，照常把这些岛屿染成浅绛，变成深紫，而海上的云烟又每使这些岛屿掩映出没，忽隐忽现。也许是这个理由，在航海术还未发达的古史时代，那些同小孩一般幼稚的心灵，称这一带岛屿为海上神山，可望而不可及。

在这一带岛屿中，那些较大的几个，不知自何年代起始，已疏疏落落地住着渔民。但大多数的小岛上，还保存着原始的洪荒状态，除了密茂的榛莽中藏着野兽昆虫，和在黄昏时偶尔有几只海鸥在其上空翱翔外，从未印过人类的足迹。

抗战的情绪随着敌人的炮火燃烧于我国的沿海线，如烽火一般的炽烈。而这一带沿海的岛屿也便成一般血性青年出没之地，岛上浑沌的渔民从此也燃烧起星星的爱国热情。敌人在盘踞其中最大的一个——长山岛——之后，又掠夺民间的渔船，向其余群岛中进行其所谓"肃清工作"。

武诚有一只新船，这是他五年辛苦赚得的一个骄傲。全新的楸木船板，漆上一层桐油，透出一种娇嫩的淡黄色泽。刀鱼一般的瘦俏船身在深绿的海面上划来划去，每穿过邻家灰黄色的旧船群中，犹如一位少女经过一群老太婆跟前的骄矜。

在岛上，谁家有一只新渔船，就如在国际间谁造了一条新主力舰一样的惹人妒嫉的注意。因此，武诚的新船——他一生的希望，也是他一家四口的生命线——便为敌人所征发了。

十几个面目狰狞的敌人架着两架机关枪、一门小钢炮，占有了武诚的新船。他们驶往周围的岛屿去屠杀中国青年，而帮助他们驾船的是武诚。这只新船所给予武诚的希望变成了灾害，骄傲变成了耻辱！

一天，在一个邻近的小小荒岛的沙滩上，敌人看见有一堆柴灰，他们下了船，在岸边一带的丛岩中，发现了藏着一只小船，于是敌人便搜索前进。不久，树林中透出枪声，接着是敌人机关枪的密响。约有半个时辰以后，枪声稀疏了，终至于全岛入于一片死灭的沉静。

树林中走出敌人的队形，两个敌兵扛着一只敌尸，还有两个架着一个女学生装束的中国青年。她左臂受了伤，血殷着半截衣袖，她的短发为汗洗贴在前额上。因为她已经受了伤，敌人就没有绑起她的手。

一行来到海边，那鼻子下横抹一把牙刷的敌人小队长，就在海岸的沙滩上开了军事法庭。他用一口生涩而带有东三省的口音审问那青年女子道：

"你，什么人？"

"中华民国的国民。"那女子用右手把额上的头发往后一扫，扬着脸向空中作答。

小队长鼻下的牙刷掀了一掀，又问道：

"你，什么名字？"

"中国女儿。"

小队长赤出牙来，向他周围擎着枪刺对那女学生作冲锋姿势的敌兵莫奈何的笑了一笑。

"你，在这里作什么？"小队长理着他的黑牙刷问。

"侦察敌人的行动，唤醒岛上的居民。"

"你们，共总多少人？"

"四万万五千万。"

小队长的小胡掀动了几次，有大发雷霆之势。忽然他变了笑容，挺着胸脯，走近那个女学生作诌笑道：

"你，很美。"说着他伸出手来去摸那女子的左腮。此时她的两腮已为怒火烧得艳红。"拍"的一声，那女子的右手已打在小队长的左腮上。

小队长用手抚着他那发烧的腮向后退了两步。两眼发出凶暴的光芒，下令要他的兵士剥那女子的衣服。敌兵的枪刺向前合围，冷不防，就在此时，那女子向敌人的枪刺上猛力一撞，她利用敌人的武器与方法，剖腹自杀了！

在敌人守着敌尸垂头丧气的回程中，武诚一面摇着橹，一面回想方才这一幕悲壮的短剧。那女子一副骄傲的神情，她的答话的勇敢，危难时那种急智的自杀，都活现在他眼前。他从前只认为说书唱戏才会有的事情，于今他亲眼看见了。对于敌人，他心里本藏有说不出的厌恨，可是，畏惧使他变成怯懦，怯懦使他变成无耻！他真没有想到：一个赤手空拳的女子可以那般的威武。那个耳光打的有多响，多痛快！这给他一种惊讶，一种羡慕，那女子死的干净利落，更使他崇拜。他从未崇拜过什么。只记得在海神娘娘庙会时，听过"打渔杀家"那出戏后，他曾对于那个叫什么萧恩的同他的女儿桂英有过那么一种感想。那时他只觉得他愿意同他们一样，或可说是，他愿意跟他们一块儿报仇，也愿意跟他们一块儿逃走。那是他还在小孩子的时候，现在早忘了。不知怎地，这女子又使他想起那件事来，因为在此刻他又有了那同样的感想。

敌兵上岸后已是晚饭时候，渔村中已疏疏落落地出现了灯火。他知道他的父亲、母亲，还有一个妹妹都在等他回家吃晚饭。可是，他不想回家，更不觉得饥饿。他心里好似有块石头压着，压得他发闷。这股闷劲像似在心里乱撞，要找出路，可是他又不知道怎样办才好。他坐在沙滩一块岩石上，一手托着腮，对着那小小的荒岛出神，一动也不动的好像罗丹所雕的那个《思想者》。

灰色的海面上起了一层夕雾，那小小荒岛上的树木岩石渐渐地混合为一片黑影，又渐渐为昏雾笼罩，消失在无垠的黑暗中。此时只有海涛拍岸，卷着砂砾渐渐的流动之声。他不知道在那里坐了好久，直到下弦的半月，清凄的走出辽阔的海面，周围的岛屿才又显露出轮廓，那座小岛也在苍苍茫茫之中出现了。他此时心里清明了许多，在微茫的月色照着一片无底的寂寞中，他找到了他那颗纯洁的心要他作的一件事。

他跳上船，轻快的摇着橹，直扑那小小的荒岛而去。在船拢岸时，他的心在突突乱跳。他并不怕什么危险，只是一种奇异的感觉袭击着他，这感觉的生疏与奇幻使他如在梦中行事一般，可是他有一种清楚的目的与坚决的力量。

他上岸后，白天那一出悲剧的情节更清晰生动的在他眼前重演。他走去那岩石围着的一片幽静的沙滩上，看到那女子的尸首，侧身卧在那里，头无力的枕着右腕。茫茫的月色照在岩石、沙滩上，返射出点点的微光，一切的光又凝射在她那冷白如雪的脸上，一种静肃与沉默，藏着神秘的庄严。武诚不自觉的跪到她身边。他低头凝视了一回，又不自觉的伸出微颤的手去抚一下她露在短袖外的左臂，光滑而冰冷。他知道她已死了。他慢慢地立起身来，垂头站了一回，返身到船上取过一把斧头，在就近的树林中找到一段幽静的隙地，用斧头匆匆地掘成一个坑。

他回到她身边，躬下身去把她抱起来，他的心不知怎地跳得那样厉害。他虽是二十三岁了，却从未接触过女子的身体。她那清俊的面庞柔顺的倒在他的臂弯里，他心里感到一种从未有过的温柔。可是，她已死了！只有她那蓬乱的短发在夜风中丝丝飘扬，这是她惟一生动的部分。

他将她轻轻地放在土坑中。当他往她身上放第一把土的时候，一种奇怪的悲哀使他忽又停止了。他感到他将与这个可怖的美丽的物象永诀了。他迟疑，他心痛，可是他必须埋葬她。于是他放上了第一把土，但那月色浸着的雪白清辉的面庞，他怎样也不忍得往上扬土。他想了一回，去到周围折了一些松枝与冬青，回头盖在她的面上，然后他狠心把全尸埋上了。

这工作是完了，可是他心里反感到异常的沉重。来的时候，为了一种奇异的目的，他心里动荡着憧憬与力量。现在冷月荒坟，一切都是死的寂寞，他从未感到这样深的悲哀。他呆呆地站在坟前，两滴大泪流在他那粗糙的腮上，忽然一句话浦上了他的口头。

"我替你报仇。"这句话一出口，他感到轻松了。他知道这样一定安慰了死者，他可不知道这样也救了他自己。他心里又动荡着一种憧憬与力量，同时他全身的筋肉都紧张起来。

他不再迟疑，不再留恋，返身跳上船，急急地驶回自己的岛上。此时斜月将坠，海面上闪闪的光辉已变成一抹银灰色的平面。这是东方放出的白光，天将晓了。

此事发生的第三天晚上，武诚接到敌人的通知，他们明天又要出发。在后半夜，下弦的月仍旧照在沙滩上，只是月更消瘦，夜更微茫了。他站在船边，向那小小的荒岛怅望，他似乎在向那岛上寂寞的孤坟远远地凭吊，他默默地点了点头，瘦削的脸上露出微笑。然后从胸中掏出一把凿子来，跳上船拿了斧头，在船舷刚接水面以上的地方——两块船板用油灰合缝处，他凿开了八寸长一寸宽的一道长隙。又从他的破被里撕下一块棉絮，塞紧了那道长隙。他知道船载重以后，这条长隙会沉到水面以下，而棉絮抵御水的沁入能到半个时辰以上。他收拾好一切的痕迹以后，对着那小小的荒岛又点了点头。他感到十分疲倦，就坐在船头沉沉入睡。

太阳升起以后，海面上闪耀着千万的金星。武诚为这强烈的光线照醒了。他探身掬取海水洗脸，看见一群小虾扬扬得意而来。他回手拿起篙竿，游戏的猛打下去，那群虾随着水花乱溅，又落到水里，疾窜而去。他笑了一笑跳上岸，在沙滩上走来走去，不耐地等着敌人的光临。

还是前天那一队，除掉死的一个，其余的通来了。他们上了船，指示武诚出发的方向，是在那小小的荒岛偏北更远的一个岛子。武诚明白，这是去搜索"她"的伙伴，他在心里暗笑了。

船正驶到海洋中，那棉花塞住的长隙已沁了水，船渐渐地沉重，武诚早已觉得出来，他只低头缓缓地摇橹，直至水快到船面，敌人才发觉了。

"你的船漏水！"那个小队长说，他还不晓得情形的严重。

"我的是新船。"武诚仰着头向空中作答，像"她"那骄傲的样子。

"不好！"那小队长觉得有点不对劲。他忙揭起踏板一看，只见下面全是水。而船舷上一条长隙，水从那里突突冒进。他明白这已无法堵塞，不到五分钟船会沉下去的。小队长慌了手脚，他望望那些敌兵，都为一种死的震恐钉住在那里。

"你，你是奸细!"小队长掏出枪来对准武诚。

"我是中华民国的国民。"武诚记着那女子的答话。

"你们，共总多少人?"

"四万万五千万。"

"拍"的一声，那小队长的枪响了。武诚觉得胸前一阵剧痛，手中的橹掉了下来。在他向后倾倒的一刹那间，他看见他那一对年老的父母及年幼的妹妹在哭；他又看见那座荒坟里的女子在笑。随着这笑，他缥缈地飞向那小小的荒岛。

就在此时，那只满载着敌人的渔船，连同他们架在船头上的两架机关枪、一门小钢炮，渐渐下沉了。

海上起了一个大漩涡，接着几个敌兵在水面上挣扎，但这是在海洋中，离岸已太远了。海上继续的起了几个小漩涡，就恢复了它无边的沉静，只有那些绵延的岛屿像是永久的浸在日光中。

1943 年

作品评析

《荒岛上的故事》原载于 1943 年 5 月 25 日《世界学生》（第 2 卷第 5 期）。小说以抗日战争为背景，讲述了渔民抗暴的故事，当"抗战的情绪随着敌人的炮火燃烧于我国的沿海线，如烽火一般的炽烈"时，海岛的平静被打破了，岛上"浑沌的渔民"也逐渐燃起了爱国热情，谱写了一曲壮烈的爱国主义赞歌。岛民武诚用几年的积蓄买了一只新渔船，却在战乱中被敌人征发，用于屠杀岛屿周围的中国青年，从此他的骄傲变成了耻辱。在荒岛的沙滩上武诚不忍直视日军残杀无辜民众的场面，尤其那个被俘的女学生在刺刀面前的英雄气概触动了他的神经。武诚终于在几天后的一次行动中不再懦弱，勇敢地凿破船底，与日军同归于尽，这种崇高的民族气节与爱国主义精神可歌可泣。

整体上看，这篇小说表达了作者关注国家民族命运，感时忧国的现实主义情怀，迎合了当时社会救亡、民族解放的时代主题。其实，在抗战后期的国统区文学，由于国民党持续的白色恐怖，一些作家开始书写知识分子的精神苦闷与彷徨，失望、无助的情绪，并未很好地反映当时的社会主要矛盾与斗争，有的作品甚至有意迎合某些都市生活的庸俗趣味。而《荒岛上的故事》

明显没有随波逐流，而是从正面歌颂海岛民众与侵略者的英勇斗争，大处着眼，小处落笔，呼应了爱国与反侵略的主题，具有悲壮感人的力量，特别是武诚由逆来顺受到机智御敌的性格转变，在当时具有典型意义，丰富了战争时期的文学画卷。

▌海　恋

　　穆旦（1918—1977 年），原名查良铮，生于天津，祖籍浙江海宁，九叶诗派代表诗人。1929 年在南开中学读书时，穆旦对文学产生浓厚兴趣，开始诗歌创作，1935 年考入清华大学地质系，半年后改读外文系。抗战全面爆发后，随学校辗转于长沙、昆明等地，1940 年自西南联合大学毕业后留校任教。1949 年穆旦到芝加哥大学留学，归国后担任南开大学外文系副教授，1958 年受到政治迫害，1977 年因突发心脏病离世。他擅于把西方的现代主义与中国诗歌传统相结合，被称为中国现代诗歌第一人，其诗歌具有突出的象征性，其主要作品有诗集《探险队》《穆旦诗集》《旗》。

> 蓝天之漫游者，海的恋人，
> 给我们鱼，给我们水，给我们
> 燃起夜星的，疯狂的先导，
> 我们已为沉重的现实闭紧。
>
> 自由一如无迹的歌声，博大
> 占领万物，是欢乐之欢乐，
> 表现了一切而又归于无有，
> 我们却残留在微末的具形中。
>
> 比现实更真的梦，比水
> 更湿润的思想，在这里枯萎，
> 青色的魔，跳跃，从不休止，
> 路的创造者，无路的旅人。

从你的眼睛看见一切美景，
我们却因忧郁而更忧郁，
踏在脚下的太阳，未成形的
力量，我们丰富的无有，歌颂：

日以继夜，那白色的鸟的翱翔，
在知识以外，那山外的群山，
那我们不能拥有的，你已站在中心，
蓝天之漫游者，海的恋人！

1945 年

作品评析

《海恋》从时间上看，创作于抗战胜利前夕的 1945 年 4 月。文中虽没有描写大海具象，但"蓝天之漫游者，海的恋人"等话语的反复出现，同样传递着海的无涯、浪漫、自由等特征，其中深邃的意境更值得细细品味。有学者基于《圣经》与基督教文化对穆旦文学创作的影响，指出诗篇中海的恋人暗含的抒情主人公"你"是圣子耶稣的象征，据《四福音书》记载，复活升天后的耶稣，经常在加利利海附近走动，在海面上行走、平静风浪，这指的是他超越罪恶、死亡等一切难处后的救世行径，穆旦把这一情景想象为"蓝天之漫游者，海的恋人"，使其成为理想人格的化身，寄托着诗人对自由的追求与渴望。仔细推敲不难发现，《圣经》中也提到了耶稣行"五饼二鱼""从他腹中流出活水江河来"的神奇事迹，这恰好吻合了穆旦《海恋》中"给我们鱼，给我们水"的诗句，不仅带来富足的物质，还是"给我们燃起夜星的，疯狂的先导"，可惜"我们已为沉重的现实闭紧"。

作者接着借助对海的丰富想象阐释自由的话题，那是"博大占领万物"的，又是"一切而又归于无有"的，"一如无迹的歌声"，这种随心所欲的生存状态与现实的"闭紧""枯萎"形成对比，暗示理想与现实的对立。民族战争的历史语境下，人们难以超越现实的苦闷，只能"残留在微末的具形中"，甚至陷入"路的创造者"与"无路的旅人"之矛盾中不能自拔，像"踏在脚下的太阳"，是一股"未成形的力量"，看似"丰富"，实则"无有"。这种对照的表述隐喻着诗人渴望突破现实，追求自由无拘的生活，以及理想难以实现的焦灼。

从形式上看,《海恋》一共五节,结构完整,语言通俗易懂,但意蕴神秘、邈远,并借助《圣经》故事直涉现实,诗中"海的恋人""白色的鸟的翔翔"等意象象征自由,"青色的魔,跳跃,从不休止"是现实有悖理想后诗人心理活动与精神世界的写照,"从你的眼睛看见一切美景,我们却因忧郁而更忧郁","你"与"我们"、"美景"与"忧郁"的强烈反差,表达了作者对理想的不懈寻求以及对动荡不安的社会现实的不满。

▋海艳(节选)

无名氏(1917—2002 年),本名卜宁、卜宝南,又名卜乃夫,原籍江苏扬州,出生于江苏南京,中国现代文学史上的传奇作家。20 世纪 30 年代开始文学创作,擅长创作爱情题材小说,作品具有浪漫主义风格,《北极风情画》《塔里的女人》《海艳》等是其代表作。严家炎曾把无名氏的这些作品归入后期浪漫主义的范畴,认为其开创了小说创作的新境界,推进了小说的多样化发展。另外,《无名书》因对个体生命与人类终极命运的探索而成为现代文学史上的独特现象。

第一章

一

海幻着、亮着、梦着、蓝着,一片无极无限的蓝,蓝里面有船,有流动,有天空。白鸥在天蓝与海蓝间飞。黑燕在明蓝里翔舞。像一枝绣银箭镞,白色文鳐鱼突然斜冲出蓝波,嘌疾的掠波飞,斜斜曲曲的,展开长长胸鳍如鸟翼。鲜灿灿的阳光,投影于蓝色粼动里,无停休编织金色的花纹、流动的花朵、华光四闪的花圈。波面漩起蓝色的弧、金色的弧,一环环的、一匝匝的。所有波形都是海的梦容梦态,海藉波语呢喃梦呓。一圈圈涡形的大涟漪,陀螺式的毂转且旋舞,按照水分子的轨道,描画着海的圆运动,四射起金色的泡沫、蓝色的泡点、青色的水珠。银蓝色的鲱鱼在蓝水里游。蓝褐色的鳟鱼在蓝水里泅。一些神秘的微细动物浮露海面上,琉璃样透明。屈折的光色从海底簇升上来,弯弯迤迤的,海面显出许多同斜褶曲。海水温柔的相互摩擦,咸味渗透入蓝，也比例着蓝。蓝浪中糜漂着红色的海藻，绿色的褐色的海藻，它们像是海的一种幻想，聚散无定，时隐时显。海有着金色的绿色的褐色的幻想。海船似乎就在海的幻想里静静走。海现在无限纯净，无极圆圆的蓝，没有珊瑚礁，没有岩礁，没有岛屿、沙洲、矶岬、滨岸，一切明静而单一。它似变成一片大平原，一溜开遍非洲蓝色莲花的空间，人可以骑一匹白马，在上面永无休止的驰。绵亘无尽的蓝色平面上，投印了天空的颜色，天蓝与海蓝几乎分不清。海船四周银鸥，愈飞愈多了，一只只拍着白色翅膀，像一群白衣女尼羽化了，带着一种空灵与素净，一种只有修道院才能飘溢的超脱芳香。这是一个有七色太阳有单色蓝天的初夏上午。海早闭上眼，浑身舒散出梦中的蓝色情调，透明度浓浓的，水色淡淡的。白色海船遨游蓝海面，游得轻松极了，像一朵白色花飘在蓝天里，又似一轮白色月亮游泳于蓝云间。人意识内，很难分别船是走在海上，还是走在天上；是在水里，还是在云里。天海云水都溶成一片玉潋潋的蓝。

印蒂又站在大海面前。他终于又和它在一起了。

他兀立甲板上，凭着栏杆，深深凝望海。四近有人散步，有人看海，有人谈天，他们的声音和动作，形成一些复杂而不安的气球体，飘动于船头。但这些球丝毫不影响他。他整个情绪都贯注到海面。自从上船以后，他就把海当做一本圣经，从早翻到晚，几乎连整个邮船的存在全忘记了。他大半时间都消磨在甲板上，专一看海。看倦了，就闭上眼假寐。醒了，一睁开眼，到处是蓝。

海！这个魔迷的存在！伟大的存在！永远是一种汲不涸竭的智慧圣水！不断给他以启示和沉思！它给他最大的启示是：生命不只有暴风雨，也有美丽与和平！此刻，它就把这纯洁的和平捧给他，平静他那曾被暴风雨激荡起来的急促血流。这正是灵魂的两种界域：冲过暴风雨，灵魂必须静躺在和平牧场上。他目前心境，正像面前这片海静：厌倦暴风雨，厌倦血腥，厌倦那些火坑、陷阱、丑恶、污秽，以及那些凶厉的面孔。他唯一渴望的，只是一点圣洁、一点美、一点梦：不折不扣毫不掺杂任何相反材料的梦。生命绝不是独断的教条，也不是长长法官席上的铃声，也不是粗暴的武当拳，或文雅的太极拳，更不是要窒死人的那些狂乱吼声。生命只是一点不穿任何外衣的美，一种不围任何裙子的静。在这片永生的美和静里，任何虚幻假托全不存在，也毫无必要。也只有藉这种永生的事物，才能斫掉那些肮脏的手，那些卑污的树。目前这个人间，总算伸出漆黑一片的手，它们斫掉一棵漆黑的树，却又栽两棵，斫了两株，却又栽了四株，斫伐者黑眼里一片昏花，再分不清那原先所定的界限。他有什么理由再去挤到他们中间，做一个终生看不见真天空真云彩的黑暗斫伐手？真天空真云彩这时不正在他面前？凑热闹挤在大黑暗森林内的人，哪里能看得见这些？他所有要求于生命的，此刻不都出现了？宽大、自由、平静、美丽？过去十年暴风雨抵不上眼前一点钟、一刻钟，甚至一分钟、一秒钟！这一种和平与美，对他是一派绝对陌生的世界。那些在血里面吼叫的人，始终唾弃这个世界，但他们被污血弄歪扭了的思想，不正需要这个世界的纯净加以扭正？他们那些被鲜血染模糊了的眼睛，不正需要一点海水洗干净？血，特别是模糊复杂的血，并不是真理的唯一大律师。真理的律师太多太多了。人没有理由拥抱这个律师，踢走别的所有律师！

在现实政治斗争中，他多年所求不到的绝对，此刻，他在一秒钟内就求得了。在海的面前，再没有手段、怀疑、猜忌、阴谋、诬陷、卑劣、残忍。这里，只有一个绝对完整的表现：它诱惑人无条件活下去，召唤人绝对向永生走，往生命最深点走。这时候，人不再感到生命的粗硬，会用一种感激的情绪，交付出自己的一切！

"啊！海！我感谢你！你告诉我生命中最高的部分！今后，我要接受你的思想，用一个崭新的观点来看世界、看宇宙！……"

印蒂思想改变，绝不是一种偶然。自从到南洋 S 埠后，他的生活就划了一条新的红线。半年来，在南洋群岛，由于那些高高的椰子树，阳光和海水，由于长长的平平的海岸，以及热带的赤裸裸的气氛，他的精神进入一片新领域。极度人间的阴暗，被南洋的阳光照亮了。极度凝定的郁闷，被南洋海水冲掉了。在这些簪插着原始素朴的岛屿上，人的复杂思想感情渐渐统一起来。那双因日光而分外明亮的眼睛，慢慢瞥见人类的原始根源，以及一些在骚嚣社会所看不见的东西。人可以听到一种充满永恒音符的单纯曲调。他开始感到：这些岛上许多由阳光和海水编织的存在，应该带入那地狱式的人间去，带到那些除了血再不知别的存在的人群中。

印蒂本打算卜居南洋一个长时期，林郁也希望他这样。可是，他过去那段灾祸，似乎还没有唱完，居然在南洋出现一支尾声。当地有人告发，说他是共产党，负有秘密使命来此，并举他在光明报所发表的一些专论为例。在这些文章里，他积习难除，依旧用新兴社会科学观点来分析许多国际问题，对大英帝国照例怀着深度的憎恶和轻视。历史性的政治纠葛，再加上反英（二者实一），他被当局驱逐了，几乎连累光明报也要停刊。林郁颇气愤，决定向报馆董事会辞职，但因为一些交代手续和杂务，他还得多住一两个月，印蒂便先回国。印蒂知道：这一套把戏，是某党驻 S 埠支部在闹鬼。按他过去脾气，他应当愤怒极了，但他只付之一笑，认为是一场很滑稽的无妄之灾。加之母亲不时来信，提醒他去年所答应的旅行限期（不超过半年），他决定提前离开南洋。这次回国，他还带着点另外计划：打算在家中住一段时期后，就找一个山明水秀的风景区，好好过一点诗意生活。他打算修正柏拉图的论调：不仅要写诗，也要活在诗里。照他现在看来，这个世界，实在比他过去所感到的要大得多，大得正像他面前的海。在海里，一个人可以泅泳、可以看云、可以钓鱼、可以泛舟，也可以躺卧海滩上晒太阳。人的手足是自由的，它们尽可表现自己所愿表现的姿态。

印蒂在甲板上来回闲踱，一种说不出的欢乐情绪裹住他。他被海整个抓住了。海实在是一座不可思议的渊，它剥掉人所有肉体空间，却又填满他全部精神空间。在这片蓝色无限里，印蒂整个实体化成一片空灵。他每一条血流都往这片蓝流去。他瞳孔中每一粒水晶分子，全溶入无限。无限渗透他，像湖水渗透苔草。他的手足不再是摸触体，而是呼吸体，一毫最微细的动弹，就能深呼吸到无限的浓氛。他极沉重的自我存在，也凝成无限的一粒细胞。他自己彻底空了，只剩下沙粒一点大的胶状意识，隐隐能联系外界的最后媒介。在这片生命母体的蓝色中，他整个心灵扩大了。海强调了他的巨大拥抱力。从此他更喜爱拥抱了。海用蓝用音告诉他：生命最高的力量是大拥抱；他必须从中深味宇宙，了解世间。一双从未拥抱过的臂膀，只是残废的朽枝。

海也是一种生物，专门制造且描画无限的生物。它以蓝、以圆、以流来描绘。它把无限涂糅上太阳的金，又抹上风的痕迹，再掺杂天空的投影。这是一个宇宙以外的生物，它藉蓝表现它的青春，藉黑显示它的深度，藉暴风雨抒发它平日所埋葬的另一面。只有尊敬这个生物，我们才能咀透人性最底面，把握住生命的真实手臂。

印蒂怀着酒徒情绪，凝立大海面前。他睁着酒徒的眸子，了望它。世界上最伟大的酒，是海，但习惯喝它的人并不多。他勉励自己：必须养成这一嗜好。只有这一嗜好深切固执化了，他所有疯疾才能根治。他不须上西天找金丹，药就在他身边。他眼睛像两片饕餮的嘴唇，无餍的啜吮这片蓝色的药酒。渐渐的，海的不死感觉渗透他。他确信这个世界真有不死的存在。

二

夜晚来了，月亮从海平面升起，像一株银色火，又冷静，又精炼。海上立刻釉了层魔祟色彩。整个大海幻成个妖娆的女巫，抖动着罗可可式的蛊惑，引诱人投向她，虽然这只是投向危险。白色睡莲花，无数千万朵，恍恍惚惚，梦样招展于海体。月光把海造成一座白色花苑、一派花式的海。适应海面水分子圆运动、椭圆运动和水平运动，这一大片白花作圆舞蹈，拍着缓静的节奏。对照海上一汪玉白，天穹一片深蓝，蓝中又一片透明：是星斗。天和海似乎本只是一种存在体，一个无穷无限的巨大蛤蜊，忽然张开来，上面蓝，下面银。

在蓝和银的界限内，轻驰着亚热带海风，像麋鹿，敏捷而温柔，带点咸味。当海风由微骋转为缭绕时，渐渐的，月光也染了点咸味；那片乳白色，不只冲入人的眼帘，也钻入他的唇舌。

这样的海上月夜，印蒂常不想睡。所有搭客都休息了，他却独自走出舱室，静悄悄的，沿吊梯爬上船顶，踱到一只白色救生艇旁边，坐在一只白色帆布椅上，独自享受海。夜里看海，他愿意爬上船顶，不愿站在甲板上、栏杆边，有两个理由。第一，甲板四通八达，经常有旅客散步，容易碰见人。船顶比较幽僻，除水手外，平常闲人较少，夜深时，一片孤寂弥漫一切，他可以孤独的留在这儿。也只有在这种绝对孤独中，他才能绝对占有当前一切景色。第二，要整个拥抱这样的月夜和海景，一个人与蓝天之间，必须毫无阻物，感觉自己与纯洁空间赤裸裸联成一片。因此，只有赤裸裸直接站或坐在蓝天下，前后左右，几乎一片光荡，他才能深深走入海和月光里。站在甲板上，凭栏观看月夜海景，好像戴了副铁手套和爱人握手，不是味道。

基于上面两层理由，他一上船，从第一个月夜起，每夜都攀登船顶消磨许久。

今夜，他又踏上船顶。可是，刚一站定，一个充满预感的现象立刻又抓住他。他不禁吃了一惊，愕然道：

"啊，怎么又是她?"

是的，正是她！这是第三次了。真有点鬼气。

印蒂欣赏月下海景，加了两个前提，总算设想圆全，但从第一夜起，他就发现：这只是一个半圆。靠船首无线电天线下，隐隐的，居然有一个白色形体。他当时全副心思，都贯入海色，并未去仔细追究。昨晚，他再来时，才觉得这个"半圆"、真是注定了。靠船首确有一个人。不只是个"人"，并且，（经他详细观察后）还是个女人。这一夜，他仍凝神看海，并不去理会。他想，海是大的，容得起各种眸子，各有各的海缘，以及看海理由，……可是，今夜，这是第三夜了，他又邂逅她。他再不能无动于衷了。他两眼像是挂上钓钩的鱼，不时被一股力量从海内拖扯开去。他仔细端详了几次。她面对海，他看不见她的脸。她唯一的符号，只是那点白：一片白色装束。她整个人似乎深深沉入海里，海以外的存在，对她只是一个零。船顶装镶着厚厚橡胶，人走在上面，并没有脚步声，他又是坐在机舱顶篷附近，她根本就没有察觉他的存在。

印蒂对那白色存在望了一会，视线终于回到海面，让自己思想坠入海底。渐渐的，一些幻想灿灿烂烂飘起来。他面前似乎并不是海，而是大卷大卷的雪，露洒晃曜，闪烁了深夜，也代替了它。这丰饶的雪景簇新而普洽，把世界改造成一个高的世界、晶的世界，晶晶亮亮中一片谧静。这种静正是月光的特色，却分外豪华的在海体上表现了。沉重的机轮声轧轧响，比照的更夸张了这静。海现在好像并不用一种美来俘虏他，而是藉一种静来捕捉他。海，一个狂暴的精灵，这时却又白又静，像意大利云母石一样温柔，且带着点肉感，又迷人，又黏人，他实在无法抵抗。他不禁深深沉进去，几乎要发出一种呻吟。

不知沉了多久，无限白静中，偶转头，他又遇见船首那片白色存在。真奇怪，它竟像这片海静一样感动他。在这样的月光下，海水上，静夜里，那女人即使是一块冰冷岩石，也会发生一种挑逗意味，一种热力。

他禁不住一阵颤栗，那女人似乎突然从他身外冲入他身内。他附近实在潜存着一片异样力量。他开始敏感到它的蔓延性和侵渍性。"难道竟会发生一点事情吗？"他预感式的想。他沉思了。这一预感并不缺少理由：一片白色的海，一朵白色的夜，一个白色的女人，这三者联串起来，就够发生一点事了。

他正式转过头，向她那面望去。巧极了，不知道由于什么灵感，她仿佛忽然发觉他，也转过头，开始打算辨识他。但她只斜偏了点脸，并不正对他，因此，他只能看到她的侧面，抓不住她整个脸轮廓。她斜过脸，一发现他在正式端相她，立刻又转回首。

他没有看清她的脸，并不失望，却往她那一方迈了几步，仔细端相她的形体。她穿一袭西式长袍子，是透明的丝质。它似乎有无限长，无限白，把她本就修长的身材，衬映得更苗条了，她像雅典神庙一根白大理石圆柱，华贵而和谐。她繁茂的幽黑卷发，长长的散披在双肩上，随风飘舞，给人一种大森林感觉。她整个人似乎就是太古大森林产物，只由于一阵偶然海风，才从神秘浓荫核心吹出来，吹飘到海上。她全部姿态，就是一种飘，一种袅，一种升腾，在飘袅升腾中，却又不缺少奇异的雕塑式的华严。人对她望久了，不仅被唤起无限飞飘升腾的欲念，同样也会唤起一种渴望庄严的欲念。

印蒂还没有看完，迅速转过脸，面临大海，喘了口气，如释重负。一个警告在他心里响："这个姿态是一种危险！"一点也不错，对于男人，这种姿态，常会发展成一种谋害。假如说海流和海蓝能泄漏海的秘密，一个女人内心所藏的珠宝钻石，也会透过形象姿态而放光。他刚才的短短了望，很像圣徒朝拜科隆大教堂，无须踏上石阶，登堂入殿，只要远远望一眼那高高飞腾的哥特式塔尖，就可以直觉肯定：堂内会蕴藏无量数更飞腾的存在。这也许是一种命定：有怎样的姿态，就会有怎样的脸，怎样的心灵！他不敢再联想下去。

约莫有二十分钟左右。他静静观海，不再转首。

不久，一个古怪念头又升起来，他忍不住又回过头，向她那边眺去。才一转首，他吃了一惊，她也正转脸端相他，像一阵电光石火，四只眼睛碰擦了。她怔怔瞪了他几秒钟，立刻又转过脸。这刹那间，他获得了这个年轻女人的全部脸轮廓。

他喘了口气，闭上眼：这正是一副叫他感到生命残酷的脸，一副使人在第一眼就想停止呼吸的脸，一张过一百万年也不会忘记的脸。

在白色月光的刺绣下，这年轻女人象牙黑的眼睛里，闪着三种颜色：深沉、黑暗、明亮。她脸上交替着三种情调：印度红玛瑙、北极的雪、波斯的古岩窟。她面庞是一片天空，盛夏白云闪亮时的白色天穹，上面出现几种古希腊造型产物：高高的鼻子，弯曲的薄薄红唇，弧形的颊，以及一些像海上气候一样不可捉摸的弯秘线条和光影。她充满雕塑感的脸轮廓，不过是一种透明薄幕，穿过它，一双犀利眼睛，可以直入幕后，捕捉住那极丰茂的灵幻存在。人不难发现，她深深蕴藏着的整个精神状态、似一场古代鼙舞，涵蓄着无穷的婆娑和迂回，无量数的波浪节奏与旋律，以及一些能拯救人也能毁灭人的事物。

这是一个磁极式的女人。从第一个刹那，人就可以由她灼热眼睛里，体味到她内在的一股神异旋动力。她所有姿态与动作，不只是一种立体形象线条，而是从她核心深处旋滚出来的有机产物。这是一个懂得建立核心并表现核心的女人。和她在一起，你很容易被重重缠裹在一座深沉氛围里，你会感到：你四周汹涌起一圈圈魔祟的晕。在这一层渗透性的晕光中，你经常用的那杆天秤粉碎了，代替的是一片深湛的感觉惰性。由这惰性绵延之流，你觉得整个世界换了副脸；极异样，又极诱惑。这种女人所给人的印象，永远是刑罚式的烙印，一次烙上，一辈子别再想揭开。不同的是，由于年龄，她魔力的调子还带着口哨味和笛味，并非地狱式的沉重。一双江湖老眼可能贯穿透她浑身浓烈色彩，看到一片新鲜而朴素的内层。但印蒂的经验却不许他这样敏感，他给她浑身那片油彩眩昏了。

读（不是看）完这个女人的脸，印蒂像活完了一个世纪，一种异样长长的感觉沁透他。紧接着是他内心的喊声：我的旧世纪也完了，一个新世纪来了。

船幽幽前进。驾月光，骑波浪。船尾处曳起一阵宏壮涛声，像一些轮滚体，在月光里无停休回旋。海裸出银色胴体，弧形味的扭摆着，好像月亮就是她的情人,她要整个委身给他。一簇簇银质光辉燿烩于波顶上、波谷内,所有波面砌成一些风信子石编织的羽扇,灿焕挥动。一些夜光虫在夜空里飞。天空愈益蓝静了。

瞧着海上月光,印蒂说不出的觉得异样难堪。

他决定向船首走去,打算再仔细看看。

可是,他才走不几步,那个白色女人似乎敏感到什么,陡然绕了个圈子,轻轻走向吊梯,消失在楼梯口。

当她向吊梯走去时,远远的,印蒂不断端相她的背影。她走路的姿态实在动人,好像一个在天堂里寻找上帝的圣女,步态又庄严,又虔诚,仿佛每一步都代表一种高贵的思想,一团高贵的感情。

这一晚,印蒂回到舱内,第一次失眠。

他躺在床上,默想着一些从未想过的事。

三

这是第四个夜。印蒂第四次踏上船顶,大月光,享受海,和夜。

海非常静,静得像入了禅定。海水充满禅味。青色波浪上下运动,并不牵累海底流,只浅浅影响海平面,叫海面添了一层华尔滋的温柔情调。海仿佛也能自我欣赏,它懂得:只有这种青色的月夜,才能表现它圣幻的一面。因此,它伏贴极了,除了船首船尾,再没有冲流和急浪,更没有逆涛。到处是轻浅的濑波涡漩着。青色的月,比昨夜丰满,也更幽魅了。随海上"漂流",它的光也四处浮漂。无量数青色投影,弯弯曲曲的、幽幽丽丽的,随波纹抖颤,好像是冠在乐谱前面的无穷 $\oint$ 符号,征兆音乐家的无限灵想和幻感。亚热带天空的星斗似乎分外明,长长长长的直垂下来,和波浪上这许多青色 $\oint$ 形联成一片。几只海鸟从月光里飞出来,又远远消失在月光中。青色波浪中,一两条银色飞鱼惊跳着,仿佛遭了个梦魇,从梦里惊醒了。鱼跃处,偶有一簇簇黑色海藻飘浮,像一绺少女黑发,黑暗而情感的点缀水面。这是一个青色的夜,青色的海。海和夜都变成一种音乐符号,昭象无极青春的绵延,无边的青色神秘。一座青色的天,一片青色的月光,一汪青色的海。在这样广泛的青色背景下,整个世界不再是造型的了,而是一种最最简单的,几乎等于无形的形:雾形。一个雾形的世界!世界的颜色,也正像一个西班牙修女薄暮倚窗时半睁半阖的梦眼的色泽:那种介于透明和阴暗之间的颜色。在这样一片幽魅朦胧的天地中,人活着,像烟、像树叶子,生命是一种静静袅溢的烟气、一种静止的树叶。一人像变成一种氤氲体。人和人的关系，也正似一片烟溶于另一片烟。

印蒂沿那艘白色救生艇边散步，内心充满了四周的玄秘情调。他仿佛在梦中大雾里走，松柔极了，说不出的一种比云彩还温馨的青色笼罩着他。那片青雾给予他的感觉并不复杂，他只有一个感觉：他像一团云彩，轻轻蠕飘。万千动态都默寂了，所有生命线条和形象全单一化了：化成一片橄榄体。一切色彩也泯没了，只溶成一片不透明的柔青。他就走在这青里。他自己就是一片较深浓的青，一团较沉重的雾。他无思想无意志的飘着，情绪像岚霭一样的美丽而轻松。似乎并不是他在活动，而是他的感情在动。不是他在走，在呼吸，而是他的感情在走，在呼吸。他轻烟样的飘来荡去，一种并不深沉却很神秘的美浸透了他。

印蒂散步了许久，停下来，向船首望去，那里几乎空荡荡的一片。那株白色植物竟没有出现。他微微感到惊讶。

他今天来得特别早，原想早点邂逅那白衣女人。他要端相她怎样出现于吊梯口，怎样婷婷向船首走去，又怎样立定了，看海。他初到时，好几个海员还在吹海风，十点钟左右，他们才纷纷散去，又剩下他一人。他对船首又投了一瞥，暗暗纳罕："今夜她难道不来了吗？"

这个神秘的月夜，缺少了她那点白，好像名贵磁器缺少了一点重要的花饰。今夜的海，正是一件淡青磁器，精致极了，可是，没有她那朵花饰，依旧是一个未完成品。海需要她来完成。月夜也需要她来完成。

他来回踱着。时间过去了。他渐渐局促不安。当一个人被一种希望所影响时，时间常是一种制造不安的因素。

正当他孤独散步，微微不安时，远远的，在吊梯口，一枝白色形体影绰绰的出现了。

印蒂停下步，眼睛矢镞样射去。才射出不久，他又觉得不妥，连忙掉转脸，面向船尾，和她方向正相反，好避免她的注意。

那个白色形体，离开吊梯后，向四面端相了相，似乎不仅"知"觉他存在，也"感"觉他存在。她在烟囱附近立了几秒钟，好像有所踌躇，终于，慢慢的，一步步的，向船首走去，仍在她前几夜的位置上站定了。四周的综合海貌和月貌，已形成一种奇异力量，极顽强的进攻她，不仅要抓牢她的脚步，也要抓紧她的思想。正由于这一威胁和蛊惑，渐渐的，她思想里的最后一抹阴影也给剥掉了。

印蒂也停止散步，靠那只白色救生艇旁边站定了，低头瞧几只长喙鱼从海波内惊跳起来。瞧着瞧着，他心头产生一个决定。

大约有半点钟，估计她整个沉迷于海色了，印蒂悄悄走过去，离她约莫两三步远，他站定了，平静而自然的问道：

"对不起，小姐，我能不能请教您一个问题？"他的平静与自然中，含蓄着一种适当的坚持。

他的音籁把她拖出梦幻。下意识的，她感到点惊骇，不由向后退了一步。但旋即、他的安定态度传染她，她也安定下来。不一会，她又向前迈进一步，恢复原先步位，眼睛并不看他，带了点决心，轻轻点点头：

"可以。"

他转了转身子，正式面对她，带着点严肃，大大方方的道：

"小姐，我所提的问题很简单：您为什么这样沉迷在海里呢？"

她并不看他，却轻轻道："一个人爱海，特别是月夜里的海，似乎并不需要什么理由。"

"是的，一个人爱海，本不需要理由。"他沉吟了一下，"不过，当一个人用耽溺于海洛因吗啡的吸毒态度来对付大海时，这里面却有点较沉重而奇异的因素了，我很希望知道这点沉重和奇异，您愿意满足我这份好奇么？"

她微微掠他一眼，冷静的道："先生，您为什么要求我这样做？"声音突然透了点严厉："请问，您有什么理由要求我这样做？"

他的语调低沉下来："对不起，小姐，我不敢要求您这样做。——我只是希望、恳请，——"说到这里，他提高声音，滔滔不绝的流泻起来："小姐，这真是一个奇迹！有生以来，我从未看见一个站在海边的人，具有您这样一副神态：一种拿整个身体和灵魂交给另一种存在的神态！这神态似乎是海的天然一部分，和海景一样，令人感动。我不知道是您看海，还是海看您。我把您当作一种'海上现象'，一种'白色现象'。发现了这个'现象'，像一个赤道画家，突然被送上西藏高原，前后左右都是白色雪峰，他惊奇极了，也狂喜极了，几乎站不住脚跟；因为，他平生第一次发现了一个从未遭遇过的绝对美艳的世界！也就是这种能叫人站不住的惊奇，鞭策我冲到您面前，提出上面那点希望和恳求。——"

他的话声似乎产生一点力量，它扭转她的脸。她第一次正式面对他，带着点诧异，睁着那双象牙黑的深沉大眼睛，上下搜索他一次。接着，她又转过头，面对大海，并不望他，却用一种并不影响她看海时的和谐的自然情态轻轻道：

"先生，我愿意满足您这点好奇。我欢喜海的理由很简单：只因为我内心有点古怪东西固执的要放射出来，只有和海在一起，我这点放射才能有适当的寄托。"

他对她详细望了一下，仿佛面对一幅文艺复兴时期名画，要把它印入自己灵魂深处，接着，带着完成一种工程的态度，沉静而自然的道：

"谢谢。现在我很满足了。——再会！"

"再会。"她并不转头。

他悄悄走升，仍返回白色救生艇那一边，站了约莫一点钟，才回舱室。他下吊楼时，那白色少女还婷立于船首。

1947 年

> **作品评析**

本文节选自《无名书》第 2 卷《海艳》，最早在 1947 年由上海真善美图书出版公司出版，曾在文坛引起强烈反响，严家炎认为这是《无名书》乃至无名氏所有作品中最好的一部。小说主要讲述了印蒂与瞿萦之间凄美、浪漫的爱情故事，作品中多次出现的海的意象营造出意蕴深厚的审美空间，成为生命意识与美好爱情的象征。作品第一章以印蒂从南洋归来途中的经历为背景，也是海的景象第一次出现的地方，故事先聚焦于一片幻着、亮着、梦着、蓝着的无极无限的海上空间，然后镜头由远及近转向邮轮上的人物印蒂，他本可以在南洋多居留一段时间，但因政治纠葛被当局驱逐，只能提前离开。归国途中印蒂再次感受到了海的魅力与伟大，他被变幻无穷的海紧紧抓住，并被填满了整个精神世界，海波、海水、海藻像海的梦容梦态，在天蓝与海蓝之间自由飞翔的白鸥、种类繁多的鱼类等物象使大海显得丰饶多姿，蕴藏着多元的象征意义。其中海的纯净与现实生活中的手段、怀疑、猜忌、阴谋、诬陷、卑劣、残忍形成鲜明对比，印蒂厌倦了革命的暴力与血腥，想要在海上寻找生命的美丽与平和，走出阴影，迈向新的生活状态。之后印蒂在海夜甲板上数次邂逅瞿萦，这里的海既是他们对话的背景，又象征着女子和谐、安静的性格特征，作者甚至幻想着"白色的海""白色的夜""白色的女子"融为一体的景象。

小说第一章用很大篇幅描写月夜海景，静得像入了禅定，连海水都有了禅味，青色的海与夜变成一种音乐符号，这是青春的绵延。与之交相呼应的是作者对瞿萦看海时的神态描写，她是那么和谐自然，身体与灵魂早已成为海的一部分，同美丽的海景一样感人，构成浪漫的"海上现象"。"今夜的海，正是一件淡青磁器，精致极了，可是，没有她那朵花饰，依旧是一个未完成品"，这样的比喻达到了情、景、人交融互照的审美效果。瞿萦谈到自己沉迷于海的原因是"内心有点古怪东西固执的要放射出来，只有和海在一起，我这点放射才能有适当的寄托"，言语中流露出海的"力"之美，以及女子丰富而又微妙的精神世界，这不断激起印蒂的好奇心，为下文两人感情的发展埋下伏笔。整体上看，海是美好人性的隐喻，是爱与美的写照，且具有抚慰人们心底创伤的无限力量，使人敬畏。

当代海洋文学作品

东山岛

王愿坚（1929—1991 年），山东诸城人。1944 年参加革命工作，曾在部队做宣传工作。1952 年任《解放军文艺》编辑，1953 年开始小说创作，1956—1966 年参与《星火燎原》的编辑工作。1978 年任八一电影制片厂编剧、文学部主任，解放军艺术学院艺术系（作家班）主任。主要作品有《党费》《粮食的故事》《普通劳动者》《足迹》《路标》《妈妈》《灯光》等，1974 年与李心田、陆柱国等人共同创作了电影文学剧本《闪闪的红星》。

决　心

就在盛暑的七月里，东南海岛的夜也是非常凉爽的，夹杂着咸味的海风，像被什么推着似的灌进小楼里来，帐子被吹起多高，壁上的地图被风灌得一鼓一鼓的。这样的环境，人只要一躺下就会马上睡熟的。

但是团长游梅耀却没有一丝困意，他的心被刚到的一份"敌情通报"吸引着。这一带海防情况显然是紧张的：敌人在本岛附近的海上掳了一队渔船，抓去了几个渔民；最近敌机不断在这里低空侦察；敌舰在近海面活动；金门的敌人在调动；……这些，综合分析起来，就是敌人企图袭扰我海防的迹象。他翻着通报，在重要的地方打上几个记号，伸手拔起桌上的蜡烛头，走到地图近前去：他需要进一步分析敌人可能的动向。

地图还很新，只是右下角的一块旧的厉害，那是一个紧靠大陆的海岛，像一个剪得不很整齐的斜长五角星；在那上面歪歪地排着三个字：东山岛。

从地图上可以看得很清楚，东山岛紧靠着大陆，突出在粤、闽交界的海面上，像谁故意把它放在海里去似的。这是祖国东南沿海有数的大岛之一，它有一百六十多平方公里，七万多人口。由于它正当闽粤海上交通要道，面对着蒋贼盘踞着的台湾，就成了祖国海防重要的前哨阵地。游梅耀和他的边防团就守卫在这里。

蜡烛的火苗不停地跳着。游梅耀凑近地图，眯细着眼，仔细地注视着地图上各色各样的标记。他这样端详着地图已经不知多少次了。在他看来，这已经不再是标志着作战方案的箭头，或者表示交通沟、火力点、地下工事等各种的符号，而是整个岛屿。一些平常的标志，他看来就是经过长期设防的坚固的海防工事。他仿佛看见，哨兵正在海边上、山头上、在这些繁密的工事近旁巡逻；他仿佛看见尚未值哨的战士正在睡着，旁边放着手榴弹袋和备战干粮。他们也许还不知道他所了解的这些紧张情况，但是一声号令，他们就会按既定的作战方案进入阵地。他看一看地图，又看一阵通报，叉斗于掌，向台湾、金门方向量过去。

"报告！"机要员急促地走进来，递给他一份电报。

这是海防指挥部拍来的急电："……敌舰大小十余艘，自金门出动，有进犯东山模样，命令你团……"

游团长点点头，又把东山到金门的距离量了一遍，蓦地回转身，向值班参谋说："通知前沿观察所注意观察，有情况马上报告！"自己抓着电报走到桌前，他需要独个儿想想。按照敌人军舰前进的速度计算，几个钟头之后，一场战斗就要在他面前展开了。敌情虽然还没有最后查明，但可以肯定，大小十余艘舰艇决不是小的偷袭。这样的敌我对比，依据上级的指示，采取什么样的具体措施是正确的呢？

他仔细地思索着在海防战备中拟定的各种战斗方案。这些战斗方案都是依据可能发生的敌情、经过周密研究制定的。现在情况到来了，这要求他迅速下达决心。这会，要是政治委员在有多好呵，但政委不在家，参谋长又在后方指挥所，现在，整个岛的战斗要他一个人担起来。

他又一把抓起电报，清楚的字迹跃在纸上："命令你团……"他久久盯着上级的指令，脑子里浮上了整个海防的面貌：祖国的海防线就像一个其大无比的机器，不管哪里动起来，整个海防就会全部动起来——都会来支持这个战斗的。

"对，节节阻击，坚守主阵地，协同增援部队歼灭敌人！"他抓起笔来，起草给上级指挥员的电报。他报告了自己的作战方案，最后，他写道："我们保证，坚守到明天！"在写这沉重的几句话时，他略略迟疑了一下，论坚守，他相信时间还会展长些，但海岛作战的情况是复杂的，他宁愿把最坏的可能估计在内。

电报迅速发出去了，游团长果断地向参谋下达命令：

"通知各营立即起床，准备战斗！战斗发起之后，各部节节阻击，杀伤敌人，一定时机转入既定的主阵地！"

"通知县政府，立即组织党、政机关和各企业部门干部，由八尺门渡口撤退！"

参谋把命令传达下去，游团长抓起耳机，亲自和八尺门渡口水兵连连长讲话。因为在他整个作战方案中，八尺门渡口有着特殊的意义。

"你是王连长吗？……立即准备船只，把政府人员渡过海去。八尺门的重要你是知道的，敌人为了抢占它，什么手段都会使出来的。不管什么情况，我要你守住码头，保护住船只！有什么情况及时向我报告！"

"是……"电话听筒里传来水兵连连长复诵命令的声音。

八尺门

八尺门是东山岛与大陆联系的主要渡口，名字叫做八尺门，实际上却是一道宽达数百公尺的海峡。四点多钟了，正是涨潮的时候，从大海面上吹来的风，被两块高地一夹，起劲地推着海浪，哗哗的响。渡口上的船只，有的已经离岸，有的还在马达声里颤抖着，最后撤离岛子的一批政府人员已经上船了。

水兵连连长王德才急匆匆地走出后林村，向码头跑去，心里还在想着刚才电话里接到的命令。步兵团长亲自下达命令，这就说明任务是特别重要的，根据这个命令，他的连队必须担负起保卫码头和水上运输的水陆双重任务。他组织部队运输，自己则在码头与村庄之间这一里之隔的公路上来回检查，掌握情况。现在，他到码头去已是第三趟。夏天，天亮得早，东方海面上已经泛起日出之前的朝霞了。

正走着，突然听到一阵低沉的马达声，十七架敌机擦着山顶偷偷地掠过来，来的是那么突然，王德才刚抬起头来看时，飞机已经在码头上空兜起圈子了。王德才心里一惊："不好，八成是要炸码头！"但敌机并没有像他预料的那样向码头俯冲，却越飞越低，转了两圈之后，为头的那架把翅膀一偏，屁股上撒出了一股白烟，接着后面的敌机也把同样的烟圈一串串的撒下来。风一吹，烟圈散开了，变成了一簇簇白点，白点越下降越清楚：是人。

直到这时，王德才才弄明白，敌人使用伞兵了。他嫌恶的吐了口唾沫，骂道："他奶奶的，连看家的本事也使出来了！"连忙跑到码头上。战士们都下船了，码头上一个战斗人员也没有，副连长只带着几个军械员、油料员跑过来。王德才喊了声："都跟我来！"一气跑到连守卫的仓库，拉出了四挺轻机枪，靠到码头上面的围墙根上，向正在降落的伞兵打起来。

王德才一面射击，一面打量着自己的处境：光秃秃的一条海岸上，唯一可以利用的地形就是这块破围墙了，虽然孤立些，但却紧靠着码头，而且那厚实的墙根，那斑剥的大石碑，都是很好的天然工事。前几天，因放置营建器材的需要，他还想把它拆掉的。为了弄清是谁的地方，他曾亲自调查过，村里唯一上了年纪的林老爹告诉他，这是三百多年前，戚继光打倭寇时筑的寨子，一百多年前本地农民林美园起义时，也修过它。不知怎的，王德才这会儿忽然想起林老爹说的那句话来："别看它破烂了，老辈人说，当年日本鬼子从海上来，在这里死的一片一片的。"现在，美国鬼子亲自指挥、训练的飞贼从天上来了，他又在这里打他们了。对这历史上的巧合，他感到十分快意，他平端着机枪，一梭子，又一梭子……

正在降落的敌人，被这几挺机枪一打，降的已不像开始那样有秩序了，东一堆，西一簇，像下饺子似的零乱地落着。可以看见，降落伞是五颜六色的，挂在白伞上的是人，都背着枪，忙乱地拉着伞带；花伞上挂着些不是人形的东西，似乎是重火器和弹药。不少伞已经落地了，伞兵在七手八脚地解开伞，往山头上跑；早到山头的敌人已经开始射击了；还有一些降下来就不再动弹，大概在空中就被打死了，只有背后长长的白伞被风吹得一飘一飘的。王德才竭力从这杂乱的伞群里计算敌人的数量，当他思索出这伙敌人的全貌时，不由得暗暗地想：摆在他面前的，足足有二百多个伞兵，降下的轻重火器也大大超过了一个步兵连的装备，很明显，敌人是想用这突然手段来抢占码头，封锁渡口；而这些在兵力上、火力上都占优势的敌人集结好了之后扑过来，码头就危险了。

正在这时，副连长爬过来了，他一只胳膊负伤了，用另一只手握着伤口，急乎乎地说："不行，敌人要抢码头，得想想办法！"

王德才掏出刀子，挑开副连长的袖子，从墙外拉了块降落伞布给他包好，说："以我们的力量，歼灭这伙伞兵是有困难的，我决定集中力量守码头。船马上回来了，你下去，把船上的战斗人员组织起来，一支放在海边警卫船只，一支指定一排长带过来，我们坚持到增援部队……"

话还没完，"吭"一发六〇炮弹在围墙上爆炸了，山头上敌人二十多挺美式轻重两用机枪、十多门六〇炮一齐向围墙开火了。在甘蔗田边上，在红薯地里，穿着黄绿色衣服的伞兵像一大群青蛙，一蹦一跳的窜过来。但却并不正面攻围墙，一路插向海边，一路直扑后林村。"来了！"王德才用力把副连长推了一把，"快去执行，堵住敌人！"

王德才目送副连长爬下海崖，顺眼望了望海面。往回返的船只才走到中途，海面已经被敌人封锁了，子弹、炮弹雨点似的往海面上打，冲起的浪花连船也看不清了，碰到礁石上、船舷上的子弹，迸起一串串的火星。"不行，船被阻住了！"王德才想道，"是不是该跳出阵地去抢救码头呢？还是坚守滩头阵地呢？……"他正在琢磨着，忽然，走在头里的一只船迎着弹雨向岸上猛冲过来，它走的是那么快，以致连船上的号码都看不清楚。那船在接近岸边的时候，并不直向码头，却迎着敌人的来路冲去。在船浅住了之后，有三个战士一齐跃进齐胸的水里，平端着冲锋枪，向敌人扑去。

枪声在海崖下面响起来——袭击码头的敌人被挡住了。枪声、手榴弹爆炸声，越来越离码头越远，显然副连长组织的部队已经投入了战斗。

听到海滩上自己人已经还手，王德才对海面就放心了，他集中注意力指挥着机枪向村庄的一路敌人侧射。他思量着：村庄是码头的依托，敌人占了，对他和步兵团的联络，对码头和渡海的威胁是很大的；可是刚才急于运输政府人员，村里没有留部队，而现在派人去守卫村庄显然是来不及了。看着向村庄进攻的敌人越走越近，半里路，二百公尺，一百公尺……看看就要进庄子了。

正在这时，村头一群茅坑背后吐出了一阵白烟，枪声杂乱地响起来了，枪声里夹杂着喊声："民兵同志们，打呀！"

向村子进攻的一队伞兵，被这突然的火力压在一片晒场上，像卸了车的稻草捆，横七竖八地倒了一片。对面山头上敌人惊惶地吹起号来，没死的敌人又跑上山头了。

王德才完全被这意外的战斗吸住了，他目不转睛地望着村子，看看坚守那里的是些什么人，只见村子里跑出一个战士，向码头走来，背后拖着一个白色的东西，走得很慢，直到走进小围子，王德才才认出是本连战士李玉来。

李玉来把背上的一个降落伞布包用力拖进了小围子，往地上一摔，原来是俘虏的一个伞兵。李玉来指着俘虏说："他从天上老远的飞到这里，抓到了他，他又不走了。嘿嘿，没有这个美造降落伞他落不下来；可要没有这个伞，也拖不动他哩。"

从李玉来口里，王德才才知道，村里留下带班的十班副李文友和放哨的两个战士，领导了村里的十几个民兵，自动担负起了守卫村庄的任务，刚才打退敌人的冲锋，就是他们干的，而且抓到了俘虏。李玉来还说团里已经派来一支部队，放在八尺门与主阵地之间，投入了打伞兵的战斗。王德才满意地望了望李玉来，说："现在有个俘虏是很重要的，你马上把他送到三五〇高地团指挥所，交给游团长。"

"是！"李玉来又要把俘虏"包"起来，那个俘虏却把长马脸一扬叫起来："你们的政策变了没有？不杀我，我就跟你走！"声音简直像哭。

"我们的政策没有变——缴枪不杀。看你这熊样，美国人白白训练了你这么多年！"李玉来把俘虏拉起来，抄起冲锋枪，问连长："还有什么事？"

"路过村庄时，告诉李文友，好好坚持，准备还有更大的战斗，我马上派人去支援他！"王德才略略迟疑了一下，又说："把情况报告团首长：伞兵被堵住了，码头是我们的，村庄是我们的，海面也是我们的！"

钉住钉子

当敌人伞兵降落的时候，游团长刚刚接到前面的报告：敌人已经在正前方滩头和我军接触了。他对于这支美帝国主义亲手训练的伞兵部队——敌人在淮海战役主力覆灭时也没舍得用的"王牌"，却出现在这个战场的后面，确是有些突然。但是游梅耀十分信赖那些"地上猛虎、水上蛟龙"的战士们能够应付这个突然情况。他从容地走到山头上，望了望八尺门渡口正在进行的战斗，派出了一支小部队到渡口去。这时，他十分需要知道渡口的情况，特别是当面敌人的具体情况。他找到侦查股长说："这会，要能搞到个俘虏有多好哇！"

就在这时，王德才派人把俘虏送来了。从和俘虏谈话里，游团长比较具体地了解了全部敌情：敌人共出动了四个主力团，两个突击大队，降下了两个中队的伞兵，共一万多人。并配属了二十多辆坦克，由匪军十九军军长指挥。俘虏还说：听说还来了三个美国"军事顾问"。

这情况和侦察报告大体是一致的。根据敌人的兵力、企图，比原来预想的更大的战斗已经摆在面前了。现在，在伞兵基本上阻住之后，他必须把主要力量放在主阵地的坚守上，好抗住敌人，让增援部队来歼灭他们。他略略思索了一下，就抓起他那心爱的小望远镜，到主阵地二〇〇高地去。

二〇〇高地并不是全岛最高的阵地，只是一个矮矮的光秃秃的山头，突出在全岛中部一片山岭的最前面，直盯着前方四五里路的平地，仿佛是个其大无比的拳头，随时都要打到海面上去。二连在情况发生之后，就按既定的方案扼守在这里。

游团长站在二〇〇高地的制高点上，向前方望去。远处几个山头上飘着硝烟，正面登陆的敌人正遭受到我前沿部队的阻击，但从敌人的调动和火力情况来看，敌人并不多，似乎并不是敌人的主力。他想："那么，俘虏说的，敌人四个团的主力又在哪里，敌人为什么不把主力放在我的正面阵地上？"这时，左侧又有低沉的马达声传来，——敌舰集中得那么多，显然又有一支大部队在登陆。游团长点点头，敌人的动向在他脑子里更清晰起来了。

他沿着交通沟往前走去，拐弯处立射工事里一个干部霍地转过身来，向他报告："二连二排长葛朋芝报告，敌人在正前方一千五百公尺处调动，有准备进攻的模样！"报告词一字一句的，流利而且清楚。

游团长仔细地打量了这个年青的初级指挥员，在那张黑红的圆脸上，厚厚的嘴唇上，他看到了一股精明、坚强的神气。他很爱这个干部，也感谢这次刚开始不久的正规军事训练——才短短的一个月，他的战士已经变得正规而且严整；而且他在担任观察员的任务，也正是把刚刚学过的课目运用到实战上了。他满意地笑笑，温和地问："在这里就是你的排吗？"

"是！"

"你说，今天黄昏以前阵地是我们的还是敌人的？"

"阵地完全有把握守住！"葛朋芝把拳头捏得很紧，"刚才敌人向前面攻了一下，就撤下去了；我想，瞅机会还可以出击他一家伙！"他的手做了个撒出的姿势。

游团长摇了摇头："慢着，你说敌人攻了一下又缩回去了？"

"是！"

这时，游团长已经完全肯定自己的判断了。不正是这样么？敌人把次要部队攻我主阵地，一打之后就后撤了，他们要我军出击，而那时，左侧敌人的主力就会猛插我军侧背，去和他们的伞兵会师，包围我们。他严肃地说："那么，你说为什么要你们守在这里呢？"

"为了阻击敌人！"

"不仅是这样。而是为了歼灭他们！——你们钉住了钉子，拖住敌人，让增援部队来歼灭他们！告诉你的战士们，我只要你们'有把握守住'！"

游团长离开二○○高地不久，敌人的阴谋被识破之后，进攻果然开始了。这次敌人攻的是这么猛，一千多人的一个突击大队全部用上了，整排、整连，甚至是整营的轮番冲锋；数不清的大小炮都一齐开火，军舰上的炮火也射击了，五六辆坦克也抵近到山脚下来配合，整个阵地上到处是烟、火。但是，二连的战士们顶住了这一次冲锋，敌人攻击垮下去了。

这时，太阳已经偏西了，灼人的太阳把个光秃秃的高地晒得到处都热乎乎的。山坡上躺着几十具敌人的尸体，山脚下有几个匪军在用美式帆布睡袋拖着伤兵，前面石坛高地的树丛里，敌人窜来窜去，似乎是在组织再一次攻击。我军阵地上却很沉寂，沉寂得连枪声都很少听见。

二排长葛朋芝用帽子端着一兜鸭蛋沿着交通沟走过来。这是今天一天的饭——每人一个，要利用这战斗的空隙发下去。走到交通沟的岔道上，看见交通沟里躺着一个战士，他看了好半天，才认出这个满头都缠着纱布、脸色蜡黄的战士是五班长刘来德。他头部负了伤，正在阴凉处歪着，不住地喘着粗气，把手指上的手榴弹弦一根根解下来，又一根根接在一起，已经接了二尺多长了，手上还有好几根；可以看出他正在用这个来驱除着痛苦。一见排长来，就爬起来拉着葛朋芝的裤脚："排长，有小便没有？给点喝喝！"

葛朋芝心里一阵难过，自从进入阵地，已经整整一天没见一滴水了，但是在这光山顶上，又能到哪里搞到水呢？他瞅瞅刘来德那吓人的脸色，咬着牙，从牙缝里挤出两个字："没有！"

刘来德摇摇头，叹了口气，他捡起两块炮弹皮绑到接好的手榴弹弦上，挣扎着探出身子，把弹皮甩到外面一棵小树上去。一撮松针随着被拉回来，他把松针填到嘴里，拼命地嚼着。葛朋芝挨着他坐下来。

刘来德刚要说什么，山下突然响起了枪。奇怪的是子弹并没有照例地从他的头顶飞过，却在右侧山腰里响起来。刘来德忽地爬起来，兴奋地说："可能是援兵到了！"

"我去看看！"葛朋芝按住刘来德，拔腿跑过去。但看到的不是援兵，有两个妇女挑着两担水正吃力地往山上爬着，边爬边喊："大军同志——开水——"敌人的枪就是对她们打的，子弹在她们不远处进起碎石，扬起一缕缕的尘土，但她们还是爬，爬着……

两个匪军正从后面绕过来，就要追上后面那个妇女了，前面那个妇女更加劲跑起来，为了怕水溅出来，双手还死死地抓住桶绳；后面那个看看逃不脱，索性站住了，只见她把两个水桶绳一拉，满满的两桶水泼到地上去。而前面那个，大概被侧射的敌弹打中，歪倒了。

"砰！砰砰！"我军阵地上发出几声枪响，追赶那妇女的匪军被打倒了一个，另一个顾不得抓人，也滚下山去。后面的那个妇女趁机掉头跑掉了。

葛朋芝一看，那打枪的正是刘来德，他也连忙抓着一挺机枪在打，一面打，一面埋怨自己刚才为什么那么激动，竟然没有立时想出救援她们的办法。他拉着身旁的一个战士，可嗓子喊着下命令："去！去把那女人救起来，救起来！快呀！"他又转身喊："一齐开火，压住敌人！"

陈启祥接受了排长的命令，跃出交通沟，几乎是滚着跑到那女人的面前。

那妇女约莫有三十来岁，因失血而黄黄的脸上，嵌着一对呆滞的眼睛，头发都散乱了，一缕缕的头发被汗水贴在双颊上。她的腿被打伤了，血沿着裤脚管流到脚上，流到地上。她紧咬着嘴唇，身子贴在地上趴着，两手却紧抱着木桶，原来有一个木桶被子弹打穿了，为了怕水流出来，她用手指死死地塞住它。

陈启祥连忙拿出救急包给她包好了伤口，抽出两颗子弹把桶上的洞塞住。这时他才能平静地说："嫂，你……我背你回家去。"

"不要，庄子已经叫敌人占了……开水我挑不动了，你挑上去喝吧！"说着，又把背上背孩子的布兜解下来，那里面没有孩子，却包着一包煮熟了的地瓜，递给陈启祥，"我的孩子还在家里，我得回去！"她掏出一把剪刀攥在手里，就往回爬。

陈启祥看也没法，就指了指靠北的一条自然沟，告诉她掩蔽着走，他站在那里，一直看见那个妇女在沟沿上消失了，才挑起水跑回阵地来。

就在这时，敌人新的攻击又开始了。

援兵来了

在边防团指挥所里，游团长坐在桌旁，目不转睛地望着电话机思索着什么。整整一天的紧张，他那红黑的圆脸变得又瘦又长了。刚才参谋报告了增援部队已经进岛的消息，这张脸上曾经闪过一丝笑意，但马上又毫无表情了。现在，他所要考虑的已经不仅是如何挡住敌人，而是如何拖住敌人的问题了。自然，要挡住敌人又要拖住敌人是不容易的，刚才接到二营的报告，敌人已经沿着左侧海边到了后面，看看就要与伞兵会师了；二〇〇高地上又打垮了敌人一次长达一小时的连续冲锋。显然，敌人也拼命想在我援兵投入战斗之前夺下主阵地。现在，他必须要二〇〇高地顶住。他抓起电话听筒要二〇〇讲话了。

"我问你，能不能撑得住？"

"能够！……"接电话的是二连连长，他似乎还有什么话要说。

"一定要撑住！你们已经钉住了敌人，现在要把钉子钉牢些！有什么问题吗？"

"需要……"对面似乎打算说要增援，但说了半截又咽下去了，临时改了口："需要些弹药！"

"好，马上送去，你们打剩一个人也要钉住，后面……喂，喂！……"电话线断了。

游团长从团的预备队中派出一支小部队带着弹药到二〇〇去。他跑出了团指挥所。后面，八尺门渡口枪声更激烈了，显然渡口的争夺战正在进行；前面，暮色里，二〇〇高地像一个大火球，又一次战斗开始了，手榴弹都在山顶上炸开来——敌人已经冲上山头了。他望着这场紧张的争夺战，心想："要是再抽调一支小部队撒上去就好了！"他想得这样出神，以致有人来到面前也没有发觉。

来人向游团长敬了个礼，报告："团长同志，我是×团三营教导员张振珠，带本营十二连，前来听你指挥！"

听说是增援部队来了，游团长心上一块石头落了地，他走上去抓着张振珠的手，连说：

"好！好！想不到你们来得这么快！怎么来的？"他竭力想说得平静些，但总掩不住自己的兴奋。

"坐汽车来的！"张振珠简单地报告了增援部队的情况：他们这个先头营也是拼着全力赶来的，全营乘着卡车前进；汽车一时不够用，有的单位就干脆跑步前进——以每小时二十里路的速度跑步前进。饿了掏出把饼干塞在嘴里；渴了，在稻田里捧口水喝，直到汽车返回再登车，就这样，近二百里的长途，百多分钟就赶到了。到达八尺门渡口以后，水兵们一面打伞兵，一面抽出人力冒着敌人的火力封锁和敌机轰炸扫射把增援部队运进岛来。

游团长命令参谋把这支部队带上二〇〇高地，他自己动身到增援部队指挥所去。他知道，有了这支部队，主阵地的钉子可以更牢靠地钉牢了，下一步，他将与增援部队的指挥员一道研究，最后歼灭敌人。

反　击

当晚，增援部队的主力整营、整团的像潮水一样涌进岛来，投入了战斗。经过一夜战斗，敌人动摇了。拂晓，敌人在溃退之前的一次掩护撤退的全力攻击被粉碎了之后，一个强大的反击战开始了。

这是一个声势浩大的反击战：我军密集的炮火向敌人掩护撤退的山头上；向敌人正在撤退的海边上准确地射击。正在登船下海逃命的敌人被打乱了，两艘登陆艇被打中，冒起了浓烟，另一艘看看逃不脱，干脆竖起了白旗投降了。大型的美造军舰也顾不得装满溃逃的贼军，就慌慌张张地逃跑了。

在二〇〇高地的两侧，反击部队的战士们，像被什么弹簧弹出去似的，分几路向敌人撤退的渡口插去。

战士们手端着崭新的冲锋枪，横扫着，大步前进！

越过起伏的山头，跋过满是烂泥的海滩，前进！

和敌后在坑道坚守的部队会合了，握握手，汇集起来，前进！

抓住整排、整连的俘虏，指挥员发一声命令："放下枪，向后转，走！"不再管他们，前进！

遇到少数敌人据守的山头，不管它，绕过敌人，前进！

渡口被我们占领了，我们的几支反击部队会师了，来不及逃走的敌人被卡住了。整个岛上都是枪声，一队一队的俘虏被战士们押下战场；一堆一堆的散兵被部队、民兵、老百姓从山沟里、村头上剔出来。

第二天的傍晚，持续两昼夜的战斗全部结束了。海又恢复了往日的平静。

游团长走出了联合指挥所，向二〇〇高地走去。现在，整个战斗的千斤重担已经在兄弟部队的支援下卸下来，他感到十分轻松。他走上核心阵地。二排长葛朋芝和战士们正在清查从山石缝里搜出来的俘虏，见团长来了，都站起来敬礼。游团长和他们一一握手，亲切地说："你们这个钉子钉得好啊，谢谢你们！"

"为人民服务！"全体指战员一齐立正回答。

游团长仔细地看着一个个满是烟土的脸孔，就是他们，在这里死打硬拼，保证了整个战斗的胜利；"为人民服务"这几个字，就是使他们战胜十倍于己的敌人的力量，也是对他们最高的褒奖。他不想再说什么了，只是说："休息一会儿吧！"他和战士们随便在交通沟沿上坐下来，战士们随手抓起地上散乱的纸片卷着纸烟。

游团长好奇地抓过葛朋芝正在用来卷烟的一张纸头，原来那是蒋贼动员他的喽啰们参加"反攻大陆序幕战"的动员令。游团长随便看了几行："为配合联合国军对朝鲜作战，我们应以迅雷之势攻占东山岛……"他笑着问葛朋芝："看过了吗？"

"看过了！"

"也许，你们都觉得你们打得挺苦是不是？现在懂得为什么要苦守这个山头了吧？"

"懂了！"这一瞬间，葛朋芝忽然想起那两个送水的妇女，他严肃地回答："我们都懂了，在这里守卫，就是保卫祖国，就是抗美援朝！"

团长满意地点了点头。他把手一扬，撕碎了的纸片被海风吹着，散开去，散开去……

1953 年

▌**作品评析** ◤

《东山岛》发表于 1954 年，是作者 1953 年到福建东山岛采访，深入了解第二次国内革命战争时期老革命根据地时，有感而发创作的海战题材短篇小说。作为一位有着丰富作战经验的军旅作家，王愿坚创作了大量军事题材的作品，《党费》《粮食的故事》《七根火柴》《闪闪的红星》等都是脍炙人口的名篇。

在创作《东山岛》之前，王愿坚刚从华东野战军文工团调到《解放军文艺》任编辑，强烈的使命感促使他认识到紧扣时代脉搏、展现军人风姿的重要性。《东山岛》就是一篇着重描写我军战士在漳州东山岛与国民党残部和美军匪徒战斗过程的作品。

首先，《东山岛》的故事背景是真实的。中华人民共和国成立后，美蒋反攻倒算之心不死，以金门为据点不时策划和实施攻击大陆的军事行动。作为军事前沿阵地的东山岛面临激烈的军事冲突。《东山岛》展现的就是其中一次海战的经历。无论是歼灭空降兵的战斗，还是与地面部队的拉锯战，都可以看出双方投入了大量的军事力量争夺东山岛的控制权。在军民一心的努力下，东山岛始终牢牢掌握在我军的控制范围内。

其次，《东山岛》受到时代氛围的影响。虽然中华人民共和国在 1949 年成立，但是在成立初期，无论是西部边疆地区还是东部沿海地区都面临内乱的滋扰与外部势力的干预。因此，在较长一段时间内，"战争文化心理"始终盘踞在百姓心中，成为沉默的集体无意识。在这一心理的驱动下，具有预警功能的小说如《不能走那条路》《铁木前传》等以及具有教育功能的话剧如《霓虹灯下的哨兵》《千万不要忘记》《年青的一代》等产生了，这些作品时时提醒读者保持革命斗志的重要性和紧迫性。《东山岛》无疑为这一时代精神提供了重要的注脚。

从艺术上看，《东山岛》采取了社会主义现实主义的创作手法。小说严格按照情节的三段论来推进，"决心""八尺门"是铺陈阶段，"钉住钉子""援兵来了"是僵持阶段，"反击"是高潮阶段。小说在战斗的高潮即夺取二〇〇高地后结尾，显得干净利落、收束有力。作为一篇海战题材小说，军事对峙的展开是其描写的重点，在这一点上，王愿坚的描写可谓俭省而准确。例如"敌机并没有像他预料的那样向码头俯冲，却越飞越低，转了两圈之后，为头的那架把翅膀一偏，屁股上撒出了一股白烟，接着后面的敌机也把同样的烟圈一串串的撒下来"；又如"往回返的船只才走到中途，海面已经被敌人封锁了，子弹、炮弹雨点似的往海面上打，冲起的浪花连船也看不清了，碰到礁石上、船舷上的子弹，迸起一串串的火星"。这样白描式的战争描写没有被战斗激情过分地渲染，只有真实参与过战争的人才能刻画出来。即使看起来有些残酷的事实，在作者的描写中也并没有被有意夸大。负伤的五班长刘来德看到排长葛朋芝来送饭，直接问道："排长，有小便没有？给点喝喝！"人的尊严在战争的残酷面前显得卑微而无奈。不仅军人如此，百姓也是一样。送水的妇女被敌人打中了腿后血流不止，在完成送水的任务后居然推着伤腿仅靠一把剪刀就要穿过敌人的枪林弹雨，这又是何等的坚强英勇！

在人物形象刻画上，小说并没有采用后来在文化大革命中刻画革命英雄时惯用的"三突出原则"，而是刻画了一组英雄人物群像，从团长游梅耀到连长王德才、从排长葛朋芝到战士李玉来，当然也包括英雄的送水妇女，我们从军民团结一心抗敌斗争中看到他们保卫海防的齐心协力，看到革命年代他们保家卫国的淳朴初心。

《东山岛》对于作者而言，无疑是一次成功的采风和练笔，为其后创作《党费》《七根火柴》等名篇铺平了道路。此外，《东山岛》开启了当代海战题材小说的先河，此后姜树茂的《渔岛怒潮》、黎汝清的《海岛女民兵》、齐平的《大海圆舞曲》、宗良煜的《红色舰队》、翟晓光的《红海洋》、汪应果的《海殇》、郭富文的《女子陆战队》等都在海洋军事题材方面做了大力的开拓与延展。《东山岛》作为运用现实主义手法展现解放初期我军海战真实情形的作品，无疑起到了重要的开拓作用，为当代海战小说提供了写作范式。

▌大海在歌唱

洪洋，1932年生，笔名白崴，湖北武汉人，1952年开始发表作品，1960年加入中国作家协会。著有短篇小说集《在遥远的海上》《初航》《火中凤凰》，中篇小说集《工程师的恋爱史》，长篇小说《长江的黎明》《孤帆远影》，诗集《海洋之歌》《欢呼吧，扬子江》《歌声满宇宙》，散文报告文学集《不拟公开的谈话》，散文诗集《月色水声》，大型报告文学《高速公路梦幻曲》，长篇纪实文学《徐迟的第二次青春》等。

1

五月南海的静夜
海水映着月亮的清光
远处是大陆朦胧的山影
近处浪花溅起在峭岩上

白天的风暴已经平伏
鱼群在水中缓缓游动

轻风拂动了山边的野草
也吹起了我身后的飘带

天边闪烁着红色的星星
那是夜航人明亮的眼睛
穿过了险恶的风暴
船儿在平静的夜里航行

一串串晶莹的火光
像夜明珠播散在海上
渔人带着辛勤的微笑
把满网的鱼儿抛进船舱

我悄悄地握紧了枪
心里充满了激越的情感
我睁大眼睛盯着黑夜
却感到另一双眼睛在我身旁

这眼睛柔和又炯炯有光
熟悉得像亲娘一样
亲娘也没有他亲热
呵！那是我死去的班长

班长就死在这沙滩上
也是一个五月的夜里
那是最后一次的战斗
他举着红旗冲上了岛岸……

如今
这亲热的人儿就躺在我身边
青石的墓碑闪着微光
每夜我守望这静静的大海
他好像都站在我的身旁

今夜月色这样妩媚
海风柔和而又凉爽
渔火儿闪着欢乐的光
班长啊
你在地下可也曾看见

我的眼睛变得分外明亮
那熟悉的声音又响在耳边
"我虽然就要死了
心里却这般快活舒畅
跨过了祖国几万里土地
终于走到这遥远的岛上

我们的祖国是神圣的
每一寸国土都要解放
我虽然不能再战斗了
心儿要活在亲爱的国土上。"……

2

班长就死在这沙滩上
也是一个五月的夜里
那是最后一次的战斗
他举着红旗冲上了岛岸……

烟雾弥漫着狭长的港湾
初升的太阳也变得黯然无光
三支敌船最后沉入海底
水面上飘起三根烟柱

在一场猛烈的炮战过后
我们的船儿也负了重伤
指挥员传下抢岸的命令

船儿像飞箭射向岛岸

冒着敌人密集的火网
勇士们纵身跳向大海
海里涌起来浪花与血花
岸上响起了机枪手榴弹

在敌人第八次反击里
班长失掉了一支手臂
敌兵像蝗虫飞扑过来
战斗的胜败就在瞬息

班长用左手举起长枪
又把它砸碎在石头上
"我从东北把你带到这里
你完成任务了!"

这时敌人已冲到面前
铁桶般把他围在中间
只见他一口咬开手榴弹
一股烟尘飞向高天

就在当天的夜半
也就是今夜这个时光
大部队肃清了残敌
我们搜寻着自己的班长

在一颗烧焦了的榕树下
班长躺卧在一丛青草旁边
灰尘掩盖了他的身体
却遮不住他那英雄的容颜

班长!我亲爱的战友
他的双眼已紧紧闭上

那壮实的胸脯凝然不动
大海与宇宙顿时沉寂

班长！我亲爱的战友
我幼年时可怜的伙伴啊
我们一同在破茅屋出世
又一同在血泪中生长

我们一同晕倒在地主的田里
又一起用糠菜来充饥
那时你千百遍地说着一个幻想
有一天要耕种在自己的土地上

我们一起渡过长江
在急流中你把我举在头顶
（那一天，我负了重伤。）
我听见你细声地说
"长江啊！我们要骑在你背上。"

在海边誓师的大会上
你在人丛里踮起脚来讲：
"不准敌人沾污祖国一滴水
把红旗插到最远的海疆！"

班长！我亲爱的战友
你千万不能这样死去
睁开你炯炯有光的眼睛
看看这海上壮阔的波浪
（它已经属于我们了！）

感觉到无数支温暖的手
班长从死亡中苏醒
他眼里闪灼着红色的光
胜利的旗帜插在山顶上

他蓦然从地下站起来
向着大海扬起手臂
但只是短促的 刹那
那光亮的眼睛又紧紧闭上

感觉到无数支温暖的手
班长再次从死亡中苏醒
呼吸已逐渐微弱下去
脸上却浮起愉快的笑容

"从兴安岭到这南海的岛上
我穿过了最亲爱的国土
鲜血撒满了我们的道路
鲜花盛开在我们身后

我虽然不能再战斗了
心儿要活在亲爱的国土上
请把我理在这沙滩里吧
我要日夜把我的祖国守望!"

3

水兵站在峻峭的岩石上
明亮的眼睛监视着海洋
心里澎湃着激越的感情
强壮的手臂贴紧了钢枪

南海的静悄悄的夜呵
鱼群在水中低声私语
船儿在平静的海面航行
渔火儿闪着欢乐的光

风儿掠过青色的海空
波浪敲响了沉睡的岩石
大海在歌唱自己的英雄
也把年青的哨兵激动

1951 年

作品评析

《大海在歌唱》出自诗人 1956 年的诗歌集《海洋之歌》，诗集收录了诗人海洋题材的诗歌共 12 首，《大海在歌唱》是其中的压轴之作。全诗分 3 章 34 节，属于长篇叙事诗。诗歌从一个海军战士的视角回忆了死去的班长激烈战斗的情形，表达了对班长的思念之情以及牢牢站好边防、坚决将敌人狙击在海防线的决心。

第 1 章共 11 节 48 行，主要引出班长死亡的消息。第 1 章前 4 节侧重海边风情的展示，其中前 2 节属于单纯的自然环境描写，"五月南海的静夜/海水映着月亮的清光/远处是大陆朦胧的山影/近处浪花溅起在峭岩上"；后 2 节开始有了人的活动，"一串串晶莹的火光/像夜明珠播散在海上/渔人带着辛勤的微笑/把满网的鱼儿抛进船舱"。4 节的描写基本上较为完整地刻画出海岛边疆一幅安详宁静的海滩夜间画卷。第 5 节风格陡转，不仅出现了一个手握钢枪的战士，而且战士的身旁还多了一双眼睛，这使得诗歌的情绪顿时紧张起来。第 6 节紧接着介绍，原来这双眼睛是来自死去的班长的凝望。诗行至此，基本上给全诗定下了悲怆的基调。前面宁静的景色描写都是为了衬托和突出班长牺牲的意义。后 5 节主要站在班长的立场，表达自己虽然牺牲，但为国捐躯带来了国泰民安的生活，这样的牺牲也是值得的。"我虽然不能再战斗了/心儿要活在亲爱的国土上"是对前面提出的问题"班长啊/你在地下可也曾看见"的回答。

第 2 章共 20 节 82 行，主要描述班长战斗的情形。第 2 章的首节采取了错行的方式，提醒读者接下来的诗节属于回忆的部分。在错行排列的第 1 节中最后两句采取定格的方式勾勒班长的形象。"那是最后一次的战斗/他举着红旗冲上了岛岸……"这个画面感极强的形象动感而悲怆，不得不让人联想到法国油画《自由引导人民》中展现的伟大战斗场面。第 2 章除了第 1 节外，可以分为两个部分，第一部分主要描述班长的战斗情形，第二部分介绍了班长的生平。在描述班长的战斗情形时，截取了最为悲壮的一幕，即班长在反击战中失去了手臂，此时敌人已经围攻了过来。班长先是砸碎了自己手中报废的长枪，紧接着"只见他一口咬开手榴弹/一股烟尘飞向高天"，这是与敌人同归于尽。此句无疑是全诗的情感高潮。在班长牺牲后，诗歌用了2节刻画班长的遗态，"那壮实的胸脯凝然不动/大海与宇宙顿时沉寂"。第2章的后半部分主要是回忆班长苦难且战斗的一生。原来班长与诗人自幼相识，出身贫寒的他在幼年受尽地主的折磨，参军后他立下宏愿："长江啊，我们要骑在你背上""不准敌人沾污祖国一滴水/把红旗插到最远的海疆！"当班长牺牲后，诗人惋惜道："你千万不能这样死去/睁开你炯炯有光的眼睛/看看这海上壮阔的波浪/（它已经属于我们了！）"这显然是对班长英年早逝的悼念与不舍。接下来的一幕带有明显的超现实主义色彩，班长两次从死亡中苏醒过来，第一次"蓦然从地下站起来/向着大海扬起手臂"，第二次"再次从死亡中苏醒/呼吸已逐渐微弱下去/脸上却浮起愉快的笑容"。闭上双眼的班长此时用一长段的独白表达自己坚守海防的决心。这段描写与其说属于写实的刻画，不如说是愿望的传达，表达诗人对班长去世的不舍与难忘。

第3章共3节12行，刻画了一个继承战友遗志，手握钢枪、驻守边防的青年战士形象。"大海在歌唱自己的英雄/也把年青的哨兵激动"这一收尾呼应了诗歌第1章站岗的战士形象。需要注意的是，第3章中出现的战士已经不是第一章的"我"，在这一段落中，诗人将之修改为"水兵""哨兵"等更加宽泛的称谓，目的就是从"小我"升华为"大我"，将个人的友情提升为对祖国的热爱之情，这样的处理方式符合这一时期诗歌较为常见的抒情规范。

从形式上而言，《大海在歌唱》基本上采取四行一节的形式，每行约九字，押"ang"韵，韵脚主要为"行/舱/枪/旁/长/上/疆/浪/望/光"等。但这样的节奏规律也并非严格遵守，有些节存在完全不押韵的情况，这主要还是根据抒情的需要和内容的表达灵活地安排。九字一行、四句一节的分行原则使得整个诗歌的节奏较快，不时的断句如"呵！那是我死去的班长""如今/这亲热的人儿就躺在我身边""班长啊/你在地下可也曾看见"加快了诗歌的叙事节奏。从情感表达的途径上看，《大海在歌唱》主要通过战斗者的视角来抒发对祖国、边疆及大海的热爱之情，这样的抒情方式当然是这一时期写作中普遍存在的"战争文化心理"的表现。不仅是《大海在歌唱》，洪洋其他的海洋诗歌如《我们的舰长》《虎门的早晨》，孙静轩的诗集《海洋抒情诗》（1958）中的《海上长城》《祖国的眼睛》《海鸥》《给巡逻兵》，以及解放军文艺丛书编辑部编辑的《中国人民解放军战士诗选》（1956）中尹潮滨的《海洋是我的家乡》、何开的《我的号声冲过波涛》、程吕的《海边的早晨》，从这些诗歌中我们都可以看到类似战斗情绪的表达。

"十七年"（1949—1966）海洋诗歌中并非没有较为日常和休闲的类型，例如臧克家的《海滨杂诗》就是诗人在青岛旅游时创作的一组记游诗，组诗在整体情绪上是较为轻松愉快的。如"青岛呵，对于远道而来的游客/你就是一个绿色的海"（《大海的使者》），"大海使我们亲近起来/老朋友似的打着招呼"（《亲近》），但仍有如"踏踏踏，再也没有刺耳的木屐声/不见了那些'季候的恶鸟'——/用'文明的皮鞭'抽打中国人的美国水兵/我们的海军战士/在港口上一站/大海呵/你是多么威严不可侵犯"（《旧游地》）这样峻急严肃的诗句，时时提醒读者保持战备状态的必要。

与其将《大海在歌唱》视为艺术上臻于完善的海洋诗歌，不如将之视为这一时期海洋诗歌时代精神的表征。通过比较这首诗与同时代其他海洋诗歌，我们可以把握洪洋创作的主要特色，这种特色是与他同时期的小说、散文等其他文体的海洋作品相呼应的，共同构成这一时代海洋文学的主旋律。

惊涛骇浪万里行

陆俊超（1928—2017年），上海人。幼年侨居印尼、马来西亚、新加坡，历任水手、管理员、轮船驾驶员，1946年回国后任上海工运局船长。1956年开始发表作品。著有长篇小说《幸福的港湾》，短篇小说集《姐妹船》《九级风暴》《国际友谊号》，选集《相逢在安特卫普》等。其中《幸福的港湾》被拍成电影《大海在呼唤》，主题曲《大海啊故乡》风靡一时，他还曾担任电影《海上红旗》的编剧。

万里远航

一九五六年冬天，英、法帝国主义发动了侵略埃及的战争，切断了苏伊士运河的通行，欧亚航线被阻塞了。当时我们"兄弟号"停泊在波兰。我们望着堵塞在码头上的各种机器和器材时，心里万分焦急和忿怒。因为这些机器注明要在年底运抵中国。为了争取提前运走，上级决定：远东船队绕道好望角驶往中国去。

在波兰船上工作的中国海员，都亲身体会到中、波航运的重要性。为了冲破帝国主义对我们社会主义阵营的经济封锁，我们中、波两国海员在地球上开辟了这条新航线。这条从波罗的海到南中国海的航线，从海上把社会主义阵营联贯了起来。当我们跟激浪搏斗时，跟难忍的寂寞作斗争时，我们的波兰政委马茹尔经常这样鼓励我们："同志们，社会主义的经济市场正在我们这一代人手中建立起来，我们的远航是为了祖国，为了社会主义阵营的强大和繁荣。"因此当绕道好望角的命令传到船上时，大家发愁的不是万里远航，而是绕道好望角将增加数十天路程。大家担心是否能准时把货物运到中国。我们的政委马茹尔看出了大家的顾虑，立即进行鼓励。把醒目的标语挂上了船边：

"只要地球上有水，中波航运一天也不会停顿！"

"机器就是力量，让它准时在人民中国转动，让它准时为高速度建设转动。"

标语刚挂起，码头上便插起了红旗。插上小红旗的起重机也源源开到了船旁。原来波兰同志把"准期将货物运抵中国"的口号作为动员令，把港内的先进装卸小组，先进起重机手，都调来支援我们了。

为了进一步提高装货速度，我们的政委马茹尔立即发动大家把货物的稳固工作，从装卸工人手里接过来自己搞，这样就可以加快装货速度。我们的老水手长周阿才第一个背起斧头、锯子，爬下了货舱。

经过两天两夜的劳动后，我的腿已发软，眼也发花了。我想：我这个年轻人都快支持不住了，那么我们的水手长老周就更不行了。我准备看看去。爬下货舱，发现老周伏倒在大木箱上。当初我以为他已支持不住而就地睡倒了，走近一看，原来他全神贯注地透过木箱的板缝，正在察看里面的机器。他象看到了什么宝贝似的发出了啧啧的赞叹声。堆放在他右边的是捷克出品的新式电气机床，他左边的是德意志民主共和国出品的新式仪器，他前面的是波兰出品的坦克式起重机。望着逐渐堆高的木箱，他揉揉眼睛笑了。他抚摸着它们，仿佛对方是些有生命的东西，朝它们喃喃自语着："唔，了不起！了不起！到了中国，你们得好好转啊！"

平常，我们的老水手长是个沉默寡言的老人，往往一天不说一句话。这样的老人一般是不会惹人注意的。可是在这里：他却成了全船最注目的人。政委马茹尔满怀敬意地称他为老革命。并且总爱在年轻人面前夸奖他。他曾经数百次地跟我这么说道："大副，一九二二年你还没有出世呢，那时我刚满十二岁，正在渔场上给老板拣鱼。可是我们的老周为了工人阶级的利益，已经向船老板展开了斗争，参加了名闻世界的香港海员大罢工。"是的，这样的前辈怎能不叫人肃然起敬！他的党龄比我的年纪还大呵！而且几年来他一直是我们船上的先进工作者，又是波兰航运部颁发的银质奖章获得者。对这样的老人，我们除了尊敬以外，应当照顾他关怀他。同时相处久了，我们才发现当他高兴的时候也爱说上几句，而且即使周围没有人，他也会自言自语起来。现在发现我来到了他身边，便忍不住兴奋地攀谈开了。他是南方人，所以把大副读作大伙：

"大伙，你算过吗？从我们手上一共运走了多少机器？它们可以建造多少个工厂啊！"

我没有回答。打量着对方，他的眼睛陷得更深了。可能我的神志有些恍惚，总感到对方工作起来身子有些摇晃。为了安全，我决定接替他的工作。他坚决不肯。经过再三催促，迫得他用一种近于恳求的语气说道：

"大伙，趁我还干得动的时候，让我多看看这些机器吧！"

为了照顾老周的情绪，我不忍强迫他休息。然而当我准备离开货舱时，政委马茹尔下来了。他是个强壮的中年人，身子结实得象个举重家。他是个容易亲近的人，开口以前总爱开个玩笑：

"哈哈，老革命，你又在跟机器谈爱情吗？都上去休息，把工作交给我！"

当我们工作得最紧张的时候，当我们的精力快支持不住的时候，我们的政委马茹尔每次都跟现在一样，会突然出现在我们面前，并且亲自来接替我们的工作。遇到这种情况，我们照例是不肯退让的。但是马茹尔弯曲起手臂，指着高高隆起的肌肉说道："上去，等你们把身体炼成象我这样的时候，再跟我争辩吧。"

我们被马茹尔赶上了甲板。老周避开我，又转到别处找工作去了。装货进行得既快又好。这次我们超额加装了波兰为我国制造的一座日榨量二千吨的糖厂设备。机器全部下舱了，只剩三只大锅炉无处安置。交给其他船运走，那会耽误时间的。最后我们决定打破万里远航的常规，把它们装在甲板上带走。

在一个蒙蒙亮的早晨，我们出航了。

节水风波

晚上。政委马茹尔召开了全体船员大会。船长为了使我熟悉全船业务，指定我替他在会上宣读航次计划。我发现老周蜷缩在会场的角落里，仿佛在闭目养神。等我报告完毕，掌声一响，他突然惊起，说道：

"大伙，现在我们是绕道好望角走啊，要多走二十几天航程，年底以前准能赶到湛江吗？"

我回答："假若不遇上大风暴，年底是能赶到的。"

"遇上风暴怎么办呢？"老周象问我，又象是问自己，"南非洲的风暴是有名的！"

是的，南非洲的风暴确实是骇人的。好望角，我们海员都按老习惯叫它为"咆哮角"。在那里航行，谁也拿不稳要耽误多少天啊！我僵立在台上不知如何回答。

这时老周紧紧地皱起眉，露出焦虑的目光，仿佛在说："大伙，这是我们祖国的定货啊！迟到了会影响国家的计划啊！"望着老周的目光，我的心跳得更慌乱了。周围的水手都同样着急。马茹尔陷入了沉思。冷场一阵后，老周一句一顿地说道：

"我建议：我们不弯开普敦装水。进出港一次，装几十吨水，至少花费两天时间。从现在起就节约用水。中国同志每天限用一桶；波兰同志每天两桶。这样就是遇上大风暴，我们也有把握在十二月底以前赶到湛江。"

好主意啊！我差些叫起来。可是我立即产生了顾虑：这是万里远航啊！一天用一桶水，这跟往常的日用量相差太多。尤其是波兰同志，他们习惯于寒带生活，特别怕热。而我们的航线却大部分在热带航行。因此我不能立即表示态度。这时政委马茹尔兴奋得满脸通红，向老周投出了赞扬的目光。而波兰同志大家差不多同时站起，齐声喊道："我不同意！我们波兰同志为什么要用两桶！"并且有个尖嗓子突破大家的喊声，不满地嚷道："老周，我们的船名是'兄弟号'啊，你为什么总把我们当外人看待！一九四九年，中国大陆还没有全部解放，我们波兰船就开到了大沽口。我是第一个踏上新中国土地的波兰海员。我们从来就把中国人看成是自己的兄弟。我建议：我们波兰同志每天限用半桶！中国同志每天一桶！"

争论开始了。会场秩序大乱。政委马茹尔喊哑了嗓子也无法使会场平静。最后连他自己也沉不住气了，向我争执道："说定了，我用半桶，你用一桶。"

为了准时把器材和糖厂设备运到中国，为了我国第一个五年计划不因苏伊士运河的停航而受到影响，我们恢复了十八世纪的海上配水制。船上的全部水龙头当夜就停止了供水。第二天早晨，我估计厨房门口的那个手摇泵一定忙得不可开交，说不定还会排上一列弯曲的长蛇阵呢。可是我估计错了。当我拿着小桶去取水时，水泵旁边却空无一人。波兰厨师翘起一个手指笑着向我说："大副同志，你是第一个主顾。"

我突然想起，波兰同志的个性都很倔强，很可能因为昨晚这场争执使他们连脸都不肯洗了。这次我猜对了。我发现波兰轮机员拿着水管正在接通甲板到洗澡间的海水管路。这一天，全体波兰同志仿佛暗中订下了公约，都用海水洗澡，洗完后也不用淡水冲。而老周呢，也倔强得很，满身油污连澡也不洗。这使我感到不安。因为海水干了以后会在身上留下一层白白的盐粉，既不舒服，对皮肤也有害。我怎能忍心看着波兰同志为了支援我国建设，作出损害身体的事呢？于是我打了三桶淡水提到洗澡间，然后把政委马茹尔请进来，向他说："政委同志，我不习惯天天洗澡。这里是三桶水，一桶我的，两桶你的。只要你带头洗个澡，波兰同志会跟上来的。"

马茹尔狡猾地向我笑了笑，拍拍我肩膀，说道：

"你真是个好同志！叫我带头用中国同志的水！原来你想叫我犯错误啊。因为你们的好心，已经在船员中间造成了不和，而你还在制造分裂！"

想不到我的好意竟变成了错误！我不再吱声。这时马茹尔用一种近于强迫的口气说道："这样吧，我们两个一起带头，各自洗完自己的一桶水。"

洗完澡，政委马茹尔向全体船员作了一次广播，向大家说明：按照现在的用水量，我们的存水用到目的港是足足有余的。并且强制大家每天必须用完自己的一桶水。

这样，这场由老周的建议而引起的节水风波，总算平息了下去。

"咆哮角"的战斗

张贴在俱乐部里的航行图表更改了。红色箭头不再在开普敦停顿，它一直指向中国的湛江。这是世界上最长的航线！预计我们要在茫茫的大海上连续航行七十几天。在这次远航中，中途既不靠岸，而且连陆地上的灯光也不易常见。因此大家都很盼望能看到非洲的第一个大港——卡萨布兰卡的灯光，可是西非洲的海岸线被汹涌的浪涛吞没了。经验丰富的老水手用不着看海图，凭着猛然增强的风暴，凭着那颗逐渐升高的南十字星，就知道船已经驶入了南非洲。并且逐渐向好望角接近了；逐渐向那个世界闻名的"咆哮角"接近了；这里是大西洋和印度洋的交界线；这里是暴风雨的发源地；这里是使一切航海者谈虎色变的地方！可是今天海上偏偏刮起了十级大风，仿佛大海积累了一切力量在伺机袭击我们。每一个巨浪都把我们的船头埋入海里；每一个浪花都从我们的烟囱顶上飞越过去！我们这艘几十年的老船在风暴中挣扎着，发出格格的响声。对"咆哮角"的风暴，我们早有戒备，狂涛巨浪是吓不倒我们的。使我们日夜不安的倒是装在甲板上的那几只锅炉。虽然它们已经用钢丝缆拴住，用电焊焊牢在甲板上，可是我们还是放心不下，因为大风暴的威力谁也无法估计。而它们是绝对不能遭到破坏的，不然我们全体船员的这种十八世纪的节水生活就失去了意义，失去了目的。为此，政委马茹尔在一星期前就动员大家作好了加绑工作。老周为这个工作动足了脑筋，深夜里他会突然爬起来，再给锅炉加上几根撑柱。

晚上，狂风卷着怒涛横扫而下。四周黑得伸手不见五指。呼啸而来的巨浪，象几百吨重的大铁锤那样猛击着船头，发出一阵骇人的轰隆声。船上的每一块铁板都在颤动。"咆哮角"，恐怖的"咆哮角"发出了威胁人的吼声！在这个穿渡"咆哮角"的夜里，虽然每个人都已疲乏得腰酸背痛，但谁也不想躺下。因为躺在床上也是徒然，那高高翘起的船身会把你从床上摔下来。何况现在正是航程中最紧张的时刻。老周跟我加上政委马茹尔一直守望在驾驶台上。突然，船头上发出一声剧烈的震动。老周叫起来：

"钢丝绳断了！锅炉活动了！"

我急忙打开探照灯向前射去。啊！我的天啊！右舷的那只锅炉动了。它把舷壁撞裂了一个大洞。这还得了！这比脱笼的老虎还凶猛啊！数十吨重的锅炉只要几下就会把舷壁撞倒，然后它会被涌上甲板的浪涛抛入海里。怎么挽救它呢，在这寸步难行的甲板上，风会把人吹倒，浪会把人卷出去。我正在考虑对策时，老周飞一般奔了下去。为了从暴风骇浪里夺回我们社会主义的财产，我立即发出战斗的警铃。全部水手出动了。我马上转身往下奔去。可是马茹尔一把揪住了我，把我推进了驾驶室。说道：

"我去！你留在这里，跟船长学习怎样操纵和稳定船舶。"

呵！在这万分惊险又刻不容缓的场合下，马茹尔也没有忘记抓住时机培养我们与风暴作斗争的本领。这时老周也在下面喊道：

"放心吧，大伙。拼了我这条老命，也要把锅炉保住。"

我注意着船长的口令，如何掌握舵角，不使船在大浪中倾翻，慢慢地把船转向下风。同时我又注意船头，看船长如何配合抢救动作。我看见老周伏倒在甲板上朝前爬行。他象带头冲锋的指挥员那样发布着号令。当浪涌上甲板时，他朝后面的水手们喊着："伏倒！"浪过去后，气昂昂地喊着："前进！"来到船首时，老周命令大家站到舱口上去，以免给锅炉撞成肉酱。平常老周是个一举一动都不惹人注意的老人，在公开场合中总象怕羞的小孩那样缩在角落里。可是现在他却毅然站到了最触目最危险的主桅的梯阶上。在这穿渡"咆哮角"的夜里，他那勇不可挡的姿态，活象个海上的打虎英雄。仿佛他要用自己的身体阻挡住强大的十级风暴。他的命令迅速而果断，而且是多么鼓舞人心啊。他用广东话、波兰话喊道：

"老朋友！柯来卡！水手显本领的时候到罗！把六吋保险缆拉出来！"

水手们把带缆用的保险缆拉到了舱口上。老周在甲板上跳跃着。我简直不敢相信自己的眼睛，一个快近六十的老人，行动竟如此谨慎而机警，动作竟象猫一般灵活。他趁着浪头的间隙，准确而敏捷地把保险缆绕锅炉围上了十几圈，然后把绳的一端绕在主桅上。在探照灯的照射下，我看见巨浪凶狠地冲击着他，他咬着牙，忍受着浪花的拍打，一边还指挥水手们把保险缆绞紧。浪涌上来时，他立即又下命伏倒。可是他自己却推开马茹尔，一个人用螺钉环拴系着钢丝，同时喊道："放心吧，政委同志，我是四十三年的老水手罗！"

我一面按照船长的意旨通知机舱半速前进，一面望着奋不顾身的老周。然而就在工作结束后，老周爬下梯阶时，事故突然发生了。老周一定是过于疲乏的缘故，手一滑，身子被浪涌出了船边，他的脚倒勾在船栏上。我全身麻木了，我的心在这一刹那仿佛落到了海里。我立即通知机舱停车。这时一个人影箭一般扑了过去。啊！这是我们的政委马茹尔。他趁着船头向下的刹那，搂住了老周的脚向里滚去，他们一起撞倒在甲板上。老周已经昏晕了过去。

紧张的战斗结束了。船恢复了原来的航向。在这穿渡"咆哮角"的夜里，我们顶着十级风暴足足航行了十六个小时，第二天下午一测船位，发现船竟停留在原来的位置上。直到晚上，风力减弱后船才开始恢复航速。

三十吨雨水

后半夜，我跟马茹尔到病房去探视老周。大概是躺得太久的缘故吧，一见面老周就拉着我的手说道："好咯，'咆哮角'驶过了，我们的机器和糖厂设备肯定能准时运到了。"接着他突然闭上眼睛，仿佛在回忆一桩异常遥远的往事，痛苦地皱起眉，用一种低沉的声音向我们诉说：

"这是多少年以前的事啊！那时我大概只有十岁，我给地主家看守蔗园。有一天我偷吃了一根甘蔗，没有发觉那个烟鬼地主已经赶到了我的背后，他一把将我的手反扭过去，伸手打了我两个耳光，他骂我：'馋鬼！你也想吃甜丝丝的甘蔗吗，你连甘蔗尾巴也不配吃！'大伙，你知道我们家乡遍地都是甘蔗啊，可是没有一根属于我们的。我在海上漂泊了四十几年，没有回去过。回去干什么呢？十五岁那年，我当'猪仔'卖身到英国船上当水手部小郎，也没有救活我父亲的穷命。"

啊，原来老周是当"猪仔"卖到海上的啊！躺在我面前的是个为争取生存而受苦，同时又战斗了几十年的老海员啊！我的心立即沉重起来。我想：

一个老水手生起病来，尤其在船上，在茫茫的大海上，他一定会想到家乡，想到那些苦难的往事的，何况老周至今还是个单身老头呢。为了使他不要过于激动，我劝说道：

"老周，别去想它了，这些都是过去的事了。"

"我怎么能不想呢。"老周用责备的日光望我一眼，说道，"生活得愈幸福，我就愈想到过去的苦日子。以前生了病做梦也想不到会躺在这么又大又舒服的病房里呀。"接着他又转换了话题："大伙，你看到过乡下人用小锅子煎糖吗？煎出来的糖又黄又焦。现在我们船上装的糖厂设备，一天就能炼出几千吨又白又细的糖来。让孩子们都能吃到这种糖吧。将来我们家乡也一定会有这么个糖厂的。"

老周的话把我引到了一片美丽的境地，我仿佛看到糖厂已经在祖国的土地上冒烟了。那些孩子们正在哈哈大笑着，张开口吃着又细又白的糖……正当我沉醉在这种幸福的想象中时，门突然被推开了。波兰木匠高声向我报告：

"大副同志，第一号淡水舱增加了半呎水！"

"船漏水了！"老周惊叫着，从床上跳了起来。

这个突如其来的消息把我们惊呆了。我跟马茹尔把老周按倒在床上，然后一起奔上了甲板。把第一水舱的水打上来喝了一口。坏了！水已经变咸了！舱里的三十几吨淡水完全报废了！现在摆在面前的不光是水的问题，更重要的是船舶的安全。经过数次测量，发觉漏水情况并不严重，估计船经过"咆哮角"时船舷的铆钉被浪打松动了。计算一下进水速度后，每天由机舱花二小时工夫就能把进水打净。假若情况不变，对船舶不会发生什么危险。因此决定等驶抵目的港后再作处理。可是淡水呢，一下子少了三十几吨，无论如何是用不到湛江的。假若驶到前方的科伦坡港去装水，那肯定不能在年底抵达湛江。困难一个紧跟着一个，而且一个比一个大啊。马茹尔苦苦思索一阵后，突然叫了起来："有了！"他兴奋地握着我的手向我提出了克服困难的办法。他要发动轮机部人员修复那部十几年未曾用过的制造淡水的机器，这是一部用海水通过蒸发制造淡水的机器，制造一吨淡水要花费两吨多燃油。这个代价太大了。但马茹尔说道："几十吨燃油的代价确实惊人，可是中国的建设所发挥出来的力量，更不是数字可以计算的。"

当夜轮机部人员便投入了修复淡水机的工作。由于十几年的失修，机器破损得很严重，好些重要零件得临时赶做。因此花了两天一夜还未修好。船员们从得知淡水舱漏水以后，对淡水节制得更严了。除了吃喝外，一切都用海水代替。

炎热的印度洋，大海被晒得蒸发出一层白蒙蒙的水雾，甲板被晒得全日发烫。在这种闷热得使人喘不过气来的时候是多么需要水啊！大家多么盼望能洗个清凉的淡水澡啊。晚上，海上没有一丝风。即使一动不动地躺在床上，也会汗如雨下。过分的闷热，这是天气变化的预兆。果然在后半夜从远处传来了一阵闷雷，紧接着乌云疾飞而来。一会儿那豆大的暴雨倾盆而下。我立即命令水手们起床去封闭风斗，以防舱内货物受潮。水手们罩完风斗后，全都脱剩条小短裤，站在甲板上贪婪地让暴雨淋着。在欢畅的逗乐声中，我突然听到了老周的叫唤声。这不禁使我猛吃一惊，他的病未好，怎么也赶来淋雨水澡了。我连忙追下去，走上甲板，看见老周正在指挥大家利用盖舱帆布撑起来当作盛水的雨篷。他奔跑着，一面指挥一面喊道："老朋友，柯来卡，盛到一吨水就抵上二吨油啊！"这时马茹尔冲动地奔上去，一把抱住了老周湿淋淋的身子喊道："老革命！你真是个万能的老水手啊！你真是我们勤俭的管家婆。"马茹尔为了照顾老周的病，对老周说，这个工作他跟我两个人可以指挥得了，劝他回去休息，并且两个人硬把他拖进房去。哪知老周一挣扎，不知哪儿来的那股力气，竟从举重家的手里挣脱了出来。他重新奔上了甲板。在闪电的亮光下，马茹尔指着老周那种南方人所特有的狮形鼻子朝我说道："你看，在最艰苦，在战斗最激烈的时候，老周好象变成了一头顽强的狮子，谁也阻挡不住！"

这一夜，全体船员自动赶来参加盛水工作。在老周指挥下，全船搭满了大大小小的雨篷。落到船上来的每一滴雨水都没有白白让它流走。在闪电的蓝光下，人们举着水桶川流不息地把雨水倒入第二和第四号水舱。

这一次老天爷服输了。它好象有意赐给了我们过多的奖赏。一星期来，在后半夜接连下了十几场暴雨，每次雷声一响，同时就能听到老周的喊声。经过几夜的努力，我们不花一吨油就盛了将近三十吨雨水。水的问题很快就解决了。

海盗式的袭击

天空没有一丝云彩，大海平静得象一片湖水。第一水舱的漏水现象没有扩大。船航行得很正常。当船驶入星加坡海峡时，我们接到了波兰航运部拍来的贺电。预祝我们这一艘首次绕道好望角的轮船将胜利地驶抵目的地。同时转告我们：局里的医务处将邀请几位名医每天在电报中给老周会诊，指导我们用药。上级的鼓励和关怀深深地感动了我们。增强了我们勇往直前的勇气。

我们一天天向中国接近了，五天后我们就能投入祖国的怀抱了。当船驶入南中国海的时候，甲板上响起了一阵欢呼。沉默了许久的歌声响起来了。几个性急的年轻水手已经作好了上岸的准备，把衣服烫挺，把胡子刮尽，开始打扮起来了。并且互相讨论着抵港后的游玩计划。大家都感到胜利已经在望了。透过那平坦的水平线，我们仿佛已经看到了祖国的壮丽山河。然而就在我们迎接胜利的前夕，突然遇上了海盗式的拦阻。马尼剌的海岸电台向我们发出了警告：美国的第七舰队将在南中国海举行大规模的海上军事演习，两天内不准船只通过。

这个消息震动了全船。我们征服了"咆哮角"的风暴，我们承受着十八世纪的配水制，我们熬着疾病，而帝国主义者竟想把它一笔勾销。不能！坚决不能！我们的政委马茹尔当众撕毁了电报。他激忿得把衬衫钮扣都崩开了，最后他激昂地喊道：

"全世界人民一定要反对这种侵略行为。这是中国的近海，我们是在公海上航行。"

甲板上人声沸腾：

"向前走啊！真理站在我们这一边！"

"前进！我们决不在美帝国主义者面前示弱！"

马茹尔赞扬地点着头说道："对！同志们，在公海上谁也没有权利阻拦我们前进。我们奋勇前进的行为就是对破坏国际法的抗议！"

我们的船坚定地按原航向朝前驶去。两小时后，望远镜里突然出现了一群小黑点。一会儿那黑点扩大成巨大的舰影，几十艘美国兵舰排成作战队形，横在我们左前方。两只驱逐舰以作战速度气势汹汹地冲来，同时发出了信号：

"停车。美国海军在演习。"

马茹尔轻蔑地朝它们笑了笑："停车，好大的口气。这种主子口气只能对附庸国才有效！"马茹尔朝甲板上叫唤着，"把我们波兰国旗高高升起来！"

这时船长同时发出了命令："船上一切工作照常进行。"

驱逐舰上的炮口一下子都对谁我们。炮声响了，它威胁我们，叫我们停车。船长被炮声彻底地激怒了，他挥着拳头骂道："强盗，他们竟敢开炮！"他举起话机向机房吼叫着，"加速！加速！"接着他一把握住我的手说道，"大副，我倒了，你就是'兄弟号'的船长，我命令你：只要机器还能转动，船头就要对准中国方向驶去！"

在这战斗的时刻，在这危急关头，我们中波两国海员的心完全连在一起了。我紧紧地夹在船长和政委马茹尔中间，我的拳头握得更紧了。

炮声响过不久，老周突然抱病赶上了驾驶台。他以一种久经沙场的姿态，望着黑压压的一大群兵舰说道："一九二二年这批强盗用机关枪吓唬我们，现在他们改用大炮了。"

炮声又响了。这一次是实弹威胁，炮弹落在我们的前方。对方看见我们还不停车，一下子出动了好几艘雷击舰和炮艇，航空母舰上的飞机也出动了。它们面对着我们这艘手无寸铁的商船，竟摆开了海上大战的阵势。这时甲板上的水手们都注视着驾驶台，注视着我们的政委马茹尔。我看到马茹尔脸上显出了惊人的平静。他朝驾驶室里的年轻舵手说道："驶直些，驶得直一些。这是真正考验舵手的时候。"可是那个年轻舵手或许由于过分紧张的缘故，久久没有把舵掌稳。这时我们的老周连忙赶上去说道："老弟，把舵交给我。"老周接过舵轮，几下子就把船驶直了。他掌舵掌得这么稳，他把握的方向这么精确，指南针上的方位半度也不差，马茹尔高兴地夸奖道："老革命，到底是我们的老革命啊！"

经过一阵令人窒息的沉默后，炮声又响了。炮弹前后左右地落在离我们不远的海面上。喷气式水上飞机发出尖利的嘘叫声从我们的船边擦过，扫下了一排机枪。另一架飞得跟我们的船桅一般高低，看得很清楚，机舱里有人伸出头来对准我们驾驶台拍照。大概他们要拍成照片后回去研究一番，想知道我们到底是些什么样的人，在这么庞大的舰队面前，在大炮和机枪的威胁下还不能把我们吓退。马茹尔望着向我们绕来的机群，立即命令水手跑进房舱里去。可是他自己却稳稳地屹立在露天船桥上。机群连扫了几排机枪，只差一点就会扫中马茹尔。炮火的硝烟弥漫着大海，空气中布满了火药味，隆隆的炮声更激烈了。在烟火中我们已经分辨不出炮火的方向。我紧紧地贴近马茹尔身旁，紧张得喘不过气来。在炮火的间隙中，我突然听到从马茹尔口中发出一阵低沉的、充满自信的、好像只哼唱给自己听的歌声：

炮声引导我们前进，
同志们，肩并着肩向前进！
勇敢一定胜利，
勇敢一定胜利！

在这么紧张的时候还哼歌曲，这使我感到惊奇，我禁不住问道："政委同志，这是什么歌曲啊！"

"这是我们罗哥索夫斯基元帅指挥的波兰兵团进攻柏林的时候，我们连队唱的歌。"

呵！我突然明白了力量的来源。听着低低的歌声，我这个第一次临阵的新兵也变得勇不可挡了。我望着驾驶室里的老周，这个几十年的老兵显得多么勇敢、沉着。他紧紧地握着舵轮，双目全神贯注地注视着指南针。几个小时里面罗盘上的指针一动不动地指向中国的方向。我又望望马茹尔，感到他就象当年进攻柏林时那样，把"兄弟号"当成了连队，领导我们走向胜利。

炮声突然消失了。舰队被我们抛到了后面。老周突然发出了一阵轻蔑的笑声：

"纸老虎，原来他们想来个三吓头，想把我们吓退，办不到！帝国主义的威风只能吓倒那些胆小鬼。"

马茹尔转身向着老周发出了会心的微笑，说道：

"老革命，你的话代我作了战斗总结。"

船尾传来了一阵欢呼。我连忙向后望去，我看见水手们都庄严地站在波兰国旗下面，波兰国旗在碧蓝的天空下迎风招展着，在她映照着的海面上激起了一条笔直的航迹。这条航迹从波罗的海将要一直伸向中国的南海，它永远也不会中断。

凯歌湛江港

经过七十二天的不间断航行，我们的船胜利地赶在元旦前夕靠上了湛江港码头。欢迎的人群为我们这次不平凡的航行欢呼，再欢呼。在拥挤的人群中一个摄影记者首先奔上了船，在舷梯口一把揪住了我们的政委马茹尔，举起手中的照象机对准马茹尔准备拍照。马茹尔连忙推开了镜头，慎重地解释道：

"对不起，你弄错了。第一个镜头应该是属于他的。"

我随着马茹尔手指的方向望去，原来老周正在前甲板上细心地解着锅炉的保险缆。他用慈祥的目光久久地注视着锅炉和刚吊上甲板的大木箱，又用父亲抚慰孩子般的手掌爱抚着它们，他的嘴唇激动得哆嗦了，仿佛在说：

"孩子，到了！"

1958 年

作品评析

陆俊超从水手起家，最后做到船长，可谓航海经历丰富。工作之余，他以自己的经历作为素材进行了大量创作，成为名副其实的海洋文学家。1956年，陆俊超开始文学创作，其处女作《海洋的主人》顺利得到发表。1957年，他创作的《惊涛骇浪万里行》获得《萌芽》杂志征文一等奖，还被选入20世纪60年代的《语文》课本。《九级风暴》基本是以陆俊超的亲身经历为素材完成的。1950年9月他与船长一起将国民党的"邓铿"轮从香港开回了广州，投奔祖国，在当时造成了轰动。仅隔十天，他又策反"海厦"轮起义，为此差点被特务的炸弹击中而殒命。以此为素材，陆俊超创作了《九级风暴》。《九级风暴》讲述的是中华人民共和国成立之时，国民党商船"凯旋号"在船长林厚德的带领下在南海起义投奔祖国的故事。《九级风暴》在船员中影响深远，激发了几代船员的爱国热忱。1978年出版的巴黎第七大学的《中国当代文学史稿》就曾单列专节"陆俊超的海洋文学"，称其为"中国海洋文学的拓荒者"。

《惊涛骇浪万里行》虽然篇幅不长，但基本上具备了陆俊超小说创作的主要特色：强烈的爱国情感、深厚的国际主义友情和浓郁的海洋气息。小说创作于中华人民共和国成立不久，陆俊超刚入职水手，业余时间拿起笔从事创作。面对百废待兴的局面，作为一个航运人能为祖国做些什么是其考虑的首要问题。小说中老周见到新的榨糖机器的兴奋，遇到海上风暴为保护机器时的奋不顾身，将机器安全运抵湛江港时的欣慰，都显示出一位底层民众对美好新生活强烈的追求。这种爱国热忱成为陆俊超海运题材小说的情感基调，无论是《姊妹船》中的生产竞赛，还是《幸福的港湾》中的新港口建设，都可以看出新一代海员为改变祖国一穷二白的面貌做出的艰苦努力。海员积极参与祖国建设一类的题材不仅成为陆俊超小说的主题，在展现航道工人和港口工人的作品《航门激浪》《金色的航线》中也得到呈现。上海航道局工人创作组所著《航门激浪》描绘了航道工人建设生活的热情。其中既有老工人带领年轻工人成长的故事，如《闪光》《钥匙》《风口浪尖》；又有航道工人不怕艰辛，全心全意为人民服务的时代讴歌，如《我们的老庄》《老班长》《水中鱼》等。纪宇的《金色的航线》是港口工人的诗歌集，其中诗句"心头燃起青春火／理想的骏马驰长空——／开钻机，当愚公／守边境，做医生，／海底勘探天上飞／高山测绘林中行……／志愿纵有千万个呵／万千志愿连革命／一生交给党安排／投入船台激战中"（《理想篇》）颇能展现出航运工人高昂的建设豪情和拳拳的爱国之心。

《惊涛骇浪万里行》除了展现出努力建设祖国的热忱外，小说中对国际主义友情的描写也较为突出。由于常年奔走在国际航线上，陆俊超认识了许多国际船员，这些船员中许多来自支持中华人民共和国建设的社会主义阵营。

小说中波兰政委马茹尔如同亲切的中国政委一样，经常鼓励船员："同志们……我们的远航是为了祖国，为了社会主义阵营的强大和繁荣。"这样的话语看不出国籍的差异和思想的隔膜，船员间如同生活在社会主义大家庭一般。为了节约用水尽快赶回中国，波兰船员实行了比中国船员更为严苛的用水计划，甚至不惜伤害身体。现在看来有些不可思议，但在当时看来，不仅合理而且非常必要。在船只遇到风浪，锅炉要被海浪卷入海底的危险时刻，马茹尔也与老周一起参与抢救锅炉的危险行动。当船行驶到南中国海时，遇到了美国第七舰队的拦截，美国借口演习禁止中国船只通行。马茹尔面对敌方的挑衅，当众撕毁电报，在船杆上升起了波兰国旗。面对隆隆的炮声和不断在船周围炸裂的水花，马茹尔带领波兰籍船员毫不畏惧，终于突破了敌人的封锁线。在辽阔的海上航行，除了克服匮乏的物质条件外，不同国籍的海员常常需要通力合作来面对风暴的挑战和海盗乃至敌对军事势力的滋扰，这样的故事我们在此后宗良煜的《与魔鬼同航》《蓝色的心》《红色舰队》以及胡月祥的《海盗在前，家在后：一位远洋船长的日记》、薛福来的《海上一年：一位老船长的航海日记》等作品中都能看到。《惊涛骇浪万里行》更加感人之处在于，不同国籍的船员为了共同的政治理想不惜牺牲健康乃至冒着生命的危险，这样的国际主义友情让人怀念。

作为一篇海员题材小说，作品突出的海洋色彩主要展现在"'咆哮角'的战斗"和"三十吨海水"中。所谓"咆哮角"指的是南非的好望角，这里以多风暴雨、海浪汹涌著称。作品在展现好望角的风暴时主要采取了侧面展现的方式，从海浪对船体的冲击这一角度突出好望角的危险。"四周黑得伸手不见五指。呼啸而来的巨浪，象几百吨的大铁锤那样猛击着船头，发出一阵骇人的轰隆声。""老周一定是过于疲劳的缘故，手一滑，身子被浪涌出了船边，他的脚倒勾在船栏上。"当船正处于缺少淡水之际，一场及时的暴雨缓解了危机，倾盆而下的暴雨给船员们带来了意外惊喜。"果然在后半夜从远处传来了一阵闷雷，紧接着乌云疾飞而来。一会儿那豆大的暴雨倾盆而下。"无论是对风暴还是暴雨的描写，文字虽俭省但相当准确，若是作者没有经历过这一切，恐怕很难描绘得如此真切。

从现在的眼光看，作品中有些提法不够科学，但也正是这些时代色彩鲜明的想法让我们感受到火热年代的激情与斗志。这种为建设祖国不怕牺牲、勇于战斗的精神虽然凸显于革命年代，但又何曾褪色呢？

雪浪花

杨朔（1913—1968 年），原名杨毓瑨，山东蓬莱人。1929 年毕业于哈尔滨英文学校，1937 年开始发表作品，1939 年参加八路军，从事文艺工作，1950 年随铁路工人组成的志愿军入朝，1954 年加入中国作家协会。著有长篇小说《洗兵马》《三千里江山》，中篇小说《红石山》《望南山》《帕米尔高原的流脉》《锦绣山河》等，短篇小说集《月黑夜》《北黑线》，散文集《亚洲日出》《万古青春》《铁骑兵》《鸭绿江南北》《东风第一枝》《海市》《生命泉》等，作品选集《杨朔散文选》《杨朔短篇小说选》等。

凉秋八月，天气分外清爽。我有时爱坐在海边礁石上，望着潮涨潮落，云起云飞。月亮圆的时候，正涨大潮。瞧那茫茫无边的大海上，滚滚滔滔，一浪高似一浪，撞到礁石上，唰地卷起几丈高的雪浪花，猛力冲击着海边的礁石。那礁石满身都是深沟浅窝，坑坑坎坎的，倒像是块柔软的面团，不知叫谁捏弄成这种怪模怪样。

几个年轻的姑娘赤着脚，提着裙子，嘻嘻哈哈追着浪花玩。想必是初次认识海，一只海鸥，两片贝壳，她们也感到新奇有趣。奇形怪状的礁石自然逃不出她们好奇的眼睛，你听她们议论起来了：礁石硬得跟铁差不多，怎么会变成这样子？是天生的，还是錾子凿的，还是怎的？

"是叫浪花咬的。"一个欢乐的声音从背后插进来。说话的人是个上年纪的渔民，从刚拢岸的渔船跨下来，脱下黄油布衣裤，从从容容晾到礁石上。

有个姑娘听了笑起来："浪花也没有牙，还会咬？怎么溅到我身上，痛都不痛？咬我一口多有趣。"

老渔民慢条斯理说："咬你一口就该哭了。别看浪花小，无数浪花集到一起，心齐，又有耐性，就是这样咬啊咬的，咬上几百年，几千年，几万年，哪怕是铁打的江山，也能叫它变个样儿。姑娘们，你们信不信？"

说得妙，里面又含着多么深的人情世故。我不禁对那老渔民望了几眼。老渔民长得高大结实，留着一把花白胡子。瞧他那眉目神气，就像秋天的高空一样，又清朗，又深沉。老渔民说完话，不等姑娘们搭言，早回到船上，大声说笑着，动手收拾着满船烂银也似的新鲜鱼儿。

我向就近一个渔民打听老人是谁，那渔民笑着说："你问他呀，那是我们的老泰山。老人家就有这个脾性，一辈子没养女儿，偏爱拿人当女婿看待。不信你叫他一声老泰山，他不但不生气，反倒摸着胡子乐呢。不过我们叫他老泰山，还有别的缘故。人家从小走南闯北，经得多，见得广，生产队里大事小事，一有难处，都得找他指点，日久天长，老人家就变成大伙依靠的泰山了。"

此后一连几日，变了天，飘飘洒洒落着凉雨，不能出门。这一天晴了，后半晌，我披着一片火红的霞光，从海边散步回来，瞭见休养所院里的苹果树前停着辆独轮小车，小车旁边有个人俯在磨刀石上磨剪刀。那背影有点儿眼熟。走到跟前一看，可不正是老泰山。

我招呼说："老人家，没出海打鱼么？"

老泰山望了望我笑着说："嘻，同志，天不好，队里不让咱出海，叫咱歇着。"

我说："像你这样年纪，多歇歇也是应该的。"

老泰山听了说："人家都不歇，为什么我就应该多歇着？我一不瘫，二不瞎，叫我坐着吃闲饭，等于骂我。好吧，不让咱出海，咱服从；留在家里，这双手可得服从我。我就织渔网，磨鱼钩，照顾照顾生产队里的果木树，再不就推着小车出来走走，帮人磨磨刀，钻钻磨眼儿，反正能做多少活就做多少活，总得尽我的一份力气。"

"看样子你有六十了吧？"

"哈哈！六十？这辈子别再想那个好时候了——这个年纪啦。"说着老泰山捏起右手的三根指头。

我不禁惊疑说："你有七十了么？看不出。身板骨还是挺硬朗。"

老泰山说："嘻，硬朗什么？头四年，秋收扬场，我一连气还能扬它一两千斤谷子。如今不行了，胳膊害过风湿痛病，抬不起来。磨刀磨剪子，胳膊往下使力气，这类活儿还能做。不是胳膊拖累我，前年咱准要求到北京去油漆人民大会堂。"

"你会的手艺可真不少呢。"

"苦人哪，自小东奔西跑的，什么不得干。干的营生多，经历的也古怪。不瞒同志说，三十年前，我还赶过脚呢。"说到这儿，老泰山把剪刀往水罐里蘸了蘸，继续磨着，一面不紧不慢地说："那时候，北戴河跟今天可不一样。一到三伏天，来歇伏的差不多净是蓝眼珠的外国人。有一回，一个外国人看上我的驴。提起我那驴，可是百里挑一：浑身乌黑乌黑，没一根杂毛，四只蹄子可是白的。这有个讲究，叫四蹄踏雪，跑起来，极好的马也追不上。那外国人想雇我的驴去逛东山。我要五块钱，他嫌贵。你嫌贵，我还嫌你胖呢。胖得像条大白熊，别压坏我的驴。讲来讲去，大白熊答应我的价钱，骑着驴逛了半天，欢欢喜喜照数付了脚钱。谁料想隔不几天，警察局来传我，说是有人把我告下了，告我是红胡子，硬抢人家五块钱。"

老泰山说得有点气促，喘嘘嘘的，就缓了口气，又磨着剪子说："我一听气炸了肺。我的驴，你的屁股，爱骑不骑，怎么能诬赖人家是红胡子？赶到警察局一看，大白熊倒轻松，望着我乐得闭不拢嘴。你猜他说什么？他说：你的驴快，我要再雇一趟去秦皇岛，到处找不着你。我就告你。一告，这不是，就把红胡子抓来了。"

我忍不住说："瞧他多聪明！"

老泰山说："聪明的还在后头呢，你听着啊。这回倒省事，也不用争，一张口他就给我十五块钱。骑上驴，他拿着根荆条，抽着驴紧跑。我叫他慢着点，他直夸奖我的驴有几步好走，答应回头再加点脚钱。到秦皇岛一个来回，整整一天，累得我那驴浑身湿淋淋的，顺着毛往下滴汗珠——你说叫人心疼不心疼？"

我插问道："脚钱加了没有？"

老泰山直起腰，狠狠吐了口唾沫说："见他的鬼！他连一个铜子儿也不给，说是上回你讹诈我五块钱，都包括在内啦，再闹，送你到警察局去。红胡子！红胡子！直骂我是红胡子。"

我气得问："这个流氓，他是哪国人？"

老泰山说："不讲你也猜得着。前几天听广播，美国飞机又偷着闯进咱们家里。三十年前，我亲身吃过他们的亏，这笔账还没算清。要是倒退五十年，我身强力壮，今天我呀——"

休养所的窗口有个妇女探出脸问："剪子磨好没有？"

老泰山应声说："好了。"就用大拇指试试剪子刃，大声对我笑着说："瞧我磨的剪子，多快。你想剪天上的云霞，做一床天大的被，也剪得动。"

西天上正铺着一片金光灿烂的晚霞，把老泰山的脸映得红通通的。老人收起磨刀石，放到独轮车上，跟我道了别，推起小车走了几步，又停下，弯腰从路边掐了枝野菊花，插到车上，才又推着车慢慢走了，一直走进火红的霞光里去。他走了，他在海边对几个姑娘讲的话却回到我的心上。我觉得，老泰山恰似一点浪花，跟无数浪花集到一起，形成这个时代的大浪潮，激扬飞溅，早已把旧日的江山变了个样儿，正在勤勤恳恳塑造着人民的江山。

老泰山姓任。问他叫什么名字,他笑笑说:"山野之人,值不得留名字。"竟不肯告诉我。

1961 年

作品评析

《雪浪花》是杨朔的散文代表作之一。曾入选中学《语文》教材。

1961 年 9 月 1 日,时任《红旗》杂志社文艺编辑的浩然与正在北戴河休养的杨朔通了电话,希望他为《红旗》杂志写篇散文,杨朔爽快地答应了。杨朔在构思了十多天后,于 19 号交给浩然一篇散文,即《雪浪花》手稿。这篇散文很快就在《红旗》上发表出来,发表后受到了一致好评,为杨朔带来了声誉。但这篇散文也给杨朔带来了灾难。文化大革命期间,杨朔受到批斗,有人攻击杨朔的《雪浪花》,说"咬"字代表了对社会主义的仇恨。但据胡世宗 1981 年 6 月 5 日的日记回忆, "咬"字是浩然修改的,原文本为"啃"字。①

《雪浪花》篇幅不长,通俗易懂,但立意高远,时代特征明显,在"十七年"期间的海洋题材散文中具有一定的代表性。

该散文采取了典型的杨朔模式,即"在平凡的日常生活中探寻诗情,把自己情感溶化到人物形象中去,让人物在情景交融的意境中焕发光彩"②。这样的写作范式在《荔枝蜜》《香山红叶》《画山绣水》《埃及灯》等散文中都反复使用过,例如在《荔枝蜜》中,作者借用勤劳的小蜜蜂来赞美为人类酿造甜美生活的农民;在《香山红叶》中,从描写"一股轻微的药香"引申出对饱经风霜、老而弥坚的刘四大爷的赞美……在《雪浪花》中,则以勤劳忠诚的老泰山来比喻像雪浪花一般的千千万万的劳动人民,正是他们的努力在不断改变中国的面貌,"别看浪花小,无数浪花集到一起,心齐,又有耐性,就是这样咬呀咬的,咬上几百年,几千年,几万年,哪怕是铁打的江山,也能叫它变个样儿"。这个比喻显然是"文眼",提醒读者注意作家的写作意图。勤劳忠诚的老泰山,老了也不愿意闲着,一心还想"到北京去油漆人民大会堂"。正是这些痕迹明显的提醒,彰显出文章的时代特色。

---

① 梁秋川:《北戴河岸的雪浪花——杨朔》,见梁秋川:《父亲浩然和他的朋友们》,北京:团结出版社 2018 年版,第 139 页。

② 王庆生:《清新隽永,诗意浓郁——杨朔的〈雪浪花〉赏析》,见王庆生:《与时代偕行的中国当代文学:王庆生自选集》,武汉:华中师范大学出版社 2017 年版,第 320 页。

　　老泰山的出场采取了先声夺人的方式，一声"是叫浪花咬的"彰显出其爽朗果敢的性格。老渔民的从容与姑娘的好奇形成了对比，老泰山此时已不再是年老的渔民，而演变为教育懵懂无知的年轻人的角色。在散文的结尾，当"我"问起老泰山的名字，老泰山说他姓"任"，"山野之人，值不得留名字"。姓"任"即可以是"任何人"，老泰山显然是年长的劳动人民的形象代言人，而受教育的对象不仅是小姑娘或者"我"，而且也包含以"我"为代表的青年群体。因此，看似散文中人物形象不多，却构成了经历与见识上的代际区别。

　　老泰山为了突出雪浪花的精神，在磨刀的空当还特意介绍了青年时被身强体壮的美国人欺侮的经历。这段经历看似简单但内容不少，占据了整篇散文三分之一的篇幅。通过这样的经历，再对比眼前的幸福生活，不难看出老泰山的教育者角色。显然，这样的教育是成功的，因为"我"听完后，感叹道："老泰山恰似一点浪花，跟无数浪花集到一起，形成这个时代的大浪潮，激扬飞溅，早已把旧日的江山变了个样儿，正在勤勤恳恳塑造着人民的江山。"这就呼应了开头，构成论证上的循环。

　　杨朔海边的创作经历为这篇教育散文带来了海洋的味道。散文首段即描写了深秋时分的北戴河风情，"凉秋八月，天气分外清爽。我有时爱坐在海边礁石上，望着潮涨潮落，云起云飞。月亮圆的时候，正涨大潮。瞧那茫茫无边的大海上，滚滚滔滔，一浪高似一浪，撞到礁石上，刷地卷起几丈高的雪浪花，猛力冲击着海边的礁石。"这一段描写看似纯粹的抒情段落，与后文"西天上正铺着一片金光灿烂的晚霞，把老泰山的脸映得红通通的"共同为《海浪花》彰显了强烈的抒情意味。然而，风景并非仅用于抒情，柄谷行人在《日本现代文学的起源》中就指出风景在现代文学中的写作意义。海边风情的展示不仅是背景，它已经构成了环境的一部分，参与对老泰山的性格塑造和功能展示。若没有对海边祥和宁静环境的展示，若没有海霞余光对老泰山形象的美化，老泰山对青年人的教育效果无疑会大打折扣。

　　杨朔的《雪浪花》虽然技巧成熟，但也存在艺术构思上的雷同现象。不仅如此，他的散文也凸显出作家对当时现实生活中的困难与问题认识不足，批判意识不强，这样的问题普遍存在于杨朔及与其同时代的其他作家的散文篇什中。

海岛女民兵（节选）

黎汝清（1928—2015 年），山东博兴人。1945 年参加革命，在部队做宣传工作，次年加入中国共产党，参加过解放战争中的多次重大战役，1958 年调至南京军区，1962 年以后在南京部队创作室从事专业创作。主要作品有短篇小说集《将军和通讯兵》《3 号了望哨》《秘密联络站》等，中篇小说集《我守卫在桃花河畔》《搏斗者》《自白》等，长篇小说《海岛女民兵》《万山红遍》《雨雪霏霏》等，诗集《战斗集》《青凤岩》《战马奔驰》等。

第三十三章　天罗地网

半边残月从西山头落下去了，夜显得更加深沉宁静。这是半夜时分，渔业仓库附近的大火正在熊熊燃烧。

我把"黑风"交给几个民兵看守，然后就到葫芦湾口来了。方书记、双和叔已经把民兵全都布置好了。大家都散布在吞口两旁的岩石上。大家都穿着黑色的衣服，左臂上缠着白色的毛巾，所有枪口都对准了每块黑魆魆的礁石，准备着迎接我们的死对头。十二只小舢板已经摆在吞口，准备去截断敌人的退路。

民兵阵地后面，聚集着无数群众，他们手里拿着木橹、鱼叉、柴刀，……海花的阿爸也瘸着腿跑了来，他手里是提着一根麻绳子。一见到我，他把绳子在我面前抖抖，满腔仇恨地说："今天我要亲手拴起这些狗娘养的！"

群众这种复仇的情绪是可以理解的。在黑暗的旧社会里，他们受尽了这些坏蛋的欺压、剥削和凌辱，如今这些害人的豺狼又要上来了，他们是准备上来杀人、放火、抢劫的，哪一个能不愤恨万分呢？但是方书记怕人多了反而影响战斗，把他们全都安排在民兵阵地后面。

旺发爷爷提着他的鱼叉跑到民兵阵地上，刘继武对他说："爷爷，你怎么也跑来了？这里没有你的事！"

旺发爷爷气愤地说："你少放屁！抓特务我不能来？这都是你们的事？海霞呢？我要找海霞连长！"

民兵们着急地低声说："旺发爷爷，小声点，要不，暴露了目标你负责？"

我走到旺发爷爷面前说："旺发爷爷，你还是到后边去吧，这是规定！"

"海霞，你不能叫我到后方去呵！"

我说："这怎么是后方呢，只差那么几十步嘛。"

他还是固执地说："不，我不去！我不亲手攮死他们几个，死不瞑目！"

方书记走过来说："旺发大伯，你这个要求很好，我给你一个重大的任务，赶快上舢板，准备给民兵驾船！拦截敌人的退路。"

旺发爷爷高兴极了，雄赳赳地说了声"是！"就跑到沙滩上去了。

时间过得很慢，我焦急地说："难道敌人不来了？'黑风'又耍了什么花招？"

方书记说："根据部队可靠的情报，敌人已经从外海美国军舰上换乘当地渔船进来了。"

"部队知道了？"我心里象放下了块大石头。

"知道了，刚才团里来了电话，部队已经把敌人的退路封锁住了，还问我们要不要派部队来帮助。我对部队的同志说，部队只要帮我们把海上的网口封住就行了；这是消灭敌人最重要的关键。杀鸡用不着牛刀，敌人敢上来，我们同心岛的民兵包啦！"

我问："来了多少人？"

"一只机帆船，最多不过三十个人。"

我笑笑说："太少了，这叫老虎吃蚂蚱，不够嚼的！"

方书记见我很镇定，当然很高兴，但是他警告我说："海霞，要记住毛主席的话，战略上要藐视敌人，战术上要重视敌人。弱敌要当强敌打，这些匪特都是经过美蒋特务机关训练的，是些穷凶极恶的亡命之徒，都是些反动透顶的家伙，大意麻痹是要吃亏的！"

渔业仓库附近的火焰慢慢小下去了。民兵们已经等得焦躁起来。忽然海花面前的岩石上冒出了一个黑影，这个家伙是潜水上来的。海花立即用枪指着他低声喊："什么人？举起手来！"

对方被吓住了，扑嗵一声又跌到水里。刘继武也跟着跳了下去；海水翻腾了一阵，刘继武竟从水里把这个家伙提了上来。

一见那么多枪口对着他，这家伙就慌了。扑嗵一下跪在地上说："饶命吧，我是叫他们抓走的渔民呵，是他们硬逼我来探路的。"

方书记问："你们来了多少人？他们都在什么地方？"

"长官，……我全都说出来，我不想跟他们干了。我只想回家……"

根据这个匪特简单介绍的情况是这样：陈占鳌当了先遣纵队司令之后，就带着他的全部人马——二十七个匪徒，停泊在外海上的美帝国主义的军舰上，等候301号特务、也就是"黑风"的情报，伺机偷袭同心岛。因为同心岛没有驻军，他们认为选择这个最薄弱的地方是万无一失的。这天下午他们收到了301号的电报，约定当晚偷袭。美国顾问便大张酒筵，为他们饯行，祝贺他们旗开得胜，马到成功。黄昏后，他们就从美国军舰上下来，换乘机帆船到了虎头屿。狡猾的陈占鳌虽然看见了约定的火光，但是，他还是不敢贸然上岛，想先派人上岸探探虚实，但是匪徒们都借口地形不熟，不敢上岛。陈占鳌没有办法，才派了这个匪特上来，这人叫张阿炳，是半屏岛人，也是和陈大成一起被国民党抓去的渔民。由于他对这一带地形很熟悉，陈占鳌便极力对他进行威胁、利诱、欺骗，……把他拉进了匪特组织。

方书记考虑，到底把这个匪特扣留下来好，还是放回去好。如果扣下来，陈占鳌不见张阿炳回去他是不会上岛的；如果派他回去，这家伙不一定可靠，这样岛上的情况就会暴露。但是方书记还是决定放他回去，对他说："你不是说你是个渔民吗？那你过去一定受过渔霸海匪国民党匪军的压迫，今天你就不应该给他们来卖命。你不是想回家吗？这就要看你自己了。你要争取政府宽大，你要立功赎罪，你就赶快回去告诉陈占鳌，就说岛上民兵都在救火，葫芦湾口没有人站岗，有个尤二先生在葫芦湾口等他上岛。……"

"是！是！是！"张阿炳点头哈腰地说。

方书记严厉地警告他说："你可不要耍花招！你们是跑不掉了，除了给我们打死就是投降，没有第三条路可走！你要是想得到政府的宽大，想回家，你就按着我的话去做！"

"是，是，我明白了。别忘了我叫张阿炳。"海水翻了个浪花，他又游回去了。

张阿炳一走，方书记就说："海霞，我们得改变原来的计划，在这里等敌人是不行的。陈占鳌十分狡猾，即使张阿炳照我的话去做，如果他看不见301号的真凭实据，他是不会轻易相信的。他也可能派人跟在张阿炳后面，一方面监视他，另一方面也好回去核对情况，如果这样，我们的准备情况就暴露了，陈占鳌很可能从虎头屿逃跑。我们必须作两手打算，现在，我留下二排守岛，你立刻带一、三两个排乘舢板包围虎头屿，不能让他脱钩跑掉……"

我们只用了五分钟就全部上了舢板。方书记凭他以往丰富的战斗经验，告诉我们说："夜里行动要特别当心，现在是敌人在暗处，我们在明处；敌人在山上，我们在船上。行动不能冒失，既要抓住战机，也要善于等待。你们只要把网口收紧，他就不会跑掉。什么时候对我有利，就什么时候打！什么地方对我有利，就在什么地方打！"

玉秀的机枪就架在我的船上，十二只小舢板一字儿摆开，向虎头屿驶去，旺发爷爷和德顺爷爷都来给我们驶船。因为前些日子我们在这里演习过，这次实战果然用上了。当我们接近虎头屿的时候，我吩咐每条舢板都找块礁石作为依托和隐蔽物，注意观察敌情。

当时我决定的打法是：如果敌人不下山，我们就等到天亮之后再打，这样可以减少伤亡；如果敌人上船逃跑，这样就最容易全歼，我们就在海上打。

我乘的一只舢板靠虎头屿最近，傍在一块礁石后面，玉秀把机枪架在礁石上。我们立即发现虎头屿的山凹部聚集着一群黑影，看样子他们正要登船。海风迎面吹来，我们听清了匪徒们的声音。

玉秀说："打吧！"

我制止她说："等一下，等他们上了船再打！"

"……狗东西，你还想骗我！你以为只派你一个人上岛的吗？"我听出这是陈占鳌的声音。果然不出书记所料，他真的派人跟在了张阿炳的后面。

"信不信由你。"这是张阿炳的声音。

"只要你把船给我开到外海，我就饶了你！"陈占鳌的声音。他果然要想脱钩了。

"我不开！"张阿炳的声音。

"我枪毙你！"陈占鳌的声音。

"司令，使不得，没有张阿炳掌舵，我们的船开不出去，这里的暗礁比他妈的鲨鱼嘴里的牙还多……"另一个匪特说。

"好！我开！"张阿炳说。

陈占鳌大声对他的匪徒们说："兄弟们，我们已被发现了，岛上民兵有了准备，快上船呵。往外海开！"

匪徒们一听说要逃跑，都争先恐后地纷纷上船，机器立即发动起来。我对玉秀说："等靠近些再打！"

但这时却看见机帆船猛然一拐弯，向一块礁石上撞去！船撞碎了，匪徒们纷纷滚到海里。

玉秀没有等我下命令，就向匪徒们开了枪。曳光弹流星一样在匪群里飞着，其他几条船上也都开了枪，激烈的战斗开始了。涛声枪声响成一片。

一团黑色的东西向我们漂浮过来。我正要开枪，忽然听到张阿炳喊："别开枪呵，我是张阿炳呵，我要戴罪立功……"

我们把舢板靠过去，张阿炳和一个匪特在海水里正扭打成一团，黑暗里很难分辨出哪个是谁，我们把他们一齐提上船来。张阿炳一上船就躺倒了，他被这个匪特的匕首刺伤了好几处，他昏昏沉沉地说："我……我要立功赎罪，我要……我要回家。"

那个匪特一上船就哇哇地吐着海水，躺在船板上装相。从他刺伤张阿炳这一点来看，这是个顽固凶狠的家伙，不管他肚子里装了多少海水，我们还是牢牢地把他绑了起来。

在天放亮的时候，海上战斗已经结束。

阿洪嫂遗憾地说："这样就完了？嘿，还他娘的美蒋武装匪特呢！真不经敲打！"

采珠说："就象'三天不喝水，吃一颗酸杨梅'，又痛快又不过瘾。"

玉秀擦拭着她的机枪说："这哪里是战斗，这简直是在海水里捞'草包'嘛！我这第二梭子子弹还没有打完呢！"

我叫各条船靠拢，清查俘虏的数字。清查结果，死的伤的加活捉的，一共二十四名。

我简单地审问了几个俘虏，都说一共来了二十七个。这和张阿炳的口供也相符。这就是说，除了匪特司令陈占鳌以外，还有两个匪徒没有落网。经过继续查对，这两个匪特是副司令和参谋长。奇怪，为什么单单少了这三个匪首呢？从海上逃跑了？不会。打死了？海面上又没有他们的尸首。

我明白了，这三个家伙根本没有上船，当张阿炳和另外一个匪特从同心岛回到虎头屿之后，陈占鳌就知道我们已作了充分准备。他们一定预感到和机帆船一起走是逃不脱的，就来了个"金蝉脱壳"。是了，怪不得他大喊大叫地催他的匪徒们上船呵！这三个家伙藏在哪里呢？

太阳已经升起来。海上弥漫着淡青色的晨雾和火药气息。我向民兵连布置了新的战斗任务：我命令第三排——男民兵排乘舢板搜索虎头屿周围切水线上的岩洞，因为男民兵的水性比女民兵更好些；我带着一排上虎头山搜索。正想抽一个班把俘虏押回同心岛，方书记、双和叔却带着二排和许多群众乘船赶来了。把俘虏交给了方书记他们后，我就带一、二两排立即投入了对虎头山的搜索。大家的战斗热情高涨得难以形容。我告诫大家说："虽然只剩下三个坏蛋了，这三个却是最狡猾最顽固的家伙，千万大意不得。我们为了战斗胜利并不怕伤亡；但我们绝不允许因为麻痹大意而造成不应有的伤亡！现在以战斗小组为单位，开始搜索！"

有的民兵问："要死的还是要活的？"

我说："最好是抓活的！"

"若是敌人死不投降呢？"

我把握紧的拳头向下一劈说："那就消灭它！开始行动吧，注意利用地形地物！"

晨雾开始消散，山头从轻纱似的淡雾里露了出来，朝阳染红了这座小荒山。这座荒山虽说不大，山势却十分险恶。怪石横躺竖卧，岩缝里茅草荆棘丛生，根本没有道路，每一步都要仔细观察。我们的手脚胳膊腿，全都叫刺针划破了，沁出了一丝丝的血滴。但渴望着战斗的我们全然不注意这些，心里只有一个念头：消灭敌人！

在接近山头的时候，我发现有一丛茅草被踏倒了。这就是说，有人到过这里。因为在这乱石丛中，随时都可能受到敌人的冷枪射击，我便找了一块巨石作掩护，向四周观察。

阿洪嫂已经提着枪绕上了山头。"海霞！有个山洞！"她向我大声喊道。

"闪开洞口！"

我一边警告她，一边向上攀登。这时四面也都传来了民兵们搜索敌人的喊声。

我接近了山洞右面，阿洪嫂躲在山洞左面。我看见洞口外的茅草被踏倒了一片，就断定洞里藏着敌人，便大声喊道："陈占鳌！你们被包围啦，赶快投降！不然就把你们统统消灭！"

洞里静悄悄，没有一点声息。

阿洪嫂忍不住了，她说："别和这些狗杂种们磨牙了！干脆轰死他们！"她把手榴弹举了起来，向上探了一下身子；就在这时，洞口里扫出一梭子冲锋枪子弹，打得阿洪嫂面前的石头上碎石乱迸，火星横飞。阿洪嫂跌到岩石后面去了，我同时也向洞口打了两枪，心想，阿洪嫂可能负伤了。

我正要抢过去救护她，却见阿洪嫂一侧身把手榴弹抛了出去，原来刚才是她的一个假动作，欺骗了敌人——我们这员猛将也会动计谋了。但她的手榴弹丢的不够准，在洞口的岩石上蹦了一下就爆炸了。

洞口里的冲锋枪象急雨一般向外扫射。真是要顽抗到底啦！我一股怒火从心头升向脑门，一颗手榴弹正正地抛进洞口，敌人的枪声停了一下，阿洪嫂又接连投进了两颗手榴弹。

烈火浓烟从洞口里喷出来，弥漫在洞口四周。这时从烈火浓烟里滚出一个人来，他身上的火苗虽然滚熄了，却还冒着焦糊味的浓烟。阿洪嫂向他扑了过去，这家伙临死还要作最后挣扎，举起短枪向阿洪嫂射击，我急忙赶过去用刺刀一拨，他的短枪飞出了十米开外。

阿洪嫂气得狠狠地捣了他一枪托，然后抢起枪来又要砸。

"哎呀！饶命吧！我投降！"这家伙翻身起来跪在地上，这就是陈占鳌。

我命令他说："快向山洞里喊话，叫他们投降！"

满身血污的陈占鳌吓得全身发抖，狼狈不堪地说："不……不用喊了，都叫，……都炸死了！"

我愤愤地说:"这就是顽抗的下场!"

阿洪嫂仍然不相信,她的手榴弹丢光了,又把我的一颗抢了过去,丢进了山洞。爆炸过后,洞里仍无声息,经过搜查,那两个家伙果然被炸死了。

我用刺刀指着陈占鳌说:"走吧!301 还在同心岛等你呢!"

陈占鳌垂下了头,跌跌撞撞地向山下走去。

一轮红日升起在东方,霞云飘飘,霞光万道,好象无数面庆贺我们胜利的彩旗迎风招展;海潮也好象在欢呼跳跃,发出哗哗的笑声。

我们押着这群美帝国主义豢养的走狗,走上沙滩。渔霸陈占鳌、"黑风"大头目和账房先生都相会了。他们一齐被押送往人民的法庭去听候审判。

1966 年

作品评析

《海岛女民兵》是黎汝清"十七年"期间创作的海战题材的长篇小说,本选段选自 1972 年版。小说依据浙江省温州市洞头县(今洞头区)先锋女子民兵排的真实事迹改编而成。洞头县位于温州市城区,由 103 个岛屿和 259 座岛礁组成,素有"三江屏障""浙南门户"之称。当全国大部分已经解放之时,这里仍残留零星的国民党特务,直到 1952 年才解放。为打击小股残余势力的侵扰,洞头县在上级领导的支持下实行军民联防机制,成立民兵武装队,小说展现的正是由排长汪月霞带领的女子民兵排对敌斗争的故事。这一支女子民兵排成果卓著,在 1960 年召开的全国民兵代表大会上,汪月霞曾作为代表向党中央作了汇报。会后毛主席还风趣地说道:"你们都很年轻哪,我到你们那里当一名普通民兵,你们要不要哇?"又说,"你们不简单,今后更要好好干啊!"[①]

《海岛女民兵》共有两版:人民文学出版社 1966 年初版和 1972 年再版。初版于 1966 年 4 月出版,算是较为特殊的事件,因为从 5 月起也只出版了《艳阳天》的第三卷,精装重印了《边疆晓歌》(黄天明)、《绿竹村风云》(王杏元)等少数作品。初版版式大三十二开,平装印册为十万册,精装印册为一千册。1972 年,该书再版,印册以百万计。在内容上,章节数仍为三十五章,重拟了少数标题,如初版的"太阳从西边出来"改为"阿洪哥和阿洪

---

① 干方洲、邵钧林、阮生江:《海岛女民兵——汪月霞新传》,《中国民兵》1985 年 2 期,第 6 – 7 页。

嫂"、"四百年前的故事"改为"海上捷报"。再版较之初版增加了一些豪言壮语以及毛泽东语录，后者多用黑体字加以强调，可视为一种时代痕迹。在文学作品相对匮乏的年代，《海岛女民兵》的两次出版使得该书具有较大的读者群。不仅如此，该书还在中央广播电台和20多个地方电台进行广播，进一步扩大了受众面。鉴于该书良好的社会影响，1975年由北京电影制片厂改编为电影《海霞》，更使得女子民兵连的故事风靡一时。该书在1973年、1975年先后出版过日文版和英文版，1976年由上海人民美术出版社改编为连环画。

本书节选的段落为该书的第三十三章"天罗地网"，主要讲述智擒陈占鳌的过程，属于全书的高潮部分。渔霸陈占鳌在特务黑风、账房先生尤二狗的协助下潜入同心岛，试图进行反攻倒算的颠覆活动。得到消息的女民兵们在队长海霞的指挥下，采取诱敌深入的方式一举将试图顽抗的敌人全数歼灭。小说在开展这一高潮情节时，注重展现民兵组织的群众基础，当听说要与陈占鳌决一死战时，大家都踊跃报名。旺发爷爷不顾年迈虚弱的身体也试图加入战斗就是明证。小说在人物功能设置上采取了常见的"军民一心，书记指挥"的模式，方书记作为党代表在整个战役中既是指挥官又是参谋长，时不时冒出的毛主席语录更是强调了其主导地位。

虽然，《海岛女民兵》的故事高潮是民兵智斗陈占鳌，但纵观全书可以发现，小说实际上包含了三重叙事主题，分别是阶级解放、民族解放和性别解放。小说的故事主线描述的是海霞与石头哥哥、德顺爷爷在解放前受到渔霸陈占鳌的压迫，解放后在党的领导下去破渔霸的复辟阴谋，突出了作品的阶级解放意义；而与特务尤二狗、海盗"黑风"以及背后的美蒋势力的斗争则凸显了解放后仍广泛存在的民族斗争的严峻形势；通过李海霞、阿洪嫂等女性形象在方书记的带领下从家庭走向战场的经历，证明了女性参与革命斗争的重要性。这三条叙事线索相互交织、互相串联，最终汇聚到剿灭陈占鳌的战斗过程中。取得对陈占鳌及其背后敌对势力的胜利，既是对敌斗争的胜利，也是女子民兵排的成人礼，更是民族解放的伟大战果。在海面升起的红彤彤的圆日成为巨大的象征物，它扫荡了最后残留的阴霾，还原清朗太平的美好人间。

作为同样诞生于20世纪60年代的两部作品，《海岛女民兵》与《红色娘子军》之间明显存在互文关系。《红色娘子军》初映于1960年，展现的是第二次国内革命战争期间海南岛五指山地区劳动妇女组建的民兵组织——红色娘子军在连长吴琼花的带领下消灭地主恶霸南霸天的经历。虽然两部作品的时代背景和故事地点有所不同，但基本要素是相似的。党的领导、女性成长、阶级斗争、民族解放等在两部作品中都得到了充分的展现。不仅如此，《红色娘子军》与《海岛女民兵》在人物的伦理化和故事的传奇性上也具有相似之处。两部作品的反面人物设置都是反伦理的，渔霸陈占鳌在篇首对渔民的欺诈行为和对年幼弱小渔民的欺压让人愤慨，地主南霸天对吴琼花的欺压与私人的淫乱生活更是让人不齿，这预先宣判了人物在伦理上的反动性，从而为后文的政治斗争提供了合理化证明。而在活捉特务"黑风"和地主南霸天时，南霸天借助地道逃遁的情节，"黑风"将发报机藏于断腿的举动则带有明显的传奇化色彩。这样的情节安排突出了故事的戏剧性，符合普通读者和观众的观赏心理，较能吸引受众，这一安排与作品中的政治教育共同起到了引导和规范的文学功能。

虽然有诸多相似之处，但两部作品仍略有不同。《红色娘子军》是以洪常青牺牲，吴琼花代替洪常青继任党代表作为吴琼花的成人礼。而《海岛女民兵》却没有采取这一方式，方书记在完成活捉陈占鳌的任务后，继续指导女民兵队员的成长。这样的结局恐怕也可以视为诞生稍晚的《海岛女民兵》的时代痕迹。

作为海战题材小说，对于海岛环境的描绘是必不可少的。《海岛女民兵》中对海洋的直接描写不多见，即使出现，也是作为人物心理和社会环境的暗示。在小说开头有一段相当抒情的片段："每当夜间，我们在沙滩上巡逻，到观潮山上放哨。当天将放亮的时候，我们就喜欢站下来看看海上日出。当然我们不是为了欣赏景致，而是初升的太阳给我们带来一种感情。在东方由淡青色慢慢变成鱼肚白的时候，黎明就来了。鱼肚白慢慢变成胭脂红，一会儿就成桔红了，几朵霞云飘过，渐渐露出一点光亮，慢慢上升，一条线，像梳子，半圆形，接着就滚出一个大火轮来，把东半天照得火红，眨眼之间，它已被几朵金云托离了水面，放出耀眼的金光了。海水也变成了金黄色，荡漾着向脚下涌来。朝阳升得更高的时候，霞云就给我们的海岛披上一层水红色的轻纱。渔村升起了炊烟，渔船象展开翅膀一样的升起帆篷，向着初升的太阳驶去……"这是小说中难得的一长段对海岛环境的刻画。虽然后半段有强烈的抒情色彩，但注意段首与段尾两句"当然我们不是为了欣赏景致，而是初升的太阳给我们带来一种感情""渔船象展开翅膀一样的升起帆篷，向着初升的太阳驶去"，这里"太阳"的喻指含义不言自明，环境描写中始终掺杂主人公的政治情感，而非纯然的自然描写。这样的书写风格是符合这一时期小说的整体要求的。对于美好环境刻画得越用心，越能体现出渔霸和国民党特务破坏行为的可恨，这从另一个层面体现了环境描写的功能。这样的段落在小说中并非孤证。在将陈占鳌、"黑风"以及账房先生一网打尽后，小说也有一段环境描写："五月的天气多变。说风风到，说雨雨来。这时，一朵乌云从东南角的丛山上升起来，越展越大，漫过海峡，仿佛从波涛上爬了过来。几分钟后，云层便兜起了繁星，吞没了月亮，大地骤然昏暗下来。远处蓝色的电光闪动了一下，跟着就响动了第一阵雷声，隆隆地滚过了我的头顶，一阵狂风，卷着潮湿咸腥的海水气味迎面扑了过来。树林山草发出了呼啸声，海潮象发了狂的野兽猛扑着沙滩，已经分不清哪是海洋、哪是岛屿、哪是天空了。陡然间渔村又被一道刺眼的白光照亮，一声炸雷，雨点带着沙子般的硬度打在我的脸上，越下越大，越下越急，接着就是倾盆大雨。"这段看似在描写海岛上的暴雨，但风雨不定的天气仍然鲜明地暗示了政治风暴会随时到来，因此，战斗的法螺也会随时响起。

作为"十七年"时期影响较大的一部海洋题材长篇小说，《海岛女民兵》具有较为典型的文本意义。小说无论就文学性还是政治性而言，都代表了这一时期海洋小说的成就。与稍晚创作的浩然的《西沙儿女》不同，《海岛女民兵》在主题的丰富程度和细节的刻画上更胜一等，在海岛风情和人物形象的塑造上更加生动，因而阅读感受也更加立体。虽然是一部时代痕迹明显的作品，但我们不妨从当时的语境出发来认识其文本价值，这样恐怕更能贴近文本本身。

致大海

舒婷，1952 年生，原名龚佩瑜，福建龙海人。1969 年参加工作，1979 年开始发表作品，1983 年加入中国作家协会。曾任福建省文联、作协副主席，厦门市文联主席。著有诗集《双桅船》《会唱歌的鸢尾花》《始祖鸟》《舒婷的诗》等，散文集《心烟》、《秋天的情绪》、《硬骨凌霄》、《真水无香》、《露珠里的"诗想"》、《舒婷文集》（共 3 卷）等。

大海的日出
引起多少英雄由衷的赞叹；
大海的夕阳
招惹多少诗人温柔的怀想。
多少支在峭壁上唱出的歌儿，
还由海风日夜
日夜地呢喃；

多少行在沙滩上留下的足迹，
多少次向天边扬起的风帆，
　　都被海涛秘密、
　　　　秘密地埋葬。

有过咒骂，有过悲伤，
有过赞美，有过荣光。
大海——变幻的生活
　　生活——汹涌的海洋。

哪儿是儿时挖掘的沙穴？
哪里有初恋并肩的踪影？
呵，大海，
就算你的波涛
　　　　能把记忆涤平
还有些贝壳，
　　　散在山坡上，
　　　　　如夏夜的星。

也许漩涡眨着危险的眼，
也许暴风张开贪婪的口，
啊，生活，
固然你已断送
　　　无数纯洁的梦，
也还有些勇敢的人，
　　　如暴风雨中
　　　　疾飞的海燕。

傍晚的海岸夜一样冷清，
冷夜的巉岩死一般严峻。
从海岸的巉岩，
　　　多么寂寞我的影；
从黄昏到夜阑，
　　　多么骄傲我的心。

"自由的元素"呵，

任你是佯装的咆哮，

任你是虚伪的平静，

任你掳走过去的一切，

一切的过去——

这个世界

有沉沦的痛苦，

也有苏醒的欢欣。

1973 年

作品评析

《致大海》是舒婷创作于 20 世纪 70 年代的海洋组诗中的一首，《致大海》《海滨晨曲》《珠贝——大海的眼泪》《船》是舒婷早期朦胧诗中主题较为鲜明的组诗。1972 年，舒婷作为一名下乡知青以姨妈继女的身份从闽西山区回到了海滨城市——厦门。时年二十岁的舒婷回到城市后，并没有稳定的工作，在家待业三年的她尝试过各种临时工：泥水匠、炉前工、统计员、讲解员等，虽然不用在闭塞的乡村生活，但动荡的日子让广泛接触中外文学名著、心智初开的舒婷感到不满与忧伤。然而"文革"尚未结束，生活在缓慢推进中似乎也难有明晰的方向。舒婷在山区时认识了农场劳作的老诗人蔡其矫，通过他的介绍，舒婷认识了在北京的年轻诗人，感受到这群诗人与她有同样的气息，这群年轻人成为后来朦胧诗人的主力，他们是北岛、江河、芒克、杨炼、顾城等。

与上一代书写海洋的革命诗人不同，舒婷并没有参加过海战，也没有驻守过边防，对于"海"，她只有久别重逢后的欣喜与怀念。海给了舒婷许多童年的回忆，"哪儿是儿时挖掘的沙穴/哪里有初恋并肩的踪影/呵，大海/就算你的波涛/能把记忆涤平/还有些贝壳/散在山坡上/如夏夜的星"。这些海边的经历成为诗人宝贵的回忆，成为她遭遇挫折时动力的源泉。不仅是《致大海》，在她的海洋组诗中，海常常是以召唤者的形象出现，"昨夜梦里听见你召唤我/像慈母呼唤久别的孩儿/我醒来聆听你深沉的歌声/一次比一次悲壮/一声比一声狂热"（《海滨晨曲》），"当海浪欢呼而来/大地张开手臂把爱人迎接/它是少女怀中的金枝玉叶/也和少女的心一样多情/残忍的岁月/终不能叫它的花瓣枯萎"（《珠贝——大海的眼泪》），"满潮的海面/只在离它几米的地方/波浪喘息着/水鸟焦灼地扑打翅膀/无垠的大海/纵有辽远的疆域/咫尺之内/却丧失了最后的力量"（《船》）。海在舒婷的笔下从翻滚着怒涛狂澜的激战者形象蜕变成拍打海岸的柔美的召唤者，这使得海从单一的男性气息明显的诗歌意象演变得女性气息浓郁。如果联想到诗歌创作的年代，这已经初具启蒙主义色彩。用温暖化解冷峻，用包容消融对抗，这是二十多岁的舒婷眼中海的印象。

海在舒婷笔下不仅是温暖的召唤者，还代表了对于他者世界的向往，这种试图打破现状、寻找希望的诗歌追求后来逐渐明晰为对自由精神意志的追求。"'自由的元素'呵/任你是伪装的咆哮/任你是虚伪的平静/任你掳走过去的一切/一切的过去——/这个世界/有沉沦的痛苦/也有苏醒的欢欣"，在诗歌最后一节，看似突然冒出对"自由的元素"的抱怨，但实际上并不突兀，因为在前两节，诗人已经开始铺叙"疾飞的海燕"和"骄傲的心"的形象，相信对高尔基的《海燕》并不陌生的诗人将二者进行了融合。因此，虽然说不清"自由的元素"到底是什么，但这一元素已经开始带来"苏醒的欢欣"。同样，这样的感觉也绝非个例，在《海滨晨曲》中表述为"我将在你的涛峰讴歌/呵，不，我是这样渺小/愿我化为雪白的小鸟/愿我化为自由的使者/做你呼唤自由的使者"，在《珠贝——大海的眼泪》中表述为"撒出去——/失败者的心头血/矗起来——/胜利者的纪念碑/它目睹了血腥的光荣/它记载了伟大的罪孽"，在《船》中表述为"难道真挚的爱/将随着船板一起腐烂/难道飞翔的灵魂/将终身监禁在自由的门槛"。不仅是舒婷笔下的海，在北岛的《红帆船》中海的形象也是如此，"如果大地早已冰封/就让我们面对着暖流/走向海/如果礁石是我们未来的形象/就让我们面对着海/走向落日"。实际上，"在朦胧诗的书写中，'海洋'作为一个核心意象，承载了新时期对'外面的世界'朦胧而兴奋的向往，体现了新生个体自我内面认知结构的变化，也渲染着个体性的审美意趣和文化气质"①。"自由"的海的意象此时在舒婷的心中是模糊而有待明晰的，从作为一声嘹亮的号角的《致大海》中不难看出这种对于自由生命的追求与此后的《双桅船》《致橡树》《神女峰》之间精神上的承接关系。因此，20世纪70年代中期的海洋组诗对于舒婷而言，是对自己后来独立女性精神的点亮，对于朦胧诗群来说，则是此后启蒙大合唱的先声。

从诗歌形式而言，《致大海》有意在分行上进行频繁的切割，试图形成回环往复的音韵效果。例如"大海的日出/引起多少英雄由衷的赞叹/大海的夕

---

① 彭松：《论朦胧诗中的海洋书写》，《盐城师范学院学报》2017年第4期，第77－82页。

阳/招惹多少诗人温柔的怀想”中“大海”一词形成了重复的照应关系。除了这一呼应关系外，诗中也以分行、重叠的方式构成呼应，如“多么寂寞我的影”“多么骄傲我的心”中“多么”的重复；“还由海风日夜/日夜地呢喃”中“日夜”的重复。这种诗节内部循环往复又不断更新的词语重叠，构成了音韵与意义上的复沓，仿佛不断拍打的海浪，与诗歌的抒情对象形成了呼应关系。在韵律的使用上，一二四节用“an”韵，三五六节用“in”韵，“an”韵昂扬，“in”韵低沉，朗读起来也具有回旋往复的美感。

概言之，《致大海》是年轻的舒婷写给家乡的一首赞美诗，这首诗饱含诗人对这座美丽的海滨之城的眷恋与热爱。与此同时，《致大海》以及海洋组诗也蕴含着朦胧诗人试图打破僵局、追求自由的愿望。从中不难看出《致大海》在情感上的过渡性，这种过渡性昭示了之后的海洋诗歌书写的风格将变得多元与丰富。

海的梦

王蒙，1934 年生，河北南皮人，生于北平。1948 年加入中国共产党；1953 年开始文学创作，1956 年以短篇小说《组织部来了个年轻人》引起社会关注；1957 年被错划为右派，20 世纪 60 年代调往新疆；1978 年调回北京作协，历任北京市作协副主席、《人民文学》主编、文化部部长、中国作协副主席、中国共产党第十二届、第十三届中央委员；1989 年辞去文化部部长之职专心创作；2019 年获得“人民艺术家”称号。主要作品有长篇小说《青春万岁》《活动变人形》《恋爱的季节》《失态的季节》《踌躇的季节》《狂欢的季节》及大量中短篇小说和散文等。

下车的时候赶上了雷阵雨的尾巴。车厢里热烘烘、乱糟糟、迷腾腾的。一到站台，只觉得又凉爽，又安静，又空荡。潮润的空气里充满了深绿色的针叶树的芳香。闻到这种芳香的人，觉得自己也变得洁净和高雅了，从软席卧铺车厢下来了几个外国人，他们叽叽喳喳地说笑着，啾、啾地拉长着声音。“哈啰”，他们向缪可言挥了挥手，缪可言也向他们点头致意，有一个外国女人笑得非常温和，她长得并不好看，但是有很好的身材，走起路来也很见精神。此外没有什么人上车和下车。但是站台非常之大，一尘不染，清洁得令人吃惊。一幢幢方方正正的小房子，好象在《格林童话集》的插图里见到过似的，红色的瓦顶子晶晶地闪光。这个著名的海滨疗养胜地的车站，有自己的特别高贵的风貌。

说来惭愧。作为一个翻译家，作为一个搞了多半辈子外国文学的研究与介绍的专门家，五十二岁的缪可言却从来没有到过外国，甚至没有见过海。他向往海。年轻的时候他爱唱一首歌：

> 从前在我少年时……
> 朝思暮想去航海，
> 但海风使我忧，波浪使我愁……

这是奥地利的歌儿吗？还有一首，是苏联的：

> 我的歌声飞过海洋……
> 不怕狂风，不怕巨浪，
> 因为我们船上有着
> 年轻勇敢的船长……

这两首歌便构成了他的青春，他的充满了甜蜜与苦恼的初恋。爱情，海洋，飞翔，召唤着他的焦渴的灵魂。A、B、C、D，事业就从这里开始，又从这里被打成"特嫌"。巨浪一个接着一个。五十二岁了，他没有得到爱情，他没有见过海洋，更谈不上飞翔……然而他却几乎被风浪所吞噬。你在哪里呢？年轻勇敢的船长？

汽车在雨后的柏油路面上行驶。两旁是高大茂密的槐树。这里的槐树，有一种贵族的傲劲儿。乌云正在头顶上散开。"马上就可以看见海了"，休养所的汽车驾驶员完全了解每一个初到这里的客人的心理，他介绍说。

海，海！是高尔基的暴风雨前的海吗？是安徒生的绚烂多姿、光怪陆离的海吗？还是他亲自呕心沥血地翻译过的杰克·伦敦或者海明威所描绘的海呢？也许，那是李姆斯基·柯萨考夫的《谢赫拉萨达组曲》里的古老的、阿拉伯人的海吧？

不，它什么都不是。它出现了，平稳，安谧，叫人觉得懒洋洋。是一匹与灰蒙蒙的天空浑成一体，然而比天的灰更深、更亮也更纯的灰色的绸缎。是高高地悬在地平线上的一层乳胶。隐隐约约，开始看到了绸缎的摆拂与乳胶的颤抖，看到了在笔直的水平线上下时隐时现、时聚时分的曲线，看到了昙花一现地生生灭灭的雪白的浪花。这是什么声音？是真的吗？在发动机的嗡嗡与车轮的沙沙声中，他若有若无地开始听到了浪花飞溅的溅溅声响。阴云被高速行驶的汽车越来越抛在后面了。下午的阳光耀眼，一朵一朵的云彩正在由灰变白。天啊，海也变了，蓝色的玉，黄金的浪和黑色的云影。海鸥贴着海面飞翔。可以看见海鸥的白肚皮。天水相接的地方出现了一个小黑点，一个白点，一挂船上的白帆和一条挂着白帆的船。"大海，我终于见到了你！我终于来到了你的身边，经过了半个世纪的思恋，经过了许多磨难，你我都白了头发——浪花！"

晚了，晚了。生命的最好的时光已经过去了。当他因为"特嫌"和"恶攻"而被投放到号子里的时候，当铁门哐地一声关死，当只有在六天一次的倒马桶的轮值的时候，他才能见到蓝天，见到阳光，得到冷得刺骨的或者热得烫脸的风的吹拂的时候，还谈得上什么对于海的爱恋和想念呢？而现在，当他在温暖的海水里仰泳的时候，当他仰面朝天，眯起眼睛，任凭光滑如缎的海浪把自己飘浮摇动的时候，他感到幸福，他感到舒张，他感到一种身心交瘁后的休息，他感到一种漠然的满足。也许，他愿意这样永远地，日久天长地仰卧在大海的碧波之上。然而，激情在哪里？青春在哪里？跃跃欲试的劲头在哪里？欢乐和悲痛的眼泪的热度在哪里？

他愧对组织上和同志们、老友们对他的关怀。平反——总有一天，中国人会到古汉语辞典里去查这些难解的词的吧？还有什么"特嫌""恶攻""反标"这些古老的汉语的生硬的缩写，出现了崭新的不通的词汇，但他感谢这种离奇的缩写，它给那些荒唐的颠倒涂上了一层灰雾——以后领导上和同事们最关心他的是两件事，一个是好好疗养一下，将息一下身体，恢复一下健康。一个是刻不容缓地建立一个家庭。

对于前一点，缪可言终于接受了安排。对于后一点，他茫然，木然，黯然。"年轻的时候你想得太玄，后来又是由于政治运动的原因，现在呢，你总该安定团结地过过日子了吧？"同事们说。

然而，桃花、枣花，各有各的开花时刻。萝卜、白菜，各有各的播种节令。误了时间，事情就会走向自己的反面。《一千零一夜》里的装在瓶子里的魔鬼，最初许多年曾经准备报酬给释放他的人以全世界的财富，但是，在绝望地等待以后，他却决心吃掉他的迟来的解放者。当然，他这样做的结果是无可逃避地被重新装进了瓶子。

当热心的同事一个又一个地给他"介绍对象"的时候，他不知为什么想起了这个故事。自然，他没有想吃人，没有准备以仇报德。他只是联想到自己误了点，过了站，无法重作少年。他联想到不论什么样的好酒，如果发酵过度也会变成酸醋。俱往矣，青春，爱情，和海的梦！

所以，他一听到"对象"二字便逃之夭夭，并为自己的逃之夭夭而讨厌自己。他想起了安徒生的童话《老单身汉的睡帽》。他想起了王尔德的童话《自私的巨人》，没有孩子的花园不会得到春天的光顾。是的，他的心里还堆积着冬日的冰雪。

然而大海没有厌弃他。大海也象与他神交已久，终得见面的旧友——新朋。她从没有变心，她从没有疲劳，她从没有告退，她永远在迎接他，拥抱他，吻他，抚摸他，敲击他，冲撞他，梳洗他，压他。时而是蓝色的，时而是黄绿色的，时而是银灰色的。而当狂风怒卷的时候，海浪变成了红褐色，象是用滚烫的水刚刚冲起的高浓度的麦乳精，稠忽忽的，泛着粘粘的泡沫，一座浪就象一座山，轰然而下，飘然而散，杳无痕迹，刚中有柔，道是无情却有情。

大浪激起了他的精神。他很快地适应了。当大浪袭来，他把头钻到水里呼气，在水里睁开双眼，眼看着浪潮从头顶涌过，耳听着大浪前进的轰轰的雷鸣般的声音，然后，他伸出头，吸气，划动双臂，面对着威严地向着他扑来的又一个浪头，又一次把头低下，冲了过去。海浪奈何不了他，更增添了游海的情趣。他在大风浪里一下子就游出去一千多米，早就越出了防鲨网。"我这么瘦，只能算是三级肉，鲨鱼不会吃我的"，他曾这样说。但是，就在他兴高采烈地几乎自诩为大海的征服者，乘风破浪的弄潮儿的时候，他的左腿小腿肚子抽了筋。他想起"恶攻"罪的"审讯"中左腿小腿肚子所挨的一脚来了，那是为了让他跪下。他看看四周，只有山一样的大浪，连海岸都看不见了。"难道到了地方了？"他一阵痉挛，咽了一口又苦又咸的海水。他愤怒了，他不情愿，他觉得冤屈。于是，他奋力挣扎。他年轻的时候毕竟是游泳的好手，虽然是在小小的游泳池里学的艺，却可以用在无边无涯的惊涛骇浪上。他搬动自己的脚掌，又踹了两踹，最后，他总算囫囵着回到了岸上。没有被江青吃掉的缪可言，也没有被海妖吞噬。

"然而，我是老了，不服也不行。"这一次，缪可言深深地感到了这一点。什么老当益壮，重新焕发了青春啦；什么越活越年轻，五十二岁当作二十五岁过啦；所有这些可爱的豪言壮语都影响不了物质的铁一样的规律：细胞的老化，石灰质的增多，肌肉弹性的减退，心脏的劳损，牙齿的龋坏，皱纹的增多，记忆力的衰退……

而且他发现疗养地的人们大多是和他年龄相仿的人，如果不是更大的话。年近半百，须发花白的；弯腰驼背，老态龙钟的；还有扶着拐杖，带着助听器的。随身携带着抢救心肌梗死症的硝酸甘油片，或者走到哪里都跟着医生，睡到哪里都先问有没有输氧设备的。这里的女同志不多，年龄也都不小了，绝大部分都腆着肚子。就连百货商场和食品店，西餐馆和中餐馆的服务员，也大多是四十来岁的人。他们业务熟练，对顾客态度好，沉稳，耐心，招待首长和外宾都万无一失。

这样，他找不到一个游泳的伴侣。风一大，天一阴，人们干脆就不到海边去了。即使在风平浪静，蓝天白云的上好天气，即使在海水清得可以看见每一条游鱼和每一团海藻的时候，即使海浪的拍拂轻柔得象母亲向摔痛了的孩子吹的气，大部分人也只是在离岸二十米以内，在海水刚没过脚脖子，最多刚没过膝盖的地方嬉戏。倒是清晨和傍晚的散步，涨潮和落潮时的捡拾贝壳，似乎还能多吸引一些人，人们悠悠地迈动步子，他们的庄严而又缓慢的移动，就像天上的云霞一样不慌不忙。

没有同伴是再不敢游那么远了。缪可言把自己的活动限制到防鲨网以内了。每次下水半个小时，最多四十分钟，然后他上岸躺在细沙上晒太阳。他闭上眼睛，眼睛里有许多暗红色的东西在飞舞，在变化和组合。好象是电子计算机上显示的符号。他觉得自己对不起这个海。海是这样大，这样坦露着胸怀，这样忠实而又热烈地迎接着他。来——吧，来——吧，每一排浪都这样叫着涌上沙滩，耍——吧，耍——吧，又这样叫着退了下去。

海——呀——我——爱——你！缪可言有时候也想向带着咸味、腥味、广阔而自由的海风这样喊上一嗓子。但是他没有喊。周围都是些从容有礼，德高望重的人。他这种"小资产阶级"的狂喊，只能被视作精神病发作的征兆。

更多的时候，他只能沿着滨海的游览公路走来走去。从西山到东山（这是两个小小的半岛，小小的海湾），慢步要走一个半小时。岸边的被常年的海风吹得一面倒的红柳使他十分动情。这些经常出现在大西北的戈壁荒滩上的灌木却原来也常常长在海边。生活，地域，总是既区别又相通的。海岸象山坡一样地伸展上去，高处建造着一幢又一幢的小楼。站在小楼上看海，大概是很惬意的吧。而现在，站在岸边，视线却似乎达不到多远，他所期待的辽阔无垠的海景，还是没有看见。

一条水平线（同样也应该叫作地平线吧？），限制了他的视野，真象是"框框"的一个边。原来，海水也是围在框框里的。当然，这里有眼睛的错觉。当他不是面向着海照直望去，而是按照海岸线的方向，向东面或者西面，延伸，扩展，望向远方的时候，他觉得自己是看到了很远很远的地方。正面看海的时候，地平线和海岸线横在眼前，而且远近都是一色的波浪，无从比较，无从判断。而侧面看过去呢，两条线是纵向的，岸上的景物又给人以距离的实感。于是，你的"观"感就大不相同了。虽然你一再提醒自己，由于地球是圆形的，那么你的视线在不受任何遮拦的情况下，也只能达到八公里处。正面看不会更少，侧面看也不会更多。然而这种科学的提醒，改变不了不科学的眼睛的真实的感觉。

真正辽阔的不是海而是天空，到海边去看看天空吧，他多么想凌空展翅！坐在飞机上，哪怕上升到一万米，两万米，大概也体会不到一只燕子的欢乐。燕子是靠自己的双翅，自己的身体，自己的羽毛和自己的膂力。燕子和天空是不可分割的一体，而波音707，却要把机舱密闭。只有站在地面上的人，才觉得坐着飞机的人升得很高，很高。

就站在海边，向往这铺天接海的云霞吧。大面积的，扇面形的云霞，从白棉花球的堆积，变成了金色的菠萝了。然后出现了一抹玫瑰红，一抹暗紫，象是远方的花圃，雪青色，灰黑色，褐色和淡黄色时隐时现，掺和在一起。整个的天空和海洋也随着这云霞的色彩而渐渐暗下来了，陡地一亮，落日终于从云霞的怀抱里落到了海上，好象吐出了一个大鸭蛋黄，由橙黄，橙红，变得鲜红，由大圆变成了扁圆，最后被汹涌的海潮吞没了。

缪可言常常仰视天空。海边的天空是不刺目的，就像海边的太阳不会灼伤人的皮肤。浓雾一样的水汽吸收了多余的热和光。看着这天空，他感到一种轻微的、莫名的惆怅。巨大的，永恒的天空和渺小的，有限的生命。又一天过去了，过去了就永不再来。

一到这时，他就有一种强烈的冲动，脱下衣服，游过去，不管风浪，不管水温，不管鲨鱼或是海蜇，不管天正在逐渐地黑下来，黄昏后面无疑是好多个小时的黑夜。就向着天与海连接的地方，就向着由扇面形已经变成了圆锥形的云霞的尖部所指示的地方游去吧，真正的海，真正的天，真正的无垠就在那里呢。到了那里，你才能看到你少年时候梦寐以求的海洋，得到你至今两手空空的大半生的关于海的梦。星星，太阳，彩云，自由的风，龙王，美人鱼，白鲸，碧波仙子，全在那里呢，全在那里呢！

"啊，我的充满了焦渴的心灵，激荡的热情，离奇的幻想和童稚的思恋的梦中的海啊，你在哪里？"

然而，他游不过去了，那该死的左腿的小腿肚子！那无法变成二十五的五十二个逝去了的年头！

也许，不游过去更好一些？北欧一个作家描写过这样一个神奇的小岛，它有着无与伦比的美丽，它吸引几个少年人的心。最后，当这几个少年人，等到天寒地冻，费尽千辛万苦，用整整一天的时间滑雪前去造访了这个小岛之后，他们才发现，小岛上除了干枯暗淡的石头以外，什么都没有。小说极为精彩地刻划了这种因为找到了梦所以失去了梦的痛苦。何况，缪可言已经过了作梦的年纪！

所以，他想离去。梦想了五十年，只呆了五天。虽然这里就象天堂。不仅和阴潮的，恶臭的，绝望的监牢比是天堂，而且和他的忙碌、简朴、艰窘的日常生活相比也是天堂。到处都有整齐如带的一排又一排的树，哪一排是法国梧桐，哪一排是中国梧桐，都不会错的。连交通民警的白色制服也特别耀眼，连大风也不会扬起哪怕一点点尘土。因为这里没有尘土。这里的土质是一种褐红色的细沙，是一种好象在医院里用生理食盐水反复冲洗过的细沙。它毫不粘连，毫无污染。而且街道上每天都要一遍又一遍地洒水和清扫。在这里换上新衬衫，一连过去几天，领子和袖口也不会脏。

他住的疗养所栽着许多花。低头可以赏花，抬头可以望海。可以站在前廊上数过往的帆船的数目。夜间，大家都入睡了以后，他可以清晰地听到大海的潮声，象儿时听到了睡眠着的母亲的呼吸。大海有多悠久，这海的呼吸就有多悠久。大海有多沉着，这海潮的起伏就有多沉着。而当海风聚紧了的时候，他听得到海的咆哮，海的呐喊，海的欢呼，好象是千军万马的厮杀。

而且这里有很好的伙食。人的一生中不是总能够吃到好东西的。在"号子"里的时候，寂寞压迫得人们要发狂。这时不知道谁搞到了一本残缺的成语词典。于是"犯人"们玩起算命来，不看书，自己报一个页码和第几条目，然后翻开查看，撞上什么成语，就说明自己的命运是什么。当然，如果翻开一看是"罪该万死"，"遗臭万年"或者"杀一儆百"，那就不免要垂头丧气一番。如果是"前程似锦"，"苦尽甘来"或者"山重水复疑无路，柳暗花明又一村"，就会引起一阵欢笑。缪可言唯一一次找出的成语竟是"山珍海味"，这四个字带来了多少希望和快乐呀！美美的一顿精神会餐！（各自绘形绘色地描述自己吃过的美味。）现在呢，山珍虽然无有，海味却是管饱。鱼、螃蟹、虾、海蜇、海带直到海白菜……食油按每人每月一公斤供应，四倍于城市居民。而且缪可言每天伙食费只交六角，却按一块八的标准吃。休养所的彩色电视机是二十吋的。休养所有乒乓、扑克、康乐球、围棋和象棋。邻近的休养所还经常放映外国新片。

那么，他究竟缺少了什么呢？这里究竟缺少什么呢？那些非正常死亡的战友的亡灵永远召唤不回来了，自己的一番雄志壮心也永远召唤不回来了。他说要走，惹得休养所所长十分不安。我们的工作有什么差池吗？服务员的态度不好么？伙食不合口味么？蚊帐挡不住蚊虫和小咬么？和其他的休养员有什么"关系"问题么？所长热烈地挽留他。他的介绍信上本来开的是疗养一个月。

　　但他若有所失。天太大。海太阔。人太老。游泳的姿势和动作太单一。胆子和力气太小。舌苔太厚。词汇太贫乏。胆固醇太多。梦太长。床太软。空气太潮湿。牢骚太盛。书太厚。

　　所以他坚持要走。确定了要走，情绪好了一些，晚上多喝了一碗大米绿豆稀饭。多夹了两筷子香油拌的酱苤蓝丝。饭后，照例和休养员伙伴沿着海岸散步，照例看天，云，海，浪花，渔船。再见吧，原谅我！他对海说。他好象一个长大了，不愿意守着母亲生活的孩子，在向母亲请求宽恕。我走了，他说。

　　快要入睡的时候，他走到果园里方便了一下。他走回前廊，伸长脖子，看了一下海，只见一片素雅的银光，这是他从来没有看到过的，哦，今夜有怎样团圆圆的明月！海上生明月，天涯共此时。在满月下面，海是什么样子的呢？不肖的儿子再向母亲告一次别吧，于是，他披上一件衣服，换上布鞋，悄悄一个人走出去了。

　　他感到震惊。夜和月原来有这么大的法力！她们包容着一切，改变着一切，重新涂抹和塑造着一切。一切都与白天根本不同了。红柳，松柏，梧桐，洋槐；阁楼，平房，更衣室和淋浴池；海岸，沙滩，巉岩，曲曲弯弯的海滨游览公路，以及海和天和码头，都模糊了，都温柔了，都接近了，都和解了，都依依地联结在一起。所有的差别——例如高楼和平地，陆上和海上——都在消失，所有的距离都在缩短，所有的纷争都在止歇，所有的激动都在平静下来，连潮水涌到沙岸上也是轻轻地，试探地，文明地，生怕打搅谁或者触犯谁。

　　而超过这一切，主宰这一切，统治着这一切的是一片浑然的银光。亮得耀眼的、活泼跳跃的却又是朦胧悠远的海波支持着布满青辉的天空，高举着一轮小小的、乳白色的月亮。在银波两边，月光连接不到的地方，则是玫瑰色的，一眼望不到头的黑暗，随着缪可言的漫步，"银光区"也在向前移动。这天海相连，缓缓前移的银光区是这样地撩人心绪，缪可言快要流出泪来了。这一切都是安排好了的，海在他即将离去的前一个夜晚，装扮好了自己，向他温存，向他流盼，向他微笑，向他喁喁地私语。

　　海——呀——我——爱——你！他终于喊出了声，声音并不大，他已经没有当年的好嗓子。然而他惊起了一对青年男女。他完全没有注意到，就在他脚下的岩石上，有一对情侣正依偎在一起。他完全没有思想准备，完全想不到他会打扰年轻人。因为这里和城市的公园或者游泳池不同，这里简直就没有什么年轻人。但是，他确实已经打扰了人家，女青年已经从岩石上站了起来，离开了男青年的怀抱。他恍惚看到了女青年的淡色的发结。他怀着一种深深的歉疚，三步并两步地离开了这个地方。他非常懊悔，却又觉得很高兴，很满意。年轻人在月夜海滨，依偎着坐在一起，这很好。海和月需要青春。青春也需要海和月。但他们是谁呢？休养员里没有这样年轻的，服务人员里也没有这样年轻的。事后他才依稀感到了在自己的耳膜上残留着轻微的本地口音。那么说是农民！一定是农民！是社员！是回乡知识青年？是公社干部？还只是最一般的农民？反正是青年。反正农民也爱海，爱月，爱这"银光区"。那就更好。这天和地，海和人，都显得甜甜的了。

这是什么声音？哗——哗——，不是浪，不是潮，这只能是人的手臂划动海水的声音。他顺着这声音找去，他看到了在他刚离去的岩石下面，似乎有两个人在游海。难道是那两个青年下去游水了么？他们不觉得凉么？他们不怕黑么？他们把衣服放到了哪里？喔哟，看，那两个人已经游了那么远，他们在向着他向往过许多次，却从来没有敢于问津的水天相接的亮晶晶的地方游去了呢。

缪可言觉得有点眼花，这流动的，摇摆的，破碎的和粘连的银光真叫人眼花缭乱。是不是他看错了呢？那里是两个人吗？人有这样的游水速度吗？难道是鱼？人鱼？美人鱼？

不，那不会错，那就是人，就是刚刚被惊动了的那两位热恋中的青年人。缪可言又有什么怀疑的呢？如果是他自己，如果倒退三十年，如果他和他的心爱的姑娘在一起，他难道会怕黑吗？会嫌冷吗？会躲避这泛着银光的波浪吗？不，他和她会一口气游出去八千米。就是八公里，就是那个极目所至的地方。爱情，青春，自由的波涛，一代又一代地流动着，翻腾着，永远不会老，永远不会淡漠，更永远不会中断。它们永远和海，和月，和风，和天空在一起。

他唱起了一支歌。他怀着隐秘的激情回到了休养所。入睡之前，他一下子想起了好几首诗，普希金的，莱蒙托夫的，拜伦的，雪莱的，惠特曼的，还有他自己的。他睡了，嘴角上带着微笑。

"怎么样？这海边也没有太大的意思吧？"送他走的汽车驾驶员说。这位驾驶员是一个善知人意的心理学家。而且他已经得悉缪可言是个古板的，其貌不扬的老单身汉。然而这回他错了。缪可言回答道：

"不，这个地方好极了，实在是好极了。"

1980 年

作品评析

　　《海的梦》是王蒙在 1980 年创作的短篇小说，巴金在 20 世纪 30 年代曾创作过一篇同名小说。与巴金小说借奇异的童话故事表达抗争的主题不同，王蒙的这篇小说更多的是借助现代主义的技巧表达启蒙精神的回归。这篇作品与王蒙于 20 世纪 80 年代初创作的《春之声》《夜的眼》《布礼》《蝴蝶》《风筝飘带》一起被称为"实验小说"，具体而言，就是意识流小说。

　　但实际上，在写作《海的梦》及其他意识流小说时，无论是王蒙还是其他打着意识流小说旗号的作家，对于"什么是意识流"以及"意识流小说应该怎样写"这类问题并没有深入了解和探析。当时的作家被各种新奇的理论和概念不断催促和追逐，"跟上去""用中学"恐怕是作家普遍的心态。多年之后，王蒙自己也承认"包括我自己的关于'意识流'的谈论是绝对皮相的与廉价的。我至今没有认真读过例如乔伊斯，例如福克纳，例如伍尔芙，例如任何意识流的理论与果实"①。做出这番坦诚的自述，已经距离该小说发表逾二十七年。

　　虽然是否属于严格意义上的意识流小说尚需打个问号，但小说中处处出现心理描写倒是事实，小说以年迈的翻译家缪可言的感受为视角展开他对于过去和现在的生活感悟。缪可言的出场看似有些委顿但实际却是高标出尘的。不俗的阅读品味、体面的工作环境以及辛劳的工作给予的福利待遇都证明缪可言绝非一般的落魄之徒，唯一让他不满的是时间的逝去，站在海边，面对海的无垠宽广，他感叹："激情在哪里？青春在哪里？跃跃欲试的劲头在哪里？欢乐和悲痛的眼泪的热度在哪里？"时间总是要逝去的，但他对因"特嫌"身份而蹉跎了岁月却是心有不甘的。作为眨眼之间就步入老年的知识分子而言，面对刚刚结束的混乱岁月，很多人恨不得"减去十岁"，缪可言内心大概也是这样想的。他需要用一次海滨之旅达成与组织、与社会之间的和解。有意思的是，老翻译家虽然做了诸多的心理建设达到自我疗救的目的，但当他打扰到海边情侣的幽会，情人们快速地游离而去时，他还希望自己能够重新年轻，精力充沛地跟上爱情的追逐。

　　行笔至此，我们仿佛看穿了作者故作"达观"的焦虑不安。缪可言不过是作者笔下另一个"活动变人形"。② 为了自证清白，作者有意主动表达对于组织和同事的愧疚之情，愧对组织和同志们的关心。当他决定要甩开自己的

① 王蒙：《王蒙自传（第 2 部）：大块文章》，广州：花城出版社 2007 年版，第 91 页。
② 李书磊：《在〈海的梦〉的"达观"背后》，《文学自由谈》1988 年第 3 期，第 134－138 页。

负面情绪，重新开始生活时，小说做了一个常用但意味深长的比喻，"他好象一个长大了，不愿意守着母亲生活的孩子，在向母亲请求宽恕"。当他真正离开休养所，司机问他的感受时，他回答道："不，这个地方好极了，实在是好极了。"作者小心翼翼把持着抱怨的尺度，终将这种情绪通过他人爱情的濯洗而升华为感恩，让刚抵达时的抑郁通过海水的净化变得荡然无存。与其说这是缪可言的一次休养之旅，不如说是作者的一次感恩之旅。通过观海愿望的达成与感恩之心的重建，他终于可以心满意足地开始新的生活。

作为一篇以"海"为对象的小说，"海"扮演了虚化的情绪客体作用。虽然，小说开头对于海的模样的悬念铺垫了不少，但真正见到大海的感受却颇让人失望。"不，它什么都不是。它出现了，平稳，安谧，叫人觉得懒洋洋。是一匹与灰蒙蒙的天空浑成一体，然而比天的灰更深、更亮也更纯的灰色的绸缎。是高高地悬在地平线上的一层乳胶。""而当狂风怒卷的时候，海浪变成了红褐色，象是用滚烫的水刚刚冲起的高浓度的麦乳精，稠忽忽的，泛着粘粘的泡沫，一座浪就象一座山，轰然而下，飘然而散，杳无痕迹……""缪可言觉得有点眼花，这流动的，摇摆的，破碎的和粘连的银光真叫人眼花缭乱。"看看这些比喻——"乳胶""麦乳精""粘连的银光"，在作者眼中海的感觉总是与浑浊而黏稠的液体相关，没有多少灵性，与海中生物无关，甚至与海浪也没有多少关联。海始终是模糊的一团，是人物活动的背景，是久已向往但见到后又无甚感觉的观察客体。海是否关乎爱恨之情似乎与海也无太多关联，正如缪可言的海滨之旅一样，来过、看过，然后离开，这就是对海全部的印象。这种对海的态度代表了许多缺乏海滨生活经验的作家见到海的真实感受。

正如标题所提示的，这是关于海的一场梦境，梦境结束时要回到真实、回到日常。缪可言收拾好行囊，心满意足地离开了休养所。王蒙也在结束了"集束手榴弹"的意识流小说写作后，踏上了新的更辉煌的文学征途。留下的是那片黏稠、模糊的海还在日复一日、永无停歇地拍打着海岸。

卖　蟹

王润滋（1946—2002 年），山东文登人，中国作家协会理事，烟台文联主席，山东省作家协会副主席。1967 年毕业于文登师范学校，做过小学教员、县委宣传部报道组成员；1969 年调至烟台市创作室，代表作《卖蟹》《内当家》先后获全国短篇小说奖。

麦黄蟹，豆黄鳖。

麦子黄梢儿的时候，蟹子顶盖儿肥。公的满膘，母的饱籽，肢脚尖里都是肉。把刚下网的新鲜蟹放锅里一蒸，清汤白脑儿，紫盖红螯，剁下姜，浇上醋，谓之姜汁蟹，实在是一盘下酒的佳肴。

在这座滨海小城里，蟹市是远近闻名的。近年来，由于来歇伏、疗养的人多了，这"横行将军"的身价也跟着陡增。上年卖到两角钱一斤，今年一开市就涨到伍角了，还在涨。再贵也有人买，据说那东西不光肉嫩味美，营养丰富，还能治什么什么病……

六月二十九，逢集，蟹子上市早，下市快，日头冒红的时候，就不见货了。那些没买到蟹子的人，有的失望而去，有的翘首而待。常有这种情况：出海远的，靠岸晚，上市也就晚。这是经验之谈，常走蟹市的人，是不会不知道的。

在等着买蟹的人中间，有一位出众的胖子。倘若低头看，断然是看不到他自己脚尖的，中间隆起的那部位，会把视线挡住。稀稀拉拉的花白头发，整齐地朝后梳拢着，蘸了水，没有一根错乱的。白皙的脸上，看不见一条皱纹，象刚出锅的馒头。由于胖，鼻子、眼就显得特别小；由于小，就显得格外精采有神。他没有其他人表现出来的那种急躁情绪，而悠闲地抽着烟，稳健地踱着步。有时抬起头，"噗——"吐一个烟圈儿。那神态仿佛告诉别人："嘿，等吧，等到天晌吧！我才不走哩！"

有些人等不得，终于走了。

胖同志不屑地看一眼离去的人，嘴角上浮出一丝得意的笑容。

一个土里土气的瘦老汉，也竟然夹杂在买蟹的人中，使这支小队伍显得非常不协调。黑苍脸，络腮胡，背有些驼，眼睛灰蒙蒙，象落了一层土。看上去，似一株老了的干松树。看穿戴便知是山里人，海边人是不穿他那登倒山鞋的。他显然比任何人都急，急得团团转，不时地朝集场两边看。端在手里的铜烟锅儿，点了好儿次火，抽得嗞嗞响。

日头爬上一竿子高了。

瘦老汉等不及，上前去问胖同志："哎，同志，借借光。几点钟了？"

胖同志没看瘦老汉，随口道："差一刻。"

"唔，唔……"瘦老汉点着头。其实，他不知道差一刻几点，可又不好再问，只是忠厚地笑了，脸上堆起重重叠叠的褶皱。"嘿，嘿，同志，你看还能上货？"

胖同志注意瘦老汉了。他眨着小眼睛，上上下下审视了他一番，脸上立时浮起可亲的笑容："老同志，买蟹么？明天吧，啊，今天没门儿啦！回去吧，啊……"

"唔，唔……"瘦老汉道了谢，退下阵来。他叹了口气，欲走不忍，蹲下来，巴嗒巴嗒抽烟。其实，烟锅里早就连颗火星儿也没有了。

瘦老汉不肯走，使胖同志大为不悦，脸一下子阴了。他使劲地吸了一口烟，重新踱起步来，速度比先前快多了。

人们小声论议起来：

"叫人家走，他留下……"

"留下吃独的。"

"膘子那么厚了，还吃！"

"嘻，听说蟹子能治肥胖病哩……"

这议论声显然被胖同志听见了。为了表示抗议，他把手中的半截烟卷朝一边丢去。

"嘻，过滤嘴儿！"有人嬉笑起来。

这倒好，在不知道他尊姓大名以前，我们就不妨叫他过滤嘴吧！不过，这并无恶意，胖人是忌人说胖的。至于那位老汉，如果叫他一声旱烟袋，估计他也不会提抗议的。

功夫不负有心人。果然，那边过来个卖蟹的，是个小姑娘。挑着满满两筐哩！那小姑娘压得朝一边歪着身子，两只筐在人缝里荡来荡去。

"卖蟹罗！"小姑娘一边走，一边喊。那喊声又脆又甜，听着，你就会觉得她筐里的蟹一定又鲜又美。

买蟹的人们轰地围上去，提网兜的，挎小篓的，你拥我挤，谁也不让谁。使人大为吃惊的是，过滤嘴竟跑在最前面。那棉包似的身躯，也竟然变得十分敏捷而且矫健，两个棒小伙，被他左一肩、右一膀扛到一边去了。他占据了第一名的位置之后，便回头喊道："挨帮！都挨帮！"

旱烟袋呢？先是愣站了一会儿，等他转过向来，把烟袋往口袋里一插，也想上前去争一席位置的时候，两只蟹筐已被围得水泄不通了。他急得左边转到右边，前面转到后面，别说人，连个脑袋都伸不进去。

无数只擎着钱的手伸向小姑娘，喊着，嚷着，震耳欲聋：

"我三斤！"

"我五斤！"

"我挨前边，两块钱的！"

"……"

小姑娘沉着地放下担子，笑眯眯地抬起脸，把搭在眼上的一绺头发抹到耳后去，从容地一笑，说："再急，也得叫俺喘口气呀！"

"是这话，看这位小同志累的，身上都叫汗湿透了！"过滤嘴笑得比小姑娘还甜。

"才不是汗哩！海雾打的。"小姑娘一边朗声朗气地纠正着，一边拿过秤，抹去秤杆上的水草沫儿，准备开张了。

"对，海雾打的，海雾打的！"过滤嘴应声附和着。他用一只手撑住膝盖，费力地弯下腰，另一只手小心地朝筐里伸去。

"咬你！"小姑娘喊了一声。

过滤嘴吓得赶紧把手缩回去了。

看样子，那小姑娘至多不过十五、六岁，通体都洋溢着少女的健美：蓬松松的刘海上缀满着雾星儿，一颤一颤的；大而亮的眼睛里，象滴进了露水，含满了，要溢出来；被海风吹红的凸圆圆的腮上，也是湿润润的一层。她象是一朵晨光下的花骨朵。裤腿挽着，袖子撸着，带一股诱人的野气……

"哎哟！"

过滤嘴叫起来，他终于忍不住去挑那只最大的蟹，手被钳住了，挣不下，疼得嘴直咧歪。

小姑娘开心地笑起来，象摇起一串快乐的铜铃铛。买蟹的人们也乐了，跟着哄然大笑。那蟹"将军"仿佛要发泄一下被俘的仇恨，转动着绿莹莹的长眼睛，钳得更狠了。过滤嘴一动不敢动，光叫唤："哎哟，哎哟！"

小姑娘忍住笑，把拇指和中指绷起来，在蟹盖上"叭、叭"地弹了几下。还真灵，那蟹立刻触电似的把"铁钳"松开了。过滤嘴把手指拿在眼前里看，嗬！咬下两排锯齿般的血印儿！

小姑娘抹着笑出的眼泪说："活该，谁叫你手急哩！"说着，又嘻嘻地笑他。

过滤嘴哭笑不得，赌气地指着那只蟹说："我就要这只！还有这只，这只母子，这只……"他拣着筐里那些顶大个儿的，一口气点出六、七只。

小姑娘犹豫了一下，还是给他称了，报道："五斤二两，二五一十，二五一十，五五二五，五五二五，两块八角六分。好，算两块八角！"她秤杆麻利，账头流利。

过滤嘴不肯接蟹，小眼睛迅速地眨动着："慢！你这蟹多少钱一斤？"

小姑娘说："伍角伍呀！"

"你这小同志，杀人哪？今儿集上都四角五，没第二个价码！你们说，是么?"过滤嘴呼哧呼哧喘,肚里五脏六腑挤得不行了。他直起身来,两手扠腰,转脸朝他身后的人眨着眼。

统一战线马上结成了。后面的人也都七嘴八舌地嚷着嫌贵。

小姑娘不动声色地笑道:"你骗人!俺知道今儿集上价码是伍角。"

过滤嘴愣了好一会,才支吾道:"嗯,嗯,就算是吧,可也没到你那价呀!哼,杀人么?"

"一分钱一分货。"小姑娘放下秤,用手捏住一只蟹的船桨似的后大腿,提在半空里扭动一下,那蟹立刻舞蹈似的动起来,可怎么也钳不到她的手。"看看,谁有这么新鲜的蟹!是俺跟爹出远海打的。在海上漂了一宿,两顿饭没吃了!说什么也得给俺个遭罪的钱呀!打蟹可不象吃蟹那么容易!"小姑娘的话音里带一丝凄哀的颤哑。

人们都沉默了。

过滤嘴点着一支烟,悠然地抽着。

圈外有人同情地说:"能上山,莫下海呀!"是挤不进来的旱烟袋。

许久,过滤嘴吐出一口烟,下决心地说:"给你伍角二,怎么样?"

小姑娘从鼻子里哼出一声笑。

"伍角三!"

小姑娘没看他,把两只胳膊交叉地抱在胸前了。

过滤嘴脸涨红了,声音都有些颤动:"伍角四,中了吧?"说着,把半截烟丢到地上,用脚搓灭了。然后,把个偌大的网兜挣开了,慷慨道:"来,倒吧!我不在乎多花那角儿八分的!"

小姑娘一扯秤盘系,哗,称好的蟹都倒回筐里了:"钱是你的,蟹是俺的!"

过滤嘴忿然了,网兜一甩,做出要走的样子:"俺买别人的去。走,咱都走!"

这一次,统一战线没有结成,人们谁也没有动。

"卖蟹罗!"小姑娘又亮开了又甜又脆的嗓门。

人群拥挤着。

"给我称,家里有客等着哩!"

"是咧,不差那分把拉的!"

"来,三斤!"

"……"

小姑娘的买卖开张了。一会儿的工夫就卖完一筐。她一边称,一边不时地看一眼过滤嘴,嘴角上挂着甜甜的笑哩!

过滤嘴脸上一阵红，一阵白，见筐里的蟹渐渐少了，着实有些急眼了。他扭过身子，重新用一只手撑住膝盖，重新弯下腰，忍受着挤肚子的痛苦，冒着钳手的危险，把七、八只蟹的大腿抓在手里，既不称，也不肯松。

买到蟹子的人渐渐散去了，只剩下过滤嘴手里攥着的几只蟹了。由于腰弯得久了，脸憋得发紫，汗水也滴滴嗒嗒落下来。他上气不接下气地喘着："嘿，小同志，人家挑剩下的这几只，少算几个吧，啊！……"他的脸笑成了一朵花儿，小眼睛有节奏地眨巴着，几乎是带着乞求的神情，等待着小姑娘的回答。

这时候，旱烟袋靠上前来了。

过滤嘴顿时高度紧张起来。

旱烟袋说："闺女，给俺称两只。"

过滤嘴狠狠地瞪了旱烟袋一眼，把几只蟹都提起来了："没了，我包圆儿了！"

小姑娘为难地说："大伯，卖完了。"

旱烟袋叹口气说："闺女，说出来不怕你笑话，俺家柱他妈得了……唉，得了那癌病，住在医院里，没几天活头了，啥也不想吃，就想吃只蟹。你就叫这位同志匀两只吧！唉，可怜她苦了一辈子，赶死……"老汉说不下去了，眼里含满了泪水。

小姑娘紧抿住嘴唇，眼里闪出亮光。

过滤嘴把脸转到一边。

旱烟袋滴下泪来："你就行行好吧！"

过滤嘴不理旱烟袋，只催小姑娘快称蟹。

小姑娘说："匀两只吧！俺给你算伍角。"

过滤嘴想了一下："不不，我给你伍角伍，一分不少，称吧，啊，称吧！"

旱烟袋气得嘴唇直抖："闺女，你别作难了，俺不买了！"说完，转身就走。

过滤嘴愣了："哎，哎，这老头……"

小姑娘胸口起伏着。突然，她跑上前几步，拉住旱烟袋："大伯，你等等。"回头又对过滤嘴说："这样吧，这些蟹给大伯，你跟俺去拿，要多少有多少，算四角。"

过滤嘴沉思了，小眼睛闪动得比任何时候都亮。他在掐算，在思谋。他象是又一次下定决心地抬起头说："算三角五，我就去。"

小姑娘一咬嘴唇："中！"

过滤嘴这才犹豫地把攥在手里的蟹放下了。

小姑娘没称，把筐里的蟹都抓进旱烟袋的网兜里。老汉急得直吆喝："俺就要两只，两只！……"

小姑娘说："大伯，让大妈多吃几顿吧！"

"可俺钱……钱……"旱烟袋嗫嚅着，手伸进口袋里，抠索出一个又破又脏的小布包，放开了，拿出仅有的伍元钱，擎到小姑娘眼前。手有些抖。

小姑娘只留下一元钱。

过滤嘴惊讶地睁圆了小眼睛。

旱烟袋脸涨红了，怎么也不肯接那钱："别，别！该多少，是多少。俺知道，能上山，莫下海……"

小姑娘把钱硬塞进旱烟袋手里："大伯，你别嫌，就算俺对大妈一点心意，回去跟俺爹说，他也会同意。俺妈也是得的这号病，去年……"她眼里噙着泪花儿。

旱烟袋擎起皲裂的大手，给小姑娘擦着泪说："好孩子，别哭，啊，别哭，俺留下，留下还不中？……"

小姑娘破涕为笑了，使劲揉了揉眼睛说："大伯，快走吧，大妈在等你哩！回去早煮，放长了要跌潮的。"

旱烟袋直直地看着小姑娘，眼圈又潮了。他抬起一只大手，摸着小姑娘的头，象爱抚着自己的女儿。他止不住要落泪，忙扭过头去。

旱烟袋终于走了，小姑娘目送他。

一直把脸别在一边抽烟的过滤嘴，这时候走到小姑娘身边，把那只戴着手表的胖手腕伸到小姑娘眼前晃了晃说："看看，十点了，去拿蟹吧！"

小姑娘默默地站了一会儿，回身挑起空筐，默默地朝集外走。

过滤嘴追上一步，一把揪住筐系："你骗人，想跑么？哪里有蟹？"

小姑娘回过头，诡秘地眨着眼睛，莞尔一笑，道："你跟俺走呀！"

他们一前一后挤出了人群。走过大街，穿过小巷，就看见东面的海了。海边停泊着云集的船。

"喏，就在那边，多着哩！"

过滤嘴心里的一块石头落了地，脸上不由得露出得意的笑容。小姑娘走得快，他跟得吃力，可还是小跑一段，和她肩挨着肩走。"嗳，小同志……"他喘着，"是刚出海的么？"

小姑娘点着头："嗯。"

"刚出水，秤码可得高点呀，啊！"

"嗯。"

"嗳，小同志，能不能……，嘿嘿，能不能再贱点儿，我跑了……这老远的……路……"

"嗯!"

不知不觉中,小姑娘又走到前面去了。

过滤嘴又是一段跑步前进。

踏上海滩了,尽是沙子,象踩在棉毯上。小姑娘行步如飞,可苦了过滤嘴。脚一落,就深深地陷下,鞋子里灌满沙。

"哎哎,小同志,慢点……走……"

小姑娘回过头,嘻嘻地笑道:"快走呀,前面就是。"

过滤嘴大把大把地抹着脸上的汗,大口大口地呼出肚里的气,跟跟跄跄地跑着,赶上来,抓住筐系,让小姑娘拖着走。

在一只小舢板旁,小姑娘停下了。

过滤嘴一屁股坐在地上,只出气没入气地喘着。

小姑娘不慌不忙地放下担子,把两只筐倒过来,在沙滩上磕了磕,又扔到船上。然后,纵身一跳,也上了小船。

过滤嘴愣了:"蟹……蟹……蟹呢?……"

小姑娘格格地笑,笑得弯了腰。小船在水里轻悠悠地打着旋儿。她抓起橹,轻轻一点,小船荡进海里了。

"蟹在海里哩!"她脆生生地喊道。

过滤嘴这才知道上了当。他爬起来,冲到海边,跺着脚喊:"回来,回来!你这黄毛丫头!"

小姑娘悠然自在地摇着橹,冲口唱出渔歌来:

哎——
要吃飞禽上高山哟,
要吃海味下大洋哎……

过滤嘴恼怒地抓起一把沙,向海里扔去。抓第二把的时候,手被什么东西扎痛了。低头一看,是一只又粗又大的蟹螯,是刚才小姑娘从筐里倒出来的。再仔细一看,有好多哩!他顾不得小姑娘了,赶忙弯腰捡,装进网兜里。他心里数着:十六只螯,还有三十四条蟹腿儿……

渔歌远了,小船远了。听不见,也看不见了。只留下一片碧蓝碧蓝的大海。大海上涌动着一层层美丽洁白的浪花……

1980 年

作品评析

王润滋的《卖蟹》发表于《山东文学》1980 年第 10 期，曾获得全国短篇小说奖，也曾入选人民教育出版社的初中《语文》教材和鲁教版《语文》教材。

《卖蟹》的情节冲突较为简单，主要在卖蟹小姑娘与买蟹客"过滤嘴"之间展开，通过"过滤嘴"滑稽可笑的性格来凸显小姑娘的善良聪颖。为了更加突出人物的性格特征，小说特意设置了"旱烟袋"这一人物形象，"旱烟袋"的出现使得各自性格的光明与阴暗面得到强化。

小说在开头就设置了故事冲突的缘起——螃蟹成熟了，到了一年之中最适合品蟹的季节。小说的矛盾主要围绕"获得"与"失去"之间展开：首先充分证明冲突展开的合理性——螃蟹美味。"把刚下网的新鲜蟹放锅里一蒸，清汤白脑儿，紫盖红螯，剁下姜，浇上醋，谓之姜汁蟹，实在是一盘下酒的佳肴。"对于螃蟹美味的反复渲染，无疑使得后面的冲突显得更加合理。"过滤嘴"的出场是喜剧性的，肥胖的身躯、狡黠的性格以及旁人的议论都使人感觉到"过滤嘴"并非善辈，这种人物判断方式是较为传统，也是偏于伦理化的。而小姑娘的出场有如一道清新的海风，清脆的声音、爽朗的性格以及稍后展现的机敏聪颖不免让人生出击掌赞赏之意。人物按照善恶分明的两种性格设置，并且一直将这样的人物关系保持到故事结尾，这样的处理方式显然带有民间理想化的色彩。

"旱烟袋"的人物形象设置较为传统，悲苦勤俭的老农为了满足绝症妻子卑微的愿望，不得不苦苦在海边守候，等待新鲜的海蟹上市。这一生存之欲与"过滤嘴"的口舌之欲形成了鲜明的对比。问题不仅于此，当"过滤嘴"知道"旱烟袋"的困境后，并没有表现出同情与怜悯，而是无耻地与其争夺，这无疑使得正义的天平发生了明显的倾斜。"小姑娘"对"过滤嘴"的厌烦乃至逗弄都在试图让正义的天平重新恢复平衡。

虽然，小姑娘耍弄了"过滤嘴"，但结局是谑而不虐的。那些蟹螯和蟹腿显示出小姑娘的善心，也显示出作者的善意。小说与阿凡提式的故事相近，虽然聪明的阿凡提每次都会捉弄贪婪的巴依老爷，但每次都仅止于捉弄。这也是对民间伦理的回归与确认。

需要注意的是，该小说创作于"文革"结束后的 20 世纪 80 年代初，在作品中已经看不到多少政治文化的痕迹。向日常生活的回归与对民间伦理的强调让读者在善恶之辨中重新找到了生活的轨辙，人性价值的光辉再次得到擦拭与确认，这无疑带有明显的时代特征与启蒙色彩。不仅仅是这一篇《卖蟹》，在作者同时期的其他作品如《内当家》《亮哥与芳妹》《灰烬下面是火种》中都能够看到这一点。将新人形象置于时代转轨的生活激流中表现，让这些人物闪闪发光的传统美德重放光芒，这是王润滋短篇小说的独特魅力。

人性之光的展现固然重要，但作品在寥寥数笔中铺展的海边渔民生活也是生动活泼的。小说开头海市的人声鼎沸、结尾渔船的鳞次栉比都让人感觉到海边生活的朝气与活力。这种勃勃生机似乎独属于 20 世纪 80 年代，之前近海的渔民生活似乎总是与对敌斗争、围海造田的"斗天斗地斗人"精神相联系，之后就出现了渔业资源枯竭的焦虑和远洋渔业的征服与危机等主题，20 世纪 80 年代近海渔民的生活虽然遭受政治的冲击，百业待兴，但相对富足与安宁。这从同时期张士敏的《虎皮斑纹贝》、叶宗轼的《海边人家》等作品中也不难感受到。

从上述分析不难看出，《卖蟹》是一篇时代感强烈的海滨题材小说，通过伦理化的人物形象设置、层层推进的戏剧冲突以及谑而不虐的故事结局来彰显新时代下人性的复苏与道德的返场。机巧的情节设计让人在莞尔一笑中不仅完成了对美食的追逐之旅，更经历了一次真美善的精神澡浴。

迷人的海（节选）

邓刚，生于 1945 年，原名马全理，辽宁大连人。1958 年参加工作，先后干过钳工、焊工和质检员；1979 年开始发表作品；1983 年加入中国作家协会；1993 年调大连市文联，历任大连市作协主席，辽宁省作协副主席；1995 年毕业于鲁迅文学院。著有长篇小说《白海参》《曲里拐弯》《山狼海贼》，散文集《邓刚幽默》，《阵痛》和《迷人的海》分获全国优秀短篇小说奖和全国优秀中篇小说奖。

微微熏人的西南风转成略带凉意的小北风，轻轻地扫拂着海面。火石湾呈现出一片少有的平静。上面铺满一层金辉辉的阳光，显得那样平坦、敞亮，俨然是一个宽阔的大舞台。但是，这个舞台不再是老海碰子一个角色表演了，不再使他随意地驰骋腾跃了，那个才登上来的小角色使得他紧张并谨慎起来。他看出，那个攥着鱼枪的小海碰子在暗暗同他比试，大有要撵上他，超过他的架势。小海碰子扎猛的深度也越来越增加了，他有时竟和老海碰子并膀齐扎下去。这就使老海碰子拼足了全部气力，他是决不会让小海碰子超过他的。每次上岸，他的网兜里总是沉甸甸的，他要在重量、质量和数量上占绝对的优势，他要永远是强者。但是，他发现小海碰子一次又一次朝更深的水下冲击时，他开始感到，这个小家伙不仅是要超过他，而有着一个不露声色的目的，这目的是什么呢？老海碰子突然醒悟了，小海碰子也在寻找这个最珍贵的世世代代海碰子始终未寻找到的东西。如果不是这个迷人的希望，他决不会这么执着地拼命。为了寻求，老海碰子不断地扎深猛子，朝更深的深处探望。他总觉得那里就有……也许就有锗鱼，那里就有那个他终生寻求的东西！于是他越扎越深。然而他的肉体终于以各种痛苦的感觉向他宣告，它们无法完成意志的要求：当他向更深处扎下去时，两个耳朵眼里象有两支钢针插将进来，水压似乎要击穿他的耳膜；水镜也突地压紧在脸上，把鼻子都压得扁扁的，两个眼珠子被抠出来一样痛。最受不了的是一股透骨凉的水朝身上袭来，这是底流。底流的水是从老洋里，从那阳光永远晒不透的地方流过来，因此底流比水面上的流子还多一个可怕点，那就是温差。当你一接触底流，就象掉进冰窖里，四肢立时僵硬麻木，就是鱼游进底流里，也显得不那么灵活了。海碰子称这为两层水，最怵不过的。现在，小海碰子就朝这种底流试探。在升浮到水面上换气时，老海碰子往往发现小海碰子从脖梗往上一片赤红，并冒着一缕缕冷气。他知道，这小家伙已把脑袋触进了底流，但是他发现，那赤红的色痕正一次次从小海碰子脖梗往下伸延，有一次竟齐刷刷红到胸部以下。他深信，小海碰子终将会把他全身投进底流里。于是他感到问题严重，感到一种力量的威胁，感到一种可怕的挑战。

一连几天，老海碰子紧封着嘴唇，默默地做着每一个动作。小海碰子开始还嘻嘻地同他寻话说，但渐渐地被他这种阴沉的情绪感染了，也跟着沉默起来。但他并没有看出老海碰子在故意对他冷漠，只是感到这是一个不苟言笑的老人，他反而逐渐习惯并欣赏这种沉默，这种沉默给人带来一股潜在的威严感。呼啸的浪涛砸在小海碰子身上，他就不由得咧开嘴"啊哈"地叫几声，可是砸在老海碰子身上，他却一声不吭，甚至连眉眼也不眨动。小海碰子完全被这种沉默的威严和力量慑服了，他开始一步一个脚印地模仿老海碰子。例如从冰冷的海水爬上来时，他再也不象小叭狗那样轻快了，而是沉着地爬行，显出一种历尽艰难的样子，烤火时，他也不欢快地蹦跳了，而是学着老海碰子的动作。突如其来的浪击和尖削的牡蛎壳划割，他也决不哼一声。渐渐地，火石湾除了单调的涛声，就象死一般寂静。退潮前这一老一少默默地分坐在豁口两端，各自把鲜嫩的鱼肉串在一根铁丝上，擎在火堆上烧烤，然后就是无声地咀嚼。下水时，他们各自错开时间和位置，这一堆火刚刚熄灭，那一堆火又呼呼燃起，这一个才艰难地爬上岸来，那一个又雄赳赳地跳进水里。但总有在水下相遇的时分，这时，便看出老海碰子的手段厉害了。碰到那黑乎乎的狭窄礁缝时，小海碰子犹疑地探一下头，便一掠而过，老海碰子却满不在乎地径直潜进去，捕捉着肥大的海参、鲍鱼。小海碰子漂在水层里，惊奇而钦佩地望着老海碰子，脸上露出微红的愧色。这时，老碰子的嘴角上便撇出一丝不易察觉的笑意。其实他每分每秒都在窥测小海碰子的不足之处。

海参有一个奇特的习性，它一离开水就要"熔化"，变得黏糊糊，稀溜溜的。这时必须将它肚里的肠子迅速清除掉，否则加速"熔化"。清除的方法是用鱼刀在海参屁股上割一个口，那肠子便会自动流出来。但这刀口却极有讲究的，海碰子有句行话，叫"春三秋四"。春天的海参瘦，割三分刀口放肠子，秋天的海参肥，割的刀口要大一些，所以说"春三秋四"。小海碰子却不懂其中道理，只是胡乱地用刀在海参屁股上一剐完事。这刀口大小很重要，弄不好，不仅肠子放不干净，而且制出的海参干也外形难看。老海碰子看小海碰子胡乱地割，惋惜那堆肥大的海参。这可是力气换来的！于是他忍不住，便喝道："春三秋四，刀口再大些！"有时，海参已化得稀溜溜的发滑，小海碰子抓来捏去拿不住，没法下刀，干瞪两眼着急。这时老海碰子便又喝道："使劲摔几下！"小海碰子便把海参朝石板上摔去，果然，没几下，那海参变戏法似的变得登登硬了。小海碰子便朝老海碰子感激地笑了，老海碰子却早把脸板着转向一边，根本不理会。心下当然得意极了，因为他那呵斥式的帮助，本意是显示自己的高强。

尽管老海碰子故意显示自己的高傲，但小海碰子也不在意，因为在摆弄海参这一套技术，他对老海碰子已甘拜下风了。但他也想把他那一套"现代化"推广给老海碰子。老海碰子撅着屁股在霍霍地打磨鱼叉，小海碰子走过来，说："我给你弄支鱼枪吧，这玩艺儿……"老海碰子横了他一眼，没好气儿地说："咱使不惯那洋货，走了火，别穿了自家的脚丫子！""不会的。"小海碰子哗啦哗啦地拽着枪栓，说道："保险得很！"老海碰子一歪头，又格外用力去磨他那鱼叉，尽管他也看到用鱼枪打那黑鱼，噗噗，灵得很！……但却不愿承认。终于，他这宝贝鱼叉为他争了一次光，使小海碰子的鱼枪黯然失色。

火石湾底下布满了大大小小的石头，它底下的缝隙是海参藏身的窝穴。石头越大，货越多，只消把石头掀翻，就会看到下面聚满了海参，简直可以用手大把抓。但讨厌的是在这些石块下面，往往栖居着蛇一样形状的鳝鱼。这家伙有尖锐的牙齿，而且不怕人，任你掀得石块翻滚，也决不会惊慌失色地逃走。不仅如此，那个蛇形脑袋上的一双阴森森的绿豆眼一直瞄着你，要多可怕有多可怕。一般的海碰子宁肯舍弃那成堆的海参，也决不碰这家伙一下的。何况火石湾里大多是狼牙鳝，牙里有毒液，能咬死人的。小海碰子哪料到这一着凶险，只见老海碰子掀石块抓海参，很是丰收，心下羡慕，于是暗暗学下这一招。他在水下平坦的沙地上一气潜了几十米，连个礁石影儿也看不见，正要升出水面，却见一块几百斤重的大石块躺在那里。他乐坏了，因为越是在这样孤零零的石头下面，东西就格外多。他浮到水面上长长地吸足了一口气，便一猛子扎到石块跟前，然后双脚蹬地，两手猛力一掀，借着水的浮力，把大石块翻动，露出黑乎乎的沙窝（石头下面压出的沙窝全是黑色），小海碰子急切地刚伸出手又缩了回去，因为黑沙窝里卧伏着的一条擀面杖粗的大狼牙鳝正蜿蜒而出，在那灰白的尖头上，两粒小眼珠子泛着死光。它含着一股隐藏的恼怒，寻找毁掉它窝巢的仇敌，终于找到了。它瞄着小海碰子逼近过来，使小海碰子感到毛骨悚然，竟忘记了这是水下，张嘴惊叫了一声，立即呛了一嗓眼苦咸的海水，呼通一声冒出水面，脸色惨白，浑身战抖，踩水的步子也乱了路数，摇摇晃晃的。

老海碰子在旁边看得清楚，他小心地摸过去，一猛子扎近鳝鱼，把所有的力量都运到攥着鱼叉的手臂上，等到挨近鳝鱼的跟前时，出其不意，猛地一叉下去。那狼牙鳝欲发怒为时已晚，锋利的钢刃早已刺透它的脖子，把它紧紧按在沙地上。但狼牙鳝并不认输，它疯狂地卷动一阵，尖削的尾巴打得泥沙翻腾，老海碰子尽力憋住气，死按着鱼叉不动，但等那鳝鱼缠他。果然，狼牙鳝那蛇一样的身子顺着鱼叉一直狠狠地缠到他的胳膊上，而那鱼头也强力地扭过来咬老海碰子的手，因脖子被鱼叉扳住，咬不着，它更凶了，张着嘴，咯嚓咯嚓地咬起鱼叉来。这时，老海碰子就势托起这条凶狠的鳝鱼，腾跃而起，浮出水面。他哗哗地踩着水，擎鱼的手高高举着，另一只手抽出鱼刀，用刀背朝鱼头猛击几下，那狼牙鳝才慢慢耷拉下脑袋。

这一系列动作，老海碰子干得那样从容、准确、果断，不动声色。小海碰子从头至尾看个清楚，惊诧极了。他踩着水靠上来，不知该对老海碰子说些什么话才好。

从打那条鳝鱼以后，小海碰子老是沮丧地垂着脑袋，并不时地瞅着那支亮光光的鱼枪发愣。老海碰子虽然还象往日那样不动声色，心里却痛快极了，嘲笑我这鱼叉是破玩艺儿！口气太大了！你那鱼枪再高级有啥用，见了鳝鱼干瞪眼！

但没几天，小海碰子又神气起来，在他脚下，居然也躺着一条长长的，青白色的大鳝鱼。鱼头上血斑淋淋，看样子是被鱼枪打了个透心。"好家伙！"

老海碰子看着差点叫出声来，鱼叉是没有这个准头的。但他赶紧收回目光，继续保持不动声色。

小海碰子在火堆上转了一阵，走过来，用鱼枪挑着一条冒着热香气的大黑鱼，嘻嘻笑道："尝尝鲜！"老海碰子哼了一声："那什么味道！"他用鱼叉从火堆里又出一只烧得焦黄的人鲍鱼肉，也高高挑着，"这才是上品，不塞牙！"他知道，小海碰子还没有弄到大鲍鱼的功夫。谁知小海碰子毫不在乎地说："等我弄个比这还大的尝鲜！"他回头扫了一眼那条死鳝鱼，言外之意这么凶恶的家伙我都打上来了，鲍鱼算什么！

第一场凛冽的寒风扫过，进入初冬的大地，肃杀了的金色的山林，一夜之间消瘦了，露出了一条条弯曲的筋骨。火石湾变得严峻起来，滚动的浪涛似乎也冻凝了，缓慢地起伏着，偶尔泛起的白浪末，却象一簇簇寒光闪烁的冰茬。豁口下面的沙滩上镶了一层薄冰，鹅卵石变成了亮晶晶的冰蛋蛋。

两个海碰子咯咯吱吱地踩着这些冰硬的鹅卵石，走向水边。冷嗖嗖的小北风扫过来，使他们不由得打一个冷战。这水能否下得去，是决定一个海碰子整个初冬季节能否干下去的考验。老海碰子首先走进了这个寒冷的蓝色世界，紧接着小海碰子也跟了进去。当温热的肉体一接触冰冷的水时，它的感觉并不是冷，恰恰相反，倒象被火燎一下或是感到一把烧热的刀子在全身狠狠一刮，这个感觉倏地一过，那种透骨的凉意才刷地一下浸过来；紧接着象有千万支冰针穿皮肉而进，在骨头上啮着、锯着、钻着，这是最难忍受的第一关，两个海碰子默默地忍受着。但不一会儿，小海碰子开始颤动了，那柔嫩的脊骨一阵扭动，便"啊啊"地叫着，被什么东西咬了似的逃出水面。他仿佛从开水锅里跳出来，浑身烫得紫红，冒着热气。然而老海碰子没有丝毫反应，象一块石头，一块酱褐色的石头浸在水里。小海碰子有些茫然地瞪着惊讶的大眼睛，他下意识地揉搓着变了色的皮肤，又战抖着走下水里。又是千万束冰针扎透皮肉而来，"啊啊！"他哀嗥着，扭动着，但不得不重新跳上岸。老海碰子还是纹丝不动，就象死了。小海碰子望着老海碰子，有些迷惑了。他立了一会儿，终于咬紧牙关又走下水里。"啊啊！"他又尖叫起来，但声音不那么尖了，也没有跳出去，他望着石块一样浸在水中的老海碰子，终于坚持住了。一老一少在水中痛苦地熬着。老海碰子是有数的，他紧闭双眼，在等待着疼痛消失。小海碰子此时也学着他，闭着眼，咬着牙，佝偻着身子，死死地挨着。初冬的阳光羞羞答答地照着这两尊石像，没有一丝温意。但奇迹来了，约摸一袋烟的时间，那扎在身上的千万支冰针突然开始熔化了，不那么尖锐了，整个身上的皮肤出现一股微妙的"辣辣"的感觉，开始发热了。

用海碰子的行话说"开始发烧"。这种难以置信的发烧只持续了一阵儿，便忽地消失了，这时他们开始缓慢地摆动胳膊，伸蹬两腿，象一条冻僵的鱼刚刚复苏，随即他们大动作地运动四肢，迅速游起来。现在，两个海碰子的感觉舒服极了，因为此时皮肤什么感觉也不存在了，没有冷的感觉，没有热的感觉，没有痛的感觉，甚至没有接触水的感觉。身子仿佛在一个莫名其妙的空间浮动，即使皮肤蹭到尖硬的礁石上也丝毫没有感觉。但这种"舒服"只能持续半小时，再次"返痛"就可怕了。海碰子就是抓住人体对寒冷的第一次"麻木"反应，而敢于潜进冰冷的水下。

他们飞速地游向火石湾深处。

整个大海犹如冻凝了的蓝色固体，被这两个酱褐色的长条切碎了，划出两股白花花的碎沫来。猛然间，两个酱褐色的长条不见了，钻进了这蓝色固体的深处。

海碰子下水第一口气量是最长的，老海碰子的第一口气量总是先朝最深处扎，他猛力地蹬着那扁平的脚板，直挺在前面的鱼叉尖闪着一簇寒光，象一颗流星朝黑沉沉的水下划去。猛地，他腰骨一抖，一股更彻骨的凉意从伸在最前面的指尖，刷地一下扩展到全身，底流到了。老海碰子咬住牙，继续蹬下去，但实在难以忍受了，他的整个身子好似一点点往一个固体冰块里钻，而还没完全钻进去的两只脚，却觉得温乎乎的了，这说明底流的水冷到什么程度！一刹那间，老海碰子闪出个返回去的念头，但他看到身旁亮灼灼地一闪，攥着鱼枪的小海碰子竟扎了进来。于是老海碰子突地涌上来了力量，一直朝更深的暗礁扎下去，因为那里的海参几乎全是五垅刺儿的，而且个儿特别大。接近暗礁时，他脸上的水镜滋滋地压紧了，两个眼珠子往外鼓。他咬住牙，看准一个肥大的海参，尽全力抓上去，然后一个急返身，箭一样钻出水面。他"啊啊"地喘着气，踩着水，欣赏着手里肉乎乎的五垅刺的大海参，又长、又大、又肥，浑身布满了小奶头似的肉刺儿，真喜煞人，一只手几乎抓不过来。"呵！小猪崽儿！"他兴奋地叫起来。城里人形容大海参总是用"大灌肠，大黄瓜"，但他总觉得不妥，城里人从没有亲自从水里抓一下这海参，懂什么，竟瞎形容！还是叫小猪崽儿好，肉乎乎的，多象！但是，老海碰子突然感到一阵空虚，他陡地转身四顾，海面平静无声，一股恐怖感刷地涌上全身——小海碰子没上来！老海碰子的脑袋立时胀得老大个儿，他赶紧朝水里探望，依旧是黑沉沉地寂静。这不祥的寂静使他的恐怖变成一副可怕的画面：小海碰子那柔嫩的身子正死死地夹在黑乎乎的暗礁缝中，并溢一股鲜红的血沫沫……不可能！老海碰子在水面上疯狂地旋转了一下，希望在这静静的水面上蹿出个小脑袋，然而一切都是悄然无声，那蓝色的平面无穷无尽地伸延到茫茫的天际。他真正害怕了，一个翻身扎进水里——但他的动作在水层空间收住了。一个红色的小脑袋正飞也似的从水下升腾，冲出水面。一出水，小海碰子就疯狂地大口喘气，嘴里却溢出一口口血水。而且他的水镜里面也喷满了血沫子。第一次扎深水，都会出现口鼻冒血的现象，老海碰子年轻时下海，也有过这种现象，但没这么严重过。这说明小海碰子心太好胜，想一下子就干出个惊天动地的事来。

"快摘下水镜！"老海碰子大声喊。

小海碰子似乎没听见，他高高地举着鱼枪，为自己的胜利欢呼，因为枪尖上牢牢地插着两个肥大的五垅刺儿海参！此时，他什么也看不见（水镜里只是一片红色），却骄傲地踩着水，兴奋地喊着："两个！两个！我扎了两个！……"

老海碰子一把摘下他脸上的水镜，用海水冲洗着上面的血沫子，喝道："洗脸！漱口！"小海碰子把头扎进水里使劲晃着，然后大口喝那苦咸的海水，咕噜咕噜地漱着嘴里的血水。可是他接过老海碰子洗干净的水镜后，却不舍弃地又要往下扎猛。"上岸！"老海碰子更严厉地喝斥他，并一把拽住他，朝岸边游去。

两个火堆并在一起燃烧了，老海碰子和小海碰子一齐扯着手，拥抱着火堆，那火堆因为燃料增多而呼呼地烧着，火苗子欢快地往上蹿，交织着，扭结着，飞舞着，显示出一股友好的情绪。老海碰子从一个最大的鲍鱼壳上剜下肥嫩的肉来，擎在火上滋滋地烤，然后送到小海碰子的手里。"吃！"下了一声充满感情的命令。

火石湾的夜是美的，黑蓝色的夜幕罩得海天浑然一色，远处，灼亮的海火与星光交织闪烁，流动的暗云同微涌的浮浪搅在一起，躺在铺得厚厚的柴草堆上，看着这奇妙的景色，是一种享受。潮流按照日升月落地推移，已转到早潮了。"早潮快似马"，海碰子不在海边过夜是赶不上好潮流的。黑暗中，那堆还未燃尽的炭火红红的，熠熠闪光。豁口外面的海浪累乏了，正在轻轻地摩挲着岸礁，发出低低的鼾声。老海碰子睡不着，天幕上的星光正在他眼睛里变幻着色彩，一忽儿变成海参那泛着白光的肉刺儿，一忽儿又变成迷人的花点，一忽儿又变成刺眼的光团，象鱼叉尖，象鱼枪刺。甚至象那交叉而立的错鱼。这光团越来越近，终于垂下来，变成两只亮晶晶的大眼睛。老海碰子蓦地一愣，发现小海碰子正站在他的身前。

"你……见过错鱼吗？"他的一口小白牙在黑暗中显出来。

老海碰子没吱声。

"也许再扎深点就会看见的……"小海碰子还站在那里。

老海碰子坐起来，望着眼前这瘦小的身影。想到他毛茸茸的小香瓜脸，那柔嫩的小肚皮，那窄窄的小脚板，那被狼牙鳝惊吓的一瞬间，想到在水里冰得啊啊尖叫着往外跳……他笑了。

小海碰子被他笑得不好意思，转过身，回到他那堆柴草上，但他临躺下还自语道："再扎深点，我就能全看见……"

"全看见？"老海碰子望着他，"全看见什么？"

黑暗中，小海碰子两只眼睛眯起来，狡猾地笑了："错鱼呗！……还有那个……"

老海碰子现在更加明白了，这个小海碰子所炽烈追求的，正是自己多年的愿望。"他会得到的！"老海碰子心里火燎似的默默想着。他想起那虽然柔嫩却已划出伤口的皮肤，想起虽然犹存但已烧得焦卷的汗毛，想起那灼亮的鱼枪，那脚蹼，那两只五垅刺儿的海参，那冒着血沫沫的小脑袋。……他似乎看到小海碰子已捧起那美好的东西，浮出蓝色的水面，向半铺炕的海碰子，向山那边的世界，兴奋地炫耀着："我得到啦！"啊，人们再也不会觉得老海碰子有什么能耐了，再也不会对他惊讶地瞪大眼睛，再也不会感到他的存在了！是的，尽管他拼杀寻求了将近一生，但他的时间毕竟不多了，他的力气毕竟消尽了，他的家什儿显然落后了（他的心里已对那亮光光的鱼枪有感情了），他一天一天衰老下去，这是谁也阻挡不了的，就象傍晚的太阳，虽能烧红满天云霞，绘出壮丽的景色，但终于要落下去的！小海碰子虽然稚嫩，但正是开始。一种痛苦的绝望情绪涌上来，使他霍地站起来，朝小海碰子那儿望去，黑暗中只有一束细长的光亮，那是鱼枪。他陡地感到，他那铁青色的鱼叉和亮灼灼的鱼枪，那扁平的脚板和橡胶脚蹼，烧光汗毛的老皮和烧卷汗毛的嫩皮，有着千丝万缕的联系。他看到这两种东西正扭结在一起，形成一股不可战胜的力量，这力量是错鱼切不断，浪涛冲不垮的。一种全新的充实感觉涌上来，老海碰子走过去。小海碰子睡着了，但紧紧地搂着鱼枪，老海碰子把自己身上的棉袄轻轻盖在小海碰子身上，然后坐在旁边，长久地注视着豁口外面，黑乎乎的海。

阴沉的东南风从茫茫的海天之间涌来，豁牙湾开始微微晃动。那些纷飞的碎浪突然象听到号令，排成一道长长的浪队，这长浪甚至几里长不断线，整齐而有节奏地向岸边推来。有经验的老海碰子对这异样的长浪是极有研究的。"碎浪两日静，长浪三天风"，这表示深海老洋里正风浪升腾。就象在水湾的中间投进一块石头，岸边就会荡来一道道涟漪一样，这是个狂风巨浪来临的讯号。坐南朝北的火石湾最怕东南风，长浪过后，火石湾就是一个倒海翻江、惊天动地的世界。它的到来几乎是一刹时，所以，一些没有经验的海碰子，往往被这整齐而有节奏的长浪所迷惑，毫不在意地游进去而突然遭难。但老海碰子却是不会上这个当的，在傍晚从豁口后面的山路分手时，他对小海碰子说："明天坏海，别来了。"小海碰子漫不经心地应了一声，心下却在反问："怎么会呢？这海多平！"他毫不在乎地昂头走了。小海碰子此时正热血奔涌，他觉得自己就要冲到胜利的终点。还能有什么难关呢？凶狠的狼牙鳝，他敢于射杀了；冰冷的考验，他经过了；深奥的底流，他钻下去了；五垅刺儿的海参，他捕到了。剩下的就是错鱼了。

第二天，小海碰子迈着雄赳赳的步伐来到火石湾。望着白花闪闪的海面，一种即将获得惊人收获的感觉，在他的胸中燃烧。他高高扬起鱼枪，坚定而欢快地跃进冰冷的海湾里。

东南的天际升腾着一股灰雾般的云，难道它能染黑整个天穹吗？小海碰子全力地拍动脚蹼，向海里疾游而去。

仿佛一切都是提前安排好的，一旦等小海碰子游进火石湾深处，平静的海面突然露出狰狞的嘴脸，像一锅烧滚的开水，猛烈地沸动起来。那张牙舞爪的浪头，就象困锁了八百年的妖魔鬼怪，解脱出来了。顷刻，大海兜底荡动了，狂风驾着奔涌的浪头，哇哇地叫着扑向火石山岩。蓝湛湛的海水骤然变了颜色，暗礁下的灰沙黑泥乘机腾烟起雾，搅浑一切。小海碰子开始并不当一回儿事，当他潜进水下时，发现水镜外面一片漆黑，奔涌的浪涛即使在水下也激烈地摇摆他。他这才有些慌了，因为平时，海面上的风浪无论多大，只要一潜入水下，就稳如泰山。而现在，水下水上一齐动，他现在才明白老海碰子常说的那句话，"看着都是浪，浪和浪不一样！"也许现在他才有些感觉，原来他对世界还没看透。小海碰子钻出水面，我的天！各种形状的浪块拥挤着，撞击着，铺天盖地地向他头上压来，他慌忙拍动脚蹼，朝岸上奔去。但是，纷涌的浪头象无数只手掌，在后面既拖着，又推着，既扭挤着，又撕拽着，尽管他用尽气力地拍水奔游，却只能原地踏步。

狂风呼啸犹似号角齐鸣，巨浪奔涌就象万马飞奔，陡峭的岸墙炸着一道又一道四处喷沫的开花浪，轰隆隆的涛声此起彼伏，漫空回响。东南角的阴云已占领了整个上部世界，铅色的天空垂下冷漠的面孔，布满皱纹裂痕的山岩在默默地忍受。在这大风大浪轰击的劣势下登岸，是需要高超的技术和惊人的胆力，这对没有任何经验的小海碰子来说，将是一次可怕的考验。他疯子似的向岸边挣扎着，终于挣扎到离岸边几十米的地方，现在这几十米的短距离，也许是一个人永远走不完的路程。他想试探着朝岸边冲刺，但看到山一样高的浪头呼叫着扑向岸边时，他完全惊呆了，那黑色的浪块仿佛带着金属的硬度，高耸着，挺进着，驾着呼啸的风威，象一道移动着的黑色城墙，漫空压过去，那架势完全是要把豁口，把火石山，把火石山那面的世界一齐推平砸翻。在小海碰子前面高高地竖立着的豁口不见了，火石山不见了，整个世界被这道黑压压的城墙盖住了，似乎压根就没有豁口，没有火石山。突然，一声巨烈的轰响使整个天地震动了，那道黑压压的城墙破碎了，炸裂了，霎时，变成一片白花花的粉屑碎末，一落千丈地败下去，与此同时，那道金色的火石岸墙，那豁口，豁口下面的暗礁，象突然从地面升起，连同豁口外面水下犬牙般的礁峰，齐根露出，刀剑一样林立，但随即又沉下去，被第二道黑压压的浪头盖住。这种大起大落的浪涛使小海碰子畏惧了，他的体内热量一点点被海水淘尽，四肢开始发硬，他明白，再待下去就会活活冻死在水里。他后悔了，因为他想起老海碰子……而凶恶的风涛连后悔的时间也不给予他，更猛烈地颠簸着他。于是，他不顾一切地拼出全力向岸边冲刺，可是，那道大浪撞在岸岩上而产生的巨大的反作用力，猛烈地将岸底的沙土石块和小海碰子一齐卷拖了回去，还没等他来得及反应，后面的浪头又扑过来了。于是，两股巨流把小海碰子狠狠地按进水下，在那布满刀锋枪刺般的牡蛎礁上反复揉搓。等小海碰子被割得浑身血肉模糊，但风浪并不到此结束，而是继续把他抛来抛去地戏耍。此时小海碰子完全无能为力了，但他还有一丝知觉，这一丝知觉使他还紧握着鱼枪，在一个浪涛把他抛向半空时，还能睁一下眼睛。他觉得这是最后一眼看那个金色的火石山，那个小小的豁口，那个……不知为什么，他突然想看到那个老海碰子。真的，他看到了！——在那陡峭的岸壁上，贴着一个酱褐色的身影，正手打着凉棚，朝海湾里观望着，小海碰子猛地一震，他想哭，他想笑，他想喊，但他什么声音也发不出来。于是，他用尽全身最后一点力气，将那支鱼枪举起来……不知什么时候，他忽忽悠悠地感到身下触着一个硬实的东西，难道又撞在礁石上？他一惊，清醒了，却又觉得那物体是平坦的，柔和的，并有些温热的。他觉得自己正在升起，于是，他努力睁开眼睛，终于看清，一个熟悉的脑袋在水面浮动，而他的整个身子正伏在这颗脑袋下面的脊梁上。小海碰子一下抱住了老海碰子的脖梗，象一个孩子扑进母亲的怀中，他感到整个世界稳定了……

　　一个不祥的感觉把老海碰子驱赶到火石湾来。当他看到涌进豁口里的浪涛正在撕揪着打湿的柴草，蓦地看到小海碰子的棉袄在浪尖上翻腾。他愤怒了！这个小家伙太狂妄！但是他那充满怒意的脸随即又变成惊恐、绝望和痛苦。他贴着陡峭的岸壁站立，焦急地观望着火石湾。在开锅般沸滚的浪丛里寻找那个小脑袋。他疯狂地在陡峭的山岩上爬着，移动位置和角度，睁裂眼角，寻找着，寻找着。他扯着苍老的嗓门吼叫着，象一头老牛在呼唤丢失的小牛犊。老海碰子独身闯荡浪涛大半辈子，除了与风浪搏击而带来的收获而喜悦，而痛苦外，剩下的感情全枯萎了。今天却全部萌发而出。他吼着、叫着，一个巨大的开花浪差点把他砸下岸壁，但他全然不顾。他不相信，那个曾喷着血沫的小脑袋，那个套着胶皮脚的小海碰子，会这么快在世界上消失！现在他才发觉自己不能失去他。因为只有他和他在一起，才能寻求到那个迷人的希望。他知道，如果自己死了，这个小海碰子也会沿着他踏着的浪头干下去……

他终于在那黑色的浪丛里发现一道灼亮的闪光，那是小海碰子最后举起的鱼枪。于是，他不顾一切地纵身跃下岸岩。

老海碰子驮着小海碰子，漂浮在浪涛里。他观望着、等待着最高最大最可怕的浪峰的来临。这正是他与众不同的硬功夫。因为正是这样的浪头才能把他举得最高，送得最远，才能越过豁口前那些枪刺般的暗礁峰。同时，他选择了陡峭的岸攀登，因为浪涛在这样的岸上撞得虽猛烈，但没有回旋的余地。但登岸者必须一下子就抓住岸壁，决没第二次的机会。海碰子称这一手为"抢硬滩"。今天，老海碰子决心拿出全身"抢硬滩"的本领。

终于，一道黑压压的巨浪从后面遮天盖地而来。老海碰子看准机会，紧驮着小海碰子，腾跃而上，保持着身子在浪峰尖顶上的位置，就象跳上一匹奔腾的烈马背上，那浪头确实象一匹从没驯过的烈马。它焦躁着、飞蹦着、嘶叫着，高高地举着这一大一小两个肉体，狂怒地朝豁口侧面的陡壁上摔去。轰——浪砸在石壁上粉碎了，无可奈何地栽下去，但那摔上去的肉体却象一块泥巴似的粘在石壁上，并没随浪头栽下去。老海碰子这种驾驭浪头登岸的能耐是远近闻名的，此刻，他的手指脚掌，完全是钢钩鹰爪，牢牢地抓住石壁上每一道裂纹。但这仅仅是度过一半危险，因为第二个浪头随之就到，如果不在几秒钟的间隙时间往上爬出几米，就会被紧跟而上的第二个浪头拍下水去，那就前功尽弃。平常日子，老海碰子这一手登礁抢上的功夫，玩得相当干净，但今天不同过往，他身上驮着一百来斤的小海碰子。于是，他大叫一声，拼出老命往上又扒又蹬，随之而来的浪头贴着他那扁平的脚掌下炸裂了，冲着他在石缝里留下的血珠散落下去……

伤痕累累的小海碰子象死鱼一样躺在那里，老海碰子几乎是一根根手指掰着，才把鱼枪从小海碰子僵勾着的手掌里挣脱出来。一阵阵咸味的冷风扑过来，老海碰子开始浑身打哆嗦了。但是小海碰子一点感觉也没有，他冻透了。黑紫色的嘴唇紧闭着，两只半睁的大眼睛失去了光彩，整个身子呈现出一片模糊的殷红色，犹如一块冰冷的石条，纹丝不动。老海碰子焦急地四顾，他想寻找一块木片，一缕柴草，一丝火星，但火石湾边沿已被风浪洗劫一空。

在这初冬的大地和天空，到处泛着阴风冷气，没有一丝温暖来拯救这个生命垂危的小东西。风浪还在火石湾里呼呼噜噜地，发疯地唱着粗野的歌。浑身打冷战的老海碰子只得把小海碰子紧紧抱在怀中依偎着，并用两手急速地摩挲着小海碰子全身。但是这太不够了，可还能有什么办法呢？老海碰子睁着赤红的双眼，瞪着这个可怜的小肉体。突然，他猛地站起来，用自己的棉衣把小海碰子包好，放在背风的凹地上。然后他象疯子一样朝陡坡上狂奔，狂跳，拼命地活动四肢。他那久经风浪的老骨头由于不断地扭动而发出嘎叽嘎叽的声响，终于，他的热血在冰冷的皮肤下面奔涌，脑门沁出一层细密的汗珠，浑身开始热气四溢了。于是他发出"啊啊"的欢快叫声，猛扑到小海碰子身上，掀开棉袄，把他热乎乎的身子紧贴上去，亲热地摩擦着。小海碰子冰块一样的身子使他浑身一战，那点疯狂蹦跳出来的热量立即消尽，并又开始哆嗦起来。他只得又站起来疯狂地蹦跳，然后又扑上去搂紧那个冰块。这样反复地做着，温着，老海碰子终于将自己一次次生发的热量，传给了那个奄奄一息的小海碰子。那个小冰块开始在老海碰子身上溶化了，颤动了，并像吸吮奶汁一样在吸吮着温暖。一股打着冷战的喜悦从老海碰子心胸里涌上来，他仰卧在冻着冰茬的地上，把这个开始蠕动的小肉体放在自己身上，再把所有的衣物盖上，尽最大可能不丢失一点热量。静静地挨着、盼着。

小海碰子终于睁开了眼睛，两滴冻凝的泪珠溶化了，滴进老海碰子干枯的眼窝。

1982 年

作品评析

邓刚的《迷人的海》是 20 世纪 80 年代乃至中国当代海洋文学中最具代表性的篇什。小说最初发表于《上海文学》1983 年第 5 期，次年即获得全国优秀中篇小说奖。

《迷人的海》之所以在当代海洋文学中较为突出，除了小说细致的海洋书写外，还得益于作品将海作为主体而非客体的写作态度。《迷人的海》和之前的作品相比，多了很多对海的细节描写。这些细节除了有海在不同气候下的形态展示外，对各种海洋生物的展示也让人眼前一亮。从作品中随手可拎出这些出色的细节描写，如"有时，一大群丁鱼（只有一根钉子长短的小鱼），铺天盖地而来。仿佛千万支金针银线，在黑沉沉的空间流曳，把老海碰子团团织在其中。这使他感到快活，也有些慌"，这是在写"丁鱼风暴"；又如

"在那一片白花花的牡蛎丛中，撒满了孔雀蓝色、玫瑰色、桔红色的五角海星，象艳丽的花朵，闪着莹莹的光。这些漂亮的海星并不是装饰海底景致，而是在残酷地吸噬牡蛎肉"，这是在写海底的珊瑚丛；"阴沉的东南风从茫茫的海天之间涌来，豁牙湾开始微微晃动。那些纷飞的碎浪突然象听到号令，排成一道长长的浪队，这长浪甚至几里长不断线、整齐而有节奏地向岸边推来"，这是在写裂流，裂流因为会将人和船只带离海岸而颇具危险性。

从这些精确的细节不难看出，作家对海洋世界是非常熟悉的，否则无法精确描绘出多彩的海岸及海底世界。当时就有评论家指出这点："他在创作上所能做到的，是别人都做不到的。因为，至今我们的作家和业余作者中，有过'海碰子'生涯经历的人，还只有他一人。"① 实际上，邓刚对海的熟悉不仅体现在《迷人的海》中，在短篇小说《大鱼》《龙兵过》《踩蛤蛤》《芦花虾》《金色的海浪在跃动》和长篇小说《山狼海贼》中，这点都体现得非常充分，可以说他是真正意义上的海洋小说家。生活欺骗不了人，没有真切的海边生活无法写出如此真切的文字。年轻时的作家为了生活，"干过钳工、焊工质检员，……凭一口气量潜进海底暗礁丛里，成了捕捉海参、鲍鱼的'海碰子'"②。直至老年时期，邓刚对其出海捕鱼的生活仍然念念不忘，他说："倘若有人问，你最感幸福的事是什么？我也会毫不犹豫地说是我年轻时当海碰子——再也没有那样金黄的沙滩，再也没有那样湛蓝的天空，再也没有那样肥美的海参，再也没有那样放肆的快活。"③

在文化大革命刚刚结束的 20 世纪 80 年代，乡土题材小说仍大行其道，城市题材小说方兴未艾，海洋对于许多作家而言是神秘而陌生的。熟悉海洋的海碰子们大多难以描绘出海洋生活的色彩，而熟悉乡土生活的作家对海洋又十分陌生。因此，"海"这个既熟悉又陌生的写作对象在中国现代文学乃至当代文学中长期尴尬地存在着。邓刚"海味小说"的出现打破了这一冰封的现象。

《迷人的海》之所以突出，除了对海洋细节的刻画外，另一点让人印象深刻的是海洋意识的觉醒。在小说中，"海"是作为主体而非客体存在的，这是当代海洋文学作品中海洋意识的进步之处。小说设计了一组鲜明的矛盾冲突：老海碰子与小海碰子在观念与行为上的对立。小说以两代人矛盾的化解作为

① 彭定安：《越过生活的"恩赐"——评邓刚的小说〈迷人的海〉》，《当代作家评论》1984 年第 2 期，第 72－75 页。

② 邓刚：《龙兵过》，北京：中国文联出版公司 1985 年版，自序第 1 页。

③ 邓刚：《我曾经是山狼海贼（后记）》，见邓刚：《山狼海贼》，北京：北京十月文艺出版社 2006 年版，第 314 页。

结局。"海"作为沉默的在场者始终存在，甚至可以说是作品真正的主角。在之前的海洋题材的作品中，对于海的想象常常着眼于海洋的开发与利用，如王家斌的《聚鲸洋》、南哨的《牛田洋》、姜树茂的《渔港之春》等。在《迷人的海》中，作者花费大量的笔墨来展现海的富饶美丽与神秘莫测，正是出于对海洋的热爱。众多评论者之所以认可这部作品，不仅是喜欢代际之间的人物冲突，而是欣赏其中对海洋细节的刻画。尊重海洋、敬畏海洋，将海碰子作为海洋系统的一分子来处置，将人与海的搏斗视为整个生态系统的有机组成部分——这样的视角和态度正是生态文学的观察视角和学术立场。从这一角度而言，《迷人的海》可以视为大陆海洋生态小说的标志性作品。

如果注意到小说创作年代的话，作者将小说的主要矛盾冲突设置为代际之间的差异具有典型的时代性。老海碰子刚开始与小海碰子接触时，对于小海碰子展示的新型渔具和装备表示不屑，但随着了解的深入，他发现这些新装备自有其用武之地；而小海碰子对于老海碰子的装备和技术也总持着怀疑的态度，但经历了大风大浪后他也发自内心地心悦诚服。系在脚踝上的红布就是证明，证明两代人之间沟通的可能与相互学习的必要。小海碰子与老海碰子的矛盾是善意的、和谐的，是充满活力的正常的新陈代谢。这种改革的活力让整个文本充满了灵动之气，不呆板不滞重。实际上，不仅这部小说如此，在邓刚的其他海洋题材小说以及同时代作家的海洋文学作品中也常常出现这样矛盾的人物关系，例如张炜的《黑鲨洋》《海边的雪》等。除了海洋题材的小说外，我们在20世纪80年代的农村题材小说，如贾平凹的《腊月正月》《鸡窝洼人家》、路遥的《人生》《平凡的世界》，以及改革题材小说，如蒋子龙的《机电局长的一天》《乔厂长上任记》、柯云路的《新星》中都可以看到这股革旧布新的浪潮。

畅快的阅读感受既源于小说昂扬的情绪基调，也源于质朴的文字下潜藏的勃勃生气。在环境展示的过程中，作者有意通过色彩的切换来渲染情绪。时而湛蓝时而暗绿的海水、亮光光的鱼枪、白茫茫的沙地、金灿灿的太阳，繁复的色彩使得作品呈现丰富的视觉想象，这种视觉想象配合紧凑的故事情节让读者产生了观影般的阅读体验。这种对于色彩的语言驾驭能力似乎也只出现在这部作品中，在作者其他的海洋题材写作中并没有成功再现。

《迷人的海》是值得肯定的。海是美丽的，是需要欣赏的。这种欣赏无论何时都不能以征服为目的，即使有所索取，也要时时保持敬畏之心，这恐怕是《迷人的海》提醒我们的常常被遗忘的常识。

黑鲨洋

张炜，生于 1956 年，山东龙口人。当代著名作家，现为中国作协副主席，曾任山东省作家协会主席。1975 年开始发表作品；1982 年加入中国作家协会。著有长篇小说《古船》《九月寓言》《家族》《柏慧》《外省书》《丑行或浪漫》《你在高原》等，中篇小说《瀛洲思絮录》《秋天的愤怒》《蘑菇七种》《寻找鱼王》等，短篇小说《冬景》《海边的雪》《一潭清水》《钻玉米地》等，散文《融入野地》《夜思》《羞涩与温柔》等，长诗《松林》《归旅记》等，并有《张炜文集》等在海外出版。长篇小说《你在高原》获第八届茅盾文学奖，《古船》被评为海外"华语文学百年百强"、国内"华语文学百年百优"，《九月寓言》获全国优秀长篇小说奖、全国"五个一"精品工程奖。

一

老七叔新搞了一条船，请曹莽入伙打鱼去。曹莽正犹豫。

这时候正是初秋，天还很热，曹莽穿了条裤衩，露出了两条圆圆的、黑红色的长腿。他今年十九岁，脸庞很粗糙，也是黑红的颜色。他不怎么说话，这使人觉得他的所有憨劲儿全憋到两条腿的肌肉里去了。这的确是两条诱人的腿。老七叔看重的可能就是这两条腿。

老七叔敢做大事情，有时甚至让人觉得他莽撞。可是每样事情做过了之后，细想一想，又觉得他非常精明，事先将一切都冷静地打算过了。所以他从来不失败。但是对于他新搞的这条船，大家都在议论，结论是老七叔必定要失败。

为买这条船他花去了几千元，加上必需的一些网具，特别是造价昂贵的一盘"袖网"，他一共花去了近万元，其中一大部分是借贷来的。袖网可是捕鱼的好东西！它栽到海流里，就好比筑了一座迷宫，等着逮大鱼吧！不过一个人携带着这么多钱到波涛汹涌的海里去，还是有说不出的危险。最要紧的是，他搞的是海边上十几年来的第一条船！

以前当然有很多船的，都是公社里的，打来一些鱼，也死了一些人。海滩平原可以种很好的庄稼，人们偏要执拗地跑到海里去，这常常使上级领导十分愤怒。有一次，捕鱼船在有名的黑鲨洋一带出了事，死了好几个人，其中包括有名的壮汉曹德（曹莽的父亲）。这终于使大家惊醒了。人们发誓再也不去捕鱼了。

近一二年海边人除了种好庄稼，还做起了十分有趣的活儿：将山楂粘了白糖卖；将艾草搓成绳儿卖，沙滩上的酸枣核儿也可以卖钱。但老七叔全不做这些，他买来一条船。

大家的眼睛都默默地注视着他，谁心里都明白，这样一条船老七叔一家可驾不了。老七叔是海上的好手，有两个儿子。可他的两个儿子不行啊，很瘦弱的样子。他必定要请人入伙。每个人都坚定地在心里告诫自己：永不入伙。

他们当时如果知道老七叔是怎么想的，也就不会那样告诫了。老七叔从来就没有打算过邀请他们。他看中的只是一个人：曹莽。

大家知道之后都长长地出了一口气。谁入伙上船，谁就要和倒霉的老七叔一块儿背负那上万元的经济重压，一块儿钻海搏浪，很可能还要一块儿去死。曹莽才十九岁啊，他还没娶媳妇，是个又强壮又稚嫩的小伙子呢。这简直是欺负曹莽。

曹莽却不这样想。他不说话，听了人们一些议论，泰然自若地从大街上走回家去。他的黑黑的、裸露的腿显得很有弹性，走着路，脚掌把土碾上一个个深窝儿。他在心里想：老七叔多么看得起我啊。

虽然是这样想，但他并没有立刻答应入伙。他跟老七叔讲，他要好好想一想。老七叔也没有逼他立刻应允下来，这样重大的事情嘛！曹莽真是个有心计的孩子。回到家里，他躺在炕上，将手掌垫到脑袋下，认真地想着。他一口气想了几个钟头，还是没有想好。

这个夜晚正好是有月亮的日子，屋子里黄蒙蒙的。曹莽有些烦闷地跳下炕来，在中间屋子里走着，木头拖鞋"嗒嗒"地打着地面。屋子里真空旷，曹莽想，有个人商量一下也好啊。母亲怎么死的他不记得；父亲死在黑鲨洋乱礁里，死得惨，他还记得。从那时起他一个人住在这座结实的房子里，自己做饭吃了。没有人在闲时和他说话，他一个人也没有多少好说的……上不了船呢？曹莽想，这回可遇到了难题，如果同意，可能这一辈子就交给大海了。

他决定明天找一个人商量一下。

平常曹莽不怎么找这个人。其实曹莽完全应该和这个人亲近起来。只是由于有些怕他，也就不常去他那儿。那人和父亲曹德是最好的朋友，曹德死后，最有资格管教曹莽的，就是他了。

他叫"老葛"，是个老头儿了，前几年刚从水产部门的一条大船上退休回来。他就是那条大船的船长，中了风才回来的。由于一辈子都在海上，脾气和样子都有些特别，所以曹莽心里对他有些莫名其妙的畏惧感。他半边身子不灵便，说话也含混起来。但无论如何他对船、对海，是海边上最有发言权的一个了。还有，曹莽觉得父亲不在了，这时候应该听他的话。如果他说一声"去"，那他无论如何也是要去的了。

天明了，曹莽却陷入了新的犹豫：找不找老葛呢？

最后，曹莽还是去找老葛了。

老船长正在家里看一本书，是躺着看的。曹莽看了看书的封皮，知道是一本捕鲸鱼的书。枕边还有一本书，名字太怪，读不出，封面上画着两个壮汉斗拳。老葛就像没有看到来人一样，翻弄几下，又换成那本斗拳的书。曹莽叫一声"葛伯"，他才慢慢坐起来。

老葛很瘦，穿着宽领儿白衬衫，露着又紫又硬的胸脯。他已经没有多少牙齿了，嘴巴使劲瘪着，反而显得特别执拗。一对眼珠很黄了，但是亮得很，盯着曹莽，就像用锥子戳过来一样。他的背驼得十分厉害了，头低着，这时却硬挺起来看着曹莽。曹莽说："葛伯……老七叔拉我上船……可，可我又怕出事。我想听听你的！……"

"嗟？！"老船长先是用心听着，接着含混不清地大吼了一声。

"老七叔拉我……"曹莽又重复一遍。

"你……"老船长咳嗽起来。他咳得非常厉害，涨得脸色紫红。曹莽离得太近，看得见那脸上的几个伤疤在抖动，就有些害怕地往后退开一步。

老船长咳着，声音更加含混不清。曹莽差不多一句也没有听得懂。他愣愣地看着那张瘪嘴里的两颗半截的牙齿。老船长的眼睛一直没有离开过他的眼睛，曹莽被这双锥子似的目光戳得有些难受。好像老人突然生起气来，那胸脯一起一伏，同时大咳。

曹莽什么也听不清，也有些害怕。他脸色红涨着支吾几句，退出了老人的屋子。

他后悔不该来问老船长……海边上，老七叔和他的两个儿子正围着那条新船。曹莽走过去了。

老七叔热情地招呼着，让他在船舷上坐了。这条船真是新哪，浑身散发着桐油味儿。老七叔的两个儿子光着脊背，低头用油泥塞着一条小缝子。老七叔吸着烟锅说："来吧，咱是进海的第一条船。你不用担心……"

曹莽用手抚摸着船舷，没有做声。

"不用再想你爸了，那样的事不会有了。有天气预报，再说船又新，停一年，我们还安上机器。我不骗你！"老七叔盯着曹莽说。

两个瘦瘦的儿子也嚷："来吧莽兄弟！船、尼龙网，崭新崭新……"

曹莽说："我还得再想想，好么？"

二

老七叔耐心地等着曹莽上船。他一直睡在海岸上新搭的渔铺里，守着他漂亮的船。村里人来看过他的船，都觉得漂亮，也都觉得是个不祥之物。

曹莽总也没来。老七叔就决意先搁起袖网，和两个儿子到浅海里放放流网。

三个人把船摇到海里。

浅海的水是一种迷人的蓝色，波纹那么柔和。橹打在水上，水沫溅到身上，很舒服。一丝一丝的水草，一群一群的海鸥。海鸥飞过船的上方时，可以看到它们白白的腹。两个儿子很快活，他们把腮鼓得老大，迎着海鸥吹出呜呜的声音。老七叔很重视第一次出海，但他强压着心底的兴奋。他看到儿子的样子，就有些不高兴。

"下网吧！"老七叔喊。

儿子往下抛网。他用力地摇着橹，看着海水在橹梢上打着小小的漩儿，冒出一串很白的小水泡。大海太平静了，像一个人在不怀好意地微笑。老七叔一声不吭地做他的事情，想着心事。十几年没有在海上漂荡了，今天的各种感觉好像都不那么真切……小儿子笨拙地扯着网纲，脊背用力弓着，椎骨凸出，像一根要折断的陈旧的弓。他用手提起网浮，吃力地挣脱网脚缠乱的生铁环子。他的哥哥过来帮忙，使劲撅着屁股，一件又破又小的裤头儿正对着父亲的脸。他的腿怎么晒也不够黑，白里显灰，从大腿根处，爬下来一条细细的青脉管儿……老七叔喊一声："扯松一些，浪涌会把网扣儿摆弄好。"这样喊着，他心里却在想，委屈了两个儿子：长到这么大，没有好好地吃上几顿鱼！他们亏了算是生在海边上，就因为父亲胆子小，没有鱼吃。有一次，他在芦青河汊里捕到几条泥鳅，放在锅底烧一烧，让小兄弟俩争得打了起来……老七叔把目光从儿子身上移开，看船后漂起的一道好看的塑泡网浮子了。

流网布好之后，他们按海上的规矩在一端竖一杆做标志用的小黑旗子，就往回摇船了。

大海正在落潮，浅滩的地方，需要他们下来推船。父子三人将船推在浅滩上，一时不想到岸上去。他们仰躺在浅水里，水将金色的细砂子扬到身上。太阳把一切都烤热了，水流温和地从他们的身上和身下通过，像一双双又软又小的巴掌轻轻地摸过来。老七叔已经很久没有过这种体验了。他兴奋地活动着胡须，让鼻孔里喷出的气冲开漫到脸上来的水和砂子。

当他的目光转向北方时，脸立刻就绷紧了。在一片水雾后面，隐约可见一个黑影，像天上的两团乌云落进了海里。黑影越来越大，那是露出潮面的一个暗礁：像一条搁浅的巨鲨。

老七叔闭上了眼睛。他像自言自语，又像说给儿子听："曹德就死在那里。那就是黑鲨洋。自古就是险地方，也是个出大鱼的地方。那一次死了好几个人，淹死、冻死，还有吓死的……我想有一天在那儿栽我的袖网。"

两个儿子盯着父亲的脸，没有说话……

傍黑的时候，他们要去拔流网了。

涨潮了，风也大起来，船在海里颠簸着，两个年轻人直跌跤子，胳膊和腿跌上了青紫的印痕。老七叔脸上挂着水珠，阴沉着脸摇橹。他见小儿子趴在船头上，就用一只手举起一个铁钩，钩到他的腰带上，将他拉了起来。他说："这已经是不错的天气。这还不算打鱼。"

流网上系的小黑旗子被风吹得摇晃着，像在召唤他们这条船。两个年轻人刚看见小旗子，就吐了起来。天突然有些冷，兄弟两个身上起了鸡皮皱，使劲缩着身子。一只海鸥在他们头上大笑起来，笑得十分欢畅痛快。

老七叔两只脚像粘在了甲板上。他想起了十几年前的一次出海。那时候他还是个壮汉子，什么都不怕。可那是最后的一次出海了，几乎给他留下了永久的遗憾。

那是一个冬天的早晨，他，还有两个老头子，一起去取最后一个流网。他们穿了棉衣，上面都套一层雨衣。涌很高，可是没有多少惊险的浪。水花在船的四周拍散了，发出欢笑似的声响："哈、哈哈哈……"船上人都听惯了这种海的冷笑，若无其事地坐着……开始拔网了。这网不久就会在屋角里烂掉，反正是最后一次出海了，他们都懒洋洋地做着活儿。突然间，他们拔出了一条身上生了黑斑的特大家伙。毫无准备，一时慌了手脚，找不到木棍。他记得这个特大家伙在船舷上蹭了一下身子，蹭掉了几片五分硬币那么大的鳞片，就凶猛地跳了起来。它跳得那么高，实在让人惊奇，如果身上没有缠上网丝，它准跳到海里去！他是用两只手把它抱住的，就像抱着一个胖胖的娃娃那样。但他明白这是个老家伙了。他给它脱了网丝。他和鱼离得很近，它那么凶恶地看着他，牙齿咬出了声音。它的嘴巴张开来，使他闻到了一股令人厌恶的腥臭气味。就在他喊着船上的两个老人时，这家伙在他怀中拧起来，将他拧倒在甲板上，然后跳起来，跳到海浪里去了……

这最后一次出海，不能不说是十分晦气的。

老七叔摇着船，还在懊悔着十几年前的事。他后来想过失败的原因，他知道坏就坏在那是"最后一次"。人人做事情都有最后一次，可你别想这是那一次，这样才能将锐气凝聚在十根手指上，再愣冲的大家伙也休想从这样的手中逃脱掉。

"小黑旗子……流网到了！"小儿子嚷着。

老七叔的眼睛圆圆地睁起来："舱盖打开！"他嚷着，放下橹柄，两腿叉着站到甲板上。

流网慢慢拔上来了。凉鱼、偏口鱼、燕鱼，用嘴巴衔着网丝，摆动着雪亮的尾巴。三个人高兴极了。老七叔嘴里发出"啊、啊啊"的声音，一边摘鱼一边咕哝："……凉鱼死在'夹'上，偏口死在'钩'上——这东西嘴巴像钩，钩到网上就跑不了！看看，这是黑皮刀鱼，这东西气性大，一碰着网眼就气死了……小心那条鲢鲅鱼！它的嘴狠……"老七叔太兴奋了，胡子上也沾着闪亮的鱼鳞。他现在看不出鱼的大小，他被这第一次收获激动得眼睛迷蒙起来。

兄弟两个，一边摘过鱼，一边将流网再放到海里。小儿子两腿叉开，但不敢站到船头上，常常跌倒。他跌倒的时候，鱼就趁机跑掉。老七叔又焦急又兴奋地放尖了声音喊着："哎！哎！"

网贴着船舷往上滑去，好像流网是从船底生出来的一样，老七叔后悔船上得太急促，让船靠网时背了流！他怕船底划破渔网，就拼力地用橹掉着船尾巴。这时有一个黑黑的东西从水中慢慢钻出来，像打足了气的黑胶胎那样光滑滑的、圆鼓鼓的。兄弟两个惊呼着，看出那是一个大鱼的脊背！大鱼离水了，闪出了白肚儿，"咕咕"叫着，狂跳起来。

老七叔立刻扑上前去，可惜船剧烈地簸动一下，将他掀倒了。他一边爬起来一边喊："用手指！别用胳膊……"兄弟两个果然在用胳膊，搂紧了它，又用拳头砸它的头颅。老七叔爬起来时，大鱼正割破了小儿子的皮肉，怒气冲冲地跳到了浪涌里去。

"应该用手指。"老七叔蹲在了甲板上，声音低低地、亲切地说。他觉得十分可惜。他想这条船上该有一个人，该有曹莽！曹莽第一次进海就懂得使用手指，在几秒钟内用木棍击中鱼的脑壳。

这条船上真该有个曹莽啊。

三

曹莽睡了一个好觉。他已经几夜没有睡好了。醒来时，他首先听到的是海潮的声音，想到的是那条船。他早知道老七叔和两个儿子把船推到海里去了，夜里就为这个失眠。

他睡不着时常想老葛的话。他那天没有听明白，因为中过风的老船长说话含混不清，再加上不住地咳嗽。但他看清了那一副涨红的脸庞，看清了满脸抖动的黑斑。老船长显然在生着气。不过他不明白老人为什么生气，也不敢问。如果说曹莽在这海边上还有害怕的人，那就是老葛船长了。他也怕过父亲，不过父亲现在已经管不着他了。

老葛退休回来的时候，村领导曾经建议曹莽接到他家里一起住，曹莽虽然怕他，却把他看成父亲一样的人。他去请他，老船长却怎么也不离开那间屋子。他含混地喊着，用黑色的花椒拐杖捣着地，用力地摆手。曹莽见他果断而坚决地拒绝了，也就回到自己结实又宽敞的大房子里了。

老葛的脾气实在太怪。村里人都不敢沾边，他也从不与村里人来往。他一个人种点菜蔬，闲下来就躺着看书。人们说：他一辈子没有娶老婆，又是在海上度过的，脾气怪异是很自然的。由于曹德和他的特殊关系，所以曹莽总要礼节性地去看看老船长。这就使大家也用奇怪的目光看着曹莽了。人们仿佛觉得敢于和那样一个老人来往的小伙子，也必定多少有些怪异。实际上曹莽和老人很少感情上的交流，他自己不愿说话，老船长也不愿意吱声。老船长有时说很少的几句话，他也听不明白。过节时，他送去鸡、苹果，老船长只用拐杖指指窗台，让他放在那儿。

曹莽眼下可以说来到生活的岔路口上了。村子里近年来很活跃，人们都在雄心勃勃地做事情。可他还没有认准做什么。上不上船，事情的确太重大了。他需要琢磨老船长的话，更需要自己拿个主意。他十九岁了。

早上，他茫无目的地从房子里走到街上。天还早，人们都在街头上站着。他故意将头低下来，看着自己的腿和脚。走了一会儿，他又将脸扬起来，让阳光照在这张粗糙的脸庞上。他的神气很拗，这点儿大家都看出来了。

有人突然喊了一句什么，接着大家都向一个方向望去。曹莽见有个人背着霞光走过来，看不大清，仔细些瞧，才认出是老七叔。原来他肩上扛了根又细又长、弹性十足的竹竿，竿子的末梢拴了两条胖胖的鲈鱼。老七叔故意将竹竿根部扛在肩上，让拴了鱼的竹竿拉出一个可笑的大弧。

曹莽愣怔怔地看着那对漂亮的鲈鱼。他知道这是老七叔刚捕来的。街道两旁的人用嫉羡的眼光看着他和鱼，他却只顾按紧竹竿往前走去。

老七叔并没有看到曹莽。曹莽被吸引着，跟在他的后面走着。

他拐过几道巷子，站在了一个小屋子跟前，曹莽愣住了：这不是老船长的家吗？……他眼盯着老七叔取下鱼来，两手高高地托起，推开门走了进去。

老葛船长惟独这次没有躺着看书，而像有过什么预感似的，端坐在小院子正中的一个大草墩上，身后，是一株威风的铁皮榆树。他见了捧鱼进来的老七叔，高兴地摩挲着手中的黑花椒拐杖。

"老船长！老七进海了……两条鲈鱼，不成敬意！"老七叔半蹲着，样子十分严肃。

老船长微笑着点点头，让老七叔将鱼放在他身边。

老七叔说："过去买不得船，如今行了。怕个什么？我偏要把这条船开进海里……"

老葛瞪圆了黄色的眼珠，费力地活动着身子，样子十分激动，连连说："嗯。嗯。你！……"他说着大咳起来，脸色涨得紫红，一道道皱纹和疤痕又抖动起来。

曹莽一直站在门口，这时不由自主地跨进门来。

老七叔高兴地招呼他，老葛却像没有看见来人一样。

老葛请老七叔留下喝酒，老七叔同意了。他提着鱼就要去收拾，随口对老船长说了句："让曹莽也留下喝酒吧！"谁知一句话出口，老船长竟站了起来。他费力地往前跨一步，用拐杖敲了一下曹莽的腿。曹莽胆怯地叫了一声"葛伯"，但一动没动。

老葛继续用拐杖敲着曹莽这两条腿。他敲得很认真，不轻也不重。他从大腿处敲到腿弯，像要验证点什么似的，最后将拐杖收起。他愤怒地嚷起来："你！……咳咳！咳……"

"葛伯，我……"曹莽尖利的目光盯住老船长黄黄的眼珠，大着胆子喊道。他的两条腿像两根石柱，硬硬地柱在脚下的泥土上。

老船长的眼睛也盯着他。老人的嘴巴张开了，又显露出那两枚半截的、却不甘躺倒的牙齿。他满脸的深皱活动起来。从脖子到胸膛有一道斜划下来的伤痕——曹莽好像第一次发现了这道伤疤，见它抖动着，闪着亮。曹莽慌乱地退后一步，嗫嚅着，扭过脸去走了。

老七叔提着鲈鱼，一直不解地站在那儿……

曹莽走了。他出了一身大汗。

走近海岸，他又看见了那条船——两兄弟正光着脊背在上面砸着什么。

他避开船，到远一点的地方脱了衣服。

他跳进海里，游得很深、很远，然后爬上岸来，沾一身沙子。太阳晒干了他的全身，全身都渗出一层油样的东西，闪着光亮。他把手捂在脸上，泪珠儿顺着手指缝流出来。他狠狠地抹干了眼泪，坐起身来，望着东北方黑黑的海水。黑鲨礁神秘地藏在一团雾气里，他盯着，咬了咬牙关。他的父亲就死在那片黑色的海水里了。

他还记得父亲的模样。他长得很瘦小，脸色蜡黄，说话的声音很低。他是公社船队的总指挥，说一不二，人们叫他"小霸王"。他把很小的曹莽带到海上去，半年之后，曹莽就能离开船游到很远的地方去了。有一次小曹莽跟上一个舢板去查网，舢板被浪掀翻了，他就"失踪"了。四天以后，父亲才从一个小小的礁子上找到他。父亲自豪地对别人说："这个孩子再也淹不死了。"曹莽很小就知道自己这一辈子交给大海了，读书也不用心，只想早些回到海上。

老葛从老洋里回来，第一件事是找父亲喝酒，父亲说话时，任何人都得闭上嘴巴。可是老葛说话时，父亲总是很用心地听。老葛的个子也不高，可是满身都是横肉，年轻时曾经跟海盗打过架，杀了三个海盗。父亲每一次送走了老葛，回头都对曹莽说一句："全村就出了这么一个英雄。"

可是后来，曹莽恨老葛了。那是一年秋天，父亲淹死不久。老葛从老洋里回来了，红着眼睛，就睡在曹莽的家里。白天，他找到几个辣椒，把曹莽父亲留下的酒全喝光了。夜里，曹莽想念父亲，呜呜地哭，惊醒了老葛，他就给曹莽一拳头。曹莽大概忘记了他曾杀死过三个海盗，竟然像个小豹子一样猛扑过去……结果是挨了更重的一顿拳头，曹莽趴在了炕上。尽管老葛酒醒之后十分后悔，曹莽还是恨着他。

当时曹莽只有九岁。老葛临出海的前一天晚上对曹莽严厉地嘱咐道："以后再不准哭！好好念书，至少念完高中！学费我按月寄给你，吃的用的也跟我要，我就算你爸了！"……

老葛果然按他说的做了。曹莽长大了。他对老葛还存有一丝怨恨，但更多的，却是一种莫名的惧怕。大约就是从父亲死的那天起，他和海边上的人一样，开始疏远大海了。

他疏远了海，却没有忘记海。浪涛声日夜响着，谁也不可能忘掉它。大海像个谜，解不开；大海像匹烈马，永难驯化！父亲死在黑鲨洋里了，可父亲不能不说是条硬汉子；老葛船长中风败下阵来，嘴里只剩下两颗半截的牙齿，可他杀死过三个凶猛的海盗，也不能不说是条硬汉。曹莽长壮了，长高了，却不信自己能超过前两条硬汉。他就是这样想的。

所以，他犹豫着，上不上老七叔的船。

眼下他感到委屈的，是弄不明白老船长的话，老船长却对他发了那么大的脾气！第一条船哪，诱惑力实在是不小。他从老船长抖动的嘴唇上，知道老人有很多话要说。老葛就是这样怪异的脾气，这怪异中主要就是霸道。曹莽又想到了小时候吃过的恶拳。海浪呼呼地涌上岸来，泡沫溅了他一身。无数的大涌耸动着肩膀，炫耀似的靠到岸边来了……曹莽用力抓紧了手中的砂子，又狠狠捶了一下自己结实的腿，站起来，穿好衣服，大步往前走去了。

他有些愤恨地想：为什么非要弄明白老葛船长的话不可呢？自己十九岁了，自己的主意呢？他回身望着海滩上一串串深深的脚印，站住了。他在心里说：我可以不超过前两条硬汉，但我怎么就不能成为第三条硬汉？！

四

老七叔的船上，终于有了曹莽。

这个初秋将会长久地留在海边人的记忆里。他们十几年前告别了船帆，心头滞留的欲望和惆怅又被一条新船搅动起来。老七叔和强健如牛的曹莽合伙搞一条船了，这条船带着一股可怕的生气冲入人们的生活中去了。多少年来，人们已被教训得像些腼腆的小媳妇，看到果断刚勇、一往无前的男性的强悍，那种惊讶确是非同小可。

老七叔的两个儿子见到船上有了曹莽，比老七叔还要高兴。曹莽沉着脸不说话，单是那粗糙的、黑红色的面庞就给人以力量。他们都相信曹莽是不会怕海浪的。

开始的时候，船仍旧在浅海里放流网。每次的收获都差不多。鱼不太大，也不太多。带鱼几乎没有了。捉过两条海狗鳝鱼，两天后从船舱里拿出来，它们还会撩动尾巴。这是生命力最强的一种鱼。大头鱼永远是笑眯眯的样子，擒到甲板上，还兴奋地晃着大头颅。没有诱人的鲈鱼，也见不到身上生了灰斑的、出水时像一把大片钢刀一样的鲅鱼。老七叔每一次拔网时都遗憾地摇头。

他们还试着撒过小眼网，结果网上来那么多小鲇鱼、沙丁鱼，还有一团一团的海草。这些差不多都得重新还给大海。老七叔说："我要到那个地方栽袖网去——这盘网让我花去了几千元。大鱼遇上它，就像入了迷魂阵！……不过这东西经不得大风，六七级风就得取网，也怪麻烦……"

曹莽望着那片黑色的海水，没有做声。

老七叔压低了嗓门:"要捉大鱼,非上那个地方不可。"

曹莽点点头:"明天,把袖网装到船上去吧!"……

第二天,船张了帆,果真向着那片黑色的海水驶去了。

这片神秘的海域!这片藏下了无数可怕的故事的海域!此刻它是碧蓝碧蓝的,没有一点波澜。它是透明的,像溶化了的、但仍然浓稠的绿色结晶。没有破碎的浪花,船是在柔软光润、丝绒般的质料上滑动。这里的气息也不像浅海那样腥咸,倒有一股奇异的清香。太阳就在不远处微笑,她仿佛变得可以亲近了。在这里,她的手掌不会是滚烫的,不会在那一个个黝黑的打鱼人的脊背上揭皮。这里吹动的的确是九月的海风,船没有颠簸,人可以不眨眼睛。

由于曹莽一路上没有讲话,老七叔也不做声。他的两个儿子互相对视着,用力压抑着心底的兴奋。很快看得清那像鲨鱼似的怪石了,风开始凉爽一些。落在礁上的海鸟尖叫着。船体常要莫名其妙地微微震动,船上人终于能觉出湍急的海流了。

他们很快开始下底锚了。这些巨大的铁锚就是袖网的根,大风来时,取走袖网,却依然留下它的根——风过之后,袖网很快又系在这些根上了……老七叔做活时咬住一个空空的烟斗,他要说什么,都用鼻子"哼"出来。这时他用烟斗指指海里:三个年轻人都看到在新栽的网浮旁边,一条小鲨鱼腼腆地游着……

曹莽一声不响地做活。他整天都是紧绷着脸皮,抖索、下锚,都是用牙咬着嘴唇,发出"嗯、嗯"的屏气声。他的脚蹬在船舷上,船被他踏得浑身震颤……四个人不停地干了多半天,太阳偏西时,袖网栽成了!

…………

老七叔的船闯到黑鲨洋里了,村里人都面面相觑。可是很快的,他们又齐声惊叹起来。

崭新崭新的船,鼓涨着白帆,一次又一次向东北方驶去。他们在那儿,将走进"迷宫"里的鱼不断装进船舱里!这简直有些神奇了。黑脊背的大鲅鱼、黄鱼、白皮刀鱼……都乖乖地给运到岸上来。村里人啧啧地咂着嘴。

他们不知道四个人是怎样搏斗的。

船驶进那片黑色的海水。四个赤裸的脊背在太阳下闪光,从网上摘下的鱼也在甲板上闪光。鱼蹦跳着,死命挣扎,用尖尖的鳍割破他们的脚背。这里的鱼大,力气也大得惊人,特别是刚闯到网里的,要摘下它们来简直就是一场拼杀。老七叔咬着一个空空的烟斗,他前边就是曹莽那两条粗黑的脚杆。网丝水淋淋的,不断勒到这腿上,这腿动都不动,真像两根生铁柱。曹莽可以一口气拔上十二托网，腰都不直一下。大鱼用尾巴拍他的脸，他用拇指和食指钳住鱼鳃，按到甲板上。大鱼锉刀般的牙齿发狠地磨动着，咬不到曹莽的手指，跌到甲板上，就用力咬穿了另一条大鱼的肚腹。曹莽常在两兄弟的惊呼声里将大鱼踢进船舱。

甲板上满是鱼血、鳞片和粘乎乎的液汁。老七叔的小儿子有一次跌倒，让船舷磕掉一颗牙齿。老七叔的烟斗不知何时甩到海里去了……

一直收获到中秋季节，他们没有取过几次网。

中秋之后，风凉了，涌大了，取网躲风的次数也渐渐多起来。四个人累得腰都要断了，每个人都明显地消瘦了。老七叔甚至真想让袖网闲息一段。但风过之后，他们还是将网系到根上了。

正像好多打鱼人一样，他们本来是要等更多的大鱼，可是他们等来了一场灾难。

这一天并没有变天预报，老七叔斜倚在铺子外边的油毡纸上吸烟。他是在磕烟斗时瞟了一眼天空，发现一片奇怪的云彩。他立刻跳进来，呼喊着曹莽和两个儿子去海里取袖网。

网很快要取上来了，天还没有黑。可是西北天空变得那么紫，老七叔看了看，手都有些抖动了。偏偏剩下的一截儿网拖不上来——急流不知何时竟将坚牢的网根移了位，网脚勒在乱礁上了！当老七叔弄明白这一切，脸上立刻渗出了一层冷汗。他犹豫了一会儿，抹掉脸上的汗珠说："割网吧……"

扔掉半截子袖网，心太狠了些！曹莽摇摇头。

黄昏即将来临了。两兄弟说："莽弟，再不走，要挨上风了。"

曹莽咬着嘴唇，两眼死盯住变黑了的海水，沉着脸说："挨上吧。"

老七叔暴跳起来："你这个黑汉！割网走船！"

曹莽还是沉着脸。

老七叔使个眼色，两个儿子突然拦腰将他抱住了。曹莽愤怒地大叫一声，叉开两腿，一下子将他们摔倒在甲板上，接着翻身跳到水里。不知过了多长时间，他从水中露出脑袋喊："我爸爸就死在这上面，这就是那片乱礁！"他说完乌黑的头发在水中一闪，不见了。

老七叔的两个儿子哭起来。老七叔喊："住嘴！"

后来曹莽又在水上露过两次脸，但并没有上船。他再一次潜下时，水面上有一道血水。老七叔见了，赶紧跳下水去。

两兄弟喊叫起来，声音里透着无比的恐惧。

呆了一会儿，曹莽终于浮上来了。他周身带着血口子，身边的水立刻红了。老七叔也浮上来，一把将曹莽拉到船边。两兄弟和父亲把曹莽放在了甲板上。他身上的血口子深深浅浅，多得数不清，还在往外流着血。两兄弟把他血乎乎的腿伸开，看到左脚被什么咬掉了一个脚趾，腿肚上，是黑乎乎的一个肉洞。

老七叔流下了眼泪。

他用嘶哑的嗓子喊道："割网！走船！"

曹葬还想爬起来。可是他正要伸出手和两兄弟争刀子，昏了过去。

网割断了。船往回开去了。老七叔告诉两个儿子："网真是勒到乱礁上了。曹葬身上的血口子是礁上的蛎子皮割开的。他可能还遇见过鲨……"

黄昏来临了。巨涌一个紧连着一个出现了。

老七叔不断向两个儿子呼喊着，可大海的呼啸淹没了他的声音。船体好像陡然落到狭窄的巷子里，水的墙壁，柔软而可怕的墙壁，随时都有可能坍塌。他们的船在挣扎。他们听见了船的骨头在"咕咔"地响着。后来，他们不得不将一个流网抛到海里，拖住摇摆的船……

岸上有人为他们点起了大火，他们可以看到在火边活动的影子了。两兄弟奋力扳橹。老七叔喊着："瞪起眼来。别让船横了！……"

大火离他们只有半里远了。两兄弟兴奋地呼喊起来。老七叔却一动不动地伏在甲板上听着。他听到了"呜——噗！"的声音，绝望地说："海边有'瓦檐浪'。坏了，靠不了岸啦！"……

五

老葛的病几天来加重了。人们都到他的小屋子去，看他大口地喘息。他不喜欢人，可他已经没有力气赶走别人了。

这天傍黑的时候起了罕见的大风，海水出奇地响。人们突然记起了老七叔的船，就跑到海边上张望。

老葛一个人蜷曲在小屋里，昏昏地睡去了。睡梦里，他跟一条巨鲨打了一架，他赢得很险，折了一条腿。醒来后，他用力扳着那条腿，扳也扳不动。那是属于中风后不再灵活了的另一半身子。他想这是鲨鱼给他咬折的——那条凶狠的家伙，他是用拳头把它打败的，敲碎了它的脑壳！老船长费力地张大嘴巴呼吸，一个人在黑影里笑着。

他突然听到一种奇怪的声音。这声音好大，又是时隐时现的。他用力听了一会儿，听出是大海的咆哮。他在心里说："这家伙又在发脾气！这家伙又在叫了！"他竭力要爬起来，可总也没有成功。跌倒几次，他最后还是坐了起来……屋子里空洞洞的，人们都走了。他猛然记起人们在这儿议论过船，然后就一齐跑走了。他终于听出了"瓦檐浪"的嘶叫，伸手去摸索花椒拐杖。他刚一动，就重重地跌到了床下。可他还是伸出手掌去摸索着……

海岸上，人们还在往火堆上投着木柴。天渐渐亮了，船还是没有靠岸。船上的人奋力挣扎了一夜，随时都可能被大浪吞噬。可他们还是不让船"横"，不让船靠近"瓦檐浪"——这种浪会把船抛起来，再重重地甩进浪谷深处。岸上的人们喊叫着，嘈杂的声音里充满了恐怖和焦灼。

与此同时，正有个黑影子缓慢地朝火堆这边移动。

由于他走得很慢，所以天大亮时才来到火堆边上。大家一看，大吃了一惊——老葛船长！有好几个人不信似的看着他，往后退开两步，惊呼起来。这个不久还躺在床上喘息的人，怎么会一个人摸索到海滩上来！

这真像有神力帮助他一样。大家一时说不出话，只是一起瞪圆了眼睛看着他。他走得真是费力极了，两手挂着那个黑花椒拐杖，一点一点往前挪动。他的小黄眼睛亮得吓人，不看任何人，只盯着海浪、盯着那条挣扎的船。大家上前搀扶他，他定住似的一动不动；再要去拉，被他厉声喝退了。

"你！啊啊哦……咳！咳咳……"

老船长向着大海吆喝起来，这声音大得简直不像他喊的。他的脸又变成紫红色了，衣怀敞着，一条又长又亮的伤疤让所有人都看到了。

船上老七叔向岸上喊着："老葛船长——老船长——……"

老葛大吼起来，钝钝的声音像打雷。好几个围在他身边的人胆怯地退开了。他吼叫着，两手举起拐杖，举得高高，然后猛地往怀里一拉。

船上老七叔看得真切，命令两个儿子："拔流网，把网拉上船来！"

老葛又吼起来，一边跺着脚。他将拐杖费力地顶、顶，横到左肩前边，然后再往右前方奋力一推。

船上老七叔又命令儿子："快，把船尾巴拨北一点，用橹，下狠力……"

老葛船长又向西走了半步，同时两手握住拐杖根儿，往西捅着。他一边呼喊，一边把拐杖挂起来，费力地向西挪动着。

这段时间，所有人都一声不吭地看着老船长。他们谁也不明白老船长喊叫了些什么、比划了些什么，只是惊惧地、钦敬地望着他。

海中的船往西，斜压着浪涌，十分艰难地驶去。

人们也背起老船长，向西走去。

船到了芦青河入海口停住了，河口处，扑向海岸的浪涌没有遇到浅滩阻力，那"瓦檐浪"竟小好多！大家一下子全明白了。

老七叔指挥着儿子，艰难地将船往岸上划。船是向着河与海的交角处往上来的，刚一驶近，几个壮小伙子就冲上去，帮着把船推了上来……

老葛船长这时却松脱了手里的黑花椒拐杖，倒在了河滩上。老七叔抱着一身血渍的曹莽，伏在了老人身边，大声地呼唤着。所有人都叫着"船长"和"葛伯"……老人紧闭着眼睛，仰躺着。大家第一次凑近这个老人，看到了大大小小、不同颜色的疤痕。

海浪在轰响。曹莽睁开了眼睛。他看到了躺倒的老船长，从老七叔怀里爬了下来……老船长终于也睁开眼睛，他把手放在曹莽血淋淋的腿上，声音极其微弱地咕哝着什么。曹莽眼角流出了两滴晶莹的泪珠。老七叔告诉了曹莽受伤的经过，老船长嘴角似乎有一丝微笑，对曹莽点点头，又点点头。老七叔转脸对曹莽说：

"老船长眼里……你是一条硬汉了……"

曹莽抹去了泪水。他这会儿心中一亮，突然像是明白了老船长，明白了他以前那些话。

他转过脸去，久久地向黑鲨洋望去……他看着岸上的船，崭新崭新的一条船。不过它会在某一天被浪打得粉碎。不过——曹莽想——还会有第二条、第三条……船！

老七叔背起了老葛船长。他让小儿子背起曹莽，大儿子拿着老人的拐杖。所有人都跟上他们往前走去了……

1984 年

作品评析

　　相比《古船》《九月寓言》《柏慧》等文本喻指含义丰富的当代作品，张炜的海洋写作似乎并不为人所熟悉，但实际上张炜的写作一直与海有着深刻的联系。《海边的雪》《冬景》《黑鲨洋》等都是直接反映渔民生活的中短篇小说，《怀念黑潭中的黑鱼》《鱼的故事》则借用童话的形式表达对海洋生态的观念，即使在《古船》《刺猬歌》《外省书》等看似和海洋并不相关的篇什中都具有明显的海洋色彩。张炜曾明确指出，他的写作是为了"融入野地"，因为"滋生万物的野地接纳了艺术家"。这"野地"自然也包括"海洋"，因为"辽阔的大地，大地的边缘是海洋"。[①]

---

　　① 张炜：《融入野地（代后记）》，见张炜：《张炜文集（第 2 卷）》，上海：上海文艺出版社1997 年版，第 340 页。

由于自幼生活在龙口的海滨丛林，张炜对海洋有着深厚的感情。然而张炜笔下的海是肃穆和忧愤的，少了邓刚、姜树茂笔下渔民生活的活泼生气，如同《古船》《柏慧》的主人公一样，海边的渔民总试图在思考和找寻什么，这使得张炜的海洋书写总是带有强烈的哲学气息，因而被评论家认为是对海明威和斯坦贝克写作的模仿。

《黑鲨洋》是张炜完成于20世纪80年代中期的海洋书写，这一时期张炜先后完成一组海洋题材作品，如《黑鲨洋》《海边的雪》《海边的风》等。《黑鲨洋》具有这一时期较为典型的情绪特征：忧愤与肃穆。小说以老七叔买了新船后打算邀请曹莽加入引入故事，这在渔民看来是一件颇值得高兴的事情，但曹莽的身世使得一切充满了不确定性：他的父亲死在了黑鲨洋。曹莽打算找父亲的好友"老葛"指点一下，但老葛不断的咳嗽几次打断了冲口而出的答案，"老船长咳嗽起来。他咳得非常厉害，涨得脸色紫红"。若是偶尔为之，可以理解为渔民因常年行船体弱多病，可是每到需要老葛表态时，他都是涨红了脸，一幅欲言又止的样子，让人感觉颇为梗塞。曹莽是个年仅十九岁的少年，原本应该属于赶海戏水的年纪，却因为父亲的去世，生活变得颇为困窘，老葛的资助虽然解决了生活的基本困难，但缺少家庭的关怀让曹莽性格变得有些乖戾，自尊而执拗的少年需要一场仪式来完成自己的成年礼，出新船、捕大鱼无疑是恰当的选择。曹莽似乎憋着一股劲，总是"沉着脸不说话，单是那粗糙的、黑红色的面庞就给人以力量"。然而出海的过程并不顺利，原本老七叔打算撇开曹莽独自带着两个儿子出海，但儿子们的笨拙让几乎到手的大鱼失之交臂。曹莽上船后并没有改变新船的运气，就在完成一天的劳作打算返航时，袖网被礁石套住了，这意味着所有的收获都将付诸东流。倔强的曹莽不顾阻拦跳下海准备捞网，结果却是"身上的血口子深深浅浅，多得数不清"，"左脚被什么咬掉了一个脚趾"。好不容易准备返航，却遇到了"瓦檐浪"始终靠不了岸。最终，小船在老葛的指挥下被推回来岸边。可以看出，无论是失亲的曹莽还是穷困的老七叔乃至拖着病体四处奔忙的老葛，小说中每个人都似乎被命运拨弄和牵引着，一步步艰难地挪动着生活的脚步。这种生存的宿命感不仅在《黑鲨洋》中，在张炜稍早的《铺老》以及此后的《海边的雪》《冬景》中都普遍存在。《铺老》中老锛、土挠无儿无女，注定会是凄凉的结局；《海边的雪》中金豹、老刚独自守着海边，金豹为了救人点燃自己渔铺，将毕生的积蓄付之一炬；《冬景》中老渔民在大雪纷飞的冬季丧失了三个心爱的儿子。从张炜整个20世纪80年代的创作来看，"忧愤"似乎成为这一时期的风格和标签，无论人物是何种身份都难以抹杀作品中作者强烈的个人色彩。

除了"忧愤"外，代际之间的冲突也是张炜海洋书写的常见模式。曹莽的忧愤一方面来自命运的挑战，另一方面也来自年轻人强烈的自我证明欲望。除了《黑鲨洋》外，在同时期的其他作品中，张炜也表现过代际之间的冲突与矛盾。例如在《海边的雪》中，硬汉金豹看不惯老刚不孝顺的儿子，自己被年轻人抢了东西后回想起年轻时也抢过老汉的东西，感叹道"也许人年轻的时候都要抢点什么的"。稍后发表的《古船》延续了这一人物冲突的模式，隋抱朴和隋见素向四爷爷赵炳及其继承者赵多多的挑战既是家族之间的恩怨，也是代际之间冲突，更是一种复活的资本主义野心向守旧的霸权者的挑战。不仅是张炜的作品，这一时期邓刚的《迷人的海》、叶宗轼的《海边人家》、姜树茂的《常乐岛》都突出了新旧代际之间的矛盾。当然，这种冲突和矛盾有的以和解为结局，如《迷人的海》中小海碰子为老海碰子系上红绳；有的则以老一代的去世为结局，如《常乐岛》中老寿星的死。如何认识这一时期在海洋题材作品乃至其他题材作品中普遍存在的代际问题，在归因时不能简单视其为年老者的守旧与年轻者的革新需求的冲突。代际问题普遍存在于伤痕小说、反思小说、改革小说等20世纪80年代的小说题材中，成为这一时期具有普遍性的写作现象。

作为生长在海边的作家，张炜对海洋并不陌生。在他的笔下，也确实出现了许多与海相关的人与事，最为经典的就是"铺老"的形象。在《铺老》《海边的雪》以及《冬景》中，主人公都是一些倔强、顽强的铺老，他们整日看海，靠捡拾海边的漂浮物以及捕鱼为生，拒绝世俗生活的召唤与规训。这些人物代表了张炜所认可的硬汉形象。在环境设置上，张炜有意将人物置于恶劣的环境中，借此使人与环境的搏斗更加戏剧化。《海边的雪》的篇首即"海边的雪越积越厚"，篇末"海边上，海风旋起的高高的雪岭上，被赶海的人踏出了几条通路"，这样悲情的环境为金豹的义举更增添了一层哀伤的基调。虽然《黑鲨洋》较《海边的雪》在环境设置上要宽松一些，但黑鲨洋的海给人的感觉总是黑得深沉又压抑。到处是"青紫的印痕""黑黑的东西""黑胶胎""黑色的花椒拐杖""东北方黑黑的海水"等让人颇为压抑的色调，连气味都是"令人厌恶的腥臭气味"。即使在天气良好的情况下出海，海看起来也是神秘而威严的。"此刻它是碧蓝碧蓝的，没有一点波澜。它是透明的，像溶化了的、但仍然浓稠的绿色结晶。"张炜对于人物和环境都异常苛刻，似乎唯有如此才能展现出海的威严与人物的韧劲。张炜的海与人都是真实可感的，这样的刻画体现出思想者张炜对自然深沉的态度。

《黑鲨洋》是张炜海洋书写较有代表性的篇什。通过曹莽从犹豫到出海，从被怀疑到被认可的过程，展现出年青一代的渔民在与命运抗争过程中的坚韧性格。这样的性格与品质即使与《老人与海》中的圣地亚哥相比，也毫不逊色。

▌北方的海

多多，生于1951年，北京人，本名栗世征，朦胧诗派代表诗人之一。1969年到白洋淀插队，后来调到《农民日报》工作；1972年开始写诗，1982年开始发表作品；1989年出国，旅居荷兰；2004年回国后被聘为海南大学人文传播学院教授；2010年受邀到中国人民大学担任驻校诗人。著有诗集《行礼：诗38首》《里程：多多诗选1973—1988》《多多诗选》《多多四十年诗选》等。诗歌作品被译为英语、德语、意大利语、荷兰语等多个语种。曾于2005年获第三届华语文学传媒大奖2004年度诗人奖；于2010年获纽斯塔特国际文学奖，是首次获此奖的中国人。

> 北方的海，巨型玻璃混在冰中汹涌
> 一种寂寞，海兽发现大陆之前的寂寞
> 土地呵，可曾知道取走天空意味着什么
>
> 在运送猛虎过海的夜晚
> 一只老虎的影子从我脸上经过
> ——噢，我吐露我的生活
>
> 而我的生命没有任何激动。没有
> 我的生命没有人与人交换血液的激动
> 如我不能占有一种记忆——比风还要强大
>
> 我会说：这大海也越来越旧了
> 如我不能依靠听力——那消失声音的东西

如我不能研究笑声

——那期待着从大海归来的东西
我会说：靠同我身体同样渺小的比例
我无法激动

但是天以外的什么引得我的注意：
石头下蛋，现实的影子移动
在竖起来的海底，大海日夜奔流

——初次呵，我有了喜悦
这些都是我不曾见过的
绸子般的河面，河流是一座座桥梁

绸子抖动河面，河流在天上疾滚
一切物象让我感动
并且奇怪喜悦，在我心中有了陌生的作用

在这并不比平时更多地拥有时间的时刻
我听到蚌，在相爱时刻
张开双壳的声响

多情人流泪的时刻——我注意到
风暴掀起大地的四角
大地有着被狼吃掉最后一个孩子后的寂静

但是从一只高高升起的大篮子中
我看到所有爱过我的人们
是这样紧紧地紧紧地紧紧地——搂在一起……

1984 年

作品评析

　　多多是作为朦胧诗的代表诗人之一亮相诗坛的，依凭的是徐敬亚、孟浪、曹长青、吕贵品合编的《中国现代主义诗群大观1986—1988》（同济大学出版社1988年版）。20世纪70年代，多多与根子、北岛等白洋淀诗人群的中坚分子过从甚密，这些诗人后来演变成新时期的朦胧诗人群。但多多在20世纪70年代早期至80年代中期的创作，实际上与其他朦胧诗人的创作是截然不同的。他诗歌中日渐显露的象征主义色彩与朦胧诗人的启蒙主义思想和哀婉伤悼的情感诉求迥异，因此也有研究者认为他是朦胧诗群中的"异数"，将他的诗歌风格称为"孤绝险峻"，认为任何散文化、理性化的释义都是对其诗歌结构和意境世界的破坏。①

　　多多在20世纪70年代初的诗歌已经显得有些与众不同，1972年首次创作的《当人民从干酪上站起》就已经在意象的拼接与情绪的渲染上别具一格："歌声，省略了革命的血腥/八月像一张残忍的弓/恶毒的儿子走出农舍/携带着烟草和干燥的喉咙/牲口被蒙上了野蛮的眼罩/屁股上挂着发黑的尸体像肿大的鼓/直到篱笆后面的牺牲也渐渐模糊/远远地，又开来冒烟的队伍……"且看诗题"当人民从干酪上站起"就显得有些莫名其妙。首先，对于当时很多人来说，"干酪是什么"就是一个难以索解的问题。其次，对"人民为何要从干酪上站起"和"从干酪上站起有何目的"这些问题还没有开始解答，就切入了"歌声，省略了革命的血腥"。这是谁的歌声？为什么革命的歌声是血腥的？难道是诗人的歌声打断了革命的血腥？像这样的问题弥漫全诗，难以一一理解。即使是今天，受过现代主义诗歌洗礼的读者对于这样的诗歌仍会感到有些费解。大概只能从黑暗、死亡、奸黠、野蛮等负面情绪和黑暗意象的层层堆积，完成对"当人民从干酪上站起"这一诗题的整体把握。

　　进入20世纪80年代，多多的诗歌虽然延续了象征主义风格，但情绪上似乎变得开朗起来，时不时出现的明朗意象和似乎有所表达的欲望都带有鲜明的时代印记。"打开玫瑰金色的咽喉呵/也不能泄露/永远，永远是一个深奥的字"（《解放被春天流放的消息》），"当春天的灵车穿过开采硫磺的流放地/黎明，竟是绿茵茵的草场中/那点鲜红的血，头颅竟是更高的山峰"（《当春天的灵车穿过开采硫磺的流放地》）"黎明的枪口余烟袅袅/炉火霞光一夜的音乐，都在做梦"（《黎明的枪口余烟袅袅》），虽然一样是困难重重的诗句，但

_____

　　① 刘志荣：《"我始终欣喜有一道光在黑夜里"：多多论》，《文艺争鸣》2014年第6期，第24-50页。

从不时涂抹的亮色中仍能够捕捉到一闪而过的愉悦与欢欣。

在多多离乡去国前的 20 世纪 80 年代，"北方"是诗人经常咏叹的地方，如《北方闲置的田野有一张犁让我疼痛》《北方的海》《北方的声音》《北方的夜》《北方的土地》等。"北方"在多多心中是怎样的？面对这样一个棘手的问题，先让我们看看他的诗句，"风暴的铁头发刷着/在一顶帽子底下/有一片空白——死后的时间/已经摘下他的脸：/一把棕红的胡子伸向前去/聚集着北方闲置已久的威严"（《北方闲置的田野有一张犁让我疼痛》）。"北方"是闲置的，这使得它失去威严，"一把棕红的胡子"似乎指代某个威权的男性形象，他正在让北方重焕生机。"一些声音，甚至是所有的/都被用来埋进地里/我们在它们的头顶上走路/它们在地下恢复强大的喘息/没有脚也没有脚步声的大地/也隆隆走动起来了/一切语言/都将被无言的声音粉碎！"（《北方的声音》）"北方"是沉默的，但沉默中似乎酝酿着巨大的生机，这生机使得北方的土地似乎也开始松动了起来。"北方的土地/你的荒凉，枕在挖你的坑中/你的记忆，已被挖走/你的宽广，因为缺少哀愁/而枯槁，你，就是哀愁自身。"（《北方的土地》）"北方"是荒凉的，空荡荡的宽广使得北方看起来更加荒凉。有了这些铺垫，让我们回头看看《北方的海》中的"北方"是怎样的："土地呵，可曾知道取走天空意味着什么""风暴掀起大地的四角/大地有着被狼吃掉最后一个孩子后的寂静"，北方的土地在这首诗中延续了前述诗歌中"北方"的感觉——荒凉而黑暗。当土地取走天空，土地将只剩下黑暗；当土地吞噬所有的希望，留下的将只有难堪的寂静。在北方生活是怎样的一种体验？"在运送猛虎过海的夜晚/一只老虎的影子从我脸上经过/——噢，我吐露我的生活。"一只老虎的影子在脸颊上闪现而过，这是怎样惊心动魄的时刻，然而诗人说这就是"我的生活"。

相比于"北方"，"海"在多多的诗歌中是鲜见的。可能是因为身处北方缺水的环境，"海"在当时对于多多而言，是相当陌生和遥远的。不能判断这里的"海"是否有"白洋淀"的影子，或者"海"就是写实的客体，《北方的海》中的"海"给人的感觉首先是冷漠的，"北方的海，巨型玻璃混在冰中汹涌"，"海"是凝固且冰冷的，如同混杂着冰的巨型玻璃，寒光四溢，拒人于千里之外。"海"给人感觉也是"旧"的，"我会说：这大海也越来越旧了"。"海"为何会变"旧"？前提在于"如我不能依靠听力""如我不能研究笑声"，"听力"与"笑声"似乎暗示着种种来自外界的反应。此时"海"的形象似乎发生了某种微妙的变化，似乎不再指代当下，而指代远方和希望。"海"变成了某种期待，这期待来自海天之外，"——那期待着从大海归来的东西"，在"从大海归来的东西"面前，"我"变得如此渺小，着实难以让人激动。再次出现"海"时,"海"更加诡异,"在竖起来的海底,大海日夜奔流"。虽然"竖起来的海"看起来有些不可思议,但注意这"竖起来的海"来自天外,仿佛在半空中演绎的奇景。如果能回答"天外"在哪里,就不难理解"为何海会竖起来"。当这些支离破碎、奇幻陌生的形象被一一拼凑起来,"海"究竟被还原成怎样的意象?"北方的海"是冰冷而封闭的,而来自天外的海与北方的海似乎截然不同,汹涌澎湃且奔流不息。

诗歌到了第七节突然笔锋一转,开始描写河流。河流与海截然不同,如绸子般,让人感动喜悦,这份生机化解了海带给人的寒冷刺骨,"在我心中有了陌生的作用"。这作用是什么?是蚌"张开双壳的声响",是"多情人流泪的时刻",是相爱的人们"紧紧地紧紧地紧紧地——搂在一起"。"河流"如此温暖,化解了"海"的冷漠,化解了"我的生命没有人与人交换血液的激动"。然而,"河流"不是"海",而是"海"的异体,如同"天外的海"与"北方的海"的差异。

虽然将多多的象征主义诗歌还原为具体的意象与情绪是危险的,但冲破那层层雾幛下笼罩着的"狂风狂暴灵魂的独白"(《当春天的灵车穿过开采硫磺的流放地》)仍然有些解密的快感。与其他朦胧诗人相比,多多的诗作中没有受难式的英雄形象,没有对个人情怀的歌颂与赞美,也难以看到对爱情和自然的向往。"恰恰相反,多多在再现历史时采取抽离而富于哲思的角度,强调历史无可避免的荒诞与人类(包括孩子)集体的恶的本质。"①在多多看来,与其将诗歌作为对时代的控诉或对个性的抒发,不如将诗歌视为一门手艺,它是以词语为载体呈现的自我精神狂欢。在一场漫布呓语与独白的狂欢中,难以追踪时代的影子,难以索解心绪的痕迹,唯有在与时光的搏斗中才能彰显灵魂独处的欢欣。以多多在 1973 年创作的《手艺——和玛琳娜·茨维塔耶娃》作结,看看青年时期的多多如何回应俄国女诗人茨维塔耶娃在 1913 年创作的《致文学检察官们》,那时的多多似乎就懂得了写诗原本就是一场寂寞的旅行。"我写青春沦落的诗/(写不贞的诗)/写在窄长的房间中/被诗人奸污/被咖啡馆辞退街头的诗/我那冷漠的/再无怨恨的诗/(本身就是一个故事)/我那没有人读的诗/正如一个故事的历史/我那失去骄傲/失去爱情的/(我那贵族的诗)/她,终会被农民娶走/她,就是我荒废的时日……"

---

① 奚密,李章斌:《"狂风狂暴灵魂的独白":多多早期的诗与诗学》,《文艺争鸣》2014 年第 10 期,第 59 - 66 页。

你见过大海

韩东，生于 1961 年，江苏南京人。1980 年开始发表作品；1982 年毕业于山东大学哲学系，历任陕西财经学院教师、南京审计学院教师；1990 年加入中国作家协会；1992 年辞职成为自由写作者。1985 年组织"他们文学社"，曾主编《他们》杂志第 1 至 5 期，被认为是"第三代诗歌"最主要的代表。著有小说集《西天上》《我的柏拉图》《我们的身体》等，长篇小说《扎根》《我和你》等，诗集《吉祥的老虎》《爸爸在天上看我》等，诗文集《交叉跑动》等。

你见过大海
你想象过
大海
你想象过大海
然后见到它
就是这样
你见过了大海
并想象过它
可你不是
一个水手
就是这样
你想象过大海
你见过大海
也许你还喜欢大海
顶多是这样
你见过大海
你也想象过大海
你不情愿
让海水给淹死
就是这样

人人都这样

1985 年

作品评析

　　20 世纪 80 年代中期后，朦胧诗潮开始逐渐退去，后现代诗派登场。后现代诗派与朦胧诗派相比，少了强烈的抒情色彩和启蒙意味，"反崇高""反价值"甚至"反文化"成为他们的诗歌口号。这一诗歌思潮的兴起与同时期的后现代思潮的兴起是一致的，是后现代思潮在诗歌领域的延伸与表现。这一诗歌流派较有代表性的诗人有韩东、于坚、伊沙等。

　　《你见过大海》最初发表在 1985 年 3 月《他们》（第 1 期）。《你见过大海》是其诗歌理念"诗到语言为止"的体现与实践。"诗到语言为止"是韩东的至理名言，他还有另一句脍炙人口的哲语——"写诗就是为了写诗"，可视为对"诗到语言为止"的阐释。在韩东以及第三代诗人群的诗人看来，朦胧诗人在诗歌中寄予诸多理想、思想和情感的表达方式并不符合诗歌的本质。诗歌就是诗歌本身，是语言表达的形式之一。任何试图将诗歌哲学化或政治化的尝试都是对诗歌语言本质的背叛，因此可以看到在韩东的诗歌中，他有意地消去诗歌的技巧，倡导口语化的写作，并且消解诗歌意象的附属含义，还原诗歌意象的本来形态。《你见过大海》就是将"海"从诸多文化含义中剥离，还原"海"作为自然形态的诗作之一。

　　《你见过大海》全诗不分行，但从意义上分为四个部分。四个部分的诗意看似都在重复地强调"海不过如此"，但情绪上不断推进。前两个部分用"就是这样"作结，后面采用"顶多是这样""就是这样/人人都这样"作结，显然是对前两节意义的推进和强调。由于全诗不分节，一口气读下来情绪是连贯的，这种连贯是强制性的。在强制性的连贯中，"就是这样""顶多是这样"成为诗人试图强加给读者的咒语。不仅如此，诗歌从情感上也形成两个循环，前两部分是一个循环，后两部分是另一个循环。当第一部分表达完"就是这样"的意思后，在"可你不是/一个水手"处转折，当第三部分表达完"顶多是这样"后，在"你不情愿/让海水给淹死"处，前后借用两个否定词"不"完成了对"就是这样"的过渡，并对"就是这样"形成了双重的肯定关系。催眠就此完成，咒语就此念就。在无可置疑的反复说服下，读者当读完全诗时，会自我暗示"大海就是这样"。

　　然而对于"大海到底是怎样的"这样的关键问题，在诗歌中被轻易地带过，读者朦胧间感受到海只是一个人不愿溺死其中的对象物而已。这是诗人的诡计，韩东将海还原为"水"，而将所有附加在海上的文化属性剥离。任何试图重新解释的企图都将制造新的文化符号，而这正是诗人试图回避的。这样的诡计并非首次运用，在他的另一首名篇《有关大雁塔》中也可以看到。"有关大雁塔/我们又能知道些什么/有很多人从远方赶来/为了爬上去/做一次英雄/也有的还来做第二次/或者更多/那些不得意的人们/那些发福的人们/统统爬上去/做一做英雄/然后下来/走进这条大街/转眼不见了/也有有种的往下跳/在台阶上开一朵红花/那就真的成了英雄/当代英雄/有关大雁塔/我们又能知道什么/我们爬上去/看看四周的风景/然后再下来。"读完《有关大雁塔》，你仍然无法获得关于大雁塔的任何信息，只知道大雁塔是塔，从上面跳下来会摔死，仅此而已。当诗歌意象被还原为单纯的对象物时，实际上也就取消了诗歌作为文字符号的文化意义与功能，从这一点而言，韩东诗歌以及第三代诗歌属于"反诗歌的诗歌"就不难理解了。

我们从曹操的《观沧海》、柳永的《望海潮》、郭沫若的《海上看日出》、郭小川的《致大海》、舒婷的《致大海》中获得的海洋抒情传统到了韩东处戛然而止。很难想象不久之前出现在郭小川《致大海》中那么丰沛的海洋抒情传统被中断，"大海呵/我又一次/来到你的奇异的岸边/……无须频频的招手/也不用那令人厌倦的寒暄/厚重的情谊/常像深层的海水/——并不荡起波澜/没有朗朗的大笑/也没有苦咸的眼泪/滴落在风前/在我胸中涌起的/是刻骨铭心的纪念"。分行的形式让诗歌形成节奏，这种节奏感天然地适合诗歌这种抒情与哲思的文体，然而韩东以诗歌的形式颠覆了诗歌的使命，这无疑是以笔为旗的大胆挑战。

撇开诗歌理念和诗歌形式等宏观考察，单论诗歌的含义，《你见过大海》代表了部分人面对大海时的态度。大海不是红旗猎猎的战场，不是亟待归返的故乡，甚至不是搏击风浪的渔场，海是游客希望到此一游，满足好奇欲望的打卡之地。没有交割，没有情感，如同去过的所有打卡胜地一样，看过、来过、炫耀过，也就此别过。虽然"海"远不止这样，但不得不承认"海"在某些人心中可能也就是这样。"海"是如此，"大雁塔"是如此，看似宏大和崇高的一切都变得可疑与刻意。很难想象曾写下抒情诗《海啊，海》的韩东，不久后在《你见过大海》中撕碎了所有青春的幻想，"海啊，海/渔夫的眼睛看不见你了/他已经太老，人的脚还站在船板上/远处的响动告诉他/健壮的儿女们正在海上劳动"。难以猜透韩东在此前后发生了什么，是早已厌倦还是急于突破？可能兼而有之吧。不论如何，海就在那里，毁也罢，誉也罢，潮汐不止，生命不息。

面朝大海，春暖花开

　　海子（1964—1989 年），原名查海生，安徽省怀宁县人，当代青年诗人。1979 年考入北京大学法律系；1982 年大学期间开始诗歌创作；1983 年分配至北京中国政法大学哲学教研室工作；1984 年以"海子"为笔名创作成名作《亚洲铜》和《阿尔的太阳》；1989 年 3 月 26 日在山海关附近卧轨自杀。在 1982 年至 1989 年不到 7 年的时间里，海子创作了近 200 万字的作品，出版《土地》《海子、骆一禾作品集》《海子的诗》和《海子诗全编》等。

从明天起，做一个幸福的人
喂马，劈柴，周游世界
从明天起，关心粮食和蔬菜
我有一所房子，面朝大海，春暖花开

从明天起，和每一个亲人通信
告诉他们我的幸福
那幸福的闪电告诉我的
我将告诉每一个人

给每一条河每一座山取一个温暖的名字
陌生人，我也为你祝福
愿你有一个灿烂的前程
愿你有情人终成眷属
愿你在尘世获得幸福
我只愿面朝大海，春暖花开

1989 年

作品评析

《面朝大海，春暖花开》是海子于 1989 年创作的短诗，这首诗入选了 2000 年版高中《语文》教材。

从形式上看，《面朝大海，春暖花开》较好理解，全诗二节十四行，没有采取复杂的抒情技巧，诗意似乎明白晓畅，诗题"面朝大海，春暖花开"八字简短有力地迎合了大众对于海的浪漫抒情想象。因此在很多场合，该诗被视为海子的代表作之一，得到了主流文化的认可和大众的喜欢，进入《语文》教材就是证明。然而在解读该诗的过程中，却似乎出现主流价值与诗人诉求之间的微妙而尴尬的错位，本书在此试解释一二：

首先，从海子诗歌的整体创作而言，抒情短诗在海子的创作中并非主要的诗歌追求，海子向往写作"大诗"。所谓"大诗"即动辄万行的诗篇，如《太阳·七部书》。在这类篇幅宏大的诗歌中，海子常常表现出对人类命运的忧虑与思考。"我在天空深处高声询问　谁在？/我/从天空中站起来呼喊/又有谁在？"（《太阳·弥赛亚》）。其次，"海"并非海子最热衷的抒情对象，"麦子"或"麦地"才是。"麦地"是典型的北方物产，在海子的笔下，麦子既是粮食又是种子，代表了自然赋予人的坚韧的生命力。《麦地》中麦子带来的温暖让人动容："看麦子时我睡在地里/月亮照我如照一口井/家乡的风/家乡的云/收聚翅膀/睡在我的双肩。"《五月的麦地》中对于友情的颂扬让人陶醉："全世界的兄弟们/要在麦地里拥抱/东方，南方，北方和西方/麦地里的四兄弟，好兄弟"。"海"的意象不仅少见，而且有些倦怠，这种倦怠在诗人1987 年创作的《重建家园》中已出现端倪："在水上　放弃智慧/停止仰望长空/为了生存你要流下屈辱的泪水/来浇灌家园"。"放弃智慧""停止仰望长空"，海子似乎在暗示自己要调整生活的方向，改变形而上沉思的写作惯性，开始直面生活的困境。实际上，这种试图休憩的想法也只是一闪而过的念头，其后他仍然注重生命的沉思与博大的意象。与此同时，不时涌现的倦怠情绪化为在漫长孤独的生命旅途中的小憩乃至放弃的冲动，《面朝大海，春暖花开》即为表征。有人认为，这首诗"是一个对生活失去信心的人发出的无奈叹息，是一个被'自我'层层包裹的孤独者悲怆的心声"①，甚至认为该诗是"海子悲世、愤世乃至厌世的情结使他走上死亡道路的告白书"②。这样的判

---

① 刘国良、卫建云：《也谈海子〈面朝大海，春暖花开〉——兼与苗立源先生商榷》，《中学语文教学》2003 年第 5 期，第 39 - 40 页。

② 朱于新、江照富：《执着纯粹诗意，追求永恒精神——从〈面朝大海，春暖花开〉看海子的悲剧情结》，《语文学刊（高等教育版）》2007 年第 1 期，第 50 - 53 页。

断似乎耸人听闻，但并非毫无道理。实际上，在完成这首看似明媚的诗篇后的两个月，诗人就卧轨自杀了。

诗歌起首用了三个"明天"来交代未来的规划，是"明天"而不是"今天"，当然更不是"昨天"，这代表了诗人对于当下的否定态度。在现实生活中，海子生活困窘，并没有躬耕乡野的经验，长期的诗歌写作自然带给诗人高标绝尘的精神世界，但这些并不能摆脱当下现实的困境。无论是"劈柴，喂马，周游世界"还是"我有一所房子"甚至"和每一个亲人通信"都是诗人在日常生活中难以完成的事情。前者代表着经济水平的提高，后者代表着社会环境的改善，这两者是敏感而内敛的诗人不得不解决又无法解决的现实危机。

海子幼年在安徽的农村长大，年仅 15 岁即进入北京大学学习，可谓少年天才。然而在乡野与都市之间，海子难以找到精神的落脚点。无论作为学生还是作为高校教员，20 世纪 80 年代海子的生活都是困顿的。乡村也并非他的向往之地，虽然诗人反复讴歌"麦地"，但乡村的"麦地"并非诗人真正属意之地。1989 年初海子回乡探亲，他坦承家乡的现状"给他带来巨大的荒芜之感"，"有些你熟悉的东西再也找不到了"。他说："你在家乡完全变成了个陌生人！"[1] 如果说北岛对于苦难是声嘶力竭的，顾城对于苦难是故作稚态的，那么海子就总是试图扇起沉重的翅膀吃力地飞翔。

诗歌前两节对未来的生活做出了种种承诺，在第三节这种情绪一泻而下，承接第二节的情绪基调并推向高潮，在连用了三个"愿你"表达对陌生人的祝福，笔锋一转，突然回到诗题"我只愿面朝大海，春暖花开"。"只"代表了卑微的愿望，也凸显了拒绝的态度。"陌生人"所指代的全体，在"只"字之外完全被隔绝开来，这也是对第二节中"每一个人"表现出的热情进行了消解。在祝福所有的陌生人时，海子用了"尘世"这个颇为凝重的字眼，这个字眼自然包括"灿烂的前程""有情人终成眷属"，其实也包括前面建构的完美的海边生活。因为诗人要绝"尘"而去，在离去之前正色地做一次告别。

"海"是彼岸，是"麦地"的镜像，是"轻轻的招手/作别西天的云彩"（徐志摩语）。即使如此，当我们初见此诗时，仍然被那海边的风景与逃遁的冲动所打动，这就足够了。正如海子努力建构的梦境一样，我们又何尝不想让心中的海来抚平一切的伤痛？

---

① 海子著，西川编：《海子诗全编》，上海：上海三联书店 1997 年版，第 924 页。

▌丁 挽

廖鸿基，生于 1957 年，台湾省花莲县人。1992 年成为职业讨海人；1996 年组织寻鲸小组于花莲海域从事鲸豚生态观察，并担任海洋生态解说员；1998 年发起成立黑潮海洋文教基金会，自任董事长，致力于鲸豚、海洋生态保护以及文化工作。出版有《讨海人》《鲸生鲸世》《后山鲸书》《漂流监狱》《寻找一座岛屿》《飞鱼·百合》等著作。他曾获台湾"时报文学奖"散文类评审奖、联合报读书人文学类最佳书奖、1996 年"吴浊流文学奖"小说正奖、第十二届赖和文学奖等。

灰云低空疾走，北风扫起的白浪翻扬在墨蓝海面，驾驶舱里海涌伯手握舵柄，两眼凝视猛烈起伏的船尖，粗勇仔脚步踉跄，在前甲板上收拾零乱纠结的镖绳。北风摇撼着桅杆上的一面小旗子，引擎声沉着稳定地响着返航节奏。

返航，通常是渔人出海捕鱼过程中心情最踏实的一段，然而，镖鱼作业中那一幕幕追逐、掷刺与拉拔仍然在我的脑海里萦绕不息。船只的每个晃动，舷边荡开来的每波声响，竟然都像凿子般一下一下钻打在我心里。这是我首次担任镖鱼船主镖手的一个航次，而大海竟然毫不留情地消灭了我那初露的豪情。

我倚着船栏瘫坐在甲板上，港口防波堤已遥遥在望，海涌伯常说的那句话或许可以解释这段诡异的经过。

海涌伯常说："海洋充满无限惊奇。"

丁挽，是讨海人对白皮旗鱼的称呼，每年中秋过后，丁挽逆黑潮洄游靠近花莲海岸。这时节东北季风越刮越猛，冷锋锋面兴风作浪翻搅黑潮海域一片白涛绵绵，这是个渔船系紧缆绳及上架岁修的季节。丁挽，偏偏选在恶劣的天气浮现浪头。与一般渔船不同，镖丁挽的镖渔船，在这个起风季节解开缆绳，迎着风浪出海。

冷风压境，北风掀起汹涌波涛，无论在高耸的浪头或深陷的波谷，丁挽时常将尾鳍顶端切出水面，像一把剖水而行的镰刀，也有几分像一小截游走在海面的小旗子。即使那根旗子被镖渔船发现而展开追猎时，它也往往像个奔跑的旗手，一个意气风发、不轻易降下旗子的旗手。

出港后，海涌伯、粗勇仔和我都爬上镖鱼船接近桅杆顶的塔台上。我们分三个方向在海面搜寻丁挽切出水面的那根镰刀。潮水墨蓝如破晓前的天色，白浪鲜明地在深色布幕上晕开，一朵朵即开即谢的雪白浪花在高低涌动的黝蓝色山丘上绽放。一波大浪从船只右侧张涌而来，船只瞬间倾侧，左舷切入水面，塔台向左倾，塔台上的我们像斜翅贴海滑翔的海鸟。这一倾侧，十吨小渔船倾斜程度已临近翻覆极限，那即将翻覆坠海的尖叫声隐隐抓在我的喉头。巨浪涌过船底，船身猛然翻身右倾，塔台在空中画过半个圆弧，我们从左斜状态钟摆般快速甩摆到右倾，如此左右反复无一刻歇息。

海洋以缤纷多样的鱼群诱惑渔人，又以翻脸无情的风浪疏离渔人。讨海人说："海涌亲像水查某。"意思是说，海洋有着谜样的魔力，始终鼓动着渔人血液里的浪潮。

初下海那年春末，我和海涌伯在立雾溪口拖钓"土魠鱼"，船只绕行了大半天，船后的拖钓尾绳仍然没有丝毫动静。我坐在船尾，看着水里一只只几乎透明的水母被桨叶搅出的白沫溢向两侧，形形色色的水母像极了星际大战中的飞行器在天空般的海洋里翱翔；一群乌贼扭着大象一样的鼻子匆匆经过船边；一只海龟把一颗圆钝的头露出水面，警戒地看着船只通过。海上丰富多样的生命，让我忘了这趟出海"杠龟"的不愉快。

这时，海涌伯突然转头问我："少年家，为什么出来讨海？"我融在水里的心拉不回来，一时不知如何回答；海涌伯接着问："为着鱼，还是为着海？"

我明白，为着鱼是生活，为着海是心情。

海上的确不同于陆地，渔人的脚步局限在这小小一方可能比囚室更窄隘的漂游甲板上，可是，海上辽无遮拦，船只以有限的空间却能任意遨游于无限宽广和无限惊奇的大海。海上生活确实纾解了岸上人对人、眼对眼的拥挤世界，一个甲板往往就是一个王国，在这里人与人的关系变得单纯和原始，一切规范、制度……种种人为的藩篱，在这里都可以被打破、被修改和被重建。海上生活，我常感受到任性的自由和解放，那最原始的人性得以在这里挣脱束缚、无遮无藏。我迷恋海洋，也迷恋海里的鱼群。

粗勇仔指着右前海面高声大喊，"红咧！在那里红咧！"丁挽在海水里闪现红棕色泽，渔人通常用第一个"红"字来表示发现丁挽，再用第二个"红"字来表示丁挽的桀骜不驯。

遇见船只，丁挽并不回避，仍然高举切出海面的尾鳍从容悠游在翻涌的浪头。镖渔船上铃声大作，像是遇上了敌人战舰。海涌伯奔进驾驶舱，我踏上镖鱼台，粗勇仔摆好姿势半蹲在我身后，船只迫紧引擎吐一阵乌烟，以强势的优美弧度往右前波涛凌压过去，引擎声亢奋若急响的战鼓。

镖鱼台架设在硬挺的船尖外，踏上镖鱼台，我把闪耀着寒星亮光的三叉鱼镖高高举起，想象自己是舞台上的主角，感觉自己的神勇和威风。

船头撞开来的水烟，阵阵雨雾似的从船尖蒙向船尾。

每个渔人心里都埋藏着一幅属于自己的海洋图像，渔人点点滴滴累积与海洋接触的经验来描绘这幅图像。海洋波动不息，变幻莫测，再细密精致的图像也难以完整地描绘海洋的性情和脾气，一个曾经丰收的钓点，往往就是下回落空挫败的场所。海洋如此不可捉摸，渔人除了内心的这幅海洋图像外，仍须凭着"感觉"来与海洋沟通。

有一个晚上，我和海涌伯在洄澜湾外捕捉乌贼，船舷边的灯光打亮后，乌贼陆陆续续聚集在灯光下，海涌伯突然按掉灯火，启动船只，说要到奇莱鼻海域钓白带鱼。我纳闷，那里既不是白带鱼渔场，这时节也不是白带鱼的渔季。可那一夜，我们拉鱼拉到天亮，白带鱼亮洁的银白鱼体满溢舱口。上岸后我问海涌伯，到底是灵感、运气，还是他心里的那幅海洋图像预知了什么。

海涌伯笑笑地说："听见的。"

每次我们出海放"延绳钓"，船只到了预定场所后，海涌伯总是迟迟不下钩，开着船走走停停在附近海域盘绕，他说，这是在"听流水"。一起捕鱼一段日子后，我才逐渐明白，海涌伯说的"听"，其实就是"感觉"或"仔细观察"的意思。

引擎嘶吼叫嚣，一根张紧欲裂的弦连接着丁挽切剖水面的尾鳍和我手上这根高举的镖杆。船只紧紧尾随丁挽，紧紧咬住丁挽舞出的旋律与节奏。当船只受浪停阻时，丁挽那根尾鳍左招右摇，在船只前头游出缓缓曲线，仿佛举着一根标示旗随时在提醒我它所在的位置，和它示威似的等候。

只有两种大型生物会如此和渔船戏耍：海豚们时常在阳光灿烂海波平静下成群出现，它们追随船只或在船舷边跳跃，向渔人露出顽皮的眼神；丁挽，只在阴冷灰暗、巨浪滔天的海况下孤独地出现，它不会主动追逐船只，而是等候勾引着船只前来追逐，丁挽通常把眼睛埋在水面底下，让追逐的渔人感觉它的狡黠和神秘。

海涌伯也类似这样的性格，渔港里他是出了名的阴冷脾气，也是出了名的镖丁挽好手。只要有人与他谈起镖丁挽的种种，他的回答始终简短一致："啊，无输无赢啦。"

海涌伯曾经这样告诉我：有一次，当他把一条丁挽拉上甲板，丁挽拉靠在船舷的片刻，它的尾鳍向海面滴落含血的水柱，这瞬间，海涌伯感觉到他体内的生命液体，正经过双手，经过丁挽受创的身躯，从丁挽尾鳍流落海面。海涌伯还说：他的半截生命已沉浸在湛蓝的海水里。

跟海涌伯学讨海这许多年，我一直怀疑，他体内流着的不是温热腥红的血液，而是蓝澄澄的冰冷海水。

跟海涌伯在海上捕鱼，只要稍有疏失，海涌伯必然破口大骂。骂过后，也总是这样一句："千万不要跟我开玩笑。"

一次回转后，船只顺风逼前了一大步，丁挽巨大的身子整个浮现在镖鱼台下方。我看着脚下的丁挽，那硕大美丽的身躯毫无遮掩地浮现在我眼里，像掀开面纱的美女或破蛹而出的美丽蝴蝶，那突破遮掩后的唐突美丽震颤了我的心。海洋一直给我若隐若现的惊奇感觉，直到这一刻，她毫无隐晦地完整现实地呈现在我眼里。我持镖的手微微颤抖，感觉眼下一片白雾苍茫。

"出镖啦，冲啥小，出镖啦！"背后传来海涌伯的斥骂声。

背后那急急的催促把我拉回现实，我奋力掷出镖杆。

引擎声戛然而止，脚下浪花翻腾，插入丁挽身躯的鱼叉溢流着鲜血，丁挽旋身跃出水面。

它斜身凌空颤摆，尖嘴似一把武士的剑凌空砍杀。

它斜眼向我瞟视，那仇恶的眼神激爆出星蓝火花狠狠嵌入我的心底。

我怔在镖鱼台上，动弹不得。

引擎声再度响起。经验老到的海涌伯急速回转船身，将镖鱼台上的我带离丁挽的剑气范围。

待我惊魂未定回头看时，丁挽已潜下水面不见踪影，系着鱼镖的镖绳，像蛇身抽抖，回摆着快速冲下海面。

丁挽的血水，像一朵朵玫瑰在墨蓝水里绽放。

海涌伯冲出驾驶舱，在舷边托住飞奔而出的镖绳，转头对失神走下镖鱼台的我破口大骂。仿佛镖中丁挽是一项罪过。

看着飞快落海的镖绳，我感觉这段绳索似联结着我的肠肚，掏空了我所有心思。我似乎清楚看见水面下负痛挣扎的丁挽。

粗勇仔站在海涌伯身后，想帮又帮不上忙，转头对我露出白皙的牙齿。

接近镖丁挽季节，海涌伯经常邀约我和粗勇仔一起吃饭，渔闲时也常常拉住我俩坐在港边聊天。海涌伯的坏脾气我俩都领教过，如今他一反常态，使得我和粗勇仔都显得拘谨不安。我背地里察觉海涌伯除了对我俩友好外，对其他的人或事，仍保持那惯常的铁寒面孔。直到现在我才明白，海涌伯早在丁挽尚未靠岸前，即着手筹组我们三个人合成的默契，海涌伯明白，任何个人的力量，都将不是丁挽结合汹涌季风和海浪的对手。

海涌伯曾说过，镖丁挽要正中它的背脊。鱼叉刺入背脊后，丁挽会全身僵硬无力，只能沉沉下潜。这一次，我是偏差地镖中了丁挽下腹部。

镖绳飞奔而去，像握也握不住的一束流水。

海涌伯托在手上飞快奔出的镖绳忽然间停下来了，这时，海涌伯开始用焦躁的速度收回镖绳。镖绳变得异常松软，似乎已失去水下丁挽的信息。这是第一次我看到海涌伯慌张的神情。海涌伯回头叫身后的粗勇仔进驾驶舱，准备开船。海涌伯大把大把地收回镖绳，从海涌伯凶狂的收绳动作，我感觉海涌伯似乎心里头在顾忌着什么。粗勇仔进入驾驶舱，从窗口凝视着海涌伯的背影，他时常挂在脸上的笑容已完全失去踪影。

波浪一阵阵推拥着船身，北风夹着浪花呼啸着吹上甲板，甲板上出奇安静，整个氛围突然严肃静凝了起来。

丁挽尖嘴如钉，劲力如挽车，在讨海人眼中，丁挽是一条尖锐刁钻的大鱼。丁挽喜欢用它的尖嘴玩弄食物，像猫在玩弄已控制在它爪掌下的老鼠。丁挽会刻意放走小鱼，然后用它的尖喙灵活地四处阻挡小鱼的窜逃，直到小鱼筋疲力尽、停止不动，它仍用尖嘴拨弄着小鱼，甚至把小鱼挑起抛向空中，让自己以为小鱼仍在跳跃逃窜。那坚硬的尖嘴上长着细密锐利的坚硬颗粒，这些颗粒使得它的尖嘴像一支精制的狼牙棒，小鱼往往被玩弄得遍体鳞伤后，才被它一口吞下。

一声巨响从船头传来，船身重重震了一下，海涌伯撒下手上的镖绳，和我一起趴在船舷上看向船头。船只并未撞上任何漂流物，但船头高出水面的船板上有一道崭新的刮痕，像一把利斧斜砍过的凿痕。海涌伯板着脸，起身示意粗勇仔左满舵启动船只。船尾排出一团翻滚白沫，船只启动。这时，我看到丁挽坚定切出水面的那根尾鳍。

船身大弧度回转，原本冲向船头的丁挽，现正拦腰冲向船身。露出海面那根尾鳍，如此坚定切剖水面，不像戏耍时的左招右摇。

海涌伯用搏鱼的力道扣住我的肩胛，把我扳下船舷。由于船只飞快弧转，我看到丁挽侧身飞起几乎与船舷平行等高。

丁挽那眼珠子黑白分明，它高跃瞄视着跌坐在甲板上的我，然后看向海涌伯，那严厉的眼珠子从船栏格子中穿梭经过，如一位法官——检视着囚禁在甲板上的罪犯。

"啪哒"一响，丁挽未撞到船身悬空落水。海涌伯大声嘱咐粗勇仔全速直行。我以为这道命令是为了要逃开丁挽的追击，没想到，海涌伯拉住我，我们一起再度踏上镖鱼台。

海涌伯举起备用镖杆，要我蹲在他身后指挥粗勇仔驾驶。镖杆在海涌伯手上像一把长剑，剑气森寒。

镖鱼台三面凌空，我左顾右盼，害怕丁挽从两旁侧袭，海涌伯似是了解我的惶恐，头也不回地说："看前面，我了解这条丁挽。"

船只全速直行，甲板上已收回的镖绳在这时再度狂奔而去。搭在船舷上的镖绳像仪表板上的指针，指示着丁挽所在的方位。镖绳渐渐由后赶上与船只垂直，而后指向前方，镖绳由原来的绷紧渐渐缓慢松软下来。

果然，船只正前方一百米海面上，那根屹立不摇的尾鳍坚决地等在那里。

我拉了一下从驾驶舱延伸出来的铜铃拉绳，粗勇仔会意地将船只停泊下来。丁挽与船只隔着滔天巨浪在海上对峙。

海涌伯缓缓把镖杆举过头顶，我看到他肩膀重重耸了一下，吆喝一声："走!"我扯了三下铜铃，示意粗勇仔全速冲刺。

丁挽那根旗子也在这时动了起来。

丁挽坚硬的尖嘴，曾有刺破船板的纪录。像这样面对面对冲，那力道加上气势，足以让船身破个大洞。海涌伯飘在脑后的发梢，滴飞着水珠，那苍劲的持镖姿态，有若破釜沉舟的战神。

丁挽如约飞身跃起，海涌伯凌空掷镖拦截丁挽投身刺来的尖喙。

船只再次高速回转。

我向前抱住海涌伯用力过猛的双腿，只依稀听到铿锵裂帛的声响交织回荡在船只四周和萧瑟的北风中。

我不曾见过这样直接、勇猛，而且死不甘休的挑战。无论岸上或海上，生活的确是一场生存的挣扎。这一刻，我终于了解海涌伯，了解丁挽，也了解了海洋谜一样的魔力。

通过堤防口，船只进入港湾。

防波堤将汹涌的波涛，界线分明地阻隔在港外。除了我的挫败感将永久持续，那一幕幕巨浪中的追逐、戏耍和决斗，那所有的光和热，就要在船只靠岸后停顿、静寂。

码头上，人群聚拢过来，围观赞叹着躺在甲板上的丁挽。旁观者往往只看见结局，整个镖猎过程将只有我们三个人明了。离开澎湃海水后，丁挽和渔人都同时失去了风采和美丽。

粗勇仔站在丁挽身边一脸彷徨，我们都无法多说什么，因为这是一场岸上或风平浪静的港内无法叙述的过程，这是一场滔天巨浪般的演出，没有剧本、没有观众，这是一场远离人群的演出。

海洋默默流着，丁挽随着黑潮刷过花莲海岸，刷过我心深处。没有被拦截的丁挽，将继续践履海洋的惊奇，随潮水，远远离去。

1993 年

作品评析

《丁挽》出自廖鸿基"海洋文学三部曲"中的《讨海人》一书，主要描述渔夫与丁挽之间不断撕扯搏斗的过程。丁挽又称丁挽舅，学名剑旗鱼，以吻尖似剑、尾鳍如旗得名。文中如此描绘丁挽的形态："冷风压境，北风掀起汹涌波涛，无论在高耸的浪头或深陷的波谷，丁挽时常将尾鳍顶端切出水面，像一把剖水而行的镰刀，也有几分像一小截游走在海面的小旗子。""切"字较为传神地描绘出丁挽出水时的霸气，颇有几分海中霸王——鲨鱼的味道。

与许多借渔获题材来展现人文思想的海洋散文不同，《讨海人》中的篇什都只讲述捕鱼的艰辛历程，《丁挽》也不例外。在《丁挽》中，除了主角丁挽外，海涌伯是另一位主角。海涌伯、粗勇仔分别是台湾地区对老年的讨海人和助手的称谓。讨海人的生活颠簸不定，若非不得已，断不会选择以此谋生。也许是经历了太多波折的缘故，海涌伯在出海时突然问"我"："少年家，为什么出来讨海？""为着鱼，还是为着海？"这一声询问既有关心也有质疑。三十而立的廖鸿基在社会上闯荡多年后，已经开始厌倦人际间复杂的关系，内向而敏感的性格使得他在人际交往中生存得颇不自在。三十五岁那年，廖鸿基不顾亲人的反对，成为一名职业渔民，开始了海上漂泊的生活。从与人交往到与鱼相搏，"海"确实让廖鸿基放松了不少。"海上生活确实纾解了岸上人对人、眼对眼的拥挤世界，一个甲板往往就是一个王国，在这里人与人的关系变得单纯和原始，一切规范、制度……种种人为的藩篱，在这里都可以被打破、被修改和被重建。"无疑，这就是对海涌伯问题的回答。

丁挽游速快、力量大，用一般的渔网很难捕获。因此，三叉鱼镖成为对付丁挽最好的武器。"镖鱼台架设在硬挺的船尖外，踏上镖鱼台，我把闪耀着寒星亮光的三叉鱼镖高高举起，想象自己是舞台上的主角，感觉自己的神勇和威风。"镖枪对尖刺，这是一场讨海人与丁挽之间的战斗！丁挽是海洋中较有智慧的鱼类，与其他的鱼类见到渔船唯恐避之不及明显不同，只有它与海豚才敢在船边戏耍。"它不会主动追逐船只，而是等候勾引着船只前来追逐，丁挽通常把眼睛埋在水面底下，让追逐的渔人感觉它的狡黠和神秘。"对于弱者，丁挽显然没有多少同情之心，贪玩的性格和强者的实力让丁挽对付小鱼时显得既滑稽又残忍。"丁挽会刻意放走小鱼，然后用它的尖喙灵活地四处阻挡小鱼的窜逃，直到小鱼筋疲力尽、停止不动，它仍用尖嘴拨弄着小鱼，甚至把小鱼挑起抛向空中，让自己以为小鱼仍在跳跃逃窜。那坚硬的尖嘴上长着细密锐利的坚硬颗粒，这些颗粒使得它的尖嘴像一支精制的狼牙棒，小鱼往往被玩弄得遍体鳞伤后，才被它一口吞下。"这样的戏弄显示丁挽对自己在海中的实力拥有绝对的信心。

正是丁挽的力量与聪敏，让出海多年的海涌伯也不敢掉以轻心。每次镖丁挽，海涌伯都感觉如临大敌。多年下来，作为镖丁挽好手的海涌伯在总结自己与丁挽多年的战斗时，虽然只简短地用四个字"无输无赢"来回答，但脑中恐怕已经涌现出无数次交手的场面吧。

猎杀丁挽讲究"快准狠"，任何闪失都会给渔夫和渔船带来未知的大风险。由于"我"失误，只镖中丁挽的下腹部而不是背脊，并没有击中要害，卸掉它的力量，使其在短暂的休憩后，蓄满了力气冲撞船头，颇有鱼死网破的气势。这是最危险的时刻，海涌伯多次用急转船身来避开正面的对抗，仿佛一位挥舞着红布的灵活的斗牛士，即使面对剑戟满身、红血盈眼的狂牛也毫不畏惧。在与丁挽的拉锯战中，惊险的一幕出现了，当船身在转动时，飞身的丁挽与趴在船板上的"我"几乎是贴面而过，此时"丁挽那眼珠子黑白分明，它高跃瞄视着跌坐在甲板上的我，然后看向海涌伯，那严厉的眼珠子从船栏格子中穿梭经过，如一位法官一一检视着囚禁在甲板上的罪犯"。这如同慢镜头般的对视仿佛凝结了空气，然而这是多么紧张与古怪的对视。三个渔夫加上一条渔船对抗一条丁挽，条件并不均衡的猎杀让凝视变成了审判。

在稍事休息后，双方在海面上拉开了一百米的距离。丁挽虽身中镖枪，仍牵引着渔船全速前行。大家都在等候着最后的决战时刻，结果无非两种：或者丁挽败北被俘；或者是渔船被刺穿，渔民落水而亡，谁是最后的胜者难以预料。在决一死战的时刻，"丁挽如约飞身跃起，海涌伯凌空掷镖拦截丁挽投身刺来的尖喙"。这一刻仿佛时空停止、万物齐喑，高举镖枪的海涌伯与以剑搏命的丁挽在夕阳的映衬下留下巨大的剪影，苍老而倔强的圣地亚哥（《老人与海》主角）仿佛又复活了。直到这一刻，"我"与读者才理解，何为"讨海人"中"讨"的含义，"讨"既有向海"讨要"的卑微，也有向海"讨伐"的霸道。无论是何种解释，都说明"海"在讨海人心中神圣的位置。这一轮较量终以丁挽的失败收场，丁挽庞大的身躯已经证明这是怎样激烈的交锋，"码头上，人群聚拢过来，围观赞叹着躺在甲板上的丁挽"。但谁能保证下一次讨海人仍有如此的好运？

《丁挽》是廖鸿基在 20 世纪 90 年代完成的系列海洋散文中较为成功的作品之一，作者将捕鱼的过程还原为人与鱼之间的搏击和战斗。人在大鱼面前小心翼翼，并无多少胜算，捕鱼的过程可视为人与自然之间古老的拉锯战，这背后已经潜藏万物平等的生态意识。这种意识不仅体现在《丁挽》中，也体现在《讨海人》的其他篇什中，《船难》中在海滩上支离破碎的船体，《六月淡季》中海涌伯那声"六月火烧埔，讨海无海路"的悲鸣，《讨海人的话》中将"三棘天狗鲷"称为"牛"，都是源于对自然威力与讨海生活艰辛的清醒认识。

无论如何崇敬海洋与尊重海洋生物，捕鱼毕竟是对渔业资源的破坏，特别是对严重依赖渔业资源的台湾岛而言，长期的捕捞已使得近海的渔业资源趋于枯竭。人对鱼的捕杀与大鱼对小鱼的捕杀似乎并无不同，《三月三样三》中号称"死人牙齿"的黑鲭河豚把"烟仔虎"鱼啃食得只剩下鱼排，《鬼头刀》中鬼头刀对飞鱼的捕杀，这些鱼类之间的血腥捕杀让廖鸿基开始反思讨海行为的合理性，为其后期转变为海洋保育工作者提供了逻辑支点。

20 世纪 90 年代末至 21 世纪以来，廖鸿基已经开始关注海洋渔业，特别是其中对鲸豚等大型海洋生物保护的内容。1998 年他自费成立了民间的海洋宣教组织"黑潮海洋文教基金会"，向台湾民众宣传海洋保护的重要意义，2000 年他倡导开展了"垦丁邻近海域鲸豚类生态调查计划"，2001 年随台湾鱿钓船远航至南大西洋。他将在调查和宣教海洋知识的过程中发生的有趣经历以散文的形式进行了一一记录。因此，我们看到他在《鲸生鲸世》中不厌其烦地介绍台湾沿海种类众多的鲸鱼，在《后山鲸书》中仔细观察鲸鱼种种行为。实际上，除了"海洋文学三部曲"（《讨海人》《后山鲸书》《鲸生鲸世》）外，他还出版了大量海洋生态散文，如《漂流监狱》（1998）、《来自深海》（1999）、《海洋游侠》（2001）、《台 11 线蓝色太平洋》（2003）、《漂岛》（2003）等。

廖鸿基对海的热爱如果最初是出于逃避心理，之后确实是来自内心的热爱。这种热爱不是来自渔获量多，恰恰相反，因为熟知海洋，了解各种鱼类与自然生态的复杂关系，他将更多的注意力放在对人与海和谐共生的观察与思考中。被称为"海洋游侠"的廖鸿基实际代表了 21 世纪海洋文学乃至海洋哲学的新思路——人类在生态海洋的新方向下如何生存？恐怕这个问题是廖鸿基所难以完整回答的，但他确实做出了初步的有益尝试。

百年海狼（节选）

王家斌（1939—2022），山东文登人。1955 年在水利电力部北京勘测设计院任技术员；1959 年赴西藏工作，1960 年调回北京；1961 年下放天津海洋捕捞公司做船员；20 世纪 60 年代初期开始发表作品。代表作有长篇小说《迷魂泉·雪人》《雪人部落》《死海惊奇》，中短篇小说集《大海落叶》《南海鬼船》，散文集《蓝色的冰塔林》，长篇报告文学《神堂变迁》等。

6

就在我们快要驶出大沙洋海域时，一场灭顶的灾难端然降临。所幸我们返航选择的是向南绕行的航线——为了避开大海漩的阴影，同时也为考察大沙洋南部的海况。

当时，我们都在船舱里睡觉。渔轮出海后，作息时间是不以昼夜为准则的。上网，则二十四小时连轴儿转。下网后，两个多小时的拖网的网档间隙海狼们便抓空儿睡觉。夜网亦如此。所以出海的觉都是零打碎敲，从不曾完整睡上八个小时。只有航行途中小作弥补，能睡个美不可言的囫囵觉。

就在我们昏昏大睡时，一堵高大的水墙悄然向我们袭来。

最早发现这一险恶景象的是小老鳖。当时，他正在驾驶台当班。他坐在高脚瞭望凳上认真观察沿途景色，回头向后看去，顿时面色如土，从高脚凳上蹦下来。

谁见过海平面一端翘起、一端陡然下陷？谁能相信，永远不可能塑化的海水会骤然凝结并坚挺挺地昂然推进？

后来他说，有一瞬间他甚至看到海床上鸡血般的岩石。海图上不曾记载过这一带有什么暗礁群。

他还说，他看到一只刚出生不久的小须鲸——约有六七米长，五六吨重，由于鲸没有柔软的嘴唇不能吸奶，正把舌头卷成管状紧紧吸住母鲸的乳头贪婪地吸吮着高脂肪的乳汁。而那过分溺爱幼子的母鲸，却因此而搁浅在礁石上，发出惊天动地的喘息声。由此喷发出的气体，在半空中凝成水雾般的喷泉。

更为惊心动魄的则是一只大头怪般的抹香鲸被一只十几米长、体重足有二三十吨的大乌贼死死缠住了。按说，作为齿鲸类的抹香鲸那锋锐的利齿是所向无敌的。但柔能克刚，那乌贼的十只长足中的一足很狡猾地堵塞了抹香鲸的鼻孔，直把这海上巨无霸憋得丧失了起码的斗志……

虽然，这所见又只是一瞬间。就连他自己也不能排除，这是在看了马沧海放映的捕鲸小电影，以及听了他的猎鲸奇谈，所产生的某种奇妙幻觉。

但是，马沧海却说小老鳖所见到的确确实实又是发生在海洋深处的真实情景。因为，他曾听一位捕鲸船的老船长讲过：小鲸吃奶时确实因为没有软唇而把舌头巧妙地卷成一个强有力的吸奶管。它在长达半年的哺乳期内，一天到晚不停地吃，一昼夜吃的奶多达二三百公斤，所以它一天的体重能增加一百公斤。而大乌贼与抹香鲸的殊死搏斗也曾听说过。但在大沙洋能见到如此巨大的乌贼，却又不能不令人感到震惊。

关于大乌贼和鲸的情景，若干年后我居然又得以欣赏，那自然又是后话。

他永远忘不掉那血色的基岩上丛生着高大的红珊瑚和白珊瑚，这些奇形怪状的海石花比台湾海峡的海霸珊瑚树要壮伟不知多少倍。而大沙洋的地理位置，似乎不可能适合珊瑚丛的生存。

小老鳖十万火急地把沉睡中的马沧海叫醒。马沧海睡眼惺忪地来到驾驶台时，那水墙已离船很近。猛然看去水墙是静止的，实际上它移动的速度要超过我们的船速几倍，想逃是逃不掉的。

"还愣什么？"马沧海吼，"快叫渔捞长起来降吊杆封舱盖、加固缆索网具！"

封舱降吊杆，本是航海的一项重要抗风措施，即便不遇大风，渔轮返航时都要把吊杆放下，这样航行时船的"上晃"减轻，稳性自然提高。但现在，马沧海突然发现这些工作都被疏忽了。所以，渔捞长到来时被他骂了个狗血喷头。渔捞长梗着脖子不甘示弱地说："你不是把我免职了吗？你还找我干什么？"

"我说撤你职，正式下文件了吗？就是撤你，你小子就敢拿撂挑子来跟我叫板？好，看我回港怎么处置你！"

马沧海顾不上争吵，最终还得他亲自下去率领全船人马清理甲板。由于满船堆积的鱼虾，想把吊杆放平、网具束紧是不容易的。尤其被鱼箱子挤得死死的水密舱盖根本就挣不进压舱的钢条板。这时，船周围的水面已浪高三尺，并不规则地跃动。仔细观察浪的形状，全是三角形的。

三角浪，比腰跨浪和点头浪的破坏能力要险恶数倍，人的感觉也特别难受。

就在吊杆降到一半时，发现左右的缆索卡环均已锈蚀。这也是渔捞长的责任，平时保养不勤造成的。马沧海只得命令海狼们用太平斧将钢丝缆绳斩断，最后的难题还是如何挣封舱板条。

"看来，只能把鱼往外扔了。"马沧海咬咬牙说。

"你疯啦？"小老鳖说，"这可是咱拿命换来的呀。"

"现在只能拿它来换咱的命。"

说着，马沧海抄起一把大铁锨："伙计们，抄家伙吧。"刷——一铁锨足有二三十斤的鲜鱼越过舷樯飞落在大海中。

局外人，很难理解海狼们的复杂心态。拼死拼活地到大沙洋来图什么？还不是为捕捞满船满舱的鱼。对海狼们来说，这些鱼就是命。尤其大沙洋的猎获物，比自己的生命还贵重。而今，却要用自己的手把收获满舱的鱼虾抛掉，心里该是怎样的滋味啊！

"马经理……"海狼们痛苦地嚷，"把鱼都扔了，回去拿什么证明咱开拓了大沙洋？"

"就怕……就怕你们回不去啦……"马沧海说，"再婆婆妈妈的，可就来不及啦……"

突然，船体闷雷般响了一下，这声响伴随着剧烈的震颤，每个人都觉得足跟发麻。跟着，甲板大幅度倾斜——不是左或右的歪斜，而是船头扬起，尾部陷入海水。这与一般大风浪天船尾上浪截然不同，一般尾部上浪花先是轰然巨响，而后水花飞溅尾端翘起。现在既不轰然更不溅水，只见厚重的海水悄然袭来，有如一只大手狠狠向下压去。

水，上下前后全是黑乎乎的海水。

先是窒息，很快便失去知觉。等我清醒时，发现自己死死搂住小老鳖的腿，小老鳖则抓着起网机制动手轮，头部钻在稳车的罩板后边。

"是你吗？小海蛆……"

"是我。"

"你还活着……"

"还有气儿。"

"小虾米呢？"

是呀，小虾米呢？好像降吊杆时，她正和几个海狼在后网台用缆绳绑扎鱼网。现在，那后网台上如山的鱼网已无影无踪，就连网台的台板也被风浪掀得干干净净。

"完啦，小虾米玩完啦……"我悲痛欲绝地嚷了起来。突然，一只手从背后抓来。我就势一滚，居然翻进餐厅的水密舱门。几乎同时，船体二次翘起，排山倒海的巨浪从船尾一直扫荡到舵楼顶棚……

"机舱进水啦……"

"电报房进水啦……"

随着机舱老轨和报房电报员的告急，餐厅的炊事员也杀猪般惨叫起来。原来那汽锅中的沸水因船的倾斜飞了出来。正在准备饭菜的炊事员便沐浴在滚烫的热水之中。

叮叮当当，餐厅的锅碗瓢盆以及刀铲餐具，凡能弹跳鸣唱的，都在空中飞舞并演奏一场惊心动魄的锅碗瓢盆交响曲。

我挣扎着站立起来，竟意外发现站在我面前的是小虾米。

"你还活着？"

"废话。"

"你不是在后网台上吗？"

"我也不知怎么就滑到餐厅门口啦。"

"真吓人……"

"确实吓人。浪上来时，我认准是没命啦，赶快闭眼念唵嘛呢叭哄吽。"

我突然想起小老鳖。糟糕，刚才这一浪头，不知又把他打到哪儿去了？

咣，餐厅水密门开了，小老鳖探进头喊："快出来下舱扒鱼！"

船似乎稳定下来了。往后看，不再是一堵跟一堵扑面而来的水墙。船尾也不再下陷，但犹如江河的巨浪仍在甲板上奔腾不息。惟其不同的是，水流的方向不再从后向前。

船调头了。小虾米告诉我，现在船已主动面对着海浪。而迎风抗浪又是最安全的航海措施。同时她又断定，马沧海肯定在舵楼子里亲自操舵。这种天气，一般海狼是难以驾驭并保证船舶安全的。

迈出餐厅的水密舱门，双耳感到气压突变时耳鼓隐隐的胀痛，稍稍适应便听到空气中有种不寒而栗的萧萧声，眼前更是一片惨烈：甲板上一片光秃秃的荡然无存，就连一寸见方的洗鱼槽横木楞框架也被海浪拍成两截。更为骇人的是两舷排水沟的四毫米钢板门档也被扭曲撕裂。

甲板上的木质护板被海浪和杂物刮起一重细绒般的纤维毛茬……

小老鳖和几个海狼已把鱼货舱的底盖打开。由于封闭不严，鱼舱已灌进海水。满舱的鱼虾经海水浸泡正向舱顶膨胀，即便不扒载，用不多久鱼虾就会腐烂变质。因此而造成鱼舱乃至整个船体被胀裂的海难事例，在历年的航海资料中可谓屡见不鲜。

扒载，就是把舱中鱼扒出来投向大海。这比往舱内装鱼的难度要大多少倍，何况又是如此动荡不稳的险恶状态。

正因为形势险恶，扒载要在极短的时间内完成。

当我们把最后一条鱼抛入大海时，不知谁"呵"地一下痛哭失声。这哭声颇有感染力，接着引起一片哭声。若不是不断有狂风巨浪袭击，这奇特的海上音乐会真不知该如何收场。

船失去载重增强了浮力，抗风浪的能力增强了。但浮力增强，船晃得就更凶了。就连一些久经风浪的老海狼也开始晕船呕吐。马沧海不愧是大渔眼儿，他始终面不改色地操纵舵轮。小老鳖面色苍白，若不是船长的职务压在肩头，他也会钻进船舱爬不起来的。我晕得最凶，几乎把铺前的两只高筒胶靴都吐满了。

小虾米开始还逞强地跟我讲她第一次出海克服晕船的故事。她说，那次从锚链舱里爬出来，正赶上开饭吃捞面。面对着一大盆蛔虫般的面条不吃就有点恶心了。马沧海却逼她捏着鼻子一碗又一碗地吃，直吃到面条堆到嗓子眼儿，船又猛然一颠，滑溜溜的面条便二龙吐须般从鼻孔中蹿出来。

她故事没讲完，后来也哇哇大口小口地把舷窗喷成磨砂玻璃。

"小虾米……"

"你干什么？爹一声妈一声的好烦人。"

"船到港我就卷铺盖走人。打死我再也不上船啦，这真不是人遭的罪。"

"你现在就卷铺盖也没人拦你。"

后来，难受得连逗闷子的心气也没有了，只觉得苦海无涯，更苦的是回头无岸。

天似乎又黑了……

突然，全船的警报又响起来。天呵，又有什么险情出现啦？

"全体船员到甲板上紧急集合！"外边的高音喇叭传来马沧海的命令。

"小海蛆醒醒。"小虾米叫我。

"就是拿鞭子抽，"我迷迷糊糊道，"我也不想动啦。"

咣——舱门被踢开了，只听小老鳖吼："快起来备锚！"

"备锚干什么？"小虾米诧异地问。

"备锚还能干什么？"小老鳖颇不耐烦地说，"备锚进港靠码头！"

"你发什么神经呀？"

"谁有工夫跟你们开玩笑！"小老鳖又去踢别的舱门。很快，走廊中便响起一片惊疑和惊喜的嘈杂声。这时，小虾米也惊喜地欢呼起来："小海蛆快看——"

"看什么呀？"当我把脸贴近舷窗时，顿时目瞪口呆。

不是在做梦吧？

虽非梦境，我现在所见到的真真是如梦如幻。但见旭日东升，狂涛汹涌的海面幻化出色彩绚烂的重重翠绿，海不那么阴森恐怖，天也湛蓝得只有缕缕如丝的几抹白云。天高云淡，银灰色的海猫子正自由飞翔。

更令人振奋不已的是，左舷的海面上有个朦胧的岛影出现。

说来也怪，晕船再凶，一见陆地那眩晕的感觉便消失一多半，只是头重脚轻，猛然爬起便会跌斤斗。

"你看见娘娘挂灯了吗?"

"没看见也能猜到。不是娘娘挂灯，我们能逃脱沧海万世劫吗?"

"怪呀，海图上没岛，怎么会冒出个小岛来呢?"

走廊中传来海狼们七嘴八舌的议论声。

关于"娘娘挂灯"，那是我童年时代听到的一个神秘的传说。记得，最早讲给我听的是狼牙鳝三哥，他百分之百地肯定作为一种大海中的自然现象是确实存在的。到底那所谓的"灯"是什么形成的? 凡见灯处都相对的风浪平缓又是什么原因? 就不是一般海狼渔花子们所能理解的了。

他记得，那是一个凄风苦雨的深夜，老渔湾的巨浪座座犹如高山。几乎所有的老人妇女孩子，都披着油衣聚集在大破船的甲板上向夜海眺望。他们期待着自己的亲人归来，但只有骇人的浪涛声见不到一盏回港的船灯。天亮时，终于有一艘船进港了。那船的状态惨不忍睹，帆缆皆被风浪卷走，就连那高大的桅杆也被砍断了。除船上的驾长，其余八名海狼渔花子皆下落不明。驾长被抬上岸时，已奄奄一息，但他却兴奋地挣扎起来讲述得到海神娘娘救援的故事。他说，船本沉入海底，不知怎么又浮上水面。就在他惊恐万状的时候，突然发现前边有一盏红灯，于是，他就驾船跟那红灯走……

故事没讲完，他咽气儿了。

开始，我还以为走廊里的海狼们议论娘娘挂灯是在重温旧事，来到舵楼子里，听小老鳖一讲，才知道我们的船真巧遇到了神奇的娘娘挂灯。当然，这又与传说中的娘娘挂灯截然不同。首先那灯非常朦胧，很像风暴前后海里发光菌虫所形成的"海暴"。海暴亦被海狼们称海火，与鬼火同样被视为老渔湾和大沙洋的一大奇观。但刚才出现的景象又非同于大片的流动海火，只是一个飘忽不定的光团，所在之处风浪明显平缓。这就不能不令人感到一种神秘的鬼魅氛围。

小老鳖悄悄告诉我：当时，舵楼子里由于灯光管制漆黑一团，但他还是清醒地看到，所有人都跪在地板上。

"马沧海也跪了吗?"

"边操舵边念诵唵嘛呢叭哄吽。"

"你呢?"

"你知道我从小就不信这些玩意儿……"但是,他也不否认在心理上颇为惊惧,尤其当那小岛幽灵般突然出现时。

"什么味呀?臭死啦。"突然传来小虾米王亦宛的尖叫声。几乎同时,我也闻到空气中有股子怪怪的味道。说臭吧,似乎又不是粪便腐败物质的那种恶臭。若说不是臭味儿,闻起来却又令人作呕。

突然,船慢下来了。

而且,轮机舱传出的机器转动声也极不正常,好像被风浪困扰得不堪重负的螺旋桨一下子被松了绑,于是那巨大的铸钢桨叶便脱缰野马般失控地旋转,这对带动螺旋桨的主机来说,是一种毁灭性的灾难,若不及时调整车速,便会发生"飞车"的恶性事故。几乎同时,船体也开始缓缓倾斜,仿佛海底有块巨大的磁石,正用力把船拉向海底。

然而,突发的险情毕竟是很短的一个过程,这要归功海怪马沧海及时倒车,使船快速后退。当人们都惊慌地拥上甲板观察海况时,船已恢复到正常状态。

"是不是搁浅了?"小老鳖问。

马沧海默默摇头。当然,他也难以解释。

为安全计,船又退出好远。最后,马沧海下命令:抛锚,然后放舢板上岛勘察。

根据锚链入水的情况,探知附近的海水深不过几十米。海狼们无不惊疑。因为,作为深海老洋的大沙洋海域,平均水深超过百米,传说中的海沟就是万丈深渊。

放舢板上岛时,空气中的异味变得很淡了。除部分应急人员,余下的全被获准上岸。这不仅满足了人们的好奇,同时也为"接接地气儿",让海狼们恢复一下体力。

舢板由小老鳖驾驶。他一边摇橹一边说奇怪,舢板好像突然变得很沉,船橹却变得极轻。所以,摇起橹来只见橹板划动船行的速度很缓慢。海面上不断有泡沫状的东西漂上来,气泡破裂便有气体散出,正是开始闻到的那种异味。

所幸,离岛越近,情况变得越好。待舢板返回,来时的奇怪情况不见了。

马沧海始终默默不语。他脸色苍白,显然是过度劳累。

舢板围着小岛转,意在观察岛的地形,并选择一个良好的登陆点。环岛一周才知道,岛岸绝大部分为锯齿狼牙的悬崖陡壁,岛岸附近则多有礁石,由于风浪刚过,大潮把礁石掩藏着。后来选择一个葫芦状的港湾,湾内有可供登岸的低矮台地。于是，我们的舢板就泊靠在那里。

"多好的一个天然良港！"马沧海又喜不自胜了。不等船靠稳他头一个跨上岸边，脚步尚没站稳，就蹲下来哇哇呀呀地张着大嘴呕吐。

"马经理！"海狼们惊慌地喊。这时，马沧海已挺直身子，涕泪横流地骂："娘的，蹲办公室蹲久了就是不行。老子生来就不晕船，今天怎么晕起码头了？"他话没说完，我和小虾米、小老鳖几个跳上码头的人顿时也觉得地晃山摇，蹲在地上来了个蛤蟆吵坑式的大合唱。晕岸与晕船相比终归要好受些，一阵倾盆倾缸的五脏六腑大清仓，把多日晕船的感觉都排除净了，头脑也格外的清爽。

"想不到，"小虾米敲着铲子道，"小屿最权威的大渔眼儿也晕船呀。"

"渔眼儿怎么了？"马沧海恶狠狠道，"再大的渔眼儿也是人养的！"

大约半小时，那奇特的晕岸感觉消失了。我终于又踏上坚硬而充实的大地，那喜悦和幸福的感觉使我陶醉使我晕眩。于是便四仰八叉地躺下来，尽情享受大地的怀抱。很快我们又都冷静下来，这终究不是生我养我并相依为命的故乡故土啊……

"一个死岛。"小虾米失望地说。

"不……"马沧海蹲在一处岩石的缝隙旁，"你看，这儿有个小小的生命。"

那是一株极其纤微的叫不上名字的小草。我们不胜惊讶，是谁将它播种到这遥远荒岛上来的？

呼啦啦，山石窝里一群海猫子飞起来了。我终于明白了，是鸟类把草籽通过粪便播种到小岛上的。后来更加坚定我这一信念的，则是"文革"后曾随远洋船远航马来西亚的巴生港，在那寸草不生的白色贝壳滩上，我见到一堆某个海狼遗下的粪便，就在那干涸的粪堆上生长着一株西瓜。瓜蔓上结的小瓜足有碗口大，摘下来带回船上，被不知情者偷吃了，味道还真甜。

马沧海此时把全部注意力都集中在小岛的地理地形上。他发现小岛有泉，而且泉水很甜，于是更加兴奋。他说，不是愁大沙洋离大屿和小屿太远，后勤加工鞭长莫及吗？现在这千万吨级的远洋后勤基地就在咱的脚下。

"喂，"他冲小老鳖说，"作为发现该岛的中国哥伦布，你这个船长有资格将它标上海图并给它起个名字。"

"叫幽灵岛！"小虾米说。

"不好，不好，"马沧海说，"这名字不吉利。再来，小岛不见了，那该多扫兴！"

"我有个想法。"小老鳖说。

"讲呀。"小虾米道。

"你们都知道有个古老的传说吧?"

"什么传说?传说多了。"马沧海说。

"传说老渔湾本不是大海,一次神龟翻身将那块陆地踢碎了,形成大鸡岛、小鸡岛等一系列湾内小岛,还有一块落入大沙洋,海狼们称其为海外仙山花鸟岛。"

"你的意思是,这儿就是花鸟岛?"

"我们不妨就叫它花鸟岛。"

"好!"小虾米说。

"不错。"马沧海也说。"等我们再来时,捎点花籽和菜籽儿。先种上几亩菜园子,船上就不愁没青菜吃啦。"

1996 年

作品评析

王家斌在 1996 年推出长篇海洋题材小说《百年海狼》时,引起了众多媒体的注意,当时《人民日报》《光明日报》《文汇报》《中国青年报》《中国海洋报》等二三十家主流媒体对该小说的出版进行了报道。中央电视台"读书时间"还制作了专题纪录片"王家斌与《百年海狼》",作家出版社、天津作家协会、《中国海洋报》、《中国作家》杂志社在北京联合举办了"王家斌长篇小说《百年海狼》研讨会"。这部作品之所以在当年引起了诸多关注,一方面自然得益于小说艺术成就的突出,另一方面也是因为小说触及了中国现代长篇小说中少有的海洋题材。

实际上,在《百年海狼》发表之前,王家斌在《人民文学》(1965 年第 7 期)曾发表过中篇小说《聚鲸洋》。《聚鲸洋》是王家斌以 1961 年参加的一次捕捞经历为原型创作的。1961 年,他被下放到天津海洋捕捞公司做船员,在外海经历了一场九至十级的大风暴,连船上的锚都掉落到海底。让人意外的是,当船长下令投网捕鱼时,还捕获到一条体重五六吨的龙青鲨,全船人员费了九牛二虎之力才将龙青鲨拖回了港口。船到港口时,码头上人山人海。年轻的王家斌还与几个随船的海运学院学生用篙子撑起鲨鱼的大嘴拍了纪念照。以此经历为蓝本,王家斌创作了《聚鲸洋》并投稿给《人民文学》。这篇短篇小说当时就被责任编辑刘白羽相中,王家斌被刘白羽以中国作家协会的名义调到北京参加"青年作家读书会",同时为《人民文学》修改这篇小说。由于题材特殊，该短篇小说受到了著名作家刘白羽、张天翼、李季的特别关注。在指导王家斌修改时，这些作家语重心长地督促他为中国写出独具特色的海洋文学作品。[①] 这样的经历对于 20 世纪 60 年代的普通作家而言，是难能可贵的。原本拥有光明写作前途的王家斌本可借助这篇小说走上专业作家的道路，但是大变故却接二连三地横亘在他面前。

1965 年 11 月，渤海湾潮水猛涨，发生了百年一遇的大海啸。当时渤海海面上刮起了七到八级东风，海面上筑起了几米高的浪坝。王家斌正在海啸中心的渔船上，当时渔船正准备赶往码头。面对如城墙般的巨浪，王家斌欲哭无泪，因为他是全船唯一一个"旱鸭子"。这次经历让王家斌深切感受到了大海的威力，如此近距离地贴近死亡。1966 年文化大革命开始，《聚鲸洋》被打为大毒草，王家斌也被剥夺了上船出海的权利。然而，这艘船不久发生海难，全船沉没，海员也全部死亡，王家斌逃过一劫。接着，他接到市委安排，去渤海二号海上石油钻井平台采写钻井劳动模范。因为临时变故，他没能跟船上平台。不曾想几天后，渤海二号平台翻沉，七十余人死亡，王家斌再一次死里逃生。王家斌让家人按照习俗为自己煮了捞面，结果面端到眼前时，王家斌却泪流满面，他又如何能吞咽下这苦涩的捞面呢？接二连三与死神擦肩而过的经历，让王家斌对海洋真正有了敬畏之心。

20 世纪 80 年代初，王家斌曾以西藏工作经历为背景创作了《雪人部落》《迷魂泉·雪人》《背尸人》等西域题材小说。然而，他放不下的仍然是令他生命中第一次直面死亡的大海。1995 年，《人民文学》编辑部和《中国海洋石油报》联袂召开"爱我蓝色国土"海上笔会，特邀王家斌参加。其间王家斌还特意登上了渤海十号钻井平台，这正是当年"沧海万世劫"的海啸中心区域。回首三十年前那场让年轻海狼们心惊胆寒的大海啸，回忆起生命中一个个逝去的海狼，他再也遏制不住心中的潜流和手中的笔，短短三个月就完成了近三十万字的《百年海狼》。

与《聚鲸洋》相比，《百年海狼》无论是在情感上还是艺术上都显得更加成熟和丰满。写作《聚鲸洋》时，王家斌还是一个年仅 26 岁的小伙子，并没有经历多少人生的大风大浪。加之，当时中国正在掀起"工业学大庆，农业学大寨"的"大跃进"运动，因此，小说无论是从情感基调还是人物形象设置看都显得朝气蓬勃。《聚鲸洋》中真正的主人公是司马飞龙，这个"虎头大脸、大手大脚"的年轻人不满意父亲司马大海的保守，一心想要闯荡聚鲸

---

① 冰凌：《他写了一部大海的"百科全书"——〈百年海狼〉》，见冰凌：《冰凌自选集》，北京：作家出版社 2000 年版，第 379－380 页。

洋。结果在父亲看来有些鲁莽的尝试取得了巨大的成功，渔网中灌满了鱼群，渔船都难以拖动。这时，父亲痛责自己："飞龙走的这条道是对的！可我这老家伙是怎么搞的，唉……"当司马飞龙得到父亲和"远征1号"船员的一致认可后，他的愿望迅速膨胀："不久，我们还有可能到南极去捕鱼呢！像大庆石油工人那样，我们要把地球上所有神秘、荒凉的海洋，都开辟成大渔场……"《聚鲸洋》从胜利走向胜利的叙事基调既是青年王家斌的情绪折射，也是不断高奏生产凯歌的时代精神的反映。到了写作《百年海狼》时，一切都发生了巨变。几次从死亡线上逃脱的作家此时已步入老年，在西藏和渤海，他都见识了自然的威力。因此，《百年海狼》的基调沉郁中带有淡淡的忧伤。

虽然小说多次展现海上遇险的经历，但最为惊险的无疑是对"沧海万世劫"的描述，"沧海万世劫"是对1965年渤海大海啸的描述。从比例上看，"沧海万世劫"的叙事篇幅并不多，却是整部小说中最具有冲击力的情节。在危机来临之前，海面上似乎一切都很平静。载着满船的渔获，马沧海与船员们按照航道准备返航，这时海面上出现了"三角浪"。"三角浪，比腰跨浪和点头浪的破坏能力要险恶数倍，人的感觉也特别难受。"接着便是整个海面的巨大颠簸，这对于满载渔获的船只而言是危险的，因为它可能会导致船只的倾覆。为了保存船只和全船人的性命，马沧海迅速做出了清仓的决定，这个决定无疑是艰难的和充满争议的。阅读至此，读者会发现作者已经越出了《聚鲸洋》的描写。在《聚鲸洋》中"渔获以及更多的渔获"是情节展开的动力，完成渔获是情节的终点。而在面临大海啸时，马沧海首先想到的就是清空渔仓。《聚鲸洋》中也有对风浪的描写，但描写的力度显然不及《百年海狼》。"突然哗啦一声，船头一扬，一排大浪像倒塌一堵城墙似的砸在迎面玻璃窗上。窗子经不住袭击，落到滑槽里去。舵手被夺窗而入的海水，砸倒在配电盘上；再有一秒钟，船会由于失去控制而横遭巨浪。司马飞龙眼疾手快，一个箭步蹿到舵轮跟前，刷！来个急转舵，使渔轮恢复了平衡，船又继续前进。"（《聚鲸洋》）这里对海浪的描写显然没有充分展现，巨浪的威力显得有些浮皮潦草。《百年海狼》除了海浪描写外，海流、暗礁、鲸鱼等都有提及。之所以出现细节上的差异，当然源自作者在完成《聚鲸洋》后不断丰富的航海体验，这种体验帮助作者加深了对海的理解，他对海的变化和威力有了更加深切的感受。

作家在危机解除的处理上一方面将之归因于扒载带来的减重压力，另一方面又在此基础上展开了对"娘娘挂灯"的描写。"虽非梦境，我现在见到的真真是如梦如幻。但见旭日东升，狂涛汹涌的海面幻化出色彩绚烂的重重翠绿，海不那么阴森恐怖，天也湛蓝得只有缕缕如丝的几抹白云。天高云淡，银灰色的海猫子正自由飞翔。"原本对惊险的大海难的描写居然在此处笔锋一转，以海外仙山的闪现作为危机化解的捷径，这样的处理方式看似突兀，实则也是情理之中。作者惯常将小说情节传奇化。这种传奇性不仅体现在对"沧海万世劫"的描写上，对海上冰凌的描写以及花鸟岛的再发现也是如此。如果联想到 20 世纪 80 年代西藏题材小说的猎奇描写，便不难将之理解为一种写作惯性。此外，这样的情节处理确实也在想象中化解了当年的海难带给作者的巨大的心理创伤。在颠簸的渔船上，仅靠救生衣护体的王家斌当时最迫切的愿望恐怕就是海岛的意外出现吧。

小说除了海洋冒险的情节外，还预留了一条情感副线——马沧海的个人情感经历。在小说中，马沧海是天生的情种，不仅有像秀二姨这种风尘女子为之堕落，还有面条鱼三嫂子不惜家庭破裂为其献身。马沧海的人物性格设置显然来自王家斌父亲。王家斌的父亲也是一位在激浪中谋生的海狼，生死莫测的闯荡让其养成了四海为家、挥金如土的习惯。他在东北娶过一个女人，是王家斌的大妈，在烟台又娶过一房，是王家斌的母亲，在青岛还有一个从妓院领回的小妈。[①] 父亲风流不羁的生活对于作家理解海员生活无疑是有影响的。马沧海在作品中不仅是一个面对危机沉着冷静的船长，还是风流成性的情场老手，诸多女性的投怀送抱成为证明马沧海雄性魅力的注脚。虽然这样的处理方式并不高明，但也确实是这类传奇小说常见的写作套路。

《百年海狼》看似篇幅宏大，但基本思路仍然承接《聚鲸洋》的模式。在《聚鲸洋》中没有得到充分开展的海洋探险在《百年海狼》中进一步展开。小说的故事主线是从发现花鸟岛写到再访花鸟岛，中间穿插了对龙兵过、海上冰凌等海上奇观的描写，但无论增加多少奇观展示，作品的落脚点都是成立渔业公司——神鳌集团来开展渔业大开发。这无疑是对《聚鲸洋》结尾那句"向远洋进军"和"不断革命，永远革命"跨越三十年的回答。从《聚鲸洋》到《百年海狼》，小说中海洋描写不断丰富，精彩纷呈，从这些惊险的海洋细节中，我们看到了一个成长的水手形象。这个水手曾数次与死神交手并成功逃脱，但这些经历也深刻改变了水手的人生轨迹与精神世界。他在作品中追悼逝去的船友，在想象中完善人生的缺憾，这样丰富的海洋书写无疑为中国当代海洋文学留下了宝贵的财富。当人们谈论起中国海洋文学时，总会想到王家斌以及那本传奇的《百年海狼》。

---

① 冯景元：《海的朝圣者——记当代作家王家斌》，见《中国作家》杂志社主编：《作家写作家（一）：散文卷》，北京：光明日报出版社 2002 年版，第 202—210 页。

敬畏海的神灵

夏曼·蓝波安（Syaman Rapongan），1957 年生，台湾省达悟族人，淡江大学法文系、台湾清华大学人类学研究所毕业。青年时期离开故乡兰屿，在外地求学、工作多年，20 世纪 80 年代末毅然返回兰屿，学习最基本的传统谋生方式，体验达悟文化之美、海洋哲学，作品有《冷海情深》《航海家的脸》《黑色的翅膀》《八代湾的神话》等。散文《冷海情深》获 1997 年《联合报》"读书人年度十大好书"，小说《黑色的翅膀》获 1999 年吴浊流文学奖，《海浪的记忆》获 2002 年时报文学奖，小说《渔夫的诞生》获 2006 年九歌年度小说奖。他还曾获 2006 年第 23 届吴鲁芹散文奖、2010 年金鼎奖。

前些天，部落里的每个家庭都在 Manoytoyon（飞鱼终食节）的夜晚，三五成群地聚在屋顶或庭院谈天。走访村里的各个角落，发现无一不在谈论着今年飞鱼季的种种有趣的事儿。在如此佳节，无云的星空下，我的心情是格外地清爽，不久之后，父亲在我耳根轻声地说："去叔父家那儿，咱们有事商量。"他的神情是那么地严肃，令我在瞬间收起了似是放肆的欢笑。叔父发生事了吗？我心中是有些紧张地在臆测。

当我到达叔父的家时，发现伯父、父亲、叔父三个尚健在的、七旬以上的老人在那儿已开始讨论某事了，于是我才恍然，我曲解了父亲的意思。叔父好端端地，没有生病。然而，究竟是什么事让我敬佩的这些父亲们相聚一堂呢？我静静地听着，但听不出真正的主题是啥，这是雅美人的一贯习俗，先讨论周边的事，轻松地话天南地北，过了一段时间才把话题切入正事。在我正要打开舌尖的话时，伯父抢先道："昨天晚上，孙子的父亲（指我）射了一尾大牛公鲹，是男人鱼，要请你客，结果你不在，真可惜！"叔父心情爽快地回道："还真的可惜，有多大尾呢？夏曼。"

"大约有 Apat·Arangan① 的大。"我脸上压不住骄傲地回道。父亲在旁不说一句地在思考什么事情似的，毕竟，在我眼前的，我最敬佩的父亲三兄弟，

---

① 雅美式的测量法，Arangan 指大拇指与中指撑开的距离，Apat 是数字四，意指四回长，大约六十公分。——作者原注。

在他们以前的时代是潜水射鱼的高手。

几位堂妹在旁烤肉，味道顶香的，但对伯父和父亲而言，简直是奇臭无比，令他们恶心得很。因而到凉台上休息谈天。

事情是这样的，叔父先开腔道："二位兄长，孙子的父亲，昨晚大堂弟跑来我这儿，他的大意是说，我们这些长辈都还健在，某位晚辈凭什么要延后一天吃飞鱼的节日？他以为他们有大船就不把我们这些长辈放在眼里？关于这点，我内心亦是万分地不满，他们的祖先根本就没有一位了解咱们的历法，何时延后，何时提前，他哪儿会知道呢？所以，我是想造一条大船，祭祀飞鱼神祇的船，而且夏曼·蓝波安对于传统的工作很有兴趣，让我们三兄弟，在我们的残年岁月里教育他吧！"

伯父和父亲也有同感，因没有祭祀的船，他们是没有十足的权威发言的，虽然是长老，但劳动力业已衰减。

伯父内心激动地说："我有两个儿子，命算是好的，但兄弟俩没有孩子，我就没有孙子，没有足够的权威要求村里的人听我的话，这点你们是知道的，你们的决定就是我们的意思。"

父亲接着说："我只要 Pinonongnongan①，就是我们三兄弟，大哥不良于行，不能出海，可是还有两个侄子可劳动，苦再多也认了，非得造祭祀的船。但如果是四人八桨、五人十桨，我绝不参加。"除了我父亲三兄弟外，其他直系的几位亲戚，都因水芋田的财产相互争夺，形同路人，无法共造一舟。

叔父深深地吸了一口气，因为堂舅公说过，要放弃大伯父和父亲，不让他们参与造舟。大伯是年岁大得不适生产，家父脾气刚直得令他受不了。堂兄弟之间确因争夺水源有过节，可是在飞鱼汛期，彼此不可争吵，这是族人的最大禁忌。

接着叔父回答两位兄长说："关于造大船，夏曼·蓝波安去年即曾央求我的，但季节、时间不适，有悖禁忌，所以没有回答孙子的父亲的要求。于是在我内心里，就一直存着造大船的信念，并且他是如此热衷于咱们的传统工作、文化，而家族的一些事情，可由夏曼承担；而我的儿子，个个都把面孔朝向台湾（汉化很深的意思），藐视祖先传下的所有习俗，他们不曾对自己文化的式微有一丝的危机感；只要有夏曼跟我上山伐木，再累也值得。所以，我赞同二哥的意思，造六桨三人的中型船。"

坐在旁边的我，听了内心里是骄傲加万分的高兴，被汉化的污名，今夜在父亲三兄弟眼中霎时被铲除得无影了。我深深地体会到老人们对六十、七

---

① 雅美船分为好几种，Pinonongnongan 是六桨三人划的中型船。——作者原注。

十年代出生的新生代（或云新雅美人）那不可言喻的失望的痛苦。那无言的泪水、被人视为一文不值的传说故事、雅美人的历史，那无任何代价的一生的劳动，仅仅是要让土地呼吸，要让自己活得有尊严，那份坚守禁忌行为之精神，仅仅是在证明自己是雅美文化的继承人，传授祖先在这个岛上生存的生活经验。当父亲三兄弟沉默不语的片刻，在微明的月亮下观察他们的眼神、面孔的皱纹、厚实的手掌，系在腰间的已呈褐黑色的丁字裤，他们身躯的内在外在无一不令我肃然起敬。

他们的内敛、不骄傲、沉静全是受制于岛上的环境。于是我忽然自己反省，我为他们做的事太少了，应该原始记录上山工作的一切经过；不仅如此，更应追溯长辈们在如此遽变的社会里，其内心世界的思想，他们对某事件的批判、看法⋯⋯

伯父已经八十岁了，牙齿没剩几颗，嚼着槟榔是那么地费力，但是，究竟是什么潜在力量驱策他造舟？父亲也七十七岁了，叔父也有七十的年龄，造大船是为了呼唤、祭祀飞鱼神灵？不举行飞鱼招鱼祭典，对他们有什么样的影响呢？我不停地思索，想要理清什么似的。黑色翅膀的飞鱼、传说中的那位跟飞鱼沟通的老人、大船的意义、小船的价值，还有无时无刻不听海涛声的雅美人，还有那不可被主宰的海洋，就像沸腾的水在脑海里燃烧着我的思维。

大船的影子诚如挥之不去的骄傲躯壳，此刻浮现在我激荡的心中，父亲们永不疲惫的心志，胳膊之力道萌芽在承继传统工作的毅力中。这几天就要上山砍伐造舟的材料，也许就是父亲们不断辛勤的劳动刺激我的创作吧。到目前为止，我的创作没有多少，更没有震撼台湾文坛的小说，我没有一丝的骄气斗胆称呼自己是作家，但我有万丈的勇气和信心传播我们岛上的族人所发生的一切故事。这正是我要努力的方向，而参与传统的工作，没有货币代价的劳动也正是我极力摸索的题材。

诚如伯父所言，当你越是潜水射鱼的高手时，你的渔获就会越少，因你会选择你要的鱼而不是滥射。当你越是了解老人们的固执时，你就越是敬畏大自然的一切神灵，你就有义务为山林的树木祈福。你念的书是汉人写给你们的，你写的书是岛上的一切赠予你的，你也提供了祖先的生活智慧给后代的雅美人。所有的劳动的价值是为自己求生存而劳动的人，方是你要尊敬的人，更是你创作的泉源。

月悬挂在族人幻想的宇宙间，我的父亲们不曾企图用文字记载族人的历史，他们只有在脑海里雕刻所见所闻的事物。他们都是七旬以上的老人，但他们的思路清晰得令我心服口服。我唯一的途径就是努力地创作，才能记录有海洋气味的作品，我如是勉励自己。

1997 年

作品评析

　　夏曼·蓝波安出生于台湾的兰屿，属于雅美人的依姆洛库部落，这一民族人数较少，只有 5 000 人左右，主要以捕鱼为生。从台湾清华大学人类学专业毕业后，蓝波安并没有选择去台北或高雄这类大城市生活，而是回到了兰屿，与家人、族人一起过上了传统的捕鱼生活。由于偏居离岛，加上独特的飞鱼传统，雅美人形成了与台湾主流文化迥异的生活习惯和文化传统。与海相邻而居，整日与海打交道，海成为雅美人天然的课堂。自幼时起，雅美人的男性就要学会认识各种鱼类——男人吃的鱼、女人吃的鱼、孕妇吃的鱼和老人吃的鱼。雅美人会用彩色的颜料涂抹船只，使其像珊瑚一般吸引鱼类。台风在雅美人看来，是清理海洋环境的时机，而非对自然的破坏。雅美人并不以日历为时间的标尺，而是将月亮的盈亏作为计算的方式，每个夜晚的月亮都有自己的"名字"，从这个"名字"中识别海洋的情绪，得知"洋流"的强弱。[1] 他们认为月亮带动潮汐的起落，也掌控着鱼类觅食的情绪。在雅美人诸多独具特色的习俗中，造船和猎捕飞鱼是一年之中最为重要的事件。雅美人把一年分为三个季节，飞鱼季节、飞鱼捕捞结束的季节和等待飞鱼的季节，也就是说飞鱼成为划分时间的尺度。"雅美人的口传文学、神话故事里，又以飞鱼季节中的禁忌最多、最繁杂。举凡渔获量之多寡、天气恶劣、风不调、雨不顺，也与族人在飞鱼季中触犯禁忌有相当密切的实质关系。是故，凡在二月至六月之飞鱼季，若有某位族人触犯的话，皆要饱受全岛族人之诅咒与侮骂。"[2]

　　《敬畏海的神灵》选自其 1997 年出版的散文集《冷海情深》，记录了"我"与家族年长男性之间的一次对话。飞鱼在族人文化中占据重要的位置，因此作为捕鱼工具的船只也成为当地生活关注的焦点。每到飞鱼季来临，每家每户都会商量着由谁来上山伐木，做好船等待飞鱼的到来。男人造船与捕

----

　　① 夏曼·蓝波安：《飞跃（大陆版自序）》，见夏曼·蓝波安：《冷海情深：达悟男人与海的故事》，北京：生活·读书·新知三联书店 2015 年版，第 13 页。
　　② 夏曼·蓝波安：《飞鱼神话》，见夏曼·蓝波安：《八代湾的神话》，台北：联经出版事业股份有限公司 2011 年版，第 128 页。

鱼的能力决定了他在家庭和部落中的地位，"造舟是我雅美人最重要的技艺、生存工具以及被族人肯定为真正是男人的工作。除了造船外，你的工艺是否精细、船快不快等，无一不证实你的能力，而这个能力长久累积便是你的社会地位"①。因此在文中可以看到，当"飞鱼终食节（Manoytoyon）"来临，族人都饱食过这一季的飞鱼后，族中的长老想到要造一艘用于祭祀飞鱼神祇的船来慰藉海中的精灵。然而与许多身处现代文明的部落一样，在传统技艺与部落文化的传承上，雅美人遇到了后继乏人的问题。夏曼是20世纪50年代生人，这一代的雅美人对于传统的继承还有浓厚的兴趣，再往后所谓"新雅美人"（20世纪60年代生人和20世纪70年代生人）对于与飞鱼文化相关的禁忌越来越陌生，也不感兴趣。这让曾受过高等教育，有着强烈文化自信和文化自觉的夏曼颇为不安。"于是我突然反省，我为他们做的事太少了，应该原始记录上山工作的一切经过；不仅如此，更应追溯长辈们在如此遽变的社会里，其内心世界的思想，他们对某事件的批判、看法……"

20世纪90年代以来，台湾省少数民族的民族意识不断加强，不少少数民族作家为弘扬本民族的独特传统奋力摇旗呐喊，夏曼·蓝波安就是其中之一。在《八代湾的神话》《海浪的记忆》《黑色的眼睛》《天空的眼睛》以及《大海浮梦》等作品中，作家有意识地借助独特的民族文化信仰来观山阅海。在雅美人的传统认知系统中，神话起到了重要的传承作用，无论是"依拉岱社的传说"，还是"西·巴鲁威的故事"抑或是"飞鱼神话"都可以看出原始的泛神论思想在民族文化中的痕迹。不仅是夏曼·蓝波安，实际上在莫那能（排湾族）、田雅各（布农族）等当地作家身上都普遍存在这一现象。这些少数民族作家通常会将泛神论思想作为对抗现代化的思想武器，记录和阐释独具特色的"万物有灵"思想成为其重要的写作内容，而神话、传说、仪式则成为这一思想的文化载体。

作为有着强烈文化自觉的作家，夏曼急于通过造大船来摆脱族中长辈的怀疑和轻视。在开过了家族会议后，夏曼决定将上山伐木、造大船的事情提上日程，正如他努力用文字记录不断逝去的家族往事一样。夏曼感叹道："当你越是了解老人们的固执时，你就越是敬畏大自然的一切神灵。"当对家族老人行为的理解不断加深，他便更贴近部落的神话传统。在夏曼看来，这是一条自我拯救的月光之路。

夏曼将部落传统文化作为拯救海洋生态、复兴海洋生产的良方，这实际

---

① 夏曼·蓝波安：《黑潮中的亲子舟》，见夏曼·蓝波安：《冷海情深：达悟男人与海的故事》，北京：生活·读书·新知三联书店2015年版，第46－47页。

上是生态海洋观念的一种形态。在许多部落文化中，都能看到这种天人合一、万物有灵的思想痕迹。这种原始思维与现代生态观念在表象上具有相似性，然而问题在于仅仅强调回到传统、回到原始状态是否就是解决日益复杂的海洋问题的正确方式，这是值得考量的。重获生态健康的海洋，是否只有小国寡民、刀耕火种这一路径？如果回到过去难以实现，那么是否应该寻找更高层次的平衡，例如借助现代科技的力量来清理污染和治理海洋？这些恐怕是夏曼无法回答也不愿思考的问题。

　　无论如何，夏曼·蓝波安的海洋写作具有积极的意义。他的写作是对本民族文化的忠实记录，是对现代化背景下民族传统如何赓续的有益思考。

▊ 海上丝路

　　蔡其矫（1918—2007 年），福建晋江人。1939 年毕业于延安鲁迅艺术学院文学系；1940 年后历任华北联合大学文学系教员，晋察冀军区司令部作战处军事报道参谋，中央人民政府情报总署东南亚科科长，中国作协文学讲习所教员、教研室主任，汉口长江流域规划办公室政治部宣传部部长，福建作协副主席、名誉主席。1941 年开始发表作品，著有诗集《回声集》《回声续集》《涛声集》《祈求》《双虹集》《福建集》《生活的歌》《迎风》《醉石》《倾诉》等。

一

养蚕缫丝，中国古代人民的
伟大发明。传统黄帝后妃
嫘祖是始创者，四川德阳人
近时三星堆的考古证明
古代蜀国是黄河长江之外
第三个中国文明发祥地

最初是驯化野蚕，至今在东北
犹把蚕养在柞树上，织了的柞绸

仍是夏季衣料的极品。
公元前三世纪，中国即已经
以盛产丝绸闻名于世
被称为丝国

丝路最初向东至朝鲜、日本
到西汉张骞出使西域
向西的陆上丝路才形成
经过沙漠中数条绿洲地带
把精美绝伦的丝绸输到欧洲
那里称中国丝绸为金布

这些丝路又称绿洲路
联系亚、欧、非三大陆的
中国、埃及、巴比仑、印度
四大世界文明的摇篮
而抵达欧洲文明发祥地
希腊和罗马

这是古代以至中世纪
世界的和平友谊的通道
来往这路上的是商人、旅行家
官员、工匠和宗教家，载入史册
有张骞、班超、法显、玄奘
马哥波罗、安息王子、罗马使者

"这是一条漫长、艰苦
充满危险的旅程，印度人和
中国人在途中，死者
十之九"（尼赫鲁《印度的发现》）
所以唐僧取经在《西游记》中
被描写得出神入化

这条陆上丝路

把许多农作物传到中国
最早为葡萄、苜蓿、核桃
然后是大蒜、香菜、黄瓜
芝麻、花生、豌豆、蚕豆
石榴、棉花、菠菜和西瓜

而花中之皇玫瑰、郁金香
却从中国走向世界
意大利的空心粉
为马哥波罗带往
东方和西方互相交流
乃是人类文明的必然趋向。

二

丝绸外传海路先于陆路
公元一世纪，中国的海船
已带丝绸到东南亚、印度
公元 199 年中国蚕种传日本
南北朝时，中国派四名丝织工
和裁缝女到日本授艺

在玄奘之前，东晋僧人法显
住印度二十年回国取海路
七世纪玄奘圆寂之后
由于东晋南北朝时的回教东进
已使西域崇向佛教诸国消亡
继玄奘取经的义净也改走海道

义净从广州搭波斯船出发
历时两年才到达印度
无穷海天的空茫撑起信仰
孤寂中梦见飞天的翅膀。

公元714年，唐朝开始设立
市舶司，经过宋、元、明相沿千年

阿拉伯、波斯占主动的
海上贸易逐渐为中国商船代替
十五世纪初郑和巡海达到顶点
他把亚、非联成一片，九十二年后
达·加马发现好望角到东非
也由阿拉伯水手领航走郑和路线

可见郑和与后来的地理大发现
有不可分割的自然联系
明朝因郑和巡海和修筑长城
两项耗资国库渐空而厉行海禁
但东南生产的大发展
势必以走私队伍来冲破它

当时盛泽镇青草滩丝织业万户
丝织工人五万，岁出百万匹
明代海寇实质为反抗专制
加以国际海盗配合更为凶猛
安徽人王直被倭寇公认为首领
称他为徽王

他的根据地浙江双屿
真倭只占十分之一、二
与西方海盗只对国外大不相同
这是一段悲伤的历史
惟有潮汕人林凤，攻马尼剌不下
改赴婆罗洲，至今留有林凤港

郑成功也出身于海盗家族
信仰天主教，取名安东尼奥·郑
他收纳海上武装后来才到台湾

亦盗亦商为当时共同点
尤以闽南为首要力量
官方贸易遂为民间贸易所取代

海上丝路向世界奉献中国的
伟大发明：风水先生的指南针
从水罗盘到旱罗盘十六世纪
由葡萄牙传到日本再回中国
炼丹家的硝（火药）传到中东
阿拉伯称为中国雪，波斯称中国盐

木刻活字版到欧洲改铅字印刷
文学的桂冠由诗歌转到散文头上
而农作物新种也由海路来中国
黏米、胡萝卜、南瓜、番茄
红薯、马铃薯、玉米、烟草
向日葵、花菜、甘蓝、洋葱

海上丝路也促使陶瓷大发展
丝国逐渐变为瓷国
波斯和孟加拉生丝超过中国后
丝和瓷又由茶代替
对中国贸易的高额利润
为西方资本主义发展提供基础

十六世纪后，英、荷两个
东印度公司成海上霸王
中国海商一落千丈
十八世纪大宗鸦片贸易
海上丝路遂告消亡
无穷的蔚蓝成了动摇的墙

西方海盗举起毛瑟枪
消逝了东方的和风丽日

往日的光辉骤成一帘幽梦
惟有东南亚和印度的丝织筒裙
和缅甸的绸帽，记录了
不再的过往

三

中国西部多沙漠戈壁
北部酷寒，西南山叠岭重
可自东北至西南海岸线
有一万八千公里长
中国不但是大陆国家
也是海洋国家，造船开始最早

商代甲骨文就有舟字帆字
西周出现多人撑驾大船
春秋有了战船，战国楼船已形成
东吴泛舟举帆所向无敌
曹操八十万兵马因之大败
晋王濬灭吴在建业俘船达五千艘

在西方殖民者侵入前
中国航海居世界的首位
唐、宋、元、明都有重大海事
也造就无数海上雄才
让眼睛重新涌动着泉水
凝视黑夜尽头的朝阳

1991 年，联合国教科文组织
发起海上丝路的考察
从威尼斯始航到日本大阪结束
（在中国只停留泉州）
是亚洲太平洋崛起，而将

引发新世纪的新格局

其意义不仅仅是文化上的
它与全球战略谋划
有着极其密切的关系
早在 1907 年，美国第 26 任总统
西奥多·罗斯福就预言
"地中海时代随着美洲发现而结束"

大西洋时代正处开发顶峰
势必耗尽它控制的资源
而太平洋时代
这个注定成为三者之中
最伟大的时代
仅仅初露曙光

春风扑人颜面而来
历史又将峰回路转
中国不再是在破庙前
形销骨立手捧缺口的碗
让历史的陆上海上两条路
与郑和的壮举重新认识

两条丝路的胜地，北有敦煌
南有泉州，我心中的骄傲
海洋之歌已响彻千年
敦煌有敦煌学
泉州有泉州学，扬帆
迎风嘶鸣，航向——远洋！

2001 年

作品评析

  蔡其矫是中国现代诗歌史上的著名诗人，在 20 世纪 40 年代开始发表诗作，曾获得晋察冀边区诗歌第一奖和第二奖，1942 年创作、1953 发表的《肉搏》更是让蔡其矫名噪一时。蔡其矫终其一生都从事诗歌创作，留下了三万余行的诗作，其诗歌创作可谓巨大的宝库。

  在蔡其矫数量众多的诗歌中，海洋诗是其中重要的部分，刘登翰在编选《蔡其矫诗歌回廊》中曾单辟"醉海"专题结诗成集。蔡其矫的海洋诗歌大致可分为两个阶段：20 世纪 50 年代中期和 20 世纪 80 年代后。1953 年、1956 年蔡其矫两次深入海军部队生活，在领略海岛风情与渔民生活后，创作了《船队出发》《远望》《看海》《飓风》等海洋题材诗歌。诗人刚看到海时，兴奋之情溢于诗表，有的重在展现海港风情，"这里是渔人的水寨！/船的营垒！/在沸腾汹涌的浪涛之上/无数的桅樯组成重叠的城壁/上面是标志着大队和中队的旗帜/下面是给养和交通的小船络绎不绝"（《沈家门渔港》）；有的展现渔民生活，"最开阔的天空下/她是自然的女儿/太阳和风给她金色的肌肤/劳动塑造她健美的形体/那圆润的双肩从布衣下探露/那赤裸的双脚如海水般晶莹/强悍的波涛留住她的眼睛"（《船家女儿》）；虽然 20 世纪 50—60 年代的海洋诗重点以记游诗为主，但仍然能够看出明显的时代痕迹，"近处已不见殖民者黑色的船只/也不见帝国主义灰色的兵舰"（《远望》），其中充满对过去的回想；"中间是宽阔的海港/四周是陡峭的高山/在那上面遗留着外国传教士的别墅/和帝国主义兵舰的油站"（《三都澳》），其中充满对现实的描写。蔡其矫为人开朗、豁达、直爽，因此无论处于怎样的环境中，都信奉快乐诗学，即使抚今追昔想到当年屈辱的海军史，其诗歌基调仍然是昂扬和欢快的。

  "文革"时期，诗人对海的讴歌显然放慢了脚步。在《灯塔》和《沉船》中为沉船悲鸣，召唤烛照世人的光芒。随着社会环境的不断改善和生活水平的不断提高，蔡其矫的海洋诗数量也逐步增加。由于蔡其矫酷爱旅游，祖国的海泽山川都留下了他的足迹。他去过《黄浦江上》，也到过《渤海》之滨，曾《二赴西沙》，也在《南澳岛》留下过身影。诗人可说是游一路、歌一路，嘹亮的歌声响彻祖国海岛边疆的各个角落。当蔡其矫步入晚年，记游诗已不足以满足其对海的思考时，诗人开始从历史的视角，借助诗歌的形式书写中国的海洋史，由此可见其诗情已跃上层楼。

  《海上丝路》是诗人晚年创作的海洋历史题材的叙事组诗之一，其余两首分别是《郑和航海》《蓬莱阁》。《海上丝路》全诗共 3 章 29 节 174 行，诗歌视野宏阔、立意高远，长篇叙事诗的形式与悠久的丝路历史照应，构成了对丝路历史追古抚今的完整回顾。

第一章主要论述陆上丝路的形成。诗歌第一、第二节从养蚕缫丝说起，简要介绍了丝织业在中国的兴盛。"公元前三世纪，中国即已经/以盛产丝绸闻名于世/被称为丝国。"第三、第四节主要介绍陆上丝路的形成和发展。"丝路最初向东至朝鲜、日本/到西汉张骞出使西域。""这些丝路又称绿洲路/联系亚、欧、非三大陆的/中国、埃及、巴比仑、印度。"第五至第八节都是对陆上丝路的意义进行说明。这种意义分两个方面：一方面是文化意义，"来往这路上的是商人、旅行家/官员、工匠和宗教家，载入史册"；另一方面是科技意义，"这条陆上丝路/把许多农作物传到中国/最早为葡萄、苜蓿、核桃/然后是大蒜、香菜、黄瓜/芝麻、花生、豌豆、蚕豆/石榴、棉花、菠菜和西瓜"。此外，玫瑰、郁金香、空心粉也是通过陆上丝绸之路流通的。如果说第五、第六节是一般人在介绍丝绸之路时容易想到的内容的话，那么第七、第八节从农业史的角度来说明陆上丝路的价值，便是诗人的高明之处。丝绸之路上农业成果的交流是科技交流的重要方面，这些成果深刻影响了中国古代的人口数量和历史进程。能够看到这一点，说明诗人不仅有高超的抒情技巧，还具有丰富的文史知识。

第二章主要论述海上丝路的历史。第一句即点明"丝绸外传海路先于陆路"，然后从公元一世纪开始，按照时间顺序分别讲述海上丝路在南北朝、东晋、唐朝、明朝、清朝的发展史。与陆上丝路的介绍理路相似，海上丝路也是先介绍历史概况，再说明建构的意义。在概述部分，诗人先导览了丝路在亚洲国家如日本、印度的延展情形，"公元一世纪，中国的海船/已带丝绸到东南亚、印度""南北朝时，中国派四名丝织工/和裁缝女到日本授艺"。直到郑和下西洋后，丝路才"把亚、非联成一片"。明代中期为展现国威，郑和七下西洋极大扩展了中国在东南亚一带的影响力，形成了万邦来朝的盛景。同时郑和巡海和修筑长城也耗费了大量国库的资产，因而朝廷实施海禁政策。然而"当时盛泽镇青草滩丝织业万户/丝织工人五万，岁出百万匹"，发达的丝织业和对外贸易需求并非一纸禁令所能阻断的，"东南生产的大发展/势必以走私队伍来冲破它"。因此，海盗之患连绵不绝。诗歌此处分三节分别介绍王直、林凤、郑成功落草为寇的经历。海上丝路发展到清代已是颓势尽显，"东印度公司成海上霸王"，使得"中国海商一落千丈"。加之清代中期，鸦片贸易盛行，"海上丝路遂告消亡/无穷的蔚蓝成了动摇的墙"。千年的海上丝路史在诗人寥寥数行的介绍下显得脉络清晰、承接有序，这既说明诗人文史知识的丰厚，也说明其思路的清晰晓畅。值得肯定的是，在谈及海上丝路的意义时，诗人也是从科技史、农业史和文化史的角度来论述其对沿线国家文明发展的巨大贡献，可谓统领全局、高屋建瓴。"对中国贸易的高额利润/为西方资本主义发展提供基础"是这一章的点睛之笔。若非拥有中外文化交流史的知识背景，断难得出如此精辟的结论。

第三章回望过去、展望未来，为21世纪海上丝路的复兴摇旗助威。这一部分前三节层层铺垫，只为说明中国古代辉煌的航海史，"在西方殖民者侵入前/中国航海居世界的首位"。后五节则对海上丝路未来发展进行大胆预言，诗人认为"地中海时代随着美洲发现而结束""大西洋时代正处开发顶峰""而太平洋时代/这个注定成为三者之中/最伟大的时代"。这无疑在预言亚洲的崛起和美洲的衰落，这一历史发展的趋势已经在逐步演进。作为一位泉州人，诗人难掩对家乡的自豪，"北有敦煌/南有泉州，我心中的骄傲"。对于太平洋时代的到来和中国的崛起，如诗句所言："敦煌有敦煌学/泉州有泉州学，扬帆/迎风嘶鸣，航向——远洋！"诗人高奏时代号角，向更频繁的海洋国际交流目标奋进。

该诗完成于诗人的晚年，诗人一生爱海颂海，人生轨迹也遍布中国的海岸沿线。在领略了各种海洋风光后，诗人开始用历史的视野来回顾中国的海洋开发历程。从形式上而言，诗歌采取长篇叙事诗的形式展开，诗句通俗晓畅，散文化的诗句拉近了诗人与读者的距离，符合诗人一贯的创作原则。诗人在21世纪初的预言正一步步变成现实，"一带一路"倡议的有序推进让古老的海上丝路正焕发新生，这是对诗人祈愿最好的回答。

▌**一个男人的海洋**——中国船长郭川的航海故事（节选）

许晨，生于1955年，山东德州人。1989年毕业于解放军艺术学院文学系；2003年结业于鲁迅文学院。中国作家协会会员、中国散文学会理事、中国报告文学学会理事、山东省作家协会副主席。出版有《人生大舞台——样板戏启示录》《血染的金达莱》《荣誉与责任》《真情大援川》《再生之门：中国式监狱探秘》《第四极——中国"蛟龙"号挑战深海》《一个男人的海洋——中国船长郭川的航海故事》等长篇报告文学。曾获得第五届冰心散文奖、第七届鲁迅文学奖山东省文艺精品工程奖、"中国梦"征文一等奖等多种奖项。

11月26日，我在海上的第9天。我仍航行在北太平洋。过去的两天里，由于东北信风的作用，船行驶得很快，已经驶出了1 500海里。我的身体似乎已习惯了海上生活的节奏。我睡在一个不到10平方米的船舱内，里面原本有张担架床，可以调整角度，以防我在船晃时掉下去，但我几乎一直睡在地板上，因为万一出现情况，我可以迅速翻身起来解决问题。

地板是不平的。我放上一些箱子、杂物或者帆，垫得相对平缓一点。船舱里都是一个一个整齐的箱子，有时我需要移动这些箱子，来保持船的平衡。地板也是湿漉漉的，海上总是很潮，我的衣服偶尔也会带进水去。我总是和衣而睡。你不要以为帆船很舒服。这种赛船和休闲船的不同，就好比清水房和精装房的不同。但是，在这个狭小的空间里，我每天还得记录，也要和后方沟通——在法国，有个技术团队在帮我。

我记得就在那天，收到他们的邮件，说未来几天即将出现一个热带风暴。他们给出3个方案让我选择：第一，原地待命。第二，那个风暴是由东向西移动的，我可以在远离风暴系统中心的安全区域北部由西朝东走，绕到它后面去。第三，抢在风暴到来前，驶出这片海域。

我花了1天时间考虑。那天航行的速度不错，我认为自己有能力抢在风暴的前面。这是个积极的选择，也更有挑战性。但是，他们也无法验证这个方案是否百分之百可靠，因为天气观测的准确性也许只有12个小时或1天，至于未来3天会发生什么，谁也不敢保证。因此，他们比我还紧张。

我知道无论如何也不会有生命危险，但如果操作不当，可能会带来船体受损的后果。有人可能会说：这种航行并不是和别人抢时间，只要到达终点、完成纪录，就是最大的收获。所以，绕一下，选择第二种保险的方案，不是更好吗？

但是，这种不确定性恰恰使我很兴奋，就像打仗似的，战斗与否，是一种态度。我只有3天时间了。3天不睡觉，全神贯注，我觉得自己有信心走过去。但是，我没料到，那次风暴的威力比想象中大得多。

头一天还没事。第2天下午4点，我眼看着我的中号球帆掉到海里。还好那时没有太大的风，风力大概为15～20级。那块帆有150平方米，拖在船尾。船仍在缓慢地往前走，因为主帆还有动力。但是，这样其实有点危险，因为那块帆很容易绞到船舵，再也拉不出来。我马上降下主帆，赶到船尾。我得把脑袋扎到海水里，才能把那块帆顺出来，然后再用绞盘一点一点收上来。等一切结束，天已经黑了。我以为最危险的时刻已经过去，但风暴的速度更快。

第3天傍晚，天空的黑云开始加强。我正迎风行驶，风越来越大，仪表读出来的数据不断增高。我猜测后方团队也没料到风暴会这么大。很快我就发现，我用的帆不太对。那种情况下，应该用暴风帆的，要启动生存模式，保证安全。但是，风来得太快、太大，我根本来不及换帆。风力不断加强，收帆更不大现实。更何况这是夜里，只需几分钟，什么情况都可能发生。这相当于我的船没做任何准备，就进入了一个超过它负荷的境地。

我知道自己什么也做不了，只能扛过去。

那一整夜我都没敢睡，非常紧张，盯着那个数据表，观察风速。我也祈祷，希望这场大风能很快过去。外面是 5 米高的大浪，虽然它不会劈头盖脸地打来，但仅仅是声音就给人带来无形的压力。头顶的帆也在颤抖，你不知道哪一刻，某个颤抖会放大，会突然响一下，那就完蛋了。到后来，我已经不去想了，想什么都没用，唯一的办法就是等待。

直到次日中午，风力才终于从 40 多级降回 20 多级。打扫战场时，我发现电子风向标被吹走了一个。它是用来测风速和风向的。那意味着在接下来的 100 多天，我只剩下一个风向标——如果它也没了，我只能中途放弃。这件事就像个大石头，此后每分每秒都吊在我心头，再也没放下。

风暴过后的天空很诡异，乌云聚集，像浓重的油彩画，有一种恐怖的漂亮。

几天后，我才听说那个热带风暴最后形成了超强台风，名叫"宝霞"。它在附近的菲律宾登陆时，造成 1 000 多人死亡。

没有谁能掌控风。几乎每一天，风都在持续地刮着。风的大小随时在变化。太大，就会变成风暴，命运仿佛掌握在自然手中；但是，如果风太小，甚至一点风都没有，我也难以忍受。

12 月 4 日，我在海上的第 17 天。我过了赤道，到了南半球。在南纬 0 度 0.7 分，我放了一个漂流瓶。

将近半个月，我一直在赤道附近走走停停，有时甚至十几个小时完全没风，速度是 0，船一点都不动。天气看起来很好，气温超过 30℃，跟夏天一样。但是，在船上，你完全没有休闲度假的感觉，因为闷热和停滞快要把人逼疯了。没有空调，太阳顶头晒，我根本睡不着。你也不能放心大胆地去睡个好觉，因为一旦来风，你就要抓住它，赶紧走。

有一次，我估计未来两个小时都不会有风，便索性脱了衣服，跳到海里游了一会儿泳。如果碰到下大雨，还能站在雨中冲个澡。那是我出发后第一次洗澡——再后来又洗了一次，但已是 100 多天后的事了。赤道的天气说变就变，刚才还很暖和，突然来场暴风雨，就会变得冷飕飕的。

等风的时候其实很无奈。我带了一些书，iPad 里还有很多电子书，大都是历史类的。我印象较深的是一本外国书《绑架》，讲一对英国夫妇被海盗绑架的故事。

我那时已经近 1 个月没看见任何人了。有一天，我突然听见远处传来马达声。放眼望去，只见 20 海里之外有座岛屿，有两艘船正朝我开过来。那天没风，我根本无法动弹，因此很紧张。我说不好他们想干什么。

在大海上，每艘船都在自己的航道上，各走各的路，互相看见不足为奇，但如果有船突然朝你而来，你会有一种不祥的感觉。所谓海盗，也分职业和业余的。有时，你也许只是碰上了一些刁民。有些人也只是好奇，但就怕那种好奇会变成非分之想。

等那两艘船驶近后，我看出他们并不是海盗。船上站着两个人，穿得破破烂烂的，但说的是英语。我决定先表现出友善，便主动和他们打了个招呼，问这是哪里。

"巴布亚新几内亚。"其中一个人说。

他们也许是附近的渔民，船上堆了几十条金枪鱼。我问这些鱼打了多久。"半个小时吧。""那一天能打多少？""100 多条吧。"他们看起来和中国的渔民不太一样，好像压力没那么大似的。我记得刚离开青岛时，很容易碰到中国的渔船，但从没有过来打招呼的。不过，也许是因为这两个渔民没见过这种帆船。其中一个人对我说，他想上船看看。

"我在比赛。"我有点紧张，不知道他们要干什么，"比赛不允许其他人上船。"

我从船舱里拿出一件保暖衣，递给那个人。我不确定这样做是否有用，但我告诉他，这是一件礼物。他看起来很高兴。我们接着又聊了半个多小时。临走前，他还留下了姓名和电话。看着他们慢慢消失，说实话，我的心情有点复杂。我很高兴终于有人可以说说话了，另外也松了一口气。

那次插曲带来了意外的想法：也许我也可以试试打鱼？我船上有一套钓鱼的设备。用一根线绑上仿真鱼饵，然后扔到船尾的水里，如果船在走的话，能拖出几十米远。这是海钓的一种方式。我的运气可能不太好，一条鱼也没上钩。

但是，那些天，我常常看见海豚在捕鱼。它们总是集体作业，把鱼慢慢地围起来。从远处望去，你能清晰地看见金枪鱼惊惶无措地跳到海面上，蹦得老高。

那是我唯一一次尝试钓鱼，只有在心情不错的时候才会去做。但是，风平浪静的日子很快就过去了，我将继续驶往南大洋。最南方是南美洲的合恩角。在航海人心中，那就是一座珠穆朗玛峰。

在欧洲时，我曾听过一个故事：有一对夫妇去航海，中途突然出现了问题，需要他们中的一个人爬到桅杆上去解决。那个男的爬了上去，但下来的时候突然被卡住了。在桅杆上卡住是最危险的事。他根本就动不了，下面的人也帮不上忙。总而言之，他们完全没有救生的办法。最后，那个女人眼看着男人挂在桅杆上，挂了七八天，直到腐烂。

这是水手间流传的一个真实的故事，我听很多人讲过。在海上，任何小问题都可能演变成无穷大的大问题。前往合恩角的那段海路可能是我这次航行中最紧张的旅程，厄运一个接着一个来。

我记得是圣诞节后的那一天夜里，凌晨12点半左右，我的前帆突然从桅杆顶部大约两米的地方撕裂了，下面那一截帆掉进了水里。我花了1个多小时，才把它捞起来。但是，桅杆上还有一部分残片残留在支索上——就像一个旗帜在飘。

起初，我觉得它并无大碍，好像就一点点残片，不用管它。但是，后来我才发现它足足有两米长，会影响其他帆的运行。有一次，另一块帆就缠绕到这个支索上。唯一的解决办法就是爬上桅杆，去把剩下的那一截帆剪掉、取下来。我就在这时想起了那个故事。

每个水手其实都会爬桅杆。那是我们必须具备的一项基本技能。和后方的技术团队讨论之后，他们说，最好选一个风浪比较小的时间。但是，具体哪一天，谁也说不准。我没打算告诉我妻子。

2014年1月1日，天气不错。我已处于南纬40度附近，再往南，天会变得更冷，风会更大，也许很难找到一个合适的时间去爬桅杆。我立即决定就在那天做这件事。

那个桅杆高18米。当你往上爬时，它是来回晃动的，整个船也在晃。我们有一套专业的提升器装置，你得保证熟练，才不至于出现差错。但是，就像那个故事一样，最危险的时刻不是爬上去，而是下来。我有80%的把握能完成这件事，但意外还是发生了。下来时，我觉得自己快要大功告成了，动作就快了一点儿，结果衣服上拉链的扣子一下挤在滑槽里，卡在那儿动不了了。

如果卡得很紧，如果靠自身的力量弄不开，我不敢想象会有什么结果。我冷汗直冒，悬在空中，想做任何操作都没那么容易。我在那里僵了几分钟，然后慢慢地动，拉链扣子终于开始松动了。然后，我使了很大的劲儿，一下子给解开了。

也许，一个真正挑战冒险的水手一定尊重和热爱生命，而不是像敢死队，抱着必死无疑的决心去做这件事。他觉得自己可行，有足够的把握，便以最小的危险概率去完成这件事。我记得：当我告诉后方团队，我已经爬完桅杆、顺利解决问题后，所有人都松了一口气。

直到今天，我仍然记得自己卡在桅杆上那一刻的感觉——紧张、焦虑。但是，那并不意味着其他时候我就没这感觉。我好像随时都处于一种"提心吊胆"的状态。比如仅剩的那个电子风向标，我总是担心它也会被风吹走。有一次，恍惚间，我好像发现它也不见了。常常这样，自己吓自己一跳。

有时候，你根本没有时间去考虑其他的事情，问题总是一个接一个地出现。而且，就像我之前说的，你不敢忽视任何一个小问题。帆的问题、机械故障、电子系统的问题……都会带来令人抓狂的想法。比如：我船上原本配备了3套发电系统——一个柴油发动机、一个水力发电机，一个太阳能蓄电池。它们提供电力，支持我的所有设备。但是，最后每一套机器都出现了故障。当你发现出了问题，脑袋一下就"嗡"的一声——会不会造成连锁反应？会不会就此结束？所有这些事情都对我心理造成了很大的冲击。相比较而言，孤独算什么？

这次修理大前帆的行动，是一次极大的冒险。

临行前，岸上保障团队总经理刘玲玲曾经严肃地对郭川说："不管发生了什么，一个人不能上杆！"

这次郭川怕她担心，竟然先行后奏。刘玲玲事后得知，特别后怕。郭川却笑笑说："放心，我不会蛮干的。"

2013年1月5日，正好是航程的第48天。

郭川在海上迎来了自己48岁的生日。按照约定，他打开电脑视频，看到了妻子和儿子可爱的面容，想家的情绪非常浓烈。他把儿子的照片一张一张地都打印出来，贴满船舱。

"回家，一定要回家！"亲情成为他战胜一切困难的最大支撑，也是温暖心灵的力量源泉。肖莉和孩子每天都会和他通电话，讲讲家里面的事情，电话里的笑语盈盈压住了舱外的疾风大浪。

2017 年

作品评析

郭川，一个在文学界寂寂无闻之人，但在中国航海界却是如雷贯耳的超级英雄。2012年11月18日，郭川作为"职业帆船第一人"开启了"单人不间断帆船环球航行"之旅，经过138天的艰苦航行后，于2013年4月5日驾驶帆船"中国·青岛"号回到母港青岛。至此，郭川成为第一个成就"单人不间断帆船环球航行"伟业的中国人，同时创造了国际帆联认可的40英尺级帆船单人不间断环球航行世界纪录。这是郭川个人帆船比赛中的闪亮时刻，也是中国帆船运动史上的辉煌一笔。作为第一位完成沃尔沃环球帆船赛的亚洲人和第一位单人帆船跨越英吉利海峡的中国人，郭川已经成为中国帆船运动的新标杆，因为郭川的突出成就，更多人开始关注帆船运动，使得这一小众的运动项目开始走入大众视野。2016年10月18日，郭川从旧金山金门大桥出发，以上海金山为目的地，进行不间断的跨太平洋航行，然而不幸的是，郭川的帆船在夏威夷海域失联。经过国际海事救援协调中心（MRCC）确认，郭川的大三角帆船上没有人员，他在该海域不幸丧生。

郭川逝世后，许多关注郭川和中国航海运动的作家和记者都对他的事迹进行了报道，其中包括许晨的《一个男人的海洋——中国船长郭川的航海故事》。作者许晨专注于报告文学的创作，在创作《一个男人的海洋》之前，曾出版过《第四极——中国"蛟龙"号挑战深海》，介绍中国的"蛟龙号"载人潜水器深入中国南海的探险经过。在郭川出事之后，许晨受《北京文学》之邀，开始系统地搜集郭川的资料。在写作过程中，作家多次为郭川的精神所感动，不禁呐喊道："我们寻找和呼唤郭川，就是要寻找与呼唤这些品格和精神！复兴海洋文化，需要郭川精神！"这恐怕是许晨创作这篇报告文学的初心和使命吧！

该报告文学对郭川的航海经历和海难事件的来龙去脉进行了详细的描写，帮助我们了解郭川的人生经历。本书节选的是第六章"硬汉郭川"之"惊涛骇浪的138天"一节，文章从郭川的第一视角讲述了他在海上航行的艰辛与惊险。在漫长的环球航行过程中，帆船驾驶员可能遇到各种意外，设备的损坏、海盗的劫掠、身体的伤害都是必须要面对的问题。因为是单人航行，所以即使有技术团队在后方支援，解决问题时仍然要靠自己随机应变的能力和既往的技术经验。在2013年12月4日的日记中，郭川曾记录下他听到的一个爬桅杆的失败案例，结果是丈夫挂在桅杆上直至腐烂，而妻子无能为力。不曾想自己在2014年1月1日就不得不面对风帆损坏需要人工摘除的险境。郭川独自爬上桅杆去摘除坏掉的风帆时，那一刻的惊险与孤立无援恐怕只有当事人自己才能体会。当郭川的衣服拉链也卡在桅杆的滑槽时，相信所有读者的心一下子被猛提起来，不知接下来会发生什么。不是每一次的冒险都会以幸运结束，我们很难猜测郭川在夏威夷海域遇到了怎样的危险，可能是桅杆问题，可能是风暴问题，也可能是遇到海盗。无论如何猜测，都不能改变中国帆船航行第一人郭川已经牺牲的事实。当我们掩卷悲叹英雄的逝去时，也不禁佩服他出色的技术和惊人的毅力。

海洋文学发展到 21 世纪，出现了新的体裁和事件，这些都为海洋文学的发展提供了新鲜的血液。《一个男人的海洋》以报告文学的形式讲述了航海家郭川的航行故事，无论在形式上还是内容上都是海洋文学的新收获。21 世纪以来，随着中国海洋活动越加频繁，海洋认知水平不断加深，人们对于海洋的探险行为也愈发多样。既有惊险刺激的帆船航海，也有严酷峻急的南极海洋科考，前者成就了报告文学如《一个男人的海洋》，后者成就了报告文学如张波的《冷酷之旅：一位中国探险家的南极科考航海日记》。即使是传统的海运题材也不断涌现新作，例如薛福来的《海上一年：一位老船长的航海日记》、王以京的《大海，成就梦想：一个远洋船长的四十年风雨人生》等都以回忆体的形式讲述自己的海运经历。与世界范围内海洋文学的新趋势相比，中国的海洋文学仍有极大的拓展空间，在海洋生态书写、海洋运动题材等方面大有可为。海洋不仅仅是水和生物的集合，她是这个世界十分之七的"蓝"和百分之百的"美"。

后 记

本书是 2019 年广东海洋大学"冲一流"与"创新强校"工程科研项目——"广东海洋大学海上丝绸之路文化研究院平台"（230420026）研究成果之一，并受到广东省教育厅普通高校青年创新人才类项目——蓝色的诗与思：中国现代文学中的海洋书写研究（2021WQNCX024）、广东海洋大学 2020年度人文社科课题"中国现代小说中的'海洋'书写研究"（C20122）和"中国海洋文学经典作品的选编与研究"（C20117）项目的资助。

一、本书可作为全国海洋类院校各专业海洋人文通识教育课程的基本教材，亦可作为中国现当代海洋文学研究的基本资料，还可作为面向社会的海洋人文普及读物。

二、本书分为现代部分和当代部分，两部分均按照作品发表的时间排序，发表时间不明确的作品按照同组作品的时间推算。

三、入选作品的标准参考了时间、文体、作家、地域、民族等多种因素。从时间上看，现代部分入选作品的数量略多于当代部分；从文体上看，小说的数量明显多于诗歌、散文和戏剧；从作家上看，优先选择名家之作，兼顾作家的广泛性；在地域选择上，以大陆作家群为主的同时，还考虑港澳台特别是台湾地区的海洋文学作品；在民族上，也尽量对少数民族作家予以关注。简言之，该选本尽可能对有代表性的海洋文学做概括性介绍。

四、编选体例由作家小传、列选作品和作品评析三部分组成。在评析作品时，从实际文本出发，以体现文本的海洋文学特色为评价标准，尽量阐释作品中蕴含的海洋意识和作家的海洋认知。为了凸显作品的文本特色，同时参考了不同时期较有代表性的观点作为参考文献。

五、本书的现代部分由卢月风编撰，当代部分由叶澜涛编撰。叶澜涛承担全书的统稿和整理工作。

本书的出版离不开广东海洋大学发展规划处、文学与新闻传播学院的帮助，其在立项和资金上都给予了大力的支持，在此一并致谢。暨南大学出版社的杜小陆、刘宇韬等为该书的出版付出了诸多的心血，若没有他们细致的编辑工作，本书恐怕存在更多疏漏。作为国内不多见的现当代海洋文学选评类著作，本书若有错误和不当之处，还望各位读者多多批评指正。